Wir danken allen, die mit Text und Bild zu diesem Buch beigetragen haben.
Lektorat: Regina Nössler
Redaktion und Layout: Claudia Gehrke und Regina Nössler

Impressum

© konkursbuch Verlag Claudia Gehrke Herbst 2019
PF 1621 – D-72006 Tübingen
Tel. 0049 (0) 7071 66551 / +78779 – Fax 0049(0) 7071 63539
E-Mail: office@konkursbuch.com
www.konkursbuch.de / www.facebook.com/konkursbuch.verlag

Cover, S. 1: Meow Meow, Mind The Gap. Frontispiz: Jo Pollux. S. 296: Anja Müller.

Einsendungen für weitere lesbische Augen an: gehrke@konkursbuch.com
Das lesbische Auge gibt es auch im Abonnement, auch die älteren Ausgaben.
Gerne schicken wir Ihnen auf Wunsch unser gedrucktes Gesamtverzeichnis.

ISBN 978-3-88769-919-2

Mein lesbisches Auge 19

Herausgeberin Laura Méritt

konkursbuch

Inhalt

Vorwort

Es erscheint uns jedes Mal fast wie ein kleines Wunder, dass uns wieder so viele gute Texte und Bilder erreicht haben, und wir möchten allen, die uns Beiträge geschickt haben und mit denen wir zum Teil sehr inspirierende Gespräche führten, herzlich danken.
Das Spektrum von „Mein lesbisches Auge 19" ist groß. Liebesbeziehungen spielen eine wichtige Rolle: Ohne Sex, mit viel Sex, mit Kind, schwanger, mit Affären, zu dritt, mit psychisch labilen Frauen, eine Amour fou. Wie unterschiedlich Liebesbeziehungen gelebt werden können, ist in den konkreten, literarisch geschilderten Details immer wieder überraschend, und die Beiträge nähern sich dem „ewigen" Thema auf sehr unterschiedliche Weise an. Zu unserer Freude sind viele Genres vertreten, klassische (erotische) Kurzgeschichte, Fantasy, Lyrik, kompakte, kluge Kurz-Essays („Miniaturen") zu verschiedenen politischen und privaten Themen, die Lesben, Frauen*... heute bewegen. Auch eine lange Erzählung findet sich darunter, die sich fast als Krimi lesen lässt (und in der eine Flasche Veuve Clicquot eine wesentliche Rolle spielt), mit verschiedenen Zeitebenen und, wie die Redaktion empfand, sehr spannend aufgebaut, mitten aus der Lebensrealität.
Wie in jedem lesbischen Auge beleuchten die Texte und Bildbeträge noch viele weitere Themen. Das Coming-out, Schwärmen, Anschmachten, Klimaschutz, akademische Milieus, der Dyke March, Gender Trouble, Menstruation und Sexworkshops, an denen auch Menschen mit funktionaler Diversität teilnehmen. Die jüngste Autorin dieser Ausgabe, Lara Maibaum, Jahrgang 1999, schrieb einen ungewöhnlichen Text im Science-Fiction-Genre. Beruhigend, dass es in ihrer Vorstellung von der Zukunft immer noch Bücher gibt, Luchse, (600 Jahre alten) Rotwein – und Lesben.
Dem Thema „Dreieck" widmen sich mehrere literarische Texte und ein langer „Bericht". Drei Frauen, die miteinander in einem Dreieck verbunden sind, erzählen jeweils aus ihrer Perspektive die Geschichte ihrer Liebe(n). Die meisten von uns dürften (egal, aus welcher Perspektive) eine Form von „drei" schon erlebt haben. Eine hat nicht nur eine Beziehung, sondern zwei, manchmal wissen die

beiden von der jeweils anderen, manchmal nicht (oder sie ahnen es) – wie ist das alles zu managen? Zeitlich? Organisatorisch? Emotional? Sind es gleichwertige Beziehungen oder eine Haupt- und eine Nebenbeziehung? Eine Beziehung und eine dauerhafte Affäre? Und wenn auch nicht ausgelebt – in der Fantasie gibt es in der Zweisamkeit oft das Dritte, was die Intensität miteinander steigern kann und die „große Liebe“ nicht zerstört.
To be continued …

Claudia Gehrke & Regina Nössler
Tübingen und Berlin, im September 2019

Martina Minette Dreier

Michaela Regus

Wenn du meine Ex siehst

Sag ihr, dass es mir beruflich hervorragend geht, dass ich Spaß und Freude habe und ungeheuer erfolgreich bin. Sag ihr, dass ich total fit aussehe und dass ich abgenommen habe. Sag ihr, dass ich jedes Wochenende ausgehe und tanze. Sag ihr, dass ich jede Menge Verehrerinnen habe, seit sie weg ist. Sag ihr, dass ich die Wohnung gestrichen und neu eingerichtet habe und dass es wahnsinnig klasse aussieht. Sag ihr, dass ich immer mit Freunden unterwegs bin und dass du mich nur selten erreichst. Sag ihr, dass wir viel miteinander unternehmen und viel Spaß zusammen haben. Und sag ihr auf jeden Fall, dass ich total über sie hinweg bin.

Sag ihr nicht, dass ich bis nachts im Büro sitze, weil ich Angst vor dem dunklen und leeren Zuhause habe. Sag ihr nicht, dass ich den Rest der Nacht im Fitnessstudio verbringe und nach der Trennung fast gänzlich zu essen aufgehört habe. Sag ihr nicht, dass ich die Discos unsicher mache, weil ich ohne sie nicht einschlafen kann und ohne sie nicht aufwachen mag. Sag ihr nicht, dass mich andere Frauen null interessieren und ich nur an sie denke. Sag ihr nicht, dass alles aus der Wohnung weg ist, was mich auch nur im Entferntesten an sie oder an unsere gemeinsame Zeit erinnert und dass mich die neue Einrichtung den Dispo fast hat sprengen lassen. Sag ihr nicht, dass ich an den Wochenenden nur daheim sitze und weine und du mich trösten musst. Sag ihr nicht, dass ich dauernd Umwege fahren muss, weil ich an unseren Plätzen nicht vorbeifahren will. Und sag ihr nur nicht, dass ich sie noch immer liebe.

Henriette Ruttkay
Das Geheimnis

Drei Frauenpaare auf einer Kaffeehausterrasse um einen runden Tisch mit sechs leeren Weingläsern. Sie reden lebhaft, lachen, und wenn die eine oder andere verstummt und ins Leere starrt, lassen die anderen sie gewähren, wie es langjährige Freundinnen untereinander gewöhnt sind.
Nach all den Jahren sind sie immer noch befreundet, auch wenn sie sich seltener sehen und erst an den neuen Fältchen ihres Gegenübers merken, dass sie sich seit Langen nicht mehr getroffen haben.
Drei Frauenpaare, die auf den ersten Blick kaum unterschiedlicher sein können und die mit der Zeit feststellen, dass sie immer weniger gemeinsam haben, außer der einen Sache: Der legendären Langlebigkeit ihrer Ehen. Denn sie hatten sich bereits lange, lange, bevor die Ehe für Lesben geöffnet wurde, als verheiratet bezeichnet, ihre Partnerinnen stets als „meine Frau" vorgestellt und hatten zusammen Haus oder Wohnung gekauft. Der Gang zum Standesamt und die Hochzeitsfeier wurden nach der Gesetzänderung nachgeholt, aber es geschah eher aus Pflicht, da das erkämpfte Recht genutzt werden musste. Für die drei Paare war es fast überflüssig, die bürokratische Bestätigung eines Zustands, der jeweils seit achtundzwanzig, siebenundzwanzig und fünfundzwanzig Jahren andauerte.
In der Szene ernten sie bewundernde oder belustigte Blicke und manchmal ungläubige Fragen: Wie macht ihr das? Wie geht das? Ganz und gar monogam? Und die Liebe? Und der lesbische Bettentod? Wird es nie langweilig? Kurz: Verratet uns euer Geheimnis.
Das erste, bei Weitem älteste Paar hat die sechzig vor Kurzem überschritten. Die eine dunkelhaarig, mit viel Schmuck und dunklem Lippenstift, die andere rothaarig, in lange, wehende Schals gehüllt. Beide werden mit dem Alter immer rundlicher, gebräunter und gelassener. Sex war nie sehr wichtig, geben beide ganz offen zu, beide waren in der Politik tätig (die sie auch zusammengebracht hat), und ihr Ehrgeiz brannte stärker als die Begierde, verbrauchte ihre ganze Energie und viele Wochenenden, sodass abends die Kraft oft nur noch zum Kuscheln reichte.

Ja, es gab da eine Frau, die sich zwischen sie zu drängen versuchte, aber ihr Zusammengehörigkeitsgefühl war so unerschütterlich, so vollkommen, dass sie sich „am Ende nur lächerlich gemacht hat, die Arme".
Nächstes Jahr werden beide in Rente gehen und die Großstadt verlassen, um in ihr Häuschen am Meer zu ziehen, das sie vorher nur in den Ferien bewohnt haben. Sie haben vor, sich mehr ihren Hobbys zu widmen, dem Tauchen, Kochen, Lesen und Tanzen.
Ihre Freundinnen am Tisch mögen es nicht recht glauben. Viel wahrscheinlicher ist es, dass sie sich in dem kleinen Badeort in die Lokalpolitik stürzen und mit der Hälfte ihrer Nachbarn entzweien. Auch zu Hause geht es nicht immer harmonisch zu; das Decken des Tisches, wenn Gäste erwartet werden, die neue Einrichtung und die verschiedenen Behördengänge werden akribisch diskutiert, debattiert, kurz, es wird endlos gemeckert und – durchaus humorvoll – gestritten. Ein friedlicher Lebensabend wird ihnen nicht vergönnt sein.
Das zweite Paar, von gepflegter, diskreter Eleganz und einander zum Verwechseln ähnlich, traf sich vor fast dreißig Jahren zufällig bei einer Geburtstagsfeier. Eine Blitz-und-Donner-Begegnung, ein Sturm, der das Leben der beiden von Grund auf veränderte. Noch Jahrzehnte später sind sie besessen voneinander und der Bettentod kein Thema. Die Leidenschaft sei nicht nur die Entdeckung des Neuen, sondern eben auch das Spiel eines wohlbekannten, aber göttlich schönen Musikstücks. Nähe müsse das Verlangen nicht töten, sondern könne es verlängern und vertiefen, erklären sie.
Sex ist jedoch nicht die einzige tragende Säule ihrer Beziehung, denn die Leidenschaft für Gerechtigkeit, LGBT-Rechte, Tier- und Umweltschutz ist den beiden Frauen ein wichtiges Anliegen, ihre Überzeugungen unerschütterlich (sie sind jederzeit bereit, selbst mit langjährigen Freunden unwiderruflich zu brechen, wenn diese in ihren Meinungen zu sehr von ihren eigenen Grundsätzen abweichen), und ihre Umwelt staunt immer wieder über das Feuer, das in diesen sonst so höflichen und liebenswürdigen Frauen lodert.
Beide verdienen Geld dank ihrer Kreativität, beide arbeiten zu Hause und sehen sich täglich, verlassen einander nur für Berufsreisen. Hunde, Katzen, vor dem sicheren Tod gerettete Vögel und zwei Pferde ergänzen den Alltag, fordern viel Aufmerksamkeit, und trotzdem finden die beiden noch Zeit für Freunde, Reisen, Kunstausstellungen und die Oper.

Für Routine bleibt kein Raum, kein Tag gleicht dem anderen, und die einzige Sicherheit, der einzige ruhige Pol in ihrem bewegten Leben bleibt ihre Beziehung, die auf ihr Umfeld in ihrer selbstsicheren, selbstverliebten Festigkeit irgendwie einschüchternd wirkt.
Die beiden Hälften des dritten Frauenpaares unterscheiden sich am augenfälligsten, denn eine stammt aus einem kleinen Land Schwarzafrikas, und die andere wurde in einem nordeuropäischen Staat geboren. Sie hatten sich vor einem Vierteljahrhundert in einem Lesbenlokal kennengelernt (wo man noch klingeln musste, um eingelassen zu werden), und ihre symbiotische Beziehung begann mit einem vermeintlichen One-Night-Stand.
Zu Anfang sei es recht schwierig gewesen, geben beide zu, „körperlich, äh, intim … lagen wir nicht auf der gleichen Welle", es gab viele Missverständnisse, zugeschlagene Türen, trotzige Schweigephasen, bis irgendwann nach einigen Wochen der Groschen fiel und etwas sich ganz von allein fügte.
Unterschiedlich sind sie nur auf den ersten Blick, denn sie huldigen beide dem Sport, kleiden sich körperbetont und verbreiten ewig gute Laune.
Den politischen und sozialen Engagements der anderen beiden Frauenpaare begegnen sie leicht befremdet. Sie arbeiten in ihrer eigenen Zwei-Frauen-Firma zusammen, kaufen sich regelmäßig eine Wohnung, renovieren sie und verkaufen sie wieder. Sie veranstalten Feten für Freunde und „wichtige Geschäftsbeziehungen" und bereisen mit Rucksack Weltgegenden, in die sich nur wenige Touristen wagen. Eine erstaunliche Mischung von Wagemut, Exzentrik und Karrierismus. Das Letztere wird ihnen verziehen, denn sie interessieren sich aufrichtig für Freunde und Fremde, hören aufmerksam zu und sind stets von großzügiger, unkomplizierter Herzlichkeit.
In ihrer Art zu reden, sich zu bewegen und zu kleiden sind sie einander so ähnlich, dass sie für die anderen leicht verwirrend wirken, wie sonst nur eineiige Zwillinge.
Verraten diese drei Porträts, was die so unterschiedlichen Frauenpaare zusammenhält, woraus der magische Beziehungszement besteht? Gleich und gleich gesellt sich gern? Viel Sex oder fast keiner? Gemeinsame Interessen und Werte? Verbundenheit mit dem Universum oder zu zweit gegen den Rest der Welt? Oder die immerwährende, gegenseitige Bewunderung?

Und widerspricht ihr Alltag nicht den ermüdend oft wiederholten Sprüchen, dass sich bei Langzeitpaaren Langeweile und Bettentod einstellen müssen? Dass keine Liebe (und wohl auch kein Begehren) ewig währt? Dass Monogamie eintönig und erstickend sei?
Was anderswo tausendfach als richtig bestätigt und daher zur allgemeinen Weisheit erklärt wurde, scheint hier nicht zu gelten. Ich und Ich kann ein Wir ergeben, ohne sich selbst zu verleugnen.
Das jeweilige Geheimrezept für ihre Ausnahmenbeziehungen ist wahrscheinlich so komplex oder so „eigen", dass es für andere nicht anwendbar ist.
Die Sonne ist hinter den Dächern verschwunden, die Terrasse hat sich fast geleert, denn es ist kühl geworden. Die Frauen erheben sich, verabschieden sich, versprechen einander, sich bald wiederzusehen. Während sie auseinandergehen, das eine Paar händchenhaltend, das andere lebhaft diskutierend, das dritte hintereinander marschierend, mit dem Handy ans Ohr gepresst, nehmen sie auch ihr Geheimnis mit.

Jannica Honey, Twins

Jannica Honey

Jannica Honey. Bilder aus der Serie „When The Blackbird Sings“.

Maria Mafia
Mannweib

Ich lege den Schmuck ab, schneide die Fingernägel kurz, entferne die Gesichtsbemalung, Lidstrich, Mascara, Make-up, Lippenstift, alles weg.
„Ein Herrenhaarschnitt", sage ich zum Friseur. Der säbelt schweigend alles ab. Die Ohren schneidet er frei, den Nacken rasiert er aus. Ein Teppich der Täuschung fällt von mir ab. Mein pures, nacktes Gesicht tritt heraus, schutzlos pulsiert der Schädel.
Bei „Other Nature", unter „Gender", finde ich enge Tanktops zum Brust-Abbinden für 50 Euro. Mein Unterbrustumfang – ich schlinge das gelbe Schneidermaßband um meinen Thorax – beträgt 67 Zentimeter. An der stärksten Stelle der Brust messe ich 77 Zentimeter, das liegt laut Maßtabelle zwischen Small und Medium. Beim Betrachten der Bilder empfinde ich Atemnot und stelle die Anschaffung vorerst zurück. Mein zu enger Sport-BH in Größe 70A wird zur Entbrüstung reichen.
Im Angebot finde ich drei Arten von unerigierten männlichen Silikon-Geschlechtsteilen. Das Modell „Pierre", unbeschnitten, ist in fünf Farben (Cashew, Karamell, Haselnuss, Schoko, Ozeanblau) und zwei Größen (x-small, Original) erhältlich. Die beschnittene Variante heißt „Archer". Beide können mit und ohne „Packer"-Harness in der Unterhose getragen werden. Ich kaufe „Archer" in x-small, cashewfarben, und in Originalgröße, Ozeanblau.
Archer platziere ich vorn in meiner Damenjeans, presse den klebrigen Burschen in meinen heißen Schritt, wo er sich trotz seines bescheidenen Formats stramm und fordernd Raum nimmt.
Ich laufe, die Füße unwillkürlich weiter nach außen setzend, zur U-Bahn-Station, setze mich und wage, Zentimeter für Zentimeter, nach Männerart den Schoß zu öffnen. Ich fahre acht Haltestellen zum Einkaufscenter und betrete fünf Minuten später die Herrenabteilung von H&M.
Im Vorbeischlendern berühre ich schwere, harte Männerjeans, die gefaltet und auf Bügeln ausgestellt sind, streiche über steife Hemdkrägen, kaufe ein Sortiment von drei Boxershorts (weiß,

grau, schwarz) Größe S und eine rote Krawatte. Ich greife nach einem Strohhut Größe M (56), einem schwarzen Hemd, Slimfit, Kragengröße 38, einer gerade geschnittenen Jeans in 29/32 und einem Gürtel für 9,95. Nun betrete ich die Kinderabteilung. Ein weißes Knaben- Leinenhemd in Größe 170 für 9,99. Es wird mir passen, obwohl es keine Brust-Abnäher hat.
Ich gehe in die Umkleidekabine und probiere alles an. Es ist ungewohnt, das Hemd, den Hosenstall der Jeans von links auf rechts zu knöpfen. Ich betrachte mein androgynes Ich im Spiegel. Ich platziere Archer in der Herrenjeans. Ich lege meine Hand auf meinen Schwanz. Ich stehe da, die linke Hand auf meinem Schwanz, mit der rechten streiche ich die kurzen Strähnen aus der Stirn.
Ich vergesse die Zeit. Ich bin kein großer, aber ein gutaussehender, ein weitgehend überzeugender Mann. Hinter dem Vorhang rappelt es. Auf dem Boden liegt ein kleines Gesicht, äugt in meine Kabine: „Mami, da ist gar kein Kind drin", ruft es.
Wusch, wird der Vorhang aufgerissen und eine Frau steht vor mir. Das Kind klopft sich die Knie sauber und zeigt mit dem Finger auf mich.
„Mami, was ist das? Ist das eine Tante oder ein Onkel?"
„Entschuldigung", murmelt Mami. Ich ziehe den Vorhang wieder zu.

Krista Beinstein

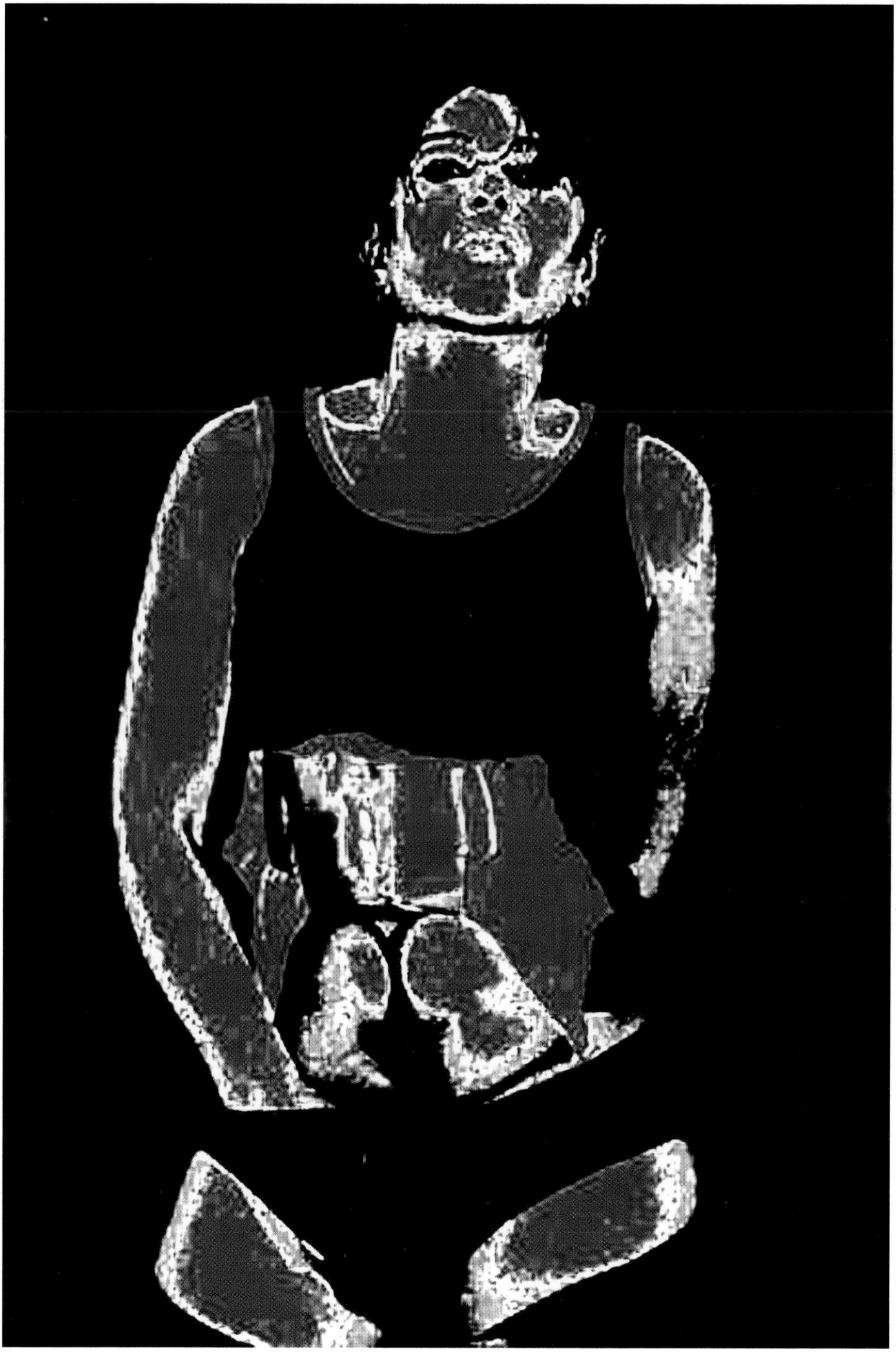

Wie alt bist du?
27

Praktizierst du SM? Wenn ja, gerne genauer schildern, was es für dich bedeutet, was es dir an Möglichkeiten eröffnet, körperlich und auf der psychischen Ebene. Welche Gefühle eine Rolle spielen, was genau sich abspielt für dich in einer Session, sowohl Körperempfindungen wie Inneres. In welchen Rollen agierst du etc.?
Ja, praktiziere ich als devoten Part. Es bedeutet für mich absolutes Vertrauen. Sich einer anderen Person komplett auszuliefern, ohne zu wissen, was genau geschieht, und trotzdem genießen zu können, ohne Angst haben zu müssen, setzt Vertrauen voraus. Anders ginge es nicht. Und anders wäre es für mich nicht die gleiche Leidenschaft. Schläge und Erniedrigungen würden sich ohne Vertrauen nicht gut anfühlen.

Empfindest du dich als queer, zwischen den Geschlechtern, lesbisch ... Was ist dir politisch aktuell wichtig, was gibt es zu tun, in der Frauen/Lesben/Queer/Trans-Bewegung. Gerne genauer schildern.*
Von außen würde man mich wohl als bisexuell bezeichnen, und ich tue es auch selbst oft. Dennoch ist es für mich nur ein Wort, das nicht ausschlaggebend ist. Ich definiere mich nicht über meine Sexualität, sondern ganz andere Dinge, deswegen sollte die Orientierung keine Rolle spielen.
Genau das empfinde ich politisch als wichtig. Die Sexualität hat niemanden etwas anzugehen, und es sollte völlig egal sein, wen man liebt oder lieben kann. Leider wird darauf immer noch ein viel zu großer Fokus gesetzt. Es sollte einfach normal und egal sein.

Was ist für dich erotisch? Im Alltag? Bilder, Filme? Was erregt dich?
Subtile Erotik spricht mich sehr an. Mich erregen keine gespreizten Beine, wo direkt alles zu sehen ist, wo bleibt denn da die Fantasie? Ich mag Dinge, die (eindeutig) angedeutet sind, aber immer noch Spielraum lassen und einen reizen, weiter zu forschen.

Toni Karat

Fag Boy Cruising

Inga van Ginneken

Transformation

Das Algengewirr schlingt sich um meinen Fischschwanz, das kühle Seewasser dringt durch meine Kiemen, ich schwebe schwerelos, lautlos, unberührbar, nicht existent für die Welt, endlos, für alle Ewigkeit. Mein Herz ist längst so dunkel wie der See um mich herum, schlägt langsam und schwer, meine Glieder sind kalt.
Die Sonne, die durch die ersten Meter unter der Oberfläche des Sees dringt, erreicht mich nicht, ich erinnere mich nicht einmal mehr an ihre Wärme. Gedankenfetzen blitzen auf, Gras, Sommer, Haut, wärmer als meine. Meine mächtige Flosse könnte mich an die Oberfläche tragen, stattdessen trägt sie mich in gedankenleere Dunkelheit. Manchmal finde ich Schätze auf dem Grund meines Sees, rote Herzen aus Glitzerfolie, die mich an etwas erinnern. Der Gedanke entgleitet mir wieder, bevor ich ihn richtig fassen kann. Etwas streift meinen Rücken, ich drehe mich um und greife danach, es trudelt an mir vorbei und verfängt sich in meinen Schwimmhäuten. Ein Bild aus Papier, zwei Frauen auf einem Motorrad. Frauen? Nicht ganz. Das Papier löst sich auf, bevor ich mehr erkennen kann. Es berührt mich, es irritiert mich, und ich schaue nach oben, woher das Bild wohl kam.
Ich sehe noch mehr Bilder über mir treiben, im Licht. Meine Neugier ist stärker als meine Abneigung gegen die Welt jenseits meiner Schwerelosigkeit, zwei Flossenschläge katapultieren mich nach oben, mitten hinein in einen Bildersturm, der um mich herum wogt und schwebt. Ich hasche danach, sie lösen sich unter meinen Fingern auf, ich kann sie nicht halten, nur Bruchstücke, Fetzen: Ein Wesen im zerbrochenen Spiegel, eine Frau, ein dunkler Schatten und ihr Geschlecht, das sie an den Spiegel drückt – ihr Geschlecht? Ein grausamer Mund, ein seltsamer Blick, Sehnsucht, Einsamkeit, ein weißes Hemd, die Zigarette im Mundwinkel, ihren eigenen Penis in der Hand, Doppelbild, Frau und Mann – jetzt will ich mehr von ihr, ich will mehr davon sehen, will wissen, wer sie ist. Ich drehe mich um mich selbst, das Wasser verwirbelt, Bilder tanzen um mich herum, ich kann sie nicht fassen. Näher an die Oberfläche, weiter nach

oben, bevor sich das Papier auflöst, mehr davon, zufassen, an mich ziehen. Mein Flossenschlag trägt mich weiter nach oben, und noch bevor ich weiß, was ich tue, durchbricht mein Kopf die Wasseroberfläche, es ist gleißend hell und ich bin minutenlang blind.
„Da bist du also!“, höre ich eine Stimme, dunkel und warm, sie dringt direkt in meinen Kopf. Ich kann mich nicht orientieren, kann nicht wegtauchen, will es auch nicht, denn es muss sie gewesen sein, die diese Bilder in meinen See gestreut hat, wer sonst? Warme Hände greifen meine Schultern, drücken zu, umfassen mich, und es fühlt sich zu gut an, um wegzutauchen. Ihre Wärme dringt durch meine Haut, in meine Muskeln und tiefer, ich bin wie gelähmt.
„Deine Hände sind kalt“, stellt sie fest. „Das sind sie immer“, antworte ich ihr. Sie hält mich fest, sie drückt mich an sich, dabei dürfte sie mich gar nicht sehen, kann sie gar nicht wissen, dass es Wesen wie mich überhaupt gibt.
Langsam gewöhnen sich meine Augen an das gleißende Licht, ich kann sie sehen: Doppelbild. Sie ist die Frau auf den Bildern, ich sehe ihre Weichheit, und ich sehe ihre Härte, ich sehe Zärtlichkeit und Grausamkeit, ich sehe Hingabe und Macht, ich sehe Mann und Frau, und plötzlich ergeben die Bildfetzen einen Sinn.
„Kannst du mich sehen?“, fragt sie mich, sehr ernst, ihre dunklen Augen dringen tief in mich ein; plötzlich begreife ich, dass sie mich sehen kann, weil sie anders ist, so wie ich.
„Das kann ich“, antworte ich, und ihr Blick wird weich. Ihre Lippen legen sich auf meine, ihre Hitze verbrennt meine Schwimmhäute, ihre Zunge löscht meine Gedanken aus. Sie zieht mich aus dem knietiefen Wasser, zieht mich ans Ufer, Glitzerfolienherzen, schlammiges Gras, Sommer. Meine feuchte kühle Haut wird heiß, ihre Küsse bedecken meine Schultern, meinen Hals, meine Brüste, meinen Bauch, und ich hebe das Becken, dann wird mir klar, dass ich ihr nicht mehr geben kann, denn ich bin keine Frau.
Ihre Hände gleiten über meine Schuppen, und ich spüre etwas darunter, dann sehe ich einen silbernen Lichtbogen über mir, und ein scharfer Schmerz dringt in meinen Schoß, als sie das Messer tief in meinen Fischschwanz stößt. Mein Blut sprudelt rot und heiß aus der Wunde, ich weiß, dass ich sterbe, und dass es passiert, weil ich an die Oberfläche geschwommen bin. Dunkelheit schlägt über mir zusammen.

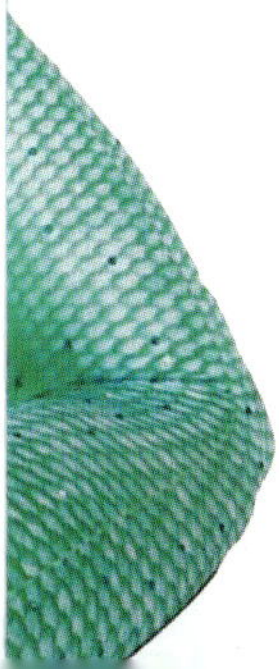

ihr Herz schlägt schnell, so schnell wie meines. Meine Hände sind warm, ich streichle ihren Nacken, ihr schwarzes Haar fällt ihr ins Gesicht.
Sie bleibt auf mir liegen, bis unsere Herzen ruhiger schlagen, dann steigt sie herunter und reicht mir die Hand. „Komm mit auf mein Schiff", lädt sie mich ein. Ich folge ihr hinaus ins gleißende Licht.

Goodyn Green

Goodyn Green

Elke Kaufmann
Texanische Metamorphosen

Texas – unermessliche Weite umgibt mich.
In einem Wohnwagen aus den 70ern
treibe ich über einen Ozean verdorrter Erde.
Ein einziger Regenbogen über der Wüste – Hochglanz in Acryl,
er kostet mich mehr als ein Ticket nach Paris.
La ville de l'amour, die Stadt der Liebe – nachts besuche ich sie
im Netz,
spät, einfach so – um die Freiheit zu träumen.
Ich unter dem Licht einer fahlen Funzel – im Wohnwagen beginnt
der Cyberspace,
der Ort für einen heimlichen Kuss – unwiderstehlich lockt die
süße Lilou.
Zärtlichkeit ist Mathematik – künstliche Emotion aus Null und
Eins.
In Texas bleibt der Regenbogen grau.

Der Sand unter meinen Sohlen bröckelt wie Kuchen – Rot,
ich zähle den 47sten Sommer in einem Road-Movie.
Mein Aufritt ist nonchalant – die Zigarette zwischen den schlanken
Fingern,
seit neulich brenne ich Löcher in die flirrende Leinwand.
Grüne Iris – vor ihr fallen sie wie Laub, die Ränder verkohlter
Szenerie,
wie pergamentene Schuppen des Ungeheuerlichen – es ist Theater,
Spiel.
Hinter der Leinwand treffe ich Reina – die Königin der Nacht,
gestern noch teilten wir die heimliche Sinnlichkeit im Netz.
Heute sitzen wir uns gegenüber, verschwommen – ein Platzregen
aus Pixeln,
unscharf, hinter grellblauer Sehnsucht in Cocktailgläsern –
zwei Fotografien im Chat.
Reina – von Beruf ist sie Durchreisende.

Texas – die Menschen haben ihren Gott vergessen,
auf dem Parkplatz hinter El Paso teile ich mein letztes Bier mit ihm.
Künstliche Intelligenz – erfolgreiche Götter lernen von ihren Schöpfungen,
in prestigeversprechenden Nebenrollen – an den ersten Küchentischen der Nation.
Siehst du den Straßenrand im Sand verlaufen – blind suchend, bis in die kalte Erstarrung?
Gott spielt den klaffenden Riss im Teer – er hätte es nicht für möglich gehalten.
Im Staub der Sterne verliert sich Reinas Chevrolet in der Nacht,
Blut hält mich warm – bis die Gestalt meines Verlangens die Geschichte zerschlägt.
Es ist das Maskulinum, das ganze Drehbücher verfasst,
selbst nachts schreibt es – wenn die süße Lilou ihre Augen schließt.
Noch wenn der wärmende Planet in seinen Traum hinüberstirbt,
besteht es auf meiner Identität.

Im künstlichen Mondlicht wirft die Wüste ihre Schatten,
– nichts ist mehr, wie es scheint.
Texas – wie sollte ich dir sagen, wer ich bin?
Ich? Ich bin ein Cowboy – und ich schaffe Kunst.
Ein Cowboy? Keine Rolle für dich! – Du bist feminin!
Die kritische Stimme behält Recht – mein Haar reicht mir bis an die Hüften.
Ich trage es in einer Plastiktüte umher.
Im Schatten meines Hutes bleibe ich Cowboy,
mein Herz schlägt für die Bühne – für die Kunst der Entfesselung.
Jemand muss es entzähmen, das erdenschwere Tier dressierter Unausweichlichkeit.
Auf ihm reite ich die Exkursion – einhundert Nächte, auf der Suche nach Freiheit,
wer hätte geglaubt, dass sie noch immer zu den bedrohten Arten zählt.

Die Wüste ist ein Neutrum – manchmal eine Frau,
ich habe vergessen, wie oft ich in ihrem Schoß erwacht bin.
Noch ehe der Morgen anbricht, schickt sie mich hinaus – Cowboy und Sprayer zugleich.

Painted Desert – mein Tag ist es, der bald jeden Regenbogen ziert.
Unter meinem Stiefel resigniert das Gaspedal, widerstandslos,
180 PS übersetzen in die Sprache der Anarchie – charmant,
unverblümt.
Texas – ein einsamer Stern knirscht unter meinen Reifen,
verflucht mich noch im kichernden Heulen des Getriebes.
Weiße Seiten zerstieben im Ruß – flattern wortlos über roten Sand,
sinnlose Schmetterlingsflügel – fragile Lyrik ungeschriebener
Geschichte.
Sprache ist der Feind der Natur.

Über die Leinwand läuft das Leben – Bonnie treibt es mit Clyde,
im Autokino, selbstvergessen – Clyde ist eine Frau.
Clyde schießt auf Limits – auf eine leere Dose Bier,
ich hatte sie einst mit Gott geteilt – draußen, auf dem Parkplatz.
Noch bin ich unbekanntes Land – hinter El Paso gebe ich mich der
Entdeckung hin,
im Autokino, im besonderen Film – die Lippen der süßen Lilou
erkunden mich.
Passion Rouge duftet wie Samt – Lippenstift aus dem fernen Marais.
Ihre Küsse prickeln wie Brause – himbeerfarbenes Graffiti auf
meiner Haut,
heißer als das Kunstleder chromgrüner Sitze, betrunken von
Schweiß.
Texas atmet seine fünfte Jahreszeit – orangefarbener Mohn erwacht,
bunt.

Roxana Halls

Laughing While Flloating

Laughing While Leaving

Laughing While Eating Strawberries

Laughing While Eating Joghurt

Ulrike Voss
Bordeauxrot
Teil 2

Die Tiere in Zoos müssen uns Gaffer aushalten, ihre Gehege sind immer zu klein, sie sind verhaltensgestört, krank, apathisch. Von wegen Artenschutz. Wenn die Gelder, mit denen Zoos subventioniert werden, den Tieren in Freiheit zukämen, das wäre Artenschutz! ... Diese Gedanken hatten den sexuellen Bildersturm, der einige Minuten zuvor noch in mir getobt hatte, verdrängt. Konnte sie mit ihrer Nichte nicht anderswo Tiere ansehen? Gibt doch sicher Bio-Bauernhöfe mit Ziegen und Schafen auf großen Weiden. Ich hörte ihr nicht mehr zu.
„Lass uns die Rechnung bestellen“, drang ihre Stimme wieder zu mir. Wir zahlten. Sie gab mir die Hand zum Abschied, wie bei unseren beruflichen Begegnungen. Würde sie nun auch wieder zum „Sie“ wechseln? Aus ihren Augen funkelte Belustigung. „Ich kann dir ansehen, was du denkst. Du findest Zoobesuche unmöglich. Kann ich nachvollziehen. Aber Mia möchte unbedingt. Ihre Kindergartenfreundin war schon einmal im Zoo. Und die Seerosen blühen! Und andere Blumen, du magst doch Blumen.“ Oh, war mir das peinlich. Für das Design ihrer Homepage hatte ich ein abstraktes Blumenbild vorgeschlagen, was ihr nicht gefallen hatte. Zu kitschig. „Du musst ja nicht mit. Die Idee war mir gekommen, als du von deinen Tierfotos geschwärmt hast.“ Als sie mich ansah, flammte die Lust wieder auf. An meiner Hand noch das Gefühl ihres Haars. Ich musste verrückt gewesen sein. Ich hatte sie doch tatsächlich gefragt, ob ich in ihr Haar fassen dürfe.
Könnten wir uns auch ohne Zoo mal wiedersehen?, wollte ich sagen, stattdessen kam ein piepsiges, unsicheres „Ich komm gerne mit“ aus mir.
„Nächsten Samstag? Wo wohnst du eigentlich? Ich fahre mit dem Auto, das ist einfacher, ich muss Mia ja bei meiner Schwester holen und anschließend wieder hinbringen.“
In unser Büro war sie immer mit dem Fahrrad gekommen. Ich konnte sie mir nicht als Autofahrerin vorstellen. Von Heidelberg

aus ist Stuttgart gut mit der Bahn erreichbar. Ich hatte eine Bahncard 50.
Es dauerte quälend lange, bis endlich Samstag war. Jede Nacht träumte ich mir Küsse herbei, war in ihr versunken, fixierte sie an den Handgelenken, dass sie sich nicht wegwinden konnte, senkte meine Lippen langsam auf ihre, brachte sie zum Glühen, zum Schreien. Ihre ironischen Augen ruhten auf mir, wenn ich sie mit harter Hand in Richtung Orgasmus trieb, und schlossen sich erst kurz davor. Ich unterbrach mich, stoppte die Bilder, wollte keine Orgasmen, bis ich sie wiedersah. Aber es würde vermutlich gar nicht dazu kommen, wie auch? Wir würden einen Ausflug mit Kleinkind machen. In der Nacht auf Samstag zwang ich mich, im Einschlafen nicht ihren Körper neben meinen zu imaginieren.
Sie kam um elf. Ein alter Peugeot-Cabrio. Zerkratzt. Auch das noch, Cabrio! War sie ein Autofreak? Das Kind saß im Kindersitz vorne neben ihr, ich stieg hinten ein. „Du kannst auch einschlafen", sagte sie zu dem vielleicht dreijährigen Mädchen, das mich keines Blickes würdigte. Zu mir nach hinten gewandt: „Sie schläft noch mittags", dann wieder zu dem Kind: „Aber gib mir deinen Kaugummi, wenn du einschläfst." Zum Klang von alten und neuen Kinderliedern, „Kommt ein Vogel geflogen", „Im Land der Berge ist alles winzig klein", fuhren wir durch strahlenden Spätsommersonnenschein, sie und das Kind mit dunklen Sonnenbrillen, ich sah sie im Vorderspiegel. Ihr schönes schwarzes Haar, in dem ich vor einer Woche meine Hand versenkt hatte, flog ihr um die Brille. Das Kind schien einschlafen zu wollen. „Gib mir den Kaugummi" – „Nein!" Sie versuchte, dem Kind im Fahren den Kaugummi aus dem Mund zu friemeln – Achtest du auf die Straße?, dachte ich, sagte es nicht. Das Mädchen brüllte. „Ich will zu Mami!" Doch dann schlief es ein. Es kann doch nicht wahr sein, dachte ich, ich fahre hier mit einem idiotischen Auto in einer idiotischen Kleinfamiliensituation durch die Gegend. Ich hätte nicht mitkommen sollen! Bis Stuttgart war es weit. Meine Laune kippte. „Das Auto ist mir bei der Scheidung zugesprochen worden", sagte sie, „mein Mann hat das Boot bekommen" und drehte sich zu mir um. „Guck doch bitte auf die Straße", sagte ich jetzt doch, in gereiztem Ton. Sie lachte. „Keine Sorge, ich hab sie im Auge. Ich fahre das Ding jetzt noch, bis es nicht mehr geht, hat schon über 250.000 Kilometer."

„Scheidung“ – „Mann“, wahrscheinlich stimmte nicht, was ich gehört hatte, dass sie lesbisch sei. Was machte ich hier nur? Sie tauschte die Kinder-CD gegen eine CD von Alanis Morissette aus und begann mitzusingen. Ich entspannte mich. Ihre Stimme und der laute Fahrtwind drangen mir in den Körper, durchwogten mich, tiefer, immer tiefer. Ich saß auf der Rückbank eines alten Cabriolets in einer völlig absurden Situation und bebte vor Lust.
Der Tag im Zoo ging schnell vorüber. Der Seerosenteich war wirklich traumhaft, das Kind gut gelaunt, es schien sich allerdings mehr für die vielen Kletterspielplätze zu interessieren als für die Tiere. Nur einmal, bei einigen rundlich-braunen kleinen Tieren mit lustigen Fuchsgesichtern, blieb es lange stehen und sah ihnen versonnen zu. Waldhunde, las ich. Sie liefen – schrecklich! – immer im Kreis an einem Bachimitat entlang, in einem winzigen Freilauf. Sie taten mir leid. Auf einmal war ich wieder gereizt. Ich machte eine giftige Bemerkung, das Kind sah mich irritiert an.
Auf dem Rückweg fuhren wir ins Abendglühen, die Sonne ging unter, das Kind schlief ein, und sie sang vor sich hin.

„Ich fahre Mia erst nach Hause, das liegt auf dem Weg zu deiner Wohnung, dann wacht sie vielleicht nicht auf.“
Als sie das Mädchen abgegeben hatte, saßen wir im Auto vor der Wohnung ihrer Schwester und sahen uns an. „Und nun?“, fragte sie. Mir war heiß. „Ich würde gerne …“, begann ich, sie unterbrach mich: „Saskia, hast du Lust, noch einen Wein bei mir zu trinken?“
Ein bordeauxrotes, einladend bequem aussehendes Sofa fiel mir als Erstes ins Auge. Ihre große Einzimmerwohnung mit Küchenecke war sympathisch unaufgeräumt. Ein Kleiderstapel vor dem Schrank, ganz oben lag das schöne Hemd, das sie auf unserem Fest getragen hatte in dem Moment, in dem ich mich verliebte, bordeauxrot und schwarz leuchtete es mir entgegen im gedimmten Licht. Auf dem Schreibtisch Bücherstapel und Papierberge, in einer Nische ein ungemachtes Bett. Sie öffnete eine Flasche Weißwein. Wir ließen uns aufs Sofa fallen. Auf einmal überschwemmte mich schreckliche Müdigkeit. Außerdem hatte ich Bauchschmerzen. Zu viel Eis im Zoo? Was hatten wir denn sonst noch gegessen? Ich saß hier, so nah bei ihr wie nie zuvor, am Ziel meiner Träume, und mein Körper stellte sich quer. Statt an Sex dachte ich über verdorbenes Essen

nach. Dieser absurde Zooausflug. Weißwein putscht mich, macht mich beschwingt. Jetzt hatte ich den Eindruck, er verstärkte die Bauchschmerzen. Sie erzählte von ihrer Ehe und dass sie schon in der Zeit mit ihrem Mann bemerkt hatte, dass sie auf Frauen steht, und es auch mehrere Affären gab bis zur freundschaftlichen Scheidung. Ich konnte kaum zuhören.
Da beugte sie sich zu mir, zog meinen Kopf zu sich, „komm“, flüsterte sie, „ich weiß, du möchtest es.“ Ich sagte, oder wollte ich es nur sagen: „Ich weiß nicht, mir ist schlecht.“ Wollte ich wirklich noch? Es kam mir fremd vor, so, als wäre die, die tagelang in erotischen Träumen mit ihr versunken war, eine andere als ich hier auf dem Sofa.
Sie ignorierte, was ich sagte, und öffnete meine Lippen mit samtiger weinbenetzter Zunge. Ich begann zu saugen, schloss die Augen, sie schmeckte so gut. Sie bewegte sich sacht, kein wildes Reiben. Dieser Kuss! Einer meiner ersten Küsse tauchte in mir auf, und auch das damit verbundene Gefühl. Ein Mädchen aus meiner Klasse, für das ich schwer schwärmte, hatte mich einmal geküsst. Vermutlich nur, um für einen Jungen zu üben, in den sie verknallt war, aber das wusste ich damals nicht. Für mich war unser Kuss wie Sex. Dieser Kuss brachte alles andere in meinem Körper, bis in die Tiefen der Vulva, zum Vibrieren.
Dann zogen wir uns aus und machten nackt weiter. Auf dem bordeauxfarbenen Sofa fickte sie mich. Sie war schnell, klar und hart, so wie ich es mir erträumt hatte die ganzen Tage, nur dass ich die Fickende war, und doch war sie ganz anders, ihr Duft, wie der Schweiß rann. Sie donnerte ihre Hand, oder waren es Finger, in mich, bockte mich auf und küsste einfach immer weiter, küsste sich nach unten, fickte weiter, wollte sie mich lecken? Und da spürte ich ihn, den heißen Fluss, der sie fast hinausschwemmte, ich schrie und weinte vor Lust und Glück, und es war mir egal, ob sie so verliebt war in mich wie ich in sie, ich löste mich an ihr auf, zerging, etwas sprang in mir, der Bauchschmerz war weg. Sie zog ihre Hand heraus und lachte. Ihr Finger waren dunkelrot von meinem Blut.
Wohl darum hatte ich schlechte Laune und auch die Bauchschmerzen. Es war viel zu früh. Ich hatte nicht damit gerechnet. Rote Flecken auf dem roten Sofa. Sie führte blutbenetzte Finger an ihre Nase und streichelte mich, eine rote Zeichnung auf meinem Bauch, dann

küsste sie wieder und flüsterte mir ins Ohr: „Du duftest wunderbar! Das Süß-Metallische des Bluts gemischt mit deinem Sexsaft, Wahnsinn! Und jetzt nimm mich. Ich werde so gerne geleckt." – Sie sagte es wirklich so direkt, beim ersten Mal.

Als wir uns das nächste Mal trafen, trug sie wieder ihr bordeauxschwarz leuchtendes Hemd.

Linda Troeller

Anne Schelzig
Liebeskummer

In seinem Zimmer unter dem Dach stand die Luft. Die grün-weißen Lamellen der Jalousien zwischen den doppelten Glasscheiben waren spröde geworden und hielten weder tagsüber das Sonnenlicht noch nachts das Licht der Straßenlaterne vor dem Fenster ab. Marios Mutter fragte schon seit Jahren, ob sie nicht doch mal eine neue Jalousie besorgen sollten, auch, weil das alte Ding von außen ziemlich schäbig aussah. Mario hatte in Erinnerung an bereits überstandene gemeinsame Renovierungs- und Verschönerungsaktionen bisher vehement abgelehnt.

Heute war er kurz davor, das zu bereuen.

Er lag mit geschlossenen Augen auf dem Bett. Eine Fliege krabbelte an seinem Bein entlang. Er war zu erschöpft, um nach ihr zu schlagen. Er stellte sich vor, die Fliegenbeine seien Fingerspitzen, die sanft über seine Haut strichen. Auf und ab. Erst vorsichtig, fragend, dann etwas ungeduldiger. Aber immer leichtfüßig, spielend. Mario stellte sich die Frau vor, zu der diese Hände gehörten. Sie war ein bisschen größer als er und ziemlich kräftig, was man rein von ihren Berührungen her erst mal gar nicht erwarten würde.

So wie Madeleine. Er stellte sich vor, sie würde jetzt hier vor ihm auf dem Bett sitzen.

„Na? Was machst du denn so ganz allein hier oben, bei dem schönen Wetter?"

Nein. So was Offensichtliches würde sie nie sagen. Er trat in die Luft, um die Fliege zu vertreiben. Nach kurzer Zeit kehrte sie zurück und setzte sich mit einem penetranten Summen wieder und wieder auf seinen Arm, auf seinen Hals, auf sein Gesicht. Schließlich griff er in die Schublade unter seinem Bett, zog die Fleece-Decke heraus und rollte sich trotz der Hitze vollständig darin ein.

Madeleine ging ihm trotzdem nicht aus dem Kopf. Sie hatte blonde Locken und blaue Augen.

Und ziemlich weit auseinanderstehende Zähne.

Und einen blonden Flaum auf der Oberlippe, den man jetzt im Sommer noch deutlicher sah als sonst.

Madeleine wurde deshalb von den anderen ausgelacht, was Mario ziemlich peinlich war.
Aber er war schließlich auch kein Standard-Mensch, also durfte er nicht von anderen verlangen, dass sie aussahen wie auf dem Cover eines Hochglanzmagazins.
Obwohl es ihm peinlich war, musste er sich dauernd vorstellen, wie es wäre, sie zu küssen, ihre Zunge mit seiner Zunge zu berühren, mit seiner Zunge an den Lücken zwischen ihren Zähnen zu spielen.
Er hatte schon ein paar Mal mit ihr geredet. Sie war immer nett gewesen und hatte ihm interessiert zugehört. Aber er merkte genau, dass sie ihn seltsam fand, vielleicht sogar Angst vor ihm hatte. Sie erzählte nie viel von sich, aber er konnte einfach nicht aufhören zu reden, wenn er in ihrer Nähe war. Sie dachte bestimmt, dass er sich nur wichtigmachen wollte. Dabei wusste er ganz genau, was das Problem war. Er redete um den heißen Brei herum, weil er Angst hatte, sie würde ihn auslachen, wenn er die alles entscheidende Frage stellte.
Ob ich deine Freundin sein will? Wie stellst du dir das denn vor? Die Leute hassen uns doch jetzt schon.
Was sollte sie auch anderes sagen, so wie er aussah. Aber das würde sich bald ändern. Er wusste, sollte er sich für die Operation entscheiden, würde er selbst nicht mehr so viel empfinden wie jetzt. Aber das war es ihm wert, denn was hatte er davon, alleine an sich herumzuspielen? Das war ja wohl nicht Sinn und Zweck von Sex. Übermäßige Selbstbefriedigung war ein Zeichen einer nicht ausgereiften Sexualität. Der neue Vikar, der den Konfirmandenunterricht leitete, erzählte ja viel Blödsinn, aber da hatte er recht. Mit fünfzehn konnte man so was noch tolerieren, aber später wollte er richtigen Sex haben. Mit der richtigen Frau. Und die hieß Madeleine.
Aber bevor er an so was denken konnte, musste er sich erst mal um die Organe kümmern, die er schon hatte. Er griff sich in die Hose und tastete seine Leistengegend ab. Es fühlte sich angeschwollen an, und er spürte ein deutliches Ziehen in seinen Hoden. Er hatte schon öfter Schmerzen an genau dieser Stelle gehabt, schon als Kind. Er war mit seiner Mutter ein paar Mal beim Arzt gewesen deswegen, aber der hatte ihn nur schnell abgetastet und dabei logischerweise nichts gefunden. Schließlich hatte er ihn und seine Mutter wieder nach Hause geschickt, mit den Worten, er sei halt ein kleines Sensibelchen.

Aber diesmal war es so schlimm, das konnten sie nicht wieder ignorieren. Er spürte, wie ihm die Hitze ins Gesicht stieg, bei dem Gedanken daran, deshalb noch mal zum Arzt gehen zu müssen. Aber er hatte schon eine Ärztin in Freiburg gefunden, die sich mit so was auskannte. Sie war Endokrinologin und behandelte eigentlich ausschließlich Kinder, was ein bisschen peinlich war in seinem Alter, aber besser als die Alternative – hier im Dorf zum Urologen zu gehen, oder wer auch immer sich in diesem Nest für so was zuständig fühlte.
Sie würden sie wohl entfernen müssen. Klar, was hatte er denn sonst für eine Option, wo sein Problem viel zu spät ans Licht gekommen war.
Dabei hatte er schon immer gewusst, dass aus ihm trotz allem mal noch ein Mann werden würde. Er hatte noch nie, wirklich noch nie, etwas mit diesem Puppen-Pony-Mädchenscheiß anfangen können, den seine Mutter ihm permanent aufzwingen wollte. Weil sie das süß fand, behauptete sie. Wohl eher, um sich selbst darüber hinwegzutäuschen, dass ihr schon einmal ein vermeintlicher Fehler unterlaufen war. Sie hatte ihm nämlich zuerst seinen richtigen Namen gegeben, sie hatte ihm so oft erzählt, dass sie schon ganz früh wusste, dass er ein Mario werden würde. Sie hatte es gewusst, und eine Mutter irrt sich doch bei so was nicht! Aber dann hatte sie sich von so ein paar Quacksalbern gaslighten lassen und hatte seine wahre Identität sein ganzes Leben lang verleugnet. Das ging jetzt nicht mehr.
Es musste sich entzündet haben. Er hatte das Gefühl, ein Alien hatte sich in ihm eingenistet und war kurz davor, aus seiner Bauchdecke herauszubrechen. Er hatte im Internet gelesen, dass Hoden, die zu lange im Bauchraum verblieben, eine dreißigprozentige Wahrscheinlichkeit hatten, Tumore zu entwickeln. Wenn er an sich herunterblickte, war es wahrscheinlich schon längst so weit. Er war total aufgebläht, traute sich kaum, sich auf die andere Seite zu drehen, vor lauter Angst, dass er dadurch irgendetwas innerlich zum Platzen bringen würde.
Aber niemand hatte ihm geglaubt. Niemand. Dabei hatte er schon immer gewusst, wer er wirklich war. Er unterschrieb, seit er zehn war, nur noch mit seinem richtigen Namen.
Sollten sie doch lachen über ihn. Bald würden sie erkennen, wer er wirklich war. Spätestens, wenn sie ihn obduzierten, würde es ja wohl

herauskommen, und dann würden endlich alle wissen, dass er nicht gelogen hatte die ganzen Jahre. Klar, manche würden es auch dann noch nicht kapieren. Aber sich trotzdem auf seiner Beerdigung herumtreiben und schlaue Sprüche klopfen, garantiert.
Madeleine war keine von denen, das wusste er. Sie würde sich wahrscheinlich nicht mal trauen, auf seine Beerdigung zu kommen. Aber er wollte sie so gerne dabeihaben. Konnte man das? Vor seinem Tod jemanden zu seiner eigenen Beerdigung einladen? Aber er wollte noch gar nicht sterben! Wie viel Zeit blieb ihm noch? Er hatte solche Schmerzen, der Tumor musste schon so groß sein, dass er auf seine inneren Organe drückte. Ihm wurde schlecht. Was, wenn er es nicht mehr schaffte, Madeleine noch einmal zu sehen?
Er stand auf. Er befürchtete, seine Eingeweide würden jeden Moment aus ihm herausgequetscht werden. Er hatte bisher nicht mal beim Zahnarzt eine Betäubung gebraucht – aber das hier war jenseits von allem, was er jemals an Schmerzen erlebt hatte.
Mit zusammengebissenen Zähnen, schwer atmend und vor Schmerzen schwitzend, schleppte er sich zur Tür.
„Mama!“, rief er. „Ich glaube, ich sterbe.“
Seine Mutter musste an seiner Stimme gehört haben, dass etwas mit ihm wirklich nicht in Ordnung war, denn sie ließ das Geschirr ins Spülbecken fallen, riss die Küchentür auf und rannte zu ihm.
Sie nahm ihn in die Arme und drückte ihn ganz fest, so wie sie es schon seit Jahren nicht mehr getan hatte. Es tat ihm gut, ihre Wärme zu spüren.
„Ach Hase, ich weiß, das ist alles ganz furchtbar.“
Woher wusste sie das? Spürte sie instinktiv, dass sie ihn gerade zum letzten Mal im Arm hielt? Ein Mädchen aus seiner Schule war letztes Jahr an Leukämie gestorben. Das hatte man auch erst nach ihrem Tod herausgefunden. Sie war einfach umgekippt. Seine Knie fingen an zu zittern.
„Bei mir war es früher auch so schlimm.“ Seine Mutter drückte ihm einen Kuss auf die Stirn. „Aber glaub mir, wenn du erst mal ein Kind hast, wird das alles besser.“
Mario stieß sich angewidert von ihr ab.
„Bist du bescheuert?“, rief er. Seine Stimme klang wieder so jaulend hoch, wie immer, wenn er sich aufregte. „Ich krieg doch kein Kind!“
„Was?“ Seine Mutter zog eine Augenbraue hoch und stemmte die

Arme in die Hüften. „Ich kriege keine Enkelchen? Aber da freue ich mich doch jetzt schon drauf!"
Mario fing an zu heulen, obwohl er lieber den hässlichen Spiegel im Flur zertrümmert hätte. Wie konnte die Frau, die ihn geboren hatte, die doch zugegeben hatte, dass sie wusste, was mit ihm los war, so ignorant sein?
„Lüg doch nicht rum! Du weißt doch ganz genau, dass ich niemals Kinder kriegen werde. Du weißt doch ganz genau, warum ich diese Bauchschmerzen habe. Aber jetzt ist sowieso alles zu spät!" Schluchzend (er hasste sich so dafür!) schmiss er die Tür hinter sich zu und warf sich aufs Bett.

Kurze Zeit später hörte er, wie Carolin aus der Wohnung unter ihnen die Treppe hochpolterte. Sie klopfte an die Tür.
„Alles okay bei euch?"
Seine Mutter öffnete die Tür.
„Hör bloß auf. Marion hat Liebeskummer *und* PMS. Es ist nicht zum Aushalten. Sei bloß froh, dass du keine Tochter hast."

Anna Hetzer
VATERS ZORN

und vaters zorn wirft mit dingen durchs haus
eine widerspenstige leiste
die aus dem gebohnerten boden ragte
jesusbommeln, die dauernd abrutschten
von den verdorrten ästen der weihnachtstanne
ein neugeborenes kätzchen
das von seinen zieheltern verstoßen worden war
es heißt im nachhinein, er habe sich bedroht gefühlt
von unsrem kuss im baumhaus
den er mit einer drohne entdeckt haben muss
anders können wir das nicht erklären
hatten ja extra die vorhänge aus laub
fest zugezogen und die taschenlampe ausgeknipst
gruselig wars da drin
verbuchten das unter vorübergehend
versuchten, die mythen europas
nur mit frauen* zu erzählen
waren froh, dass wir uns bei all den würmern im laub
nicht aus den augen verloren haben
unsere hasenkostüme gemeinsam zerreißen konnten
wie ein kombiticket durch die geisterbahn

Laura Méritt, 69 Vulven: Stockholm

Sascha Rijkeboer

41 Tage ist es her, sagt Clue.

41 Tage ist es her, sagt Clue.
Clue ist eine App – die ich übrigens allen menstruierenden Menschen wärmstens (!) empfehlen kann, ich habe schließlich fünf verschiedene Apps ausprobiert –, die zeigt, wo mensch gerade so im Zyklus steht. Sie prognostiziert u.a. die kommende Mens – nach normierten Algorithmen, könnt ich das Gefühl kriegen, aber ich weiß es nicht , denn: Meine Mens kam perfekt auf den 28. oder 29. Tag. Sync with the moon. So schön.
Ja, meine Mens, die hatte schon was Mystisches, was Symbolisches, was transzendent Aufgeladenes. Als ich meine Brüste noch hatte, brauchte ich Clue schon auch ein bisschen, aber noch nicht so sehr, da waren die Brüste mein Clue. Clue to: *squeeze boob* „aah, die kommen so in 2-3 Tagen."
Ich will jetzt aber eigentlich keine Werbung für eine App machen, die ich abfeiere, ohne dafür bezahlt zu werden (ich gehöre schließlich zu der Generation Influencer*innen). Nein: Ich bin eine non-binäre afab trans Person. Das heißt: Ich bin bei Geburt dem weiblichen Geschlecht zugewiesen worden (afab = assigned female at birth), kann mich aber nicht damit identifizieren (das macht mich zu einer trans Person) und identifiziere mich weder mit „weiblich" noch mit „männlich" (das spezifiziert mich zu einer non-binären trans Person). Als afab-Person, deren Geschlechtsorgane medizinisch betrachtet „intakt" sind, habe ich auch Brüste entwickelt, breite Hüfte gekriegt, menstruiert.
Ich habe 1,25 Jahre vor meiner ersten Mens Ausfluss gekriegt, und das fand ich super(!)unangenehm das erste Mal war am 70. Ge burtstag meines Großvaters. Ich wusste nicht, wie ich mit jemandem darüber sprechen kann, und hatte jedes Mal, wenn sich ein warmes Tröpfli in meine Unterhose ergoss, die Panik, ich hätte nun meine Tage gekriegt. Ich wusste nicht, dass dieser Ausfluss der Periode ziemlich genau ein Jahr vorausgeht [insert: Appell an die Bildungsinstitutionen!]. Ich ging lange davon aus, dass ich nie Frau werden würde. Körperlich. Ich glaubte einfach nicht daran. Und trotzdem

hatte ich Angst, weil ich es insgeheim ja selber doch nicht mehr glaubte, weil ja immer wieder mal ein warmes Tröpfli kam.
Ich habe damals intensiv Karate gemacht, fand die ewigen Toilettenbesuche bei jedem Training, meine Unterhose auf ein Einsetzen der Menstruation überprüfend, aber so unangenehm, dass ich mit dem Karate aufhörte. Ich finde das retrospektiv einschneidend gemein, dass das mein insgeheimer Austrittsgrund war.
Als sie dann einsetzte, also die Mens, ich weiß es noch genau, es war der 26. Oktober 2007, ich war 16 (megaspät! Ich weiß – und ich war so glücklich, war ich so spät!), war mir das sehr unangenehm. Meine Mutter und Großmutter machten mir Geschenke zur „Frauwerdung". Beim zweiten Einsetzen meiner Mens war ich bei meinem Vater (weil Eltern geschieden), und wir waren beide total überfordert mit der Situation, dass jetzt Blut aus meiner Vagina träufelte und es das irgendwie zu stoppen galt.

Viele meiner befreundeten afab trans Personen, die sich aber ungleich mir als trans Männer identifizieren, bezeichnen die Menstruation als „Sharkweek"; wie ich das verstehe: als ein schreckliches Erinnert-Werden, dass ihr Körper einem weiblichen Zyklus folgt. Vielleicht – ich glaube – bin ich da romantisierender, denn trotz fucking Bauchschmerzen und absoluter Alltagsuntauglichkeit ohne Schmerztabletten fand ich das immer etwas speziell Spannendes, meine Tage zu kriegen. Das Bewusstsein: Jetzt haben sich gerade Östrogen, lutheinisierende Hormone, follikelstimulierende Hormone und daraus resultierend Progesteron abgewechselt und eine Zelle ausgeschieden, die optimal mit Nährstoffen angereichert wurde, um ein zellbiologisches Wunder der Natur herbeizuteilen.

*

Und heute: Nach knapp vier Monaten non-binäres Testosteroneinnehmen (einfach halb so viel wie trans Männer etwa einnehmen) und 41 Tagen Periode-Ausbleiben, wie Clue sagt, wünsch ich mir meine Periode. Nicht weil ich die Bauchschmerzen oder den weiblichen Zyklus an sich mag, aber einfach fürs Gefühl. Weil ich die Vorstellung, ein zellbiologisches Wunder der Natur herbeizuteilen zu vermögen, unglaublich romantisch finde.

Monika Richrath
Blut

Die erste Geliebte nennt ihre Blutung *meinen Mist,* was sie aber nicht davon abhält, mit mir Sex zu haben. Wir legen eben einfach ein Handtuch unter. Auch weiß sie durchaus den lustvollen Schub zu schätzen, wenn ich meine Tage habe. Aber es gibt doch Grenzen. Lecken will sie mich dann nicht. Maliziös grinsend erheben sich die auf ewig verschwunden geglaubten Gespenster von der *dreckigen Schlampe.* Als ich das erste Mal von einer Lesbe lese, die gerne eine andere blutende Frau leckt, ist das wie eine Offenbarung. Es gibt also doch Frauen, die die Grenze überschreiten können, an der ich bislang von anderen aufgehalten worden bin und/oder mich selbst zurückgenommen habe; Frauen, die in ihrem Blut etwas anderes sehen als eine schmierige Absonderung ihres Körpers. Getroffen habe ich eine solche Frau noch nicht. Ihrem Kommen sehe ich mit freudiger Erwartung entgegen.

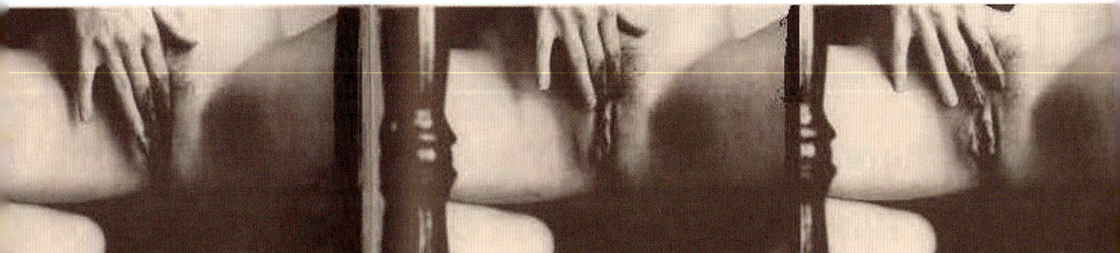

Dorit David

Ausgeblutet

Ein Erfahrungsbericht

Es begann damit, dass ich auf der Bühne einschlief. Einfach so. Mitten in der Szene. Es war zwar nur eine Probe – meine Rolle: eine versteckte Geisel –, aber nach diesem Fauxpas war mir klar: Etwas stimmt hier gar nicht mehr.
Ich bin eine quirlige, umtriebige Person, die ihre Hummeln im Hintern allerhöchstens eine halbe Stunde im Zaum halten kann. Eigentlich.
Unsere Premiere verlief ohne weitere Zwischenfälle. Dank eines mächtigen körpereigenen Gehilfen, dem Adrenalin, schlief ich zwar nicht mehr ein, aber diese ominöse, mir artfremde Egal-Haltung bewirkte, dass ich zumindest eine sehr schöne Ruhepräsenz auf der Bühne ausstrahlte, ein Zustand, den jeder schauspielende Mensch erstrebte. Meine Kollegen beneideten mich um die Abwesenheit des Lampenfiebers.
Trotzdem - normal war das nicht. Also saß ich in der folgenden Woche bei meinem Arzt. Dr. Jordan musterte mich lange, schwieg und fragte schließlich: „Sie sind müde?"
„Ja", sagte ich und gähnte, „ständig."
„Eisenmangel vermutlich", brummte er. „Da Sie sagen, dass Sie nicht schwanger sind und höchstwahrscheinlich die Menopause noch vor sich haben, muss ich Sie fragen: Wie lange dauert ihre monatliche Regelblutung?"
Nach dieser Frage wurde mir langsam bewusst, dass meine angenommene Midlifecrisis und meine Lustlosigkeit keineswegs ein befürchteter Tumor oder eine versteckte Depression um die vierzig waren, der viele meiner Freundinnen erlagen und wegen der ich vorsorglich Dr. Jordan aufgesucht hatte, sondern dass dieses Desinteresse an mir und der Welt einer simplen Unterversorgung mit Sauerstoff geschuldet sein könnte.
Die Antwort, weshalb, lag auf der Hand bzw. zwischen meinen Beckenknochen. Das Laborergebnis bewies einige Tage später die außerordentlich gute Kompensationsfähigkeit meines Körpers, dem Leib

einer Freiberuflichen. Ich ackerte bis zum Umfallen, wenn es sein musste, und erkrankte, wenn ich es mir mal eben erlauben konnte. Diesem Diktat hatte sich auch mein Körper unterworfen. Auf dem Diagnosezettel sah das folgendermaßen aus: Eisenwert okay, Eisenspeicherwert nahezu null. Bildlich gesprochen schwammen also alle mir zur Verfügung stehenden Reserven bereits in meinem Blut herum und versorgten mich auf den letzten Metern, während der Grund und Boden komplett abgegrast war. Der daraus folgende Eisenmangel war also die letzte Konsequenz. Ich war ausgelaufen.

Seit Monaten, nein, seit Jahren verlor ich offensichtlich regelmäßig mehr Blut, als mein Knochenmark in der Lage gewesen wäre neues zu bilden.

„Zwölf Tage in etwa", antwortete ich matt auf seine Frage, und zeitgleich wurde mir klar, dass dies im üblichen Sinne zu viel Zeit war. Es bedeutete, dass ich fast den halben Zyklus lang mit etwas beschäftigt war, was andere Frauen in zwei bis drei Tagen hinter sich brachten. Ich war leer.

Dieser Satz setzte sich in mir fest. Leer wie ein undichter Tetrapack Rotwein und ich hatte es einfach nicht wahrhaben wollen. Stattdessen folgte ich noch immer als freudige Blutspenderin regelmäßig den Aufforderungen des Deutschen Roten Kreuzes und trug freigiebig dazu bei, dass es anderen besser und mir schlechter ging. Nach dieser Diagnose fiel es mir wie Schuppen von den Augen. Alles erklärte sich, was bis dahin hinter einer diffusen Nebelwand verborgen war: Das mangelnde Lampenfieber, der Umstand, dass ich nach dem zweiten Stock hechelte wie eine Asthmakranke und dass ich jeden Morgen aussah, als hätte ich die ganze Nacht durchgezecht. Über meinen Zyklus hatte ich mir nie großartig Gedanken gemacht, da ich im Gegensatz und zum Unverständnis meiner schwermütigen Freundinnen immer recht gerne Blut verlor.

„Sie kommen nicht drumherum", sagte Dr. Jordan mit Nachdruck, als er mein widerwilliges Kopfschütteln sah. „Ich verschreibe Ihnen ein Eisenpräparat." Seit Jahren kannte er mich. Mir als Pillenhasserin *Ferrosan* zu verschreiben war ein ähnliches Unterfangen, als würde er seiner kleinen Tochter gekochten Rosenkohl zum Frühstück aufschwatzen.

„Sie können es natürlich auch mit *Kräuterblut* oder Rote-Bete-Saft versuchen. Dauert nur länger."

Ich blutete seit über einem Jahr mit der fröhlichen Intensität einer Springquelle. An den Tamponwechsel im Dreißig-Minutentakt (die dicken, auslaufsicheren!) hatte ich mich bereits gewöhnt. Nachts benutzte ich Tena-Lady-XXL und wenn längere Auftritte ohne Pause anstanden, waren sie nur mit Einmalwindeln zu bewerkstelligen. Nur engste Kolleginnen wussten davon. Die Toilette sah nach meinem Besuch aus wie bei einer Lernschwester im ersten Jahr nach ihrem ersten Verbandswechsel in der Notaufnahme.
Zu meinem Handtascheninhalt gehörte auch ein feuchter Lappen in einer kleinen Plastiktüte, um nicht irgendwo Spuren des Grauens zu hinterlassen. Auch nicht an mir. In den kritischen Zeiten trug ich des Weiteren eine Art dickes Windelpaket in meiner prall gefüllten Tasche herum.
Widerwillig schluckte ich also die Präparate, obwohl mein Magen rebellierte. Ich ignorierte ihn. Versuchte mich stattdessen darüber zu freuen, ein paar Pfunde loszuwerden, aufgrund meines mangelnden Appetits. Außerdem verhalfen mir die wegfallenden Mahlzeiten zu mehr Arbeitsmuße. Ich sparte an Zeit, an Kalorien, an Warteschlangen-Momenten, da ich nur noch einmal in der Woche den Supermarkt aufsuchte. Aber die Pillen kamen nicht den kleinen runden roten Markierungen in meinem Regelkalender hinterher.
„Früher sind die Frauen einfach verblutet", säuselte meine Schwägerin mit resigniertem Blick. Trotz Magen- und Darmbeschwerden gab ich nicht auf. Mühsam sammelte ich über ein Dreivierteljahr meine Eisenvorräte zusammen wie ein Eichhörnchen Nüsse. So lange, bis sich ein respektabler Wert knapp über der unteren Grenze gebildet hatte. Um zu verhindern, dass alles, was ich mir mühsam erworben hatte, binnen eines Monats eine Etage tiefer verloren ging, zog ich krampfhaft meine Beckenbodenmuskulatur zusammen, in der Hoffnung, dem Verlustgeschäft Einhalt zu gebieten. Die muskuläre Kanalenge war wenig effektiv, und lediglich das Überangebot an Ratschlägen im Internet spendete mir Trost, denn ich sah, dass ich nicht völlig allein verbluten, sondern es im Kollektiv tun würde. Ein breiter, rubinroter Strom vereinigte Hunderte von blassen Mittvierzigerinnen im weltweiten Web.
Menorrhagie.
Dr. Jordan schickte mich zum Frauenarzt. Hormone lehnte ich ab. Die Goldnetzmethode wurde heraufbeschworen – eine Verödung

der Gebärmutterschleimhaut, die allem Übel abhelfen würde! Aber dann kam es anders: Ein Myom wurde diagnostiziert. Neben dem in den Wechseljahren üblichen Progesteronmangel ein weiterer Grund für meinen Überfluss. Also kein rettendes Goldnetz. Loswerden wollte ich meine Gebärmutter aber auch noch nicht. Eine OP kam nicht infrage. Auf Anraten, und weil ich ein experimentierfreudiger Mensch bin, probierte ein Medikament aus, das erst drei Jahre auf dem Markt war und bei dem es sich nicht um ein Hormon, sondern um einen sogenannten selektiven Progesteron-Rezeptor-Modulator handelte. Klang wie ein Baustein aus Plastik. Also keine Chemie, redete ich mir ein. Nur Physik. Besagtes Medikament blockierte lediglich die Andockstelle für das Hormon. Dadurch konnte sowohl mein Eisprung verhindert und im günstigsten Fall auch mein Myomwachstum unterdrückt werden. Ich hoffte weiter und schluckte auch diese Pille. Das Wundermittel bewirkte, dass ich drei Monate lang zu bluten aufhörte – ein herrlicher, heilsamer Zustand sowohl für meine Psyche als auch für meinen Körper. Die einzige Nebenwirkung war, dass mir eine seltsame Geruchsirritation zu schaffen machte. Meine Nerven schienen überzureagieren. Ich hatte keinen Hör-, sondern einen Geruchssturz. An manchen Tagen roch die ganze Umgebung nach Trockenshampoo, an einem anderen nach einer Mischung aus Melone und Dixi-Klo, irgendwann fand ich heraus, dass wenn ich meine Nase nur rechtzeitig in einen stark riechenden Duftstoff meiner Wahl steckte, offenbar meine Rezeptoren dort andockten und ich zumindest diese Begleiterscheinung im Griff hatte.
Vor dem Frühstück rannte ich ohne Luft zu holen zur Kaffeedose, öffnete sie und saugte so viel wie möglich vom Duft des gemahlenen Kaffees ein. Wenn schon den ganzen Tag die Nase voll haben, dann wenigstens so.
Nach drei Monaten war der ganze Spuk vorbei und mein Eisen weiter gestiegen. Ich freute mich zwar, wieder gut in Saft und Kraft zu stehen, sah meiner Zukunft aber eher ängstlich entgegen. Das Damokles-Schwert des Zyklus baumelte über mir, denn meine Regel war pünktlich erschienen, wie ein Maurer an der Stechuhr. Es blieb nur noch eine Galgenfrist, wenn nicht bald die wirklichen Wechseljahre stattfanden.
Alles hätte ich in Kauf genommen: Fliegende Hitze, nasse Bettwäsche, emotionale Achterbahnfahrten und von mir aus auch eine vor-

übergehende Einschränkung der Libido. Ich wollte nur das nicht: verbluten.

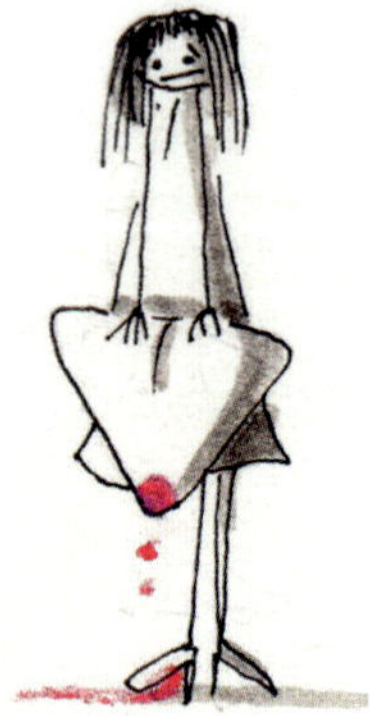

Eines Tages jedoch tauchte ein Wort auf, das alles verändern sollte. Ein kleines unscheinbares Nomen wie ein Blümchen am Wegesrand, das ich beinahe übersah, ja fast überhörte. Nur ein Wort, fallen gelassen von meiner Nachbarin am Küchentisch: Hirtentäschelkraut.

Ich hatte dieses Wort das letzte Mal in meiner Kindheit gehört. Es klang nach einer großen Wiese mit vielen Schafen drauf und roch nach Butterblume und barfuß laufen.

„Sieht fast aus wie Gras mit weißen Blütchen drauf", sagte sie zwischen zwei Kaffeeschlucken, „soll aber funktionieren. Als Tee, glaub ich ..."

Ich stutzte. War das nicht diese kleinwüchsige Pflanze mit den lustigen dreieckigen Blättern, die so merkwürdig aufgeplustert und noch nicht einmal so groß waren wie ein halber kleiner Fingernagel? Wieder googelte ich. Richtig.

„Bursa pastoris" hieß das Pflänzchen und bedeutete so viel wie „Tasche" und „Hirte". Der Name leitete sich also von der Form der Samenkapseln ab, die aussahen wie die Geldbeutel der früheren Hirten. Fasziniert las ich, dass es weitere Bezeichnungen für dieses Blümchen gab, zum Beispiel Herzkraut, weil die Kapseln herzförmig sind, und manche Bauern nannten sie sogar Kummer-Blume, denn laut einer Sage würde es ein schlechtes Jahr werden, wenn die Pflanze zu zeitig im Frühjahr erschien.

Zu früh, zu stark, zu nass: Wie meine Regel!, frohlockte ich und studierte eifrig weiter. Gebärmutterzusammenziehend und blutstillend sei die Wirkung, wurde mir da versprochen.

„Probier es doch einfach aus", riet mir meine Nachbarin. „Ich kenne eine Frau, die kannte eine Frau, bei der hat es irgendwie geholfen."

Tatsächlich: Irgendwie fand ich den Weg ins nächste Kräuterhaus, und nach ungefähr zwei Wochen hatte ich mir dann endlich den Tee und die Telefonnummer der besagten Frau besorgt. Glühend vor Wissbegier und freudigem Verlangen nach Rat rief ich an, um sie nach einer Dosierung zu fragen. Die Bekannte der Bekannten meiner Bekannten antwortete mir, sie hätte das nicht durchgehalten mit dem Tee und sei dann schließlich doch auf eine Hormontherapie umgestiegen.

„Ach!", seufzte ich enttäuscht.

„Ja", lachte sie in den Hörer, „so ungeduldig, wie ich bin, war das nichts für mich. Ich bin zu undiszipliniert, um regelmäßig Tee zu trinken. Trotzdem hatte ich das Gefühl, dass es irgendwie gewirkt hat!" Abermals lachte sie.

„Danke schön", sagte ich und legte auf.

Es dauerte drei weitere Monate, bis ich die Dosierung für mich herausgefunden hatte. Beim ersten dunkelroten Blutstropfen trank ich sofort eine große Tasse und dann über den Tag verteilt zwei bis drei weitere. Die Wirkung zeigte sich immer um vierundzwanzig Stunden zeitverzögert, und ich hatte das Gefühl, dass ich, wenn ich den Hirtentäschel-Tee-Pegel in meinem Blut in einer bestimmten Dosierung hielt, meine Gebärmutter im Zaum halten konnte.

Was soll ich hinzufügen: Es hat mich gerettet. Bislang. Weder plündere ich die Drogerieregale noch blockiere ich das Badezimmer (mit anschließender Grundreinigung) oder trage prallgefüllte wattierte Handtaschen unter dem Arm. Lediglich ein kleines braunes Tütchen mit der Aufschrift *Hirtentäschel* befindet sich im Seitenfach. Für alle Fälle. Aber das Beste: Ich leide endlich wieder unter einem anständigen Lampenfieber!

Und all das dank einer Pflanze aus meiner Kindheit, deren Aufguss nach Heu schmeckt und die eine kleine scheußliche Note im Abgang hat. Aber wirklich nur auf der Zunge, versprochen!

Laura Méritt, 69 Vulven: Berlin, Stencil, Kreuzberg

Laura Méritt, 69 Vulven: Berlin, Ohlauer Str. 1

Kali Drische
Unbeschwerte Tage

„Perwoll!", rufe ich und verkürze damit auf 3:2, als es auch schon lossingt: *Schmusewolle, das macht Perwoll aus Wolle, Schmusewolle, das macht Perwoll.* Bisher war es leicht gewesen: der Persilmann, Clementine, da weiß man, was man hat. Da kommt es wirklich nur auf Geschwindigkeit an.
Mein Bruder und ich durften nicht viel fernsehen, und wir genossen jede Minute. Auch die Werbung. Seit wir das Werberatespiel spielten, vor allem die Werbung.
Der folgende Spot brachte uns jedoch in Verlegenheit. Nicht, weil wir ihn noch nicht kannten. Aber wir verstanden ihn nicht, von Anfang bis Ende wussten wir nicht, was eigentlich beworben wurde. Ein Shampoo, schlug ich vor, weil die Frau so lange wehende Haare hatte, die glänzend und geschmeidig hochflogen, als ein glücklicher Mann sie hob und herumwirbelte. Aber man sah sie nie beim Haarewaschen, und auch eine Shampooflasche wurde nicht gezeigt. Waschmittel war der Vorschlag meines Bruders, weil sie einen weiten, wahnsinnig weißen, ebenfalls schwingenden Rock trug. Für unbeschwerte Tage, hieß es dann. Letztlich priesen das Perwollschaf und der Marlboromann aber auch nichts anderes an: eine unbeschwerte Zeit in all ihren Facetten. Wir waren ratlos. Mimosept hieß das Produkt. Ein Waschmittel namens Mimosept? Klang doch eher nach Mimose. Da Mimosen zart und vielleicht sogar betörend duften, wäre das gar nicht so abwegig gewesen, aber damals kannte ich noch keine echten Mimosen. Eine Mimose war man, wenn man bei Regen nicht raus wollte, wenn man etwas Anstrengendes oder etwas nur Gesundes machen sollte und nicht wollte. Ging es also vielleicht um ein Antimimosenmittel, um endlich alles unbeschwert zu genießen?
Irgendwann hielt ich es nicht mehr aus und fragte meine Mutter. Damit trat ich eines dieser unsäglich peinlichen Aufklärungsgespräche los. Wenn ich das gewusst hätte, hätte ich nicht gefragt. Oder wen anderen.

Wie ein Kind technisch und biologisch zustande kommt, hatte ich bereits in der Vorschule gelernt. Da war also nichts mehr zu befürchten. Über die Sache mit dem Bluten hatten sie damals aber kein Wort verloren. Die wussten schon, warum. Meine Mutter versuchte das jetzt in äußerst peinlich aufgeladener Atmosphäre nachzuholen, ohne mich dabei in Angst und Schrecken zu versetzen. Das misslang gründlich. Ich beschloss spontan, nicht ins fortpflanzungsfähige Alter zu kommen. Einmal im Monat bluten? Da unten? Von innen heraus? Verbluten sozusagen? Das muss doch Höllenschmerzen verursachen! Nein, sagte meine Mutter und setzte hinzu: Nicht unbedingt. Also jedenfalls nicht so, wie Wunden wehtun. Okay, dachte ich, Nasenbluten tut auch nicht weh. Mal sehen. Ich hab ja auch noch Zeit, dachte ich. Ich war zehn.
Und was ist mit den Jungs?, wollte ich wissen. „Die müssen sich rasieren", wurde mir gesagt. Das sollte der Ausgleich sein? Wo ist denn da die Gerechtigkeit? Ich war empört, fühlte mich schon mal vorauseilend von meinem Körper betrogen. Rasieren, das ist doch wohl lächerlich! „Du kannst dir ja auch einen Bart wachsen lassen!", herrschte ich meinen Bruder an.
Nach diesem unerfreulichen Gespräch herrschte zwischen meinem Bruder und mir bei der Mimoseptwerbung beklommenes Schweigen, niemand wollte dieses Produkt erraten, von dem wir zwar die Marke und den Zweck kannten, aber immer noch nicht wussten, wie es eigentlich hieß.
Bald zogen dann auch blaue Ersatzflüssigkeiten auf Watte für diese Produktpalette ein, da wären wir vielleicht vorgewarnt gewesen, ob wir wirklich eine entsprechende Frage stellen wollten. „Fängt die Regel dort auf, wo sie passiert. Im Inneren des Körpers." Verstanden hätten wir das auch nicht, aber es wäre klar gewesen, dass damit kein Shampoo gemeint sein kann. Wir spielten das Ratespiel nur noch im Kino, da waren wir vor solcherlei Zumutungen sicher.
Ich wusste also im Groben Bescheid, als ich das erste Mal Blut in der Unterhose fand. Erst dachte ich natürlich: Krebs! Tod und Teufel! Aber dann fiel es mir wieder ein. Das Gespräch war auch kein halbes Jahr her, da konnte ich mich an so ein paar Grundsätzlichkeiten schon noch erinnern.
Toll, dachte ich, ganz toll. Ich bin elf, ich bin eine Frau, hurra! Aber wie sag ich es jetzt meiner Mutter? Mir fiel nämlich das richtige

Wort nicht ein. Das Wort Tagung geisterte durch meinen Kopf, aber irgendetwas stimmte daran nicht. Ausgerechnet jetzt kam die Werbung nicht im Fernsehen. Mich bei so etwas Delikatem der Gefahr des Spottes auszusetzen, das war mir zu heikel. Vor Kurzem erst hatte ich meine Mutter belauscht, wie sie sich lachend bei einer Nachbarin über einen Spruch von mir verbreitete. Und in dieser Situation sollte ich nun meiner Mutter eröffnen, dass ich meine Tagung hatte? Wohl wissend, dass da was falsch war. Ich wollte bei diesem todesgefährlichen Thema, das obendrein noch mit unklaren Peinlichkeiten aller Art verbunden war, nicht für das nächste Amüsement sorgen. Also sagte ich nichts. Vielleicht hörte es ja auch einfach wieder auf. Einfach so.
Immerhin hatte ich keine Schmerzen.
Aber es hörte nicht auf. Also fing ich an, meine bebluteten Unterhosen in meinem Zimmer taktisch herumliegen zu lassen, mit zufälliger Sicht auf das Blut. Ich war noch nie sehr ordentlich gewesen, von daher fand ich das Szenario recht plausibel. Der Plan ging auf. Nach drei Tagen kam mir meine Mutter in ihrer Ente zur Schule nachgebraust, befahl mich ins Auto und stopfte mir eine – jetzt kommt's – Mimosept in die Hose.
Ich fühlte mich gewindelt. Von wegen erwachsen und Frau und so. Sie fragte, warum ich nichts gesagt habe. Ich hätte es vergessen, log ich ziemlich schwach. Sie insistierte nicht. Wir waren beide froh, das Gespräch nicht weiter vertiefen zu müssen. Ich stieg aus und watschelte mit dem entwürdigenden Windelpaket in die Schule. Komisch, dass niemand etwas bemerkte.
Seither kam sie immer und immer wieder, die Tagung. Nur schmerzlos blieb sie leider nicht. Und mein Bruder trägt heute Bart.

Michaela Regus
Miniaturen

Gern hätte ich die Disziplin anderer Autoren. Großes Wort, Autor. Das sind die, die dann morgens mit dem Kaffee am Schreibtisch in ihrem Arbeitszimmer sitzen und dann so und so viel Wörter raushauen. So Thomas-Mann-mäßig. Oder auch Cornelia-Funke-ähnlich. Ich mag ja keinen Kaffee, ob es daran liegt, dass ich oft wochenlang nichts schreibe? Vor dem leeren Blatt zu sitzen, ist echt nervig. Es ist so weiß. Ob es erträglicher wäre, wenn es farbig wäre? Ein nettes Hellgrün, Hoffnung. Ein sonniges Gelb, für, na ja, für die Sonne. Oder wie wäre es, wenn es schwarz wäre? Es würde schier schreien: Schreib mich voll, du Sau. Vielleicht liegt es auch am fehlenden Arbeitszimmer. Oft tippe ich nachts, dann ist es still in der Wohnung. Wenn ich mich tagsüber mit dem Laptop irgendwo hinsetze, toben sofort vier Hunde zu mir und wollen bespaßt werden. Meine Tasse Tee ist kalt geworden, ein Arbeitszimmer hat noch keiner gebaut. Das weiße Blatt beschimpft mich noch nicht, aber ich glaube, es ist kurz davor. Neil Gaiman sagte mal über eines seiner Bücher, ich glaube, es war „Graveyard Book", dass es über viele Jahre als Idee in seinem Kopf herumspukte, die allerdings zu groß für ihn als Autor erschien. Das ist es. Meine Ideen sind zu groß für mich. Die Teetasse zu klein und das Arbeitszimmer nicht vorhanden. Und sowieso sind die niedlichen Hunde schuld, die wir haben, denn ich muss sie dauernd streicheln. Immer wieder kann man auch von diversen Zettelkästen und/oder Notizbüchern lesen, die die oben genannte Berufsgruppe ihr eigen nennt. Ich habe Kassenzettel und Rechnungen und Strafzettel mit Gekritzel drauf. Meine Frau bekommt manchmal kryptische WhatsApp-Nachrichten von mir, die bar jeglicher Logik sind und die ich selbst nicht mehr verstehe, wenn sie sie mir vorspielt. Nachts wache ich manchmal auf von einem Albtraum. Der geht so: Ich sehe eine Frau, die eine meiner Geschichten liest, dann lacht sie und sagt: Passt schon. Hier in Franken ist das ja mehr als ein Lob, es ist nahezu eine Hymne plus Beflaggung und Fleißsternchen, im restlichen Deutschland eher ein „sie war stets bemüht". Jetzt schreit mich das Blatt langsam an. „Du wolltest über Vincent schreiben", „Du sollst was zum Dyke March sagen", „Und dann war doch deine Ex, die jetzt ein Mann ist" und so weiter. Ich schreibe einfach mal los, das Blatt wird dann schon den Rand halten.

Große Debatte in mehreren Radiosendern. Ein Teil weigert sich offenbar, „Vincent“ von Sarah Connor zu spielen. Das Textstück, das Aufsehen erregt, ist: „Vincent kriegt keinen hoch …“ Sagen die Radiosender. Komisch. Als Connor sang: „Kommst du mit ihr? Wie mit mir? Berührt sie dich? So wie ich? Kommt sie mit dir überall hin? Machst du's mit ihr so wie wir?“ gab es keine Probleme. Der Subtext der Diskussion ist, dass es anscheinend immer noch zu viele Menschen gibt, die Probleme mit dem Textstück „… wenn er an Mädchen denkt …“ haben. Ich sehe sie vor mir, die Gesichter von Menschen, die im Auto sitzen, Radio hören, sich freuen, das neue Lied von Sarah zu genießen, und dann entgleist ihnen die Mimik, als ihnen klar wird: Sie singt von einem jungen Schwulen, und dann soll das noch Liebe sein. Oft habe ich diesen Gesichtsausdruck gesehen, wenn ich mich geoutet habe. Schock (warum?), manchmal ein wenig Ekel (wovor?), dann diese perverse Neugier, gefolgt von indiskreten Fragen (wer ist denn bei euch der Mann?). Das Schlimmste am Ende der Mimiksequenz. Beteuerungen, dass das ja alles total in Ordnung sei, dieses Lesbending. Dass man ja auch eine kennt (die ist auch lesbisch, aber total nett, die kennst du sicher auch), und überhaupt sei das ja jedem seine Sache. Das nur am Rande, zurück zur Musik. Interessant auch, dass ein großer Teil von RnB-Songs eindeutig sexuelle Inhalte hat und sie dennoch gespielt werden. Oder Peter Maffay, der über einen Sechzehnjährigen und eine Einunddreißigjährige sang, und erst Udo Jürgens' Lied „Siebzehn Jahr, blondes Jahr“ wurden weder groß thematisiert noch landeten sie auf einer Art Index. Mir fallen dazu gleich mehrere Adjektive ein, ich habe aber Bedenken, dass ich dann nicht gedruckt werde*. Auch so kann man Zensur üben. Aber ein großes Danke an Peter Plate, Ulf Leo Sommer, Daniel und Faust und Sarah Connor für diese kleine wichtige Spitzhacke. Auch sie wird zum Einreißen der Diskriminierungsmauer beitragen.

Was ich mich schon lange frage, ist: Was passiert so Aufregendes/Tolles/Geheimes/Schlimmes/bitte setze ein Adjektiv deiner Wahl ein, auf Männerklos, dass Toilettenfrauen oder andere Spezies von Menschen Frauen nicht hinlassen? Ich weiß nicht, an und in wie

* *Sie machen uns neugierig! Welche Adjektive wären das? Die Redaktion*

vielen Raststätten/Tankstellen/Discos/Bars ich im Laufe der letzten Jahre war und meine jeweilige Butch freundlich daran gehindert/angemotzt/derb beleidigt/handgreiflich daran gehindert wurde, eben jenes Örtchen zu betreten und zu benutzen. Das Thema ist so alt, dass es schon einen Schwanz hat (im wörtlichen Sinn), dennoch möchte ich dann einfach mal sagen/laut schreien/auf diese Menschen einprügeln/mit ihnen diskutieren/usw. Ich möchte das. Meine Butches/maskulinen Freundinnen/maskulin aussehende Affären meinten dann immer nur cool/lässig/verschmitzt/gelangweilt/freundlich/: „Ist doch egal, ich rede doch mit so jemandem nicht. Ich geh einfach rein." Beneidenswert/klasse/mir völlig unverständlich.

„Das lesbische Auge 18" hatte als großen Themenkomplex „Mutter". Damit konnte ich was anfangen, das Abarbeiten an meiner war noch lange nicht beendet, wird es vielleicht auch nie sein. Ich war vorbereitet. Das leere Blatt vor mir füllte sich schnell, ich hatte echt was zu sagen. Völlig unvorbereitet jedoch traf mich der Tod meiner Oma, der Mutter meiner Mutter. Der Tod an sich war absehbar, sie war sehr lange krank. Das Letzte, was meine Oma zu mir sagte, war: „Wenn du nicht endlich einen Mann heiratest, erbst du nichts." In diesem Moment ist es mir wie Schuppen von den Augen gefallen. Sie hat schon immer versucht, mich zu bestechen. „Wenn du ins Theater was Richtiges anziehst und nicht dieses schwarze Zeug, kriegst du Geld." Damals waren es noch D-Mark. Doch auch, nachdem der Euro da war und ich schon weit in den Zwanzigern, probierte sie es. „Wenn du beim Kaffeetrinken sagst, dass Melanie deine Mitbewohnerin ist, kriegst du Geld." Melanie war meine erste Freundin. Das Tragische an diesen Versuchen ist die Tatsache, dass sie nie verstanden hat, dass es mir nicht um Geld geht, sondern um Gefühle, um Grundsätze, um Prinzipien, um Ehrlichkeit und auch um Liebe. Nach der Drohung der Enterbung habe ich meine Oma noch einmal angerufen und ihr das alles gesagt. Danach bin ich nie mehr ans Telefon gegangen und habe sie auch nicht wieder besucht. Nun streiten sich meine Tante und meine Mutter um das Erbe, beide haben Männer geheiratet. Aus monetären Gründen. Sie waren wenig glücklich. Das hat wohl auch Geld nicht ändern können. Auch zu ihnen habe ich keinen Kontakt. Für kein Geld der Welt.

Meine Großmutter ist dieses Jahr gestorben. Das Letzte, was sie zu mir sagte, war: „Wenn du nicht endlich einen Mann heiratest, enterbe ich dich.“ Ich antwortete ihr: „Deine Töchter haben Männer geheiratet, die sie nicht lieben, nur, damit sie versorgt sind. Willst du, dass ich das auch mache?“ Ihre lapidare Antwort war ein schlichtes „Ja“.

Einige vom Lesbenstammtisch wollten einen Yogakurs. Ich auch. Tolle Idee, dachte ich, dann plante ich, dann ließ ich den Kurs anlaufen. Tag 1, nachdem ich einen entsprechenden Flyer im Studio aufgehängt hatte. Eine Teilnehmerin eines Kurses, Hete: „Ich fühle mich diskriminiert.“ Ich: „Wieso?“ Sie: „Ja, weil ich nicht am Lesbenyogakurs teilnehmen darf.“ Ich: „Wie bitte?“ Sie: „Ich kann da zeitlich gar nicht, aber ich fühle mich diskriminiert.“
Ich war sprachlos. Habe versucht zu erklären. Dass Lesben auch mal schlechte Erfahrungen in gemischten Kursen gemacht haben mit Männern, dass es ja auch Menschen gibt, die oben und unten noch Mann sind und da komisch geguckt wird in Umkleiden, wenn Heteras das noch nicht gesehen haben, dass manche Lesben in einer doch eher schwierigen Umwelt mal unter sich sein wollen … Tag 2-5, mehrere Teilnehmerinnen, andere Kurse, Heten: „Ich fühle mich diskriminiert.“ An Tag 7 hat es mir gereicht. Ich habe mich mit eben jenen hingesetzt und ein paar Minuten erzählt, was Diskriminierung in Deutschland noch heißt, von den ehemaligen Ostblockändern, Asien oder Arabien ganz zu schweigen. Es wurde still. Über wie viele Tage. Dann suchten mehrere das Gespräch, fragten nach, manche entschuldigten sich (ich weiß nicht genau, wofür, aber nett, oder? Solange sie es selbst wissen). Die Stimmung war schon immer gut, aber jetzt haben sich, finde ich, andere Gefühle mit eingeschlichen. Mehr Respekt, ein wenig mehr Achtsamkeit (vor allem sprachlich) und auch mehr Verständnis. Vielleicht wird jetzt darauf verzichtet, mich beim Stadtbummel treffend dem Ehemann vorzustellen mit den Worten: „Das ist meine Yogalehrerin, die ist lesbisch.“ Oder auch: „Ja, aber du bist ja nicht so ein Mannsweib, das sind doch eher die Lesben.“ Vielleicht auch ein kleiner Beitrag, um Mauern im Kopf einzureißen.

In der neuen L-Mag ist ein großes Thema der Dyke March. Entstehung, Planung, wann wer wo wie. 2018 war der erste in Nürnberg, meine Frau und ich, ein Teil unserer Hunde und viele Freundinnen waren dabei. Es war ungeheuer aufregend. Ich hatte mit 200 Frauen gerechnet, laut Zählung sollen es 400 gewesen sein. Was für ein tolles Ereignis in Nürnberg, der Stadt der Reichsparteitage und der Judengesetze. Die meisten Passanten, an denen wir vorbeiliefen, wussten nicht, wofür wir demonstrierten, was Dyke bedeutet oder die vielen Regenbogenflaggen. Aber das war gar nicht so wichtig. Wichtig war den meisten, zusammen zu sein, zu zeigen, dass es bei den CSDs nicht nur um Transen oder Diverse geht, sondern dass auch Lesben da sind. Dass auch wir noch Vorurteilen und Gewalt ausgesetzt sind. Wenn sich nach dem Marsch auch nur einige der Passanten daran erinnern, dass ganz viele im Zug ausgesehen haben wie die Schwester, die beste Freundin, die Nachbarin und dass das alles ganz nett war, haben wir schon viel erreicht. Auch dieses Jahr wird wieder auf unserer Fahne stehen: „Marching for those who can't!"

„She's like the wind" habe ich gerade im Radio gehört. Wie sehr habe ich mit Baby gelitten, als Johnny gegangen ist, und wie sehr habe ich mich gefreut, als er auf die Bühne kam. Und dann konnte ich alles mitsprechen. „Es tut mir leid, wenn ich Euch störe, Leute, aber ich tanze hier immer den letzten Tanz der Saison. In diesem Jahr hat es mir einer verboten. Aber ich lasse mir nichts verbieten." Ich glaube, Johnny war meine erste Butch, in die ich verknallt war. Bis ich Corky gesehen habe. Dann wurde das Lied von Vibekingz feat. Maliq gecovert, und ich war in der einzigen Lesbenbar in Nürnberg. Sie war auch da. Sie, die immer in meinem Leben war, alle paar Jahre. Ich wollte so gerne mit ihr dazu tanzen, eine Freundin ging zur DJane und bat um das Lied mit den Worten: „Ich will das aus dem Tanzfilm, aber das neue!" Witzig, das Ganze. Die DJane war dann mal eine Sub von mir, und noch später legte sie bei unserer Hochzeit auf. Die, die alle paar Jahre aufgetaucht ist, war tatsächlich wie der Wind, allerdings einer, der entsteht, wenn frau Blähungen hat.

Vor dem Dyke March. Eine: „Ich geh da nicht hin, da ist kein richtiger DJ." Eine andere: „Ich lauf mit, da sind geile Weiber, die man das ganze Jahr nicht sieht." Noch eine: „Ich pack die Tussen nicht, die das auf die Beine gestellt haben, ich komm nicht." Wieder eine andere: „Da muss ich mitlaufen, damit es die nach uns mal anders haben." Eine Fünfte: „Es gibt mir Kraft, unter so vielen anderen zu sein." Ihre Freundin: „Damit die Menschen sehen, um was es geht. Um Sichtbarkeit. Um Respekt. Nicht nur um Toleranz, sondern um Akzeptanz." Eine Bekannte: „Ich kann da auf keinen Fall hin, da sehe ich alle meine Ex-Freundinnen."

Meine Ex-Freundin ist jetzt ein Mann. Ein Satz, von dem ich nie dachte, dass ich ihn einmal denken oder schreiben muss. Ich habe mich lange für sehr tolerant gehalten, so tolerant, dass ich in Lesarion nie böse wurde, wenn mal wieder eine „tollerant" geschrieben hat. Der Satz ist schwer. Die Genera der Substantive passen nicht in die Schubladen meines Gehirns, von denen ich bis dato ja gar nicht wusste, dass ich welche hatte. Also nicht solche. Ich meine, ich hatte mit dieser Frau Sex. Lange und oft und viel und ganz ohne Schubladen, wir haben echt viel ausprobiert. Dann bekomme ich eine Mail, ihr Nachname, ein männlicher Vorname. Verwunderlich, denn das Letzte, was ich von ihr zu hören bekam, waren eine echt einfallsreiche Anzahl an Schimpfwörtern und Verwünschungen (ich konnte nicht umhin, diesbezüglich den Nutzen ihres Studiums der mittelalterlichen Geschichte und Literatur zu honorieren, was leider noch zu weiteren Ausfälligkeiten ihrerseits führte). Sie/er/es hatte sich mit ihrer/seiner/seiner Frau einen Hund angeschafft und hatte Fragen. Wir trafen uns und redeten. Vor mir saß die Frau, die ich vor über einem Jahrzehnt in der Uni kennengelernt hatte. Nur ohne Brüste. Weg. Einfach weg. Lange Geschichte, Krankenkasse, Gutachten etc. pp. Und die Gebärmutter soll auch noch raus. Aber der Rest unten soll bleiben. Der Vorname wurde im Ausweis geändert. „Was bist du jetzt? Was möchtest du sein? Mann, Frau, Butch, divers? Was dazwischen?", fragte ich sie/ihn/es. Lange Erklärung. Die Kurzform: Keine Frau, aber auch kein Mann mit Penis, keine Hormone, Brüste und Gebärmutter weg. Ich verstehe es nicht. Aber das muss ich auch nicht. Ihre/seine/seine Frau bezeichnet sich selbst als Ex-Lesbe. Darüber muss ich erst mal nachdenken. Spontan fällt mir dazu ein, dass es ja egal ist, wie sie/er/es heißt. Oder andere sie/ihn/es wahrnehmen. Wir müssen einfach sowieso raus aus dem Schrank und dann vielleicht einfach mehr Schubladen einbauen. Es ist vielleicht wie die Viele-Welten-Theorie, wir müssen einfach irgendwann davon ausgehen, dass jedes mögliche Ergebnis eines jeden möglichen Ereignisses in einer „Welt" definiert wird und existiert. Jedes Leben ist ja seine/ihre/seine/welches Pronomen auch immer eigene Welt. Oder wie wir Franken sagen: Leben und leben lassen.

Eine Teilnehmerin aus besagtem Lesbenkurs war beim Euro Pride Wien 2019. Sie kam mit jeder Menge Eindrücken zurück. Sie erzählte von Diskussionsforen über LGBT und LGBTQIA und dann noch einem Plus dahinter oder auch LSBTTIQ und ob Transfrauen mit noch vorhandenem Penis bei Frauenpartys dabei sein dürfen oder nicht und und und. Uns anderen schwirrte der Kopf, die Schubladen wurden aus- und wieder eingepackt, umbenannt, wegsortiert, neu zusammengebaut. Sicherlich ist meine Ex-Freundin, die, die jetzt ein Mann ist (oder halb oder nicht oder siehe weiter oben hier im Text) in diesen Buchstaben zu finden. Ob sie/ihn/es das freut? Ich werde fragen. Und bis ich das kann, werde ich es machen wie immer, wenn ich nicht weiter weiß: Ich setze mich nachts in die Buchhandlung (gut, dass ich da noch nebenher arbeite) und lese alles, was es dazu zu finden gibt.

Das Königreich Bahrain hat dieses Jahr die Todesstrafe für Homosexualität eingeführt. Dieser Satz wiegt auch schwer. Es gibt nichts weiter dazu zu sagen. Doch. In der letzten Ausgabe der L-Mag steht, dass das Land die Strafe auf Drängen vieler Rechtsstaaten erst einmal wieder ausgesetzt hat. Und wir streiten hier über Buchstaben.

Die Frau, die wie der Wind ist, ihr wisst schon. Diesen März war es wieder so weit, ich fand einen Brief von ihr im Briefkasten. Ich habe einen großen Schuhkarton mit ihren Briefen von fast zwei Jahrzehnten, dieser klang wie alle anderen. In manchen Jahren habe ich auch Mails von ihr bekommen, die hatten den gleichen Wortlaut. Sind ja auch nur Briefe, vielleicht deshalb. Ihr Papier scheint ihr beim Schreiben zuzuschreien: „Los! Sag, es tut dir leid, aber das tut es nicht. Sag, du vermisst sie, aber das tust du nicht. Sag, dir ging es zu der Zeit nicht gut, aber das stimmt ja gar nicht. Sag, du liebst sie, aber …" Ihr könnt euch vorstellen, wie die Reihe weitergehen kann. Carrie aus Sex and the City würde an dieser Stelle so was schreiben wie: „Ich komme nicht umhin mich zu fragen: Liebt sie mich wirklich oder liebt sie nur sich selbst? Aber warum schreibt sie mir dann immer wieder?" Ich möchte sie nicht fragen. Ich bin nur gespannt, was als Nächstes von ihr kommt. Ich werde berichten.

Monika Barth

Marie de Vers
Zwei plus Eins und das Verrücktsein

Meine Freundin setzt sich zu mir auf die Couch und drückt meine Füße sanft mit den Händen.
„Ich will ein Kind von dir."
„Du bist ja verrückt", sage ich und wende den Blick wieder auf mein Buch.
„Du bist verrückt", erwidert sie schmunzelnd.
Ich versuche mich weiterhin auf mein Buch zu konzentrieren, doch es gelingt mir nur schwer. Woher kommt dieses Thema plötzlich?
Sie drückt meine Füße etwas fester. „Mal im Ernst, ich möchte das wirklich."
„Du klingst wie mein Groupie", entgegne ich und lege das Buch endgültig auf die Seite. „Und als Groupie solltest du wissen, dass das nicht geht."
Ihr Blick wird ernster, als ich erwartet hätte, und sie setzt sich im Schneidersitz mir gegenüber.
„Ich habe darüber nachgedacht, und es ist nicht unmöglich. Für mich vielleicht, aber nicht für dich."
Ich runzle die Stirn. Dass es nicht möglich ist, weiß sie eigentlich, genauso wie ich. Bereits zu Anfang der Beziehung war klar, dass Kinder für uns nicht in Frage kommen. Nicht, weil wir nicht wollen. Vielmehr aus gesundheitlichen Gründen. Für sie ist es aufgrund einer Hormonerkrankung nicht mehr möglich, und ich bin … na ja, verrückt eben.
„Du weißt, dass ich dich sehr liebe, und das wird sich nicht verändern. Ich dachte, es reicht, dass wir uns haben", sage ich sanft, muss jedoch einen dicken Kloß herunterschlucken.
Als wir uns vor fünf Jahren kennengelernt haben, hätte ich nicht gedacht, dass ich überhaupt eine so lange glückliche Beziehung mit dieser Frau führen würde. Kinder waren etwas, vor dem ich immer Angst hatte. Angst, dem nicht gewachsen zu sein, etwas falsch zu machen und so weiter. Eigentlich ganz normale Ängste, wäre da nicht der Fakt, dass ich schwarz auf weiß psychisch nicht gerade eine perfekte Mutter abgeben würde. Meine Ängste gingen so weit, dass ich eine Abneigung gegen Kinder entwickelte. Ich wollte mich nicht

mit ihnen umgeben und hätte auch nie gedacht, dass meine biologische Uhr eines Tages ticken würde.
Doch sie hat begonnen zu ticken. Mit fast dreißig macht sich wohl jedes Paar Gedanken darüber, ob Kinder mit in die Beziehung sollen oder ob man sich auf die Karriere konzentriert. Meine wunderbare Freundin Lina ist dieser Karrieretyp. Mancher würde vielleicht behaupten, dass sie der Mann in der Beziehung ist, der, der das Geld nach Hause bringt.
Und ich? Ich lasse mich aushalten. Mit einem einfachen Teilzeitjob, mit dem ich alleine kaum überleben könnte. Mehr ist leider nicht möglich. Zumindest dann nicht, wenn ich es vermeiden will, in den tiefen, schwarzen Abgrund meiner Seele zu fallen. Etwas, das viel zu schnell passiert, und der Drahtseilakt zwischen „Leben“ und „Überleben“ zieht sich bereits durch mein ganzes Leben. Ich will nicht wieder in der Dunkelheit versinken, das ist schon zu oft passiert.
Ich habe noch immer Angst vor Kindern, trotzdem wächst der Wunsch nach Familie immer weiter.
„Natürlich reichen wir uns“, sagt Lina. „Aber wir wissen beide, dass etwas für uns fehlt.“
Bevor mir die Tränen in die Augen schießen können, fahre ich eine emotionale Mauer hoch und werde sachlich und kühl.
„Eine Adoption kommt durch meine Vorgeschichte und meine aktuelle Behandlung nicht in Frage“, erkläre ich, und es klingt, als würde ich eine Infobroschüre vorlesen. „Eine Samenspende ist auch nicht so einfach durchzusetzen.“
Lina streicht mir das Bein hinauf bis zum Oberschenkel. „Man kann keiner Frau verbieten, schwanger zu werden.“
Ich muss unweigerlich lachen. „Willst du mich etwa schwängern?“
„Und wie, Baby, ich geb's dir jetzt richtig!“, sagt Lina mit verstellter tiefer Stimme, und ihr blonder Pony fällt ihr in die Augen, als sie meinen Oberschenkel küsst.
Eigentlich will ich mich gegen sie und ihre Zunge zwischen meinen Beinen wehren, doch gerade jetzt fühlt es sich so gut und tröstend an, dass aus dem Lachen ein Stöhnen wird und wir eine halbe Stunde später verschwitzt und eng umschlungen nebeneinander auf der Couch liegen.
„Du solltest öfter so ausgelassen und zufrieden sein“, stellt meine Freundin fest und streicht mir eine nasse Haarsträhne aus dem Gesicht. „Ich will, dass du glücklich bist.“

„Aber das bin ich", krächze ich.
„Nicht so, wie ich es mir wirklich wünsche."
Sie hat recht. Mein Uterus, dessen Existenz ich lange ignoriert habe, schreit immer lauter. Immer wieder stelle ich mir vor, schwanger zu sein und wie es sich wohl anfühlt, ein neues Leben in sich zu tragen. Nun schießen mir doch die Tränen in die Augen, und ich sage nichts.
„Wir können den inoffiziellen Weg gehen", sagt Lina. „Keine anonyme Spende, keine Adoption."
„Sondern?"
„Wir machen das privat. Wir suchen einen Vater, den wir kennen und dem wir vertrauen."
Ich verdrehe die Augen. „Klar, weil so viele Männer scharf auf so was sind!"
„Ich mein 's ernst, jetzt hör mir weiter zu. Natürlich kommen wir für das Kind auf, und der Vater ist raus aus dem Ganzen. Was ist mit Henrik? Ihr versteht euch gut, und du triffst ihn ja auch manchmal."
„Aber du hasst Henrik. Dabei ist es fast zehn Jahre her, dass wir mal zusammen waren!"
Jetzt ist es Lina, die die Augen verdreht. „Natürlich gefällt mir der Gedanke nicht, dass sein Schwanz zu oft in dir dringesteckt hat, und ein bisschen eifersüchtig bin ich vielleicht auch. Aber zurück zum Schwanz, darum geht's doch. Er war schon mal drin, ihr kennt euch, ihr vertraut euch."
„Du bist also eifersüchtig? Endlich gibst du es zu!"
„Lenk nicht ab."
„Er ist doch kein passender Vater. So oft sehen wir uns nicht, und was soll ich ihm denn sagen? ‚Gib mir bitte dein Sperma'?"
„Zum Beispiel. Das ‚bitte' kannst du ja weglassen."
Ich verdrehe die Augen und winde mich aus ihrer Umarmung. Das ist so bescheuert. Warum bringt sie mich auf solche Gedanken. Gedanken, die zerstörerisch sind, weil sie Hoffnung säen. Es tut weh, wenn Hoffnungen zerstört werden. Mir besonders. Da wäre es viel leichter, das Ganze von vornherein zu lassen und keinen Schmerz zu schüren.
Ich ziehe die Beine an mich und denke über Henrik nach. Objektiv gesehen ist er ein hübscher Mann. Und vor allem gesund. Seine guten Gene könnten meine pechschwarzen vielleicht domestizieren.

Ich wünsche niemandem, das Gleiche durchmachen zu müssen wie ich. Vor allem nicht meinem eigenen Kind. Daran will ich keine Schuld tragen müssen, ich will so was nicht provozieren.
Henrik ist einer von den Guten. Wäre ich nicht lesbisch, hätte er das perfekte Heiratsmaterial abgegeben. Ich kann mir nicht vorstellen, dass ein anderer Mann und Ex-Freund so locker reagiert, wenn die Freundin ihm mitteilt, lesbisch zu sein. Also wirklich lesbisch und nicht nur „ein bisschen bi". Letzteres feiert wahrscheinlich fast jeder Kerl, weil er direkt an einen Dreier denkt und zwei Mädels, die sich küssen. Doch so einfach ist das nicht. Zu einer Beziehung gehört mehr als das, und eine dritte Person möchte ich nicht im Bett haben. Weder jetzt noch während der Beziehung mit Henrik hätte ich mir eine weitere Frau im Schlafzimmer vorstellen können. Sex ist für mich zu intim und individuell, um jemanden dabei zu haben. Natürlich habe ich mit Lina anderen Sex als mit Henrik, aber ich habe genauso anderen Sex als mit meinen Ex-Freundinnen, die es vor ihr gab. Sex ist nicht immer gleich Sex.
Henrik wusste das. Er hat nie einen Dreier oder Ähnliches vorgeschlagen. Er hat es einfach akzeptiert und mich sogar bei meinem Coming-out unterstützt. Er hat auch immer versucht, ein gutes Verhältnis zu Lina aufzubauen, aber das war auf beiden Seiten ein schwieriges Unterfangen.
Eigentlich wäre Henrik der passende Vater. Mein bester Freund als leiblicher Vater meines Kindes. Und meine geliebte Freundin die zweite Mama. Selten ist es sicherlich nicht, dass zwei beste Freunde mal Sex haben und ein Unglück passiert. Und die bekommen das auch hin.
Lina liegt auf dem Rücken, hat die Hände auf ihrem Bauch gefaltet und starrt an die Decke. Ich stehe auf.
„Was machst du?" Lina hebt den Kopf. „Sei nicht sauer, komm zurück. Ich hab das nicht so gemeint. Du brauchst auch niemanden mehr nach Sperma fragen. Vergiss einfach alles, was ich gesagt habe!"
„Dafür ist es zu spät", knurre ich.
„Süße, es tut mir wirklich leid. Ich wollte dich nicht verärgern. Komm wieder her."
Sie streckt einen Arm nach mir aus.
„Zuerst", sage ich und kann ein Grinsen kaum unterdrücken, „rufe ich Henrik an. Wir sollten uns mal zusammensetzen."

Zehn Monate später knallt es plötzlich in der Nacht, und ich denke zuerst, ich hätte mir in die Hose gepinkelt, bis ich realisiere, dass meine Fruchtblase geplatzt ist. Ich rüttele Lina neben mir auf.
„Scheiße, was ist das denn?“, murmelt sie verschlafen. „Drückt das Baby jetzt auf deiner Blase rum? Ist ja eklig.“
„Nein“, sage ich und versuche, dabei nicht panisch zu wirken. „Das Baby kommt!“
Plötzlich ist Lina hellwach und springt aus dem Bett.
„Was soll ich tun, was soll ich tun? Krankenwagen? Krankenwagen!“
Hysterisch rennt sie raus in den Flur, und ich verharre im Bett. Sie weiß, was zu tun ist. Wir haben alle Möglichkeiten tausend Mal durchgesprochen. Henrik kommt ins Schlafzimmer. Seine dunklen Haare stehen in alle Richtungen, und er hat einen Dreitagebart.
„Na, endlich kommt der Räuber, eure Couch ist furchtbar zum Schlafen.“
„Oder Räubertochter“, erwidere ich und lache nervös.
Er setzt sich an die Bettkante. „Jetzt wird es wohl ernst. Brauchst du irgendwas?“
„Nein, bleib einfach hier. Lina dreht durch.“
Wir können beide Lina im Flur hysterisch ins Telefon schreien hören. Was genau sie ruft, verstehen wir nicht, doch wir müssen beide lachen.
„Du schaffst das schon“, sagt Henrik, und ich drücke seine Hand etwas fester.
Auf dem Weg in die Klinik lasse ich die vergangenen Monate Revue passieren. Verrückt, was alles passiert ist seit unserem Kaffeetrinken zu dritt. Henrik wusste erst gar nicht, was er von der Einladung halten sollte. Er war mehr als überrascht. Zuerst dachte er, dass etwas Schlimmes passiert wäre. Unsere Idee überraschte ihn noch mehr.
„Und ihr wollt MICH als Vater?“, hatte er gefragt.
Linas geflötetes „Du bist der einzige Erzeuger, den wir uns vorstellen können“ klang nicht sehr überzeugend, doch nachdem ich ihm alles in Ruhe erklärt hatte und er sich Gedanken über das Thema machen konnte, stimmte er zu.
Seine Bedingung war es jedoch, mich oder vielmehr uns in der ganzen Zeit zu begleiten. Er wollte über jede Untersuchung, egal, ob beim Gynäkologen oder Neurologen, Bescheid wissen und über die Ergebnisse informiert sein. Die engmaschige Betreuung und

Zusammenarbeit der Ärzte war ihm unglaublich wichtig. Außerdem bestand er darauf, das Kind auch nach der Geburt sehen zu dürfen. Dafür würde er auf seine Rechte als Vater verzichten.
Lina war zunächst gar nicht begeistert, stimmte dann aber doch zu. Und ich habe ganz genau gesehen, dass sie Henriks Hand ergriffen hat, als wir zu dritt beim Ultraschall saßen und wir unser Kind über den Ultraschall auf einem Bildschirm sehen konnten. Ein schlagendes Herz, ein neues Leben, das brachte uns drei viel enger zusammen, als ich es mir je erträumt hatte.
Während das CTG läuft, denke ich daran, wie erleichtert Lina über Henriks Vorschlag war, bereits zwei Wochen vor dem Entbindungstermin bei uns in der Wohnung zu übernachten. Da wusste noch niemand von uns, dass es sich bei dem Leben in mir um einen Trödler oder vielleicht auch ein Faultier handeln musste, das sich noch rund eine Woche länger Zeit ließ. Lina war aufgeregter als ich, dass es jederzeit hätte losgehen können. Henrik hingegen war unser Ruhepol, der dafür sorgte, dass keiner durchdrehte. Er sagte immer wieder, dass wir uns keine Sorgen machen sollten. Nichts wäre ungewöhnlich, und wir sollten daran denken, dass die Klinik, die er ausgesucht hatte, einen guten Ruf besaß. Sowohl Gynäkologie, Neurologie und vor allem Neonatologie waren gut ausgestattet und vorbereitet. Keiner von uns ging von schwerwiegenden Komplikationen aus, weder bei mir noch bei dem Kind, trotzdem war die Sorge gegenwärtig.
Nachdem ich in den Kreißsaal komme und die Wehen stärker werden, nehme ich alles anders wahr, wie durch einen dicken Wattebausch. Um mich herum sind Menschen, eine Ärztin, eine Hebamme und eine Hebammenschülerin. Lina hält mich im Arm und drückt meine Hand. Henrik legt mir ein nasses Tuch auf die Stirn, das er immer wieder wechselt.
Irgendwann presse ich. Es fühlt sich an, als würde es mich zerreißen, doch dann ist da nur noch pures Glück und Liebe. Ganz viel Liebe. Meine Tochter ist das Schönste, was ich je gesehen habe. Sie hat Henriks dunkle Haare, die wirr vom Kopf stehen.
„Wer von euch hat eigentlich die Nabelschnur durchgeschnitten?“, frage ich ein paar Stunden später, als ich im Zimmer bin und das kleine Wesen friedlich in meinem Arm schläft. Lina wirft Henrik einen Blick zu und lächelt.

„Das haben wir gemeinsam gemacht", sagt sie und klingt ein bisschen stolz.
In diesem Moment wird mir noch einmal mehr klar, welches große Glück unsere Tochter hat. Sie hat nicht nur zwei Elternteile, sondern direkt drei.

Jo Pollux, Sadie Lune

Eva Andersson
Undine

Ich
am Meer alleine
aus feuchtem Sand forme ich
dein Gesicht lege
Seetang darum
strahlenförmig wie nasses Haar
die Rundung deiner Lippen
prüfe ich mit dem Mund
für deinen Hals
grabe ich tiefer
unter die Kugeln deiner Schultern
setze ich
deine sanft gerundeten Arme
zwei große Handvoll Sand
für deine Brüste
ich glätte sie
wieder und wieder
bis sie vollkommen sind
für deinen Bauch brauche ich
schon etwas mehr
erst recht für deine Hüften
der kleine Hügel ohne Scham
den Spalt darunter
vertiefe ich sorgfältig
streichle
deine gewölbten Schenkel
doch halte ich ein
lasse Sand dazwischen rieseln
forme deine Beine
zu einer zierlichen Flosse
so kannst du mir
nicht
noch einmal davonlaufen
mit tausend Muscheln und Scherben
schmücke ich dich
meine Meerjungfrau
und bist es doch nicht
will dich nicht wieder zerstören
lege mich neben dich
nackt wie ich bin halte
deine kühle salzige Hand
mit geschlossenen Augen
nur du und ich und der Wind
eine große Woge spült den Traum davon
nimmt dich mit
kleine Wellen necken den Seetang
spielen mit etwas Schaum
neben mir bröckelnder Sand
Muscheln zerbrochene Scherben
ich am Meer
ohne dich

Sigrun Casper
Fräulein Sterne

Fräulein Sterne trug rote Stiefel. Und das zu einer Zeit, als die spitzen Pumps mit Pfennigabsätzen das Höchste waren. Die Stiefel waren so toll, so was gab es nicht mal drüben im Westen zu kaufen. Niemand aus meiner Klasse hatte nur annähernd ähnliche bei Stiller oder Leiser oder Salamander entdeckt. Als normaler Bürger kam man nicht an solche Stiefel. Da mussten Beziehungen im Spiel sein. Anfangs haben sich meine Klassenkameradinnen den Mund fusselig geredet. Ein andauerndes Getuschle war das in den Pausen. Fräulein Sterne war Thema Nummer eins, eine Zeitlang kam sie noch vor den Tanzstundennachrichten. Ich habe mich da rausgehalten. Ich durfte mich ja nicht verraten. Unvermeidlich war es aber, dass mein heimlich hingehaltenes Ohr dick Aufgetragenes aufschnappte, mörderisch Simples wie die Schlagzeilen in den Westberliner Billigzeitungen: Die Wahrheit über Fräulein Sterne.
Übrigens war die Farbe ihrer Stiefel das eigentlich Erregende. Es gab damals wenig, das aus sich heraus leuchtete. Das Rot von Fräulein Sternes Stiefeln hatte keine Ähnlichkeit mit dem Rot der Fahnen an Straßen und Plätzen und aus den Fenstern des Kreisamtes und in gewissen Vorgärten. Dann wäre ja alles unmissverständlich gewesen und hätte seine Richtigkeit gehabt. Fräulein Sternes Stiefel waren rot wie Anemonen, wie Kirschlikör, wie französische Lippenstifte, sie waren rot wie Sonnenuntergänge am Meer, rot wie die Liebe. Fräulein Sterne hat die verleumderischen Rückschlüsse von ihren Stiefeln auf ihre Person anscheinend gar nicht wahrgenommen. Fest schritt sie aus und ganz selbstverständlich und immer so schwungvoll, als hätte sie außer sich selbst noch eine Ladung frischen Windes dabei.
Als sie bei uns anfing, war ich sechzehn und ging in die zehnte Klasse. Unsere Russischlehrerin Frau Kowalski war von einem Tag auf den anderen verschwunden. Niemand wusste Genaueres. Weggezogen war sie nicht, das hätte sie uns gesagt. Nichts ist uns gesagt worden, also gab es nur eines: Abgehauen war die Kowalski. Zwei-, dreimal war Russisch ausgefallen. Dann kam Fräulein Sterne.
Der Direktor betrat als Erster die Klasse, nach ihm Fräulein Ster-

ne mit diesen Stiefeln, wir standen auf. Fräulein Sterne sah den Direktor an, als er die vorstellenden Worte sprach. Mir wurde fast schlecht von einem Erstaunen, das mich wie ein heißer Guss durchschoss. So einen Menschen wie Fräulein Sterne hatte ich noch nie gesehen. Heute würde man Frau Sterne sagen, aber als Frau Sterne hätte ich sie nicht lieben können. Lieben war nämlich etwas anderes als Schwärmen. Meine Liebe zu Fräulein Sterne war unteilbar, musste unteilbar sein.

Der Direktor überließ uns Fräulein Sterne. Wir setzten uns. Fräulein Sterne begann zu lächeln. Ich starrte auf ihren Mund, der lächelnd, aber nicht einschmeichelnd, nicht verlegen, sondern vergnügt lächelnd sagte, sie wollte erst einmal wissen, wie wir heißen. Im Stehen öffnete sie das Klassenbuch und blätterte darin, bis sie die Liste mit unseren Namen gefunden hatte. Das war, wie ich bald herausbekam, eine Eigenart von Fräulein Sterne: Nie hat sie sich hingesetzt. Am Ende ihres Unterrichts ließ sie sich flüchtig auf dem Rand des Lehrerstuhls nieder, um mit ihrer runden Schrift die Eintragungen ins Klassenbuch zu erledigen. Während ihrer Stunden stand sie gern am Fenster, bei Klassenarbeiten pflegte sie besonders lange auf den Hof zu schauen und hat damit den Schwächeren eine Chance gegeben. Sie ging vor der Tafel auf und ab oder schlenderte zwischen den Reihen hin und her. Es war zu spüren, dass sie sich gern bewegte. Aus jeder ihrer Bewegungen und dem Mitschwingen ihrer Röcke stieg ein herbzarter Duft. Ich wünschte mir, dass niemand anders ihren Duft bemerkte, und ich stellte ihn mir als Aroma eines Tees vor, von dem nur ich kosten dürfte.

Sie stand also mit ihren roten Stiefeln am Lehrertisch, mit dem in der Taille gekrausten Nachtwiesenrock, zeigte auf den ersten Namen, las ihn laut und schaute erwartungsvoll in die Klasse. Es war mein Name.

Wie oft habe ich mich wegen meines Anfangsbuchstabens A geärgert. Als aber Fräulein Sterne meinen Namen zuerst sagte, kam mir das wie eine Auszeichnung vor. Mit heißen Ohren und stockendem Herzschlag, doch voll Stolz erhob ich mich und ließ mir von Fräulein Sterne, die ihren Kopf leicht schräg hielt, in die Augen blicken. So lang ich meinen Hals auch zog, so sehr ich mich anstrengte, forsch zurückzublicken, mein Blick langte nicht bei ihr an. Überwältigt kicherte ich los. Ich habe mich hingesetzt und mich geschämt.

Fräulein Sternes Augen waren blau. Blaue Augen unter schwarzen Brauen, die wie ausgebreitete Vogelschwingen waren, unter Ponyfransen, die sie mit immer derselben, unbewusst fahrigen Handbewegung auflockerte. Blaue Augen zu schwarzem, im Nacken gebundenen Haar. Blaue, von keinem Grau, keinem Grün getrübte, schmale, von glänzenden Wimpern umrahmte Augen. Schon immer hatte ich die dunkelhaarigen Märchengestalten geliebt, Rosenrot, Schneewittchen, Scheherazade und wie sie heißen, denn ich war blässlich und unscheinbar, niemand wäre je auf die Idee gekommen, dass auch in meinen Adern dunkelrotes Blut floss. Es war nicht einfach für mich, in den ersten Wochen. Nachts wachte ich verstört auf. Ich starrte beim Essen vor mich hin, wurde dünner und noch blasser und erschrak leicht. Ich zog mich zurück, erfand für meine Freundinnen Ausreden, um nicht ins Kino, nicht Eisessen zu gehen, und grübelte, warum es mich so aufwühlte, wenn ich Fräulein Sterne ansah. Es musste daran liegen, dass ich etwas spürte, das mir ähnelte, vielleicht so etwas wie mein anderes Ich. So musste es sein: Fräulein Sterne forderte mich zu mir selbst heraus. Ihr Äußeres ähnelte meinem Inneren.

Das verstohlene Eindringen in ihr Gesicht, ihren Gang, ihre Gesten und ihre Stimme; dieses fortwährende, lauernde Einfühlen in Fräulein Sterne hat mich gereizt und gequält. Und es hat mich verändert. In einer schlaflosen Nacht hörte ich mich zum ersten Mal mit Fräulein Sterne flüstern. Ich spürte Erleichterung; es war, als ob sich in dem eingebildeten Zwiegespräch etwas befreite, das mich ratlos und schwerfällig gemacht hatte. Ich brauchte Fräulein Sterne nicht zu rufen, ihr nicht zu winken, sie kam auf dem Weg der Fantasie zu mir, und wenn sie nah genug war, erzählten wir uns alles und lachten einfach so, über nichts. Sie sagte mir auf den Kopf zu, dass ich eine ganz schön affektierte Ziege sei. Ich war verletzt, sie hatte gut reden! Sie zeigte mir, wie man den Krakowiak tanzt. Ich streifte ihr die Stiefel von den Füßen, um sie selbst anzuziehen. Ich sprach so perfekt russisch wie sie deutsch. So wurde Fräulein Sterne zu meiner allerliebsten, meiner einzigen, wirklichen Freundin. Vor ihr brauchte ich mich wegen nichts zu schämen. Ihr konnte ich es nicht nur mit Worten gestehen, ihr zeigte ich es als Erster, das ich nicht nur das Mädchen ohne Ecken und Kanten war, für das mich alle hielten. Russisch war bislang ein Zwangsfach für mich gewesen, nicht anders

als Physik oder Gegenwartskunde. Diese Sowjetmenschen waren ferne und abstrakte Wesen, grob geschnittene Heldenprofile auf Plakaten. Ein Volk von Friedenskämpfern und Revolutionären, das ging mir zum einen Ohr rein und zum anderen wieder raus. Fräulein Sterne war Russin, wie sie uns erzählte, jedenfalls war sie bei Leningrad aufgewachsen. Ihr Deutsch war tadellos, aber mit einem unwiderstehlichen Akzent. Es ist möglich, ohne jede Mühe an etwas zu schleppen. Dem kürzesten und unerheblichsten Wort konnte Fräulein Sterne einen Unterton geben, der etwas Melodisches mit sich schleppte. Die Art, wie sie redete, erinnerte mich an ein Lied oder ein Instrument, mit dem man nachhallende Klänge erzeugt. Meine eigene Sprache fing für mich auf einmal zu leben an. Durch Fräulein Sternes Art, mit dem Satzbau und mit Begriffen zu spielen, sich beim Sprechen zu verbessern und Ausdrücke, die ich bisher nur aus der sogenannten hohen Literatur kannte, beiläufig einzuflechten, wurde mir das energische Wesen und der Wortschatz meiner Sprache bewusst. Doch zugleich hat Fräulein Sterne in mir eine mich selbst verwundernde Neugier auf ihre Muttersprache angefacht. Ich saß am Schreibtisch meines Vaters, wenn niemand zu Hause war. Laut und mit Ausdruck las ich die zusammenhängenden Texte im Literaturteil unseres Russischbuchs, las mit Fräulein Sternes Stimme. Meine Lippen wölbte ich locker vor wie sie. Zehnmal, zwanzigmal wiederholte ich das L mit dem Weichheitszeichen; übte die Variationen des ins A übergehenden O, des ins O spielenden A; schnaubend ließ ich meine Zunge beim R vibrieren. Gewitter und Geysire wechselten sich in meinem Mundinneren ab, bis mir die akrobatischen Wörter und Laute so melodisch schleppend über die Lippen rollten wie bei Fräulein Sterne.
Ihr Unterricht war spannend. Jeden hat sie drangenommen, sich nicht nur mit den guten Antworten zufriedengegeben, und niemals hat sie mit Zensuren gestraft. Selbst ihr Lachen in den Stunden war ein russisches Lachen, es schallte tief aus dem Bauch und hat die Klassenwände auseinandergerückt. Alle schwärmten von Fräulein Sterne, trotz der Verdächtigungen, die ihre Stiefel ausgelöst hatten. Doch auch ein Fräulein Sterne hatte sich an den Lehrplan zu halten und damit an die langweiligen Lektionen im Russischbuch. Mündlich war ich bald eine Eins. Ahnte Fräulein Sterne auch nur ein bisschen von meinen nächtlichen Selbstgesprächen mit ihr, wenn sie

mir in den Stunden anerkennend zunickte? Nein, nichts wusste sie von meinen geheimen Vokabelheften, die ich zwischen Büchern versteckte, nichts davon, dass ich Lieder auf Russisch auswendig lernte und beim Abwasch übte, Katjuscha, Herrlicher Baikal, Partisanenlied, und dass ich meine Stimme dabei so schmelzend dahinebben ließ wie mindestens zwanzig Donkosaken.
Meine Liebe hielt bis zum Abitur an. Danach ging Fräulein Sterne in den Westen. Wieder flackerten Gerüchte über Beziehungen und Verbindungen auf; bestimmt war sie eine Agentin, bei dem Aussehen! Aber das kannte ich ja schon. Auch nach dem Vorfall in ihrer Wohnung konnte ich mein Gefühl für sie nicht verdrängen. Aus der bisherigen, im stillen geschürten Glut hat es sich in eine widerspenstige Traurigkeit verwandelt, die ich hinter Clownsgehabe und Hackenschuhen verbarg. Während der drei Schuljahre mit Fräulein Sterne hat es ernsthaft keinen einzigen Jungen in meinem Leben gegeben, nur sie, die ich aus dem Gedächtnis zeichnete, an die ich niemals abgeschickte Liebesbriefe schrieb und die ich einmal küsste.

In der zwölften Klasse probten wir Tschechows Heiratsantrag für die Abiturfeier. Das war Fräulein Sternes Idee. Für die einzige weibliche Hauptrolle war das Los auf mich gefallen. Ich habe mir natürlich eingebildet, Fräulein Sterne hätte die Loszettel nur mit meinem Namen beschrieben. Sabine Lösche war zwar schriftlich sehr gut, aber mündlich konnte sie mir schon ab der Elften nicht mehr das Wasser reichen. Zweimal die Woche nachmittags, drei Monate lang, Proben bei Fräulein Sterne. Sie bewohnte die obere Etage eines Reihenhäuschens. Einmal war sie kurz durch eine Tür hinten an der Wand in einem Zimmer verschwunden. Es war bestimmt ihr Schlafzimmer. Ich habe den Hals langgezogen und versucht, von meinem Platz aus das Bett zu sehen, aber die Tür war nicht weit genug offen. Den Tee kochte Fräulein Sterne unten in der Küche ihrer Vermieterin.
Zuerst waren mir die beiden Pflanzen vor dem Fenster aufgefallen. Ihre Blätter sahen wie Fächer aus. „Palmen", sagte Fräulein Sterne lächelnd, nur auf meinen Blick hin. Draußen vor ihrem Fenster hat eine Tanne gestanden.
Der dicke Reinhard Racke, Edgar Pollow und ich saßen um den Nierentisch auf zierlichen Sesseln. Der Teppich war endlich mal kein rostfarbener Teppich, er war honiggelb. Überall Bücher in kyrilli-

scher Schrift, aber ich habe mich nie getraut, mir eins auszuleihen. Über dem Zweiersofa, auf dem Fräulein Sterne saß, hing ein Bild, von dem jeder gesagt hätte, das sei dekadent. Das Bild hat mir gefallen, weil es Fräulein Sterne gehörte. Ich habe immer wieder hinsehen müssen und bin dabei auf die Idee gekommen, dass Gefühle oder Töne sich malen lassen. Zu Hause habe ich versucht, Fräulein Sternes Lachen zu tuschen. Es wurde ein blaues Bild mit weißen und hellblauen, wolkenartigen Gebilden darin, aber in der Mitte das Rot, das habe ich nicht hinbekommen.

Fräulein Sterne war eine strenge und heftige Regisseurin. Ich glaube, sie hätte am liebsten jede Rolle selbst gespielt. Manchmal redete sie plötzlich russisch mit uns, und wenn sie das merkte, entschuldigte sie sich und lachte. Sie hat ja nicht gewusst, dass ich sie fast Wort für Wort verstehen konnte. Die Tür zur Treppe und dem kleinen Flur hat immer offen gestanden, aber die andere, die Schlafzimmertür hinten in der Wand, war und blieb bis auf das eine Mal geschlossen. Bald konnte ich meine Rolle auswendig, aber ich habe mich sehr vor Fräulein Sterne geniert. Viel lieber hätte ich für sie so einen Vamp gespielt wie die Dietrich, oder wenigstens ein nettes junges Ding wie Lilo Pulver. Fräulein Sterne erklärte mir geduldig das Wesen der Natalja Stepanowna, dieser zickigen, launischen alten Jungfer, um deren Hand der verklemmte benachbarte Gutsbesitzer anhält. Nur der Nierentisch war zwischen ihren und meinen Knien. Die Zartheit ihrer Haut war mir zum Streicheln nah. Fräulein Sterne war unzufrieden mit mir. Weil ich mich zierte und befangen war, gelang es mir nicht, die zickige Natalja angemessen zu spielen. Fräulein Sterne runzelte die Stirn, lächelte verzweifelt. Sie hätte mich sogar beschimpfen können, ich hätte sie doch nur immer dabei angeschaut und gedacht: So kann sie also auch sein.

Die Jungen wurden von Fräulein Sterne gelobt, obwohl sie dauernd mit ihrem Text hängen blieben. Die Männerrollen waren auch viel einfacher und eindeutiger. Plumper waren sie. Fräulein Sterne bestellte mich für einen Nachmittag allein zu sich, um mit mir die Schlussszene zu üben. Sie machte Tee. Ich sah mich aufgeregt in ihrem Zimmer um und atmete diesen undefinierbaren Duft ein. Die Palmen, der Süden, Vorstellungen von Marmorterrassen mit weißen Treppen bis ans Wasser wehten mir im Kopf. Die Tür war nicht ganz so weit geöffnet wie sonst. An der Wand hinter der Tür bemerkte

ich die beiden Fotografien. Fräulein Sterne Arm in Arm mit einem Mann, der gleiche Mann ohne Fräulein Sterne, nur sein Gesicht. Ihr Bruder, wollte ich sofort wieder denken wie jedes Mal, wenn ich Fräulein Sterne zufällig mit dem schwarzhaarigen jungen Mann im Bus gesehen hatte. Ihr Bruder, wie damals, als sie mit dem Schwarzhaarigen schwatzend an mir vorbeigeradelt war. Für ihren Bruder hatte sie doch auch das zweite Schnitzel gekauft, den Anzug von der Reinigung geholt. Ich starrte auf die beiden Bilder, der Mann schaute ernst zurück. In meinem Magen fing es an zu brodeln, und wohin ich mich auch drehte, folgte mir der Mann mit seinen dunklen Augen. Sucht' ich, ach das Grab meiner Liebsten, schoss mir ausgerechnet Stalins Lieblingslied durch den Kopf. Mit seiner traurigen Melodie dröhnte und trällerte es wie verrückt. Verraten und verspottet! Ich wollte aufspringen und wegrennen und nicht mehr leben, da hörte ich Fräulein Sterne auf der Treppe.
Schon stand sie mit dem Tablett in der Tür und sagte: „Heute klappt es bestimmt." Das hat sie gesagt und mich dabei ganz lieb angesehen und mir Tee eingegossen. Mein Rücken war wie ein Brett, ich knirschte mit den Zähnen und ballte die Fäuste. Fräulein Sterne stand auf und zog die Tür vor die Wand und setzte sich wieder. Meine Fäuste entkrampften sich. Mit Genugtuung merkte ich, wie mir eine Wut hinter die Augenlider stieg und meinen Blick hart machte. Wilde Unsicherheit fiel mich an, meine Lippen wurden steif. Die Palmen und das Bild und die ganze Kultur um mich herum, die roten Stiefel in dem Flur vor der verdammten Tür, der grusinische Tee und überhaupt alles konnte mir den Buckel runterrutschen. Ich bin die schrullige, affektierte, beschränkte, meinetwegen gierige Person, ich werde die Männer lehren, wer die Pantoffeln anhat und wer die Hosen. Jawohl, wenn ich sie erst mal in meinen Krallen habe, dann werden sie – „Gut! Sehr gut!", schnurrte Fräulein Sterne auf Russisch, „fantastisch, jetzt kriegst du es hin!" Ja, „du" sagte sie zu mir, und ihre blauen Augen leuchteten. Du, hat sie gesagt und mir auf die Schultern geklopft und genickt und gelacht, dass die Palmen zu zittern anfingen und das Bild an der Wand schaukelte, und dann hat sie mir einen Kuss rechts neben meinen Mund aufgedrückt, direkt auf meinen Leberfleck.
Dieser herzhafte Kuss, mit dem Fräulein Sterne meinen Grimm, meinen Schmerz und meinen Hass belohnte, hat mich nicht ver-

söhnt, mich nicht beruhigt und mich schon gar nicht auf den Boden zurückgeholt. So harmlos hat sie da bei mir gestanden auf ihrem honiggelben Teppich. Sie hatte doch nur eine Leistung gewürdigt mit ihrem Kuss. Mich aber hat er beschämt, dieser Kuss, nicht beglückt, nicht ein bisschen beglückt. Zerstört hat er etwas in mir, der Kuss von Fräulein Sterne! Den anemonenfarbenen, leichten, tausendfach gekräuselten Vorhang hat er zerrissen.
Noch immer strahlte sie. Mir aber war, als müsste ich einen langen, sonnenbeschienenen Weg im kalten Regen zurücklaufen. Das ging damals so schnell mit den Tränen, sie schossen nur so aus mir heraus, gerade deswegen, weil ich sie zurückhalten wollte. Nun hatte sie meine Tränen gesehen, nun wusste sie. Nun war mir alles egal. Ich habe mich an ihren Hals geschmissen und sie mitten auf den Mund geküsst. Was heißt geküsst, ich wusste ja gar nicht, wie das ging, ich habe meine Lippen auf ihre gedrückt. Hart hat sich das angefühlt, und die Tränen waren an den Seiten vorbeigerannt.

Tina Hope
Regenbogenliebe

Lesbisch zu sein, ist keine Krankheit, sondern ein besonderes Geschenk. Einfach nur den Menschen sehen und lieben, nicht wegen des Geschlechts oder wegen des Sex.

Wie kam ich dazu, mich zu Frauen hingezogen zu fühlen? Das ist eine längere Geschichte; ich kann es gar nicht richtig erklären. Vielleicht waren es die vielen traumatischen Erlebnisse mit Männern, die dazu geführt haben, dass ich Ängste und Ekel in mir spürte, wann immer ein Mann mir zu nahe kam. Trotzdem habe ich lange Zeit an mir selbst gezweifelt, hatte das Gefühl, nicht normal zu sein. Um mich herum schienen alle Menschen so eine glückliche Beziehung zu führen und eine gemeinsame Zukunft zu planen. Viele Gedanken kreisten in meinem Kopf: Die Gesellschaft gibt vor, dass ein Mann und eine Frau zusammengehören, ich aber fand Frauenkörper einfach wahnsinnig anziehend. Eine Frau zu lieben war verboten; andere würden schlecht über mich denken, mir böse Blicke zuwerfen und mich meiden. Als junge Frau war ich psychisch so angeschlagen und hatte so wenig Selbstbewusstsein, dass dieser Gedanke mich zutiefst verunsicherte. Deshalb versuchte ich krampfhaft, mich der gesellschaftlichen Norm anzupassen, was, weiß Gott, nicht einfach war. Immer wieder spürte ich, wie sehr Frauen mich anzogen. Begegnete ich auf der Straße einer schönen Frau und unsere Blicke trafen sich, floss für einen kurzen Moment eine Energie und wohltuende Wärme durch meinen Körper. Auch wenn es nur Sekunden waren, war es irgendwie Magie.

Es vergingen viele Jahre, bis ich eine Frau kennenlernte, zu der ich einen tollen Kontakt aufbauen konnte. Als wir uns das erste Mal küssten, war das ein ganz besonderer Moment für mich. Wir führten heimlich eine Beziehung, allerdings nicht, wie jeder vermuten würde, mit Sex. Dazu war ich einfach nicht fähig. Stattdessen genoss ich es einfach, in den Arm genommen und geküsst zu werden. Das lief eine ganze Weile auch ganz gut so, doch die Tatsache, dass Sex für mich unvorstellbar war, ließ mich immer mehr zweifeln, ob ich überhaupt lesbisch bin. Am schlimmsten aber war das Verheimlichen; es fühlte sich falsch an. Wie sich jeder denken kann, ging diese Beziehung in die Brüche.

Ich freundete mich mit dem Gedanken an, dass ich vielleicht einfach nicht der Typ für Beziehungen bin. Bis ich erneut auf eine Frau traf, bei der ich mich zunächst sehr wohl fühlte. Im Nachhinein denke ich, dass sie meiner dominanten und gewalttätigen Pflegemutter einfach sehr ähnlich war und ich mich in diesem bekannten Terrain sicher fühlte. Heute bin ich mir sicher, dass es die falsche Entscheidung war, mich auf sie einzulassen. Diese Frau war so über alle Maßen dominant. Sie zeigte mir, was sie von mir wollte, was ich konnte und was nicht. Und ich, die sich so alleine und wertlos fühlte, ließ sie ihre Macht über mich ausleben. Ich war emotional so abhängig von ihr, dass ich mich nicht gegen sie wehrte, denn ich wusste, das hätte alles nur schlimmer gemacht. Erzwungener Sex tut wahnsinnig weh, egal ob es sich bei dem Vergewaltiger um einen Mann oder eine Frau handelt. Erst nachdem ich Jahre später einen psychischen Zusammenbruch erlitt, gelang mir die Flucht. Mit dem Thema Liebesbeziehung hatte ich zu diesem Zeitpunkt abgeschlossen.

Es folgten viele Klinikaufenthalte und verschiedene Therapien; zusätzlich musste ich Psychopharmaka nehmen, um überhaupt irgendwie am Leben teilnehmen zu können. Obwohl ich langsam Fortschritte machte, blieb ich doch eine Mitläuferin und Ja-Sagerin. Ich traute mir rein gar nichts zu, fühlte mich vollkommen wertlos. Es verging eine Menge Zeit, bis es in meinem Kopf „Klick" machte und ich endlich verstand: Dieses Leben wollte ich so nicht führen.

Durch einen Zufall – eigentlich glaubte ich nicht mehr an Zufälle, zumindest nicht an positive – lernte ich über eine Bekannte eine Frau kennen. Wieder einmal musste ich überrascht feststellen, dass ich zwar nach wie vor panische Angst vor dem männlichen Geschlecht hatte, jedoch nicht vor Frauen, und das trotz meiner schlechten Erfahrungen. Zeitgleich konnte ich meine Psychopharmaka langsam absetzen, wodurch ich im Kopf sehr viel klarer wurde. Das war anfangs keineswegs angenehm, ganz im Gegenteil. Mein Kopf, meine Seele und mein Herz fingen an nachzudenken. Ich empfand großen Schmerz, als ich mir meiner Vergangenheit bewusst wurde und damit auch Verantwortung für meine eigene Zukunft übernahm. Ich war damit geradezu überfordert. Also erzählte ich der Frau, die ich gerade kennengelernt hatte, von meinen Gedanken und Sorgen. Zunächst schrieben wir uns nur Kurznachrichten, denn meine Ängste, jemandem Vertrauen entgegenzubringen, waren noch sehr groß. Doch wir verstanden uns so gut und die Nachrichten waren so herzlich und irgendwie vertraut, dass wir zu Telefonaten übergingen. Ich mochte ihre Stimme auf Anhieb. Es fühlte sich gut an, mit ihr zu reden. Wären da nur nicht diese Zweifel gewesen! Lieber wollte ich alleine bleiben, als verletzt oder von der Gesellschaft ausgestoßen zu werden. Zum Glück überwogen aber meine Gefühle, sodass ich mich darauf einließ, mich persönlich mit ihr zu treffen.

Als ich ihr das erste Mal in die Augen sah, wurde mir ganz warm ums Herz. Es schlug wie wild, und plötzlich – auch für mich selbst völlig überraschend – küsste ich sie.

Wir einigten uns auf eine Fernbeziehung. Das hielt ich für das Beste. Auf der einen Seite freute ich mich, wenn sie bei mir war, auf der anderen Seite wurde mir die Nähe schnell zu viel, und dann musste ich sie bitten zu gehen. Ich rechnete fest damit, dass sie meine Ängste und psychischen Erkrankungen nicht lange aushalten und verschwinden würde. Aber nein! Sie akzeptierte mich so, wie ich war, und nahm liebevoll und ganz ohne Vorwürfe Rücksicht auf meine Bedürfnisse. Ich musste eben das Durcheinander in meinem Kopf erst mal ordnen, bevor ich erkannte: So fühlt sich Liebe an.

Mit der Zeit traute ich mir mehr und mehr zu. Schließlich beschlossen wir, zusammenzuziehen. Ich befürchtete zwar, dass sie dann mehr von mir fordern könnte, dass sie mich verletzen könnte, um zu bekommen, was Paare üblicherweise tun, aber diese Furcht erwies sich als unbegründet. Weil ich nach wie vor Freiraum brauchte und generell nicht gut schlafen konnte, schlief ich im Wohnzimmer und sie im Schlafzimmer. Ich versuchte immer mal wieder, mehr zuzulassen, aber es ging mir nicht gut damit. Wieder kam die Angst hoch, sie könnte mich verlassen, wenn ich ihren Wünschen nicht nachkommen würde. Aber sie versicherte mir: „Egal, was ich will, Hauptsache ist, dir geht es gut. Wir müssen das nicht tun."

Trotzdem hatte ich ein schlechtes Gewissen. Mit all meinen Ängsten war ich bestimmt keine Partnerin, die man sich an seiner Seite wünscht.
Mit ihrer Rücksichtnahme und ihrer liebevollen Art wurde ich jedoch sicherer und konnte Vertrauen aufbauen. Es war anfangs schwer, im selben Raum wie sie, neben ihr zu schlafen, aber ich wollte es für sie lernen.

Heute sind wir sogar verheiratet. Was andere darüber denken, wenn wir Hand in Hand durch den Ort laufen oder uns küssen, ist mir mittlerweile völlig egal. Nur das Thema Sex bleibt für mich unangenehm und schwierig. Ich freue mich, dass meine Frau mich so liebt, wie ich nun mal bin, und ich liebe sie ebenfalls von ganzem Herzen. Lange Zeit habe ich mir Gedanken gemacht, wieso ich keine sexuelle Lust empfinde oder warum diese Lust, wenn sie denn mal auftaucht, genauso schnell wieder verschwindet. Ich empfinde nur Angst und Ekel, wenn ich an Sex denke. Vor allem ekele ich mich vor mir selbst. Ich finde Frauenkörper schön, ich sehe die Rundungen meiner Frau so gerne, aber ich verkrampfe mich sofort, wenn es um Berührungen geht. Selbst die Beschreibung von Berührungen in Büchern oder Filmen löst ein starkes Unwohlsein in mir aus. Ich kann mich einfach nicht entspannen. Dabei wollte ich ihr auch in dieser Hinsicht nah sein, ohne ihr das Gefühl zu geben, dass ich mich danach schlecht fühle. Bin ich nicht normal? Die Frage stellte sich mir immer wieder. Aber je mehr Druck ich mir selbst machte, desto schlimmer wurde es. Also versuche ich, mich damit zu arrangieren. Denn auch wenn andere Menschen die Art, wie wir leben, komisch finden mögen, sind wir glücklich. Und das ist das Wichtigste.

Alina Oswald

Alina Oswald

Alina Oswald

Alina Oswald

Lara Maibaum
alte sommerträume

sich in einem wald den es nicht mehr gibt
mit einer imkerin niederlassen und ihr
das vertraute sein das bleibende
wenn sie den schwärmen nachtrauert
auf sie warten wenn sie wartet
über frisch gemähte wiesen geht
in ihrem kosmonautenaufzug
in den wolkenlosen himmel späht
– eine raumfahrerin ohne raum –
ihr nachschauen immer weniger
um sich dann verbissen
dem kleinen haushalt zu widmen
und das wäre dann dieses leben

sich auf einer raumfahrt in den wolkenlosen himmel
mit einer späherin vermählen und ihr
das verbissene sein das wartende
wenn sie sich aufmacht auszuschwärmen
in ihrem kosmonautenaufzug
immerzu bleiben wenn sie geht
bleiben wenn sie geht
um sich dann niederzulassen als kolonistin
unbekannter weiten wie unbestellte felder
ungemähte wiesen stadt die es noch nicht gibt
nicht trauern können wenn sie trauert
beim anblick des mondes
und das wäre dann dieses leben

sie würde das ziel ihrer sehnsucht
am grunde ihres herzens bei sich tragen
und nie ganz davon lassen
nichts könnte ihr wirklich schmecken
sie wirklich voll und ganz füllen
es gäbe immer einen hunger
den sie mit niemandem teilen kann
und das wäre dann dieses leben

Donna P. Nick
Zoom

Deine Intensität, deine Intelligenz, dein schamfreier Umgang mit Sexualität, deine Fähigkeit, die Welt als magisch zu betrachten, faszinierten mich, als wir uns kennenlernten. Du mochtest meine Körperlichkeit, das weiß ich, und meine psychische Stabilität. Meine Stabilität – von uns beiden unendlich überschätzt. Sie mag vorhanden gewesen sein, als du mich kennenlerntest, aber sie wurde brüchiger mit jedem Tag, den wir miteinander verbrachten. Als ich dich kennenlernte, hieltest du jeden Tag innere Zwiesprache mit etwas, das du Gott nanntest. Mit jedem Tag, den wir miteinander verbrachten, wurde die Welt für dich magischer, entfernte sich mehr von meiner. Mit jedem Tag verzweifeltest du mehr an meinem Unwillen, Elfen in Bäumen und farbige Auren um Menschen herum zu sehen. Du nanntest das meine Stumpfheit.
Ich erinnere mich an deine Begeisterung über ein Buch, in dem es um den Mond ging. Der Mond, so das Buch, sei ein Archiv, das Gedächtnis der Menschheit. Dort seien alle Informationen über alle Seelen, die jemals gelebt hätten, gespeichert. Ob das metaphorisch gemeint sei? Nein, nein, unter der Mondoberfläche gebe es wirklich ein Archiv. In den Mondkratern seien Fahrstühle angebracht, mit denen die Informationen hinauf und herab gefahren werden könnten. Meine Fragen, in welcher Form diese Informationen gespeichert seien, wer dieses Mondarchiv betreibe, seit wann es bestehe und ob es nur Informationen über die Seelen des Homo Sapiens oder auch die der Neandertaler enthalte, machten dich wütend. Meine Nachfragen machten dich immer wütend, sie bewiesen dir immer wieder, in welchem Ausmaß ich spirituell unterentwickelt, wie unwürdig ich war.
Dort, wo die Welt bunt ist, wo es viele Schattierungen gibt, gab es für dich immer nur Schwarz und Weiß, Gut und Böse, Strafe und Belohnung. In deinen Augen warst du allen anderen überlegen, ein Genie, standest kurz vor der Erleuchtung. Oder du warst davon überzeugt, lebensunfähig, nichts wert und zutiefst böse zu sein. Dieser ständige, manchmal stündliche Wechsel von Schwarz zu

Weiß, Weiß zu Schwarz war absolut und galt für alles und alle, auch für mich. Ich versuchte, mich davon nicht beeindrucken zu lassen, deine Stimmungen und Bewertungen distanziert zu sehen. Aber wenn ich die Panik und den Hass, der sich oft gegen mich richtete, nicht ernst nahm, wie konnte ich dann die guten Momente, deinen Enthusiasmus, deine überschwängliche Verliebtheit, ernst nehmen? Gerade von deiner Intensität fühlte ich mich doch so angezogen. Auf Distanz zu gehen funktionierte nicht, nichts funktionierte, keine Entfernung stimmte. Es war ein ständiges, chaotisches Heran- und Weggezoome, von dir, von mir, auch weil du die Nähe nicht ertrugst, aber die Entfernung ebenso wenig. War ich zu nah, stießest du mich aufs Gröbste weg, war ich zu weit weg, kralltest du dich an mir fest. Du fühltest in unerträglichem Maße Angst, Hass, Liebe und eine unendliche Leere, die du mit überweltlichen Heilsversprechungen zu füllen versuchtest. Weder du noch ich noch irgendeine der von dir erprobten Methoden konnten diese Leere lindern. Das schwarze Loch dehnte sich immer weiter aus, bis ich daran zweifelte, ob du überhaupt noch etwas anderes warst als dieses schwarze Loch, ob überhaupt noch eine Person in dir steckte oder ob es eigentlich deine Krankheit war, die aus dir heraus dachte, fühlte und handelte und nicht nur dich, sondern auch mich verschlang.

Wieso, fragte ich mich im Nachhinein häufig, wieso habe ich mich dem so lange ausgesetzt? Süchtig war ich nach der Intensität, die es bedeutete, mit dir zu sein. Süchtig und sehr wohl darum wissend, wie stark ich mich selbst beschädigte, indem ich immer wieder zu dir zurückkehrte. Am Ende war ich es, die nicht mehr wusste, wer sie war, die in Scherben ging, nicht du.

Traude Bührmann

Traude Bührmann
vom Parkett in den Himmel hinein

„Wonach verlangt dich? Wie willst du leben?“, frage ich sie, sehe, dass auch sie unglücklich ist.
„Zeit für mich ... lesen.“ Sie liebt Bücher über alles, ich nenne sie ihre *chéries*. Strahlend übernimmt sie diese Bezeichnung und gesteht, warum sie nicht gerne Besuch habe. Sie ertrage es nicht, wenn Freundinnen die Rücken ihrer Bücher betrachten, sie anfassen, streicheln, aus dem Regal ziehen, darin blättern – auch mit sauberen Händen und schön anzusehenden Fingern –, gar darin lesen. Wohl ein Witz, sage ich. Nein, es ist kein Witz. Das schmalbrüstige Arbeitszimmer, auch Durchgang zu Bad und Toilette, ist ihr Heiligtum: Ihre *chéries* dicht aneinandergerückt, neben- und übereinander, vom Parkett an den Wänden hoch in den Himmel hinein. Sie nährt sich von ihnen. Aus ihnen zieht sie ihre Leidenschaften, Lust und Launen, „meine Visionen“ sagt sie. Das begreife ich erst in unserem zehnten Jahr, in der Zeit, als sie die Bücher liebevoll und sehnsüchtig ihre *chéries* nennt. Zum Abschied schenke ich ihr ein Lesezeichen in Form eines Bücherwurms.

Michaela Regus
Miniaturen 2

Eine meiner Brautjungfern, sie ist jetzt 16, erinnert mich mit ihrem Leseverhalten wahnsinnig an mich. Denn sie hat gar keins. Sie liest alles, und ab und zu hat sie Monate, in denen sie sich an einem Thema festbeißt. So war ich auch und bin es immer noch, die Regale in der Wohnung bezeugen es. Neulich war eine Freundin zu Besuch, die vor einem der zahlreichen Bücherregale stand, die Beschriftung an einem der Bretter entzifferte und dann fassungslos fragte: „Was heißt denn hier Diktatur?“ Sie sprach von ca. zehn Regalmetern nur gefüllt mit Büchern über das Dritte Reich, Russland, die Khmer und ähnlich wenig erfreulichen Sachbüchern und Romanen. Ein paar Meter sind gefüllt mit der Beschriftung „Diverses“. Hier sieht man, dass ich mal ein paar Wochen alles über das Asperger-Syndrom gelesen habe, nach meiner Terry-Pratchett-Phase und vor meiner erneuten Tschernobyl-Phase. Beides sucht mich alle paar Monate immer mal wieder heim. Die Asperger-Phase war begleitet von Gesprächen mit einer mir bekannten Krankenschwester, die in der Psychiatrie arbeitet, und einem DVD-Marathon „The Big Bang Theory“, der mehrere Nächte dauerte.
Eine Idee, die daraus entstand und wesentlich größer war als ich, beginnt so: „Ich bin ein sehr zuverlässiger Mensch. Als der Wecker morgens um vier klingelte, stieg ich aus dem Bett, zog mich wettergerecht an, aß das Müsli, das ich mir immer am Vorabend zubereitete, putzte mir die Zähne drei Minuten lang und stieg ins Auto, nachdem ich meinen Rucksack zweimal kontrolliert hatte, ob alles da war. Ich war ausgerüstet für Regen, für Schnee und für warmes Föhnwetter. Ich hatte Geld, Ausweis und Krankenkassenkarte eingesteckt, und eine Vignette klebte an der Scheibe. Ich war ein sicherheitsbedachter Mensch. Ich schnallte mich an, hörte die Staunachrichten und fuhr los. Der große Karton mit dem selbstgebastelten Weihnachtskalender füllte den gesamten Beifahrersitz aus. Ich hatte Bedenken, dass der Karton den frisch gesaugten Sitz beschmutzen würde. Ich war ein sauberer Mensch. Ich fuhr los und hielt immer die Geschwindigkeitsbegrenzungen

ein. Die Fahrt dauerte exakt vier Stunden und sechsunddreißig Minuten, das Navi hatte erst vier Stunden und siebenundfünfzig angegeben. Im Laufe der Fahrt hatte sich das Wetter geändert, ich war bei Regen losgefahren, und je weiter ich Richtung Süden kam, desto sonniger und schneereicher wurde es. Als ich den Parkplatz inmitten der Berge erreicht hatte, parkte ich exakt in der Lücke, die am weitesten vom Eingang zur Seilbahn entfernt war. So hoffte ich, Schrammen an der Tür durch neben mir parkende Fahrzeuge entgehen zu können. Ich wechselte noch die Schuhe, zum Fahren trug ich immer leichte rutschfeste Turnschuhe. Dann stiefelte ich los, den Karton unter meinem Arm. Es gelang mir, die meisten Skifahrer zu umrunden, die mit ihren Stöcken herumfuchtelten, und betrat die Seilbahn. Während der kurzen zweihundertfünfzig Meter langen Strecke vom Auto zur Bahn vermied ich es, an sie zu denken. An die vielen Wochenenden, die wir uns hier am Parkplatz getroffen und zusammen nach oben gefahren waren. Sie hatte sich nie um die Blicke der anderen gekümmert, schon in der Gondel hatten ihre Hände unter meine Jacke gefunden, oft unter den Pulli, einmal, in ganz dichtem Gedränge, auch in die Hose. Ich war immer knallrot geworden, hatte versucht, sie wegzuschieben, ihr Lachen perlte in meinen Ohren. Den Hinweis, ihre Hände seien ja noch schmutzig von der Fahrt, tat sie mit einer wegwerfenden Handbewegung ab. Die Seilbahn ruckte über einen Mast, und ich dachte mich zurück in die Gegenwart. Es waren noch exakt vier Masten bis zur ersten Station, wenn ich richtig lag, und dann noch zwei Stationen, bis ich ganz oben war. Dann würde ich eine Steigung von ca. zwanzig Grad nach unten laufen müssen, ungefähr siebzehn Minuten lang, wenn der Schnee fest war …“
Ich habe nicht die geringste Ahnung, wie es weitergehen soll. Bestimmt geht das alles schlimm aus. Vielleicht möchte eine von euch weiterschreiben?

„Marching for those who can't“ stand auf meiner Fahne, die ich dieses Jahr mit zum zweiten Dyke March in Nürnberg nahm. Anwesend: Ungefähr vierhundert Frauen, jedes Alter, jede Hautfarbe, mannigfaltige sexuelle Orientierungen, Fahnen mit rosa-lila-blauen und gelb-weiß-lila-schwarzen Streifen, Meere aus

Martina Minette Dreier

Regenbogenfahnen, gute Rednerinnen, lockere gelöste fröhliche Stimmung, das Gefühl von Zusammenhalt und Freundschaft, Solidarität. Vulva-Kekse, die die Zunge blau gefärbt haben. Das ist mir beim Oral-Sex noch nie passiert. Abwesend: Homophobie, Angst, Hass, Gewalt, Unmut. Oder auch nur weniger zu spüren als sonst.

Letzte Woche war ich mit einer Freundin was trinken. Sie fragte mich, ob ich mich jetzt eigentlich selbst lecken könnte, weil ich doch so gelenkig sei. War das homophob?

Chronik. 2004. Ich lerne dich kennen und verliebe mich. Wir treffen uns oft, schreiben nächtelang, wir tanzen, dein Outing. Irgendwann antwortest du nicht mehr. 2005. Ich bekomme eine Mail von dir, du entschuldigst dich, wir treffen uns, wir schreiben nächtelang. Ich bekomme einen Brief, du hättest Angst – und weg warst du. 2006. Ich bekomme eine SMS, es tue dir leid. Wir treffen uns, du weinst, ich bin für dich da, wir reden nächtelang, wir gehen tanzen, irgendwann sagst du, du hättest Angst, und gehst. 2007. Ich bekomme einen Brief, es tut dir wieder leid, wir sehen uns, es ist wie immer, wir sehen uns jeden Tag, bis du wieder wortlos gehst. 2008. Ich bekomme einen Brief von dir. Der Inhalt: Wie alle anderen. Ich antworte nicht. 2009, 2010, 2011, 2012, 2013. Briefe, Mails, SMS. Ich ändere meine Handynummer und antworte nicht. 2014. Ich habe Sehnsucht. Ich schreibe dir. Wir reden, wir küssen uns, wir haben nächtelang Sex. An den Tagen auch. 2015. Wir fahren zusammen weg, ich breche mir den Fuß, du bringst mich ins Krankenhaus, und ich habe dich nicht mehr gesehen. 2016. Ich bekomme einen Brief. Ich sei dir zu nahe gekommen. Klar, ich hatte ja auch meine Faust in dir, und du hast mir mal wieder das Herz aus dem Leib gerissen. Ich antworte nicht. 2017. Eine Mail. 2018. Nichts. 2019. Ein Brief. Ich blicke auf die Narbe an meinem Fuß und verstehe die Botschaft. Ungelesen lege ich ihn in die Kiste mit den anderen Sachen von dir. Bilanz. Schmerz vergeht. Auch chronischer.

Und manchmal läuft es auch ganz anders als im echten Leben, und Frau fühlt sich wie die Heldin einer Kurzgeschichte. Es war ein lauer Sommerabend, einer von der Sorte, in der man die Grillen überlaut hört und das gemähte Gras auf den Felder noch mehr riecht als sonst. Ich stand an der Ampel, war auf dem Weg zu einer Verabredung mit Freunden. Einfach den warmen Abend genießen, Eis essen, reden, lachen. Neben mir kam ein Krankenwagen zum Stehen, mein Autofenster offen, das Fenster des Krankenwagens ebenso und aus beiden dröhnte „Slow Hand“ von den Pointer Sisters. Ich grinste, sah rüber, und mir gefror das Lächeln. Da saß diese Frau hinter dem Steuer, der Traum meiner schlaflosen Nächte, in denen ich einfach nur im Gras liegen, in den Sternenhimmel über mir sehen und die sanften, langsamen, intensiven Berührungen einer solchen Frau genießen wollte. Die Fahrerin neben mir grinste frech und strich sich durch die kurzen Haare, so total Corky-mäßig. Wir schauten uns in die Augen, und ich begann mitzusingen, ihr Blick wanderte zu meinen Lippen. „If I want it all night, please say it's alright ...“ Sie zwinkerte mir zu, die Ampel wurde grün, und sie zog pfeilschnell auf meine Spur. Ich fuhr ihr einfach nach, wir blieben auf einem Supermarktparkplatz stehen, wir stiegen aus. Dass meine Knie unglaublich zitterten, sage ich jetzt hier natürlich nicht. Sie lächelte vielsagend, ging nach hinten, öffnete die Türen des Autos, und wir stiegen ein. „I've found a lover with a slow hand and I get all excited with her easy touch ...“

Manche Beziehungen können auch gut enden. Nicht immer. Aber manchmal. Ich hatte am anderen Ende der Stadt parken müssen und lief durch den Stadtpark, um in die Innenstadt zu kommen. Die Sonne schien, ein warmer Samstagnachmittag im Sommer, schon von Weitem hörte ich die Stimme von Melanie, meiner ersten Freundin. Sie saß auf der Wiese, von Freunden umringt, und sang „Picture“ von Kid Rock. Ich setzte mich an den Rand des Kreises und fiel in die Frauenstimme ein. Ein paar Köpfe drehten sie zu mir um, Melle hob den Kopf, ihre Finger glitten weiter über die Gitarrensaiten, ihre blauen Augen fixierten mich. Sie ließ mich den Part singen und sang mit mir im Duett. Bei „I thought about you for a long time, can't seem to get you off my mind, I can't understand why we're living life this way" breitete sich ein Lächeln über ihrem schönen Gesicht aus, und sie zwinkerte mir zu. Da wusste ich, es ist alles gut. Ich stand auf und ging. Ich behielt die Melanie in Erinnerung, die mir beim ersten Date sogar die Tür zur Frauentoilette öffnete, die immer an Wänden lehnte wie James Dean und ähnlich aussah, die Melanie, mit der ich mal in der Disco einen dermaßen perfekten Discofox aufs Parkett legte, dass wir standing ovations bekamen, und die Melanie, mit der ich mein erstes Mal mit einer Frau hatte. Es war unglaublich schön. Nicht die Melle, die zu viel trank, um ihrer Familie zu entkommen, die oft mehrere Tage und Nächte verschwand und nicht verstand, warum ich mich um sie sorgte und was genau ich eigentlich studierte. Im Gehen hörte ich, wie sie „I will always love you" intonierte. Ich lächelte.

Freundschaftlicher Kontakt mit einer ehemaligen Bettgeschichte. Beim ersten Treffen nach mehreren Jahren erzählt sie von ihrem Schlaganfall. Mit 37. Zu viel Drogen in der Vergangenheit. Später berichtet sie, sie könne sich an nichts mehr zwischen uns erinnern, nur, dass wir was hatten und dass ich ihr, als sie mal krank gewesen war, Wadenwickel gemacht hätte. Die seien kalt, meine Hunde, die bei ihr lagen, sehr warm gewesen. Bei unserem letzten Kaffeetrinken vor ein paar Tagen war es unglaublich heiß, und ich fasste mein langes Haar zu einem Pferdeschwanz zusammen. In ihren Augen blitzte es. Zum Abschied umarmte sie mich und flüsterte mir ins Ohr: „Ich kann mich wieder an deinen Körper auf mir erinnern und an deine Bewegungen. Und an dein Haar, wie es sich anfühlt, wenn ich hineingreife." Ich hatte schon befürchtet, meine Hunde hätten mehr Eindruck hinterlassen als ich.

Frage an alle Psychologinnen. Was treibt Menschen dazu an, einem immer von einem befreundeten/bekannten Lesben-/Schwulenpaar zu erzählen, das sie echt nett/ganz toll/superfreundlich finden, wenn man sich outet? Und danach oft: „Ach ja, die heißen sowieso und irgendwie, ihr kennt die nicht zufällig?" Ich stelle mir dann folgenden Dialog vor: „Ach ihr seid hetero? Wie schön! Ich hab ja gar nichts dagegen, soll ja jeder so machen, wie er will, nicht

Martina Minette Dreier

wahr? Ich kenne auch 498 Heteropaare, und die sind echt voll nett, wirklich jetzt. Ich find das ja eh total klasse! Die, die so gut kochen können, das sind ja Robert und Anja, ihr kennt die ja bestimmt. Und wer ist bei euch eigentlich der Mann?“

Während des Dyke March werden wir immer wieder auf unsere Hunde angesprochen, die mitlaufen. Fotos der Hunde, von denen wir wissen: Zwölf mit den jeweiligen Menschen, fünf ohne Menschen. Fotos der Hunde, von denen wir nicht wissen: Keine Ahnung. Die Frage, die bleibt: Warum wollten sich fremde Menschen mit unseren Hunden fotografieren lassen? Ich frage einen der schwulen Jungs, der mit meinem hüfthohen Mischling ein Selfie wollte. Seine entgeisterte Antwort: „Well, because he’s wearing a rainbow neckerchief.“ Ach so.

Martina Minette Dreier

Martina Minette Dreier

Elke Kaufmann

Fatum Triagonal – oder die Neuentdeckung verlorener Leidenschaft

Fanny D. – notorische Langweilerin mit kupferrotem Pixie-Cut und grünlich schillerndem Drachentattoo. Neuerdings verspüre ich diesen Hang zur Schwermütigkeit, betrachte mit jedem ersten Augenaufschlag meine bleichen Hände auf lavendelfarbiger Bettwäsche. Der Ring aus Weißgold windet sich wie der Schwanz eines Chamäleons um meine helle Haut – als wollte er sich unsichtbar machen, sich in Nichts auflösen, einfach verschwinden. Neben mir träumt Ayesha, atmet tief in gleichmäßigen Zügen. Meine liebste Ayesha – wie selbstbewusst der gleiche Ring an ihrem Finger strahlt – weißes Gold auf sonnengebräunter Haut. Vor vielen Jahren haben wir uns die Ringe gegenseitig auf die Finger geschoben. Wie groß unsere Aufregung damals war – weißes Gold, der hellste Glanz für ein ganzes gemeinsames Leben. Keine Ahnung hatte ich damals, wie lange so ein Leben dauern kann.

Sobald wir auf Reisen gehen, klärt meine liebste Ayesha mich über meine Einfältigkeit auf. Wie jedes Mal blicke ich von oben auf Frankfurt und frage mich, wie viele Falten eine Frau haben müsste, um Ayesha glücklich zu machen. Irgendwann wird es mir gelingen – da bin ich sicher und bestelle ein Glas Languedoc. Roter Wein verführt zum Träumen – in jeder zerquetschten Traube steckt ein Universum absonderlich schillernden Erlebens. Ayeshas Hand ruht auf der meinen – ruhig und warm, mit dem gewohnten Charme knochiger Sprödheit. In drei Stunden setzen wir den ersten Fuß auf fremden Boden. Vielleicht werden wir uns in der Fremde selbst fremd – Fremde, die sich begegnen –, in einem zweiten Leben, irgendwo am Ende Europas. Vielleicht verlieben wir uns noch einmal, stürzen uns in eine Romanze – so wie auf den verblichenen Negativen unserer Geschichte. Ich erinnere mich, sie in einen alten Schuhkarton gesteckt zu haben – unsortiert, als spielten unser Lachen im verschneiten Zillertal, ein zarter Kuss auf dem Eiffelturm und unser Versprechen unter dem Millenniumsfeuerwerk keine Rolle mehr. Wie lange ist es her, als wir den Fotoapparat noch mit

Filmspulen bestückt haben? Jetzt entwickeln wir nichts mehr im schummrigen Licht der Dunkelkammer – weder Bilder noch Leidenschaften. Alles ist einfach da – simultan, wie auf Knopfdruck. Sekunde für Sekunde zieht unser Leben ohne Ayesha und mich an uns vorüber. Wir sind Selfies, in einer Story hinter Glas.
Ayesha sagt, es ist der Alltag, der unsere Liebe erstickt – langsam, schleichend wie ein unsichtbarer Python. Der Alltag frisst die süße Leidenschaft und lässt nur die schwer verdaulichen Ballaststoffe auf dem Teller liegen. Ayesha hat uns eine Reise geschenkt – eine Reise, um den Teller mit all seinen unbekömmlichen Resten einfach zurückzulassen. Soll die unsichtbare Riesenschlange doch einfach davor verhungern ..., hat Ayesha mir eines Sonntagmorgens gesagt und zwei Tickets zwischen unsere Kaffeetassen gelegt. Vielleicht liebe ich sie für diese Idee? Ich folge Ayesha nach Lissabon, fliege mit ihr bis ans Ende Europas. Als unsere Liebe Tag für Tag immer noch mehr aufblühte, mit kräftigen Wurzeln den Saft aller Lebendigkeit in sich aufsog – als der unsichtbare Python sich noch zerbrechlich und scheu in seinen Kinderschuhen versteckt hielt –, damals eben, da versprach ich es fast jeden Tag. Gedankenlos und blind vor Verrücktheit ließ ich kaum einen Tag vergehen, ohne es Ayesha wissen zu lassen – überall geh ich mit dir hin, bis ans Ende der Welt! So etwas habe ich tatsächlich einmal gesagt – ich, diejenige, die irgendwann unbemerkt auf die Exit-Spur abgedriftet war, die angefangen hat, sich unbeirrt eine Schneise neben der Autobahn des Lebens zu schlagen. Ich kann mich nicht mehr entsinnen, seit ich wann ich parallel zur Wirklichkeit durch die Welt laufe. Egal – ich halte Ayeshas Hand, ertaste die befremdlich gewordene Vertrautheit. Ayesha und ich – Hand in Hand gehen wir über den schwarz-weiß gepflasterten Boden Lissabons. Wie lange habe ich mich danach gesehnt – nach den klaren Konturen dieses Bodens.
„Heute bestellen wir Fisch!“, verkündet Ayesha, und der Vorschlag aus ihrem Mund klingt so selbstverständlich, so klar wie das Muster der Pflastersteine.
„Meinetwegen … alles, was du willst!“ Im Stillen nehme ich sie dankbar an, genieße sie – Ayeshas Anweisungen, auf denen ich mich wie ein unmündiges Geschöpf an malerisch stattlichen Gebäuden vorbeitreiben lassen kann. Aus der Tiefe meiner Seele will ein Gefühl des Widerwillens aufsteigen, doch noch ist die Zeit dafür nicht gekommen.

„In Lissabon ist Fisch die beste Wahl … und jemand wie du bevorzugt ihn doch sowieso …“, sagt meine Liebste und beäugt mich kritisch mit spitzen Brauen – scharfsinnig, als wollte sie mich auf mein ureigenes Wesen stoßen. Fisch – ein kaltes, glitschiges Geschöpf, das in leeren Luftblasen spricht. Fisch – rüde stoße ich das F und das s aus dem Wort – und übrig bleibe ich. Fisch – sein Wesen ist mir vertrauter als die Frau, mit der ich Tisch und Bett teile.
Zwischen uns blüht eine Rose im gläsernen Schaft. Ihre Farbe könnte Purpur sein oder eine besondere Variante von tiefem Rot. Dreißig Minuten hat Ayesha durch die Blume gesprochen – um herauszufinden, ob ich noch ein Gewissen trage. Dreißig Minuten habe ich gebraucht, um zu begreifen, dass es mir abhandengekommen sein musste. Es musste in die Tiefe gestürzt sein – irgendwo über Paris oder hinter Madrid. Vielleicht hat es jemand gefunden, in den Straßen von Montparnasse, und den Kopf darüber geschüttelt, wie leicht ein Gewissen sein kann. Seit Ayesha angefangen hat, so zu mir zu sprechen, möchte ich ein Buch schreiben – das Psychogramm meiner Schuldigkeit.
Schuldigkeit – meine Gedanken bringen mich zum unbekümmerten Schmunzeln, so eigentümlich faszinierend sind sie. Das Buch ist fast fertig geschrieben – dreihundertachtundvierzig bedruckte Seiten in meinem Kopf. Aus dem Schmunzeln wird ein Grinsen.
„Machst du dich etwa lustig über mich?“ Ayeshas Mund versteckt sich hinter ihrem Glas Portwein – rubinrot schillert der schneidende Unterton in ihrer Stimme.
„Keineswegs…“, erwidere ich. „Ich muss einfach nur lächeln … bei dem Gedanken, dich morgens neben meinem Buch aufwachen zu sehen.“ Vergeblich suche ich nach dem Rot ihrer Lippen hinter dem vollen Glas.
„Dein Buch …?“, sprechen die verborgenen Lippen ungläubig aus ihrem Versteck.
„Ja … eben dachte ich daran, es zu schreiben.“
Endlich zeigt er sich, ihr schmaler Mund – verlässt seinen Hinterhalt für ein zynisches Lächeln. „Meine Liebe, um ein Buch zu schreiben, braucht es Poesie … und Poesie, das ist mehr als die richtige Anordnung ihrer sechs Buchstaben!“
Gleichgültig nicke ich – Ayesha muss schließlich wissen, was Poesie ist. Sie ist diejenige, die mehr weiß als Siri und Alexa zusammen.

Das hat sie nicht nur einmal bewiesen, beim Dinner zu viert. Ich schreibe ein Buch – notfalls ohne Poesie. Es wird Ayesha glücklich machen, nicht mehr in meinem Gesicht lesen zu müssen – sich nicht mehr mit einer einzigen Falte begnügen zu müssen. Ayesha überzeugt mich – die portugiesische Taverne ist kein Ort, um über Bücher zu sprechen. Erst recht nicht über meine – über das Schuldbewusstsein einer kühlen Seele, das noch nicht einmal zu Papier gebracht worden ist. Wir sind gekommen, um gutes Essen zu genießen – zu den unergründlichen Klängen portugiesischer Musik.
„Fado … das ist mehr als Musik, es ist der Ausdruck portugiesischer Seele … Fado … das ist Saudade … die leidenschaftliche Hingabe an den Dorn, der sich tief in dein Herz bohrt … der schmerzlich süße Genuss, den das Salz in deiner blutenden Wunde dir verursacht."
Ich kenne niemanden außer Ayesha, der mit solcher Inbrunst und solch brennender Begeisterung Vorträge über das Wesen jeder noch so verborgenen Kultur zu halten vermag. Wer sonst wollte mir in weniger als vier Zeilen die Essenz Portugals und der Seele eines ganzen Volkes nahebringen.
„Du meinst Masochismus?"
Ich kenne niemanden außer mir, der Ayeshas leidenschaftliche Vorträge mit weniger als fünf Worten in trockenster Kühle auf den Punkt zu bringen vermag – und damit verfluchterweise immer wieder falsch liegt. Nichts als ein überlegenes Lächeln entlockt ihr meine präzise Zusammenfassung.
„Ich bitte dich, Fanny … wart's einfach ab, du wirst es gleich selbst erleben … Fado … Fatum … das ist Schicksal, meine Liebe."
Mein Schicksal ist weiblich, faszinierend, atemberaubend – hochgewachsen und eingehüllt in schwarzen Chiffon. Fast schwebend betritt mein Schicksal die Bühne. Ihre grazile, schlanke Hand in schwarzer Spitze greift nach dem Mikro. Einzig ihr flüchtiges Lächeln und ein kaum merkliches Nicken bringen drei Gitarristen dazu, den Raum mit wunderbar fremden Klängen zu erfüllen. Leicht hebt sich ihr Brustkorb, mit einem tiefen Atemzug. Unfähig, meine Augen abzuwenden, betrachte ich sie – mein Schicksal. Betrachte mit einem wohligen Kribbeln im Bauch den schwarzen Chiffon, der sich um ihre Taille schmiegt – wie er glatt und schwer über ihre schlanken Hüften fällt, bis knapp über den Boden. Noch nie habe ich solch ein Kleid an einer so unsagbar schönen Frau gesehen –

noch nie hat es solch ein Kleid auch nur annähernd geschafft, mein Interesse zu wecken. Ich lausche dem Spiel der Gitarren, schrecke hoch beim ersten Ton aus ihrem unbekannten Mund. Fremde Laute durchstoßen die Hülle meines Körpers – sinnlich, melancholisch, kraftvoll, bezaubernd. Fado – mein Schicksal berührt den Kern meiner Seele, stößt sie aus ihrer Gleichmütigkeit, versetzt sie in einen wohligen Schock. Meine Lippen sind immer noch dabei, eine Antwort zu formen – eine Antwort für meine liebe Ayesha, die mir unermüdlich Kultur nahebringt. Wieder einmal drifte ich ab, bleibe ihr die Antwort schuldig – die aufrichtige Anteilnahme an ihrer vergeblichen Liebesmüh. Ja wirklich? Wie interessant – ich kenne den Text, aber meine Zunge scheitert. Sie vergisst ihren Rhythmus – bevor sie es schafft, auch nur einen einzigen Laut über meine Lippen zu stoßen. Auf den silbernen Spitzen meiner Gabel erkaltet das zarte Fleisch der Dorade, kehrt zurück zu ihrer kühlen, fischartigen Existenz – beträufelt mit Zitrone und Olivenöl. Ayesha verabschiedet sich aus meinen Augenwinkeln – mintgrüner Nebel entführt sie. Zum Abschied blitzt die Krone auf ihrem Eckzahn, bevor ihr Lachen verstummt – einfach so, in der unwirklichen Zeitlupe, ihrem Mund entrissen. Ayeshas Beifall wird zum tonlosen Spiel zweier Hände, entschwindet mit dem Applaus der Menge in die Ferne hinein. Allein bin ich und lausche der Stimme des Schicksals. Fado – gebannt kleben meine Augen an ihrem roten Mund. Nur sie und ich, aus der Wirklichkeit gefallen – bewusstlos, ohne jede Erinnerung.
Ich komme zu mir, erwache aus einem märchengleichen Schlaf. Grünlich schillert der Ölfleck auf dem Tischtuch. Ich kann mich nicht entsinnen, wann er mir von der Gabel getropft ist. Ayesha spricht zu mir, seit die schillernde Seifenblase geplatzt ist – seit ich mich vor meiner Fischplatte wiedergefunden habe. Erwartungsvoll und skeptisch wandern ihre Augen über mein Gesicht, als stünde mir das Psychogramm der Schuldigkeit auf die Stirn geschrieben. Ihr Kinn ruht sachte auf beiden Handrücken, gestützt von Ellbogen, die sich kantig in den steingrauen Stoff ihres Sakkos drücken.
„Und? Sag schon … was hältst du von meiner Idee?“, will meine liebste Ayesha wissen und schenkt mir einen ungeduldigen Blick. Ayeshas Idee? Losgelöst von sämtlichen Zusammenhängen steht Ayeshas Frage im Raum. Ich schwimme im Meer absoluter Unbestimmtheit – hoffe auf ein Seil aus roten Fäden, das mir die Rich-

tung weist. Doch die Idee bleibt leer, sinnlos – nichts als der Inbegriff eines Höhenflugs, zu dem ein menschliches Bewusstsein eben ab und zu fähig ist.
„Entschuldige? Ich … ich muss in Gedanken gewesen sein." Meine Augen folgen dem Rand des Ölflecks, als hätte er die Antwort parat. Vergebens – er ist nichts als grün, Stilfigur meiner psychischen Absenz. Im Rand des runden Flecks verliert sich helles Oliv auf dem blütenweißen Stoff des Tischtuchs – kalt gepresst – wie das Grün in Ayeshas Augen. Bedrohlich böse funkeln sie mich an – wie grünes Eis auf einem gefrierenden Teich. Ich entscheide mich für das gleichmütige Auge des Tischtuchs – verharre im kontemplativen Glotzen und wünsche, es verschluckte mich augenblicklich in seine sanfte, ölige Tiefe.
„Es reicht … wir gehen!" In Ayeshas Stimme schwingt die Drohung – messerscharf und gefährlich. Zornig wirft sie die dunkle Serviette neben ihren halbvollen Teller. Ohne mich noch eines Blickes zu würdigen, gibt sie dem Kellner einen Wink. Das Psychogramm meiner Schuldigkeit – jetzt beinhaltet es ein Kapitel mehr, neben dem Ayesha eines Morgens die Augen öffnen wird. Ich sehe das Cover vor mir – in Dunkelrot mit schwarzen Lettern.
„Schade um den Fisch …", sage ich – mit der süßen Ahnung, welch ein Feuer reizender Pragmatismus entfacht. Der Funke fällt auf trockenes Stroh. Erzürnt springt meine liebste Ayesha auf und drückt ihre knochigen Fäuste gegen die Tischplatte. Schon im nächsten Bruchteil einer Sekunde zucke ich zusammen, höre den hölzernen Stuhl hinter ihr gegen die Wand krachen.
„Verdammt, was ist überhaupt los mit dir? Das machst du doch mit Absicht … mit Absicht machst du alles kaputt … oder denkst du vielleicht, ich bin blind?" Ihre Stimme überschlägt sich fast, als die Vorwürfe sturzflutartig aus ihr hervorbrechen. Wie viel Wut passt in einen Körper – hundertsiebzig Zentimeter groß, siebenundfünfzig Kilogramm schwer? Zwischen uns verströmt die purpurne Rose ihren warmen Duft. Ich kenne jeden Millimeter, der sich hinter ihrer Blüte verbirgt – dort, wo Ayeshas glattes Hemd hinter der silbernen Gürtelspange in ihrer Hose verschwindet – straff und glatt ohne die winzigste Unebenheit.
„Okay ... vielleicht ist es Absicht … vielleicht hast du ja recht." Endlich führe ich mir die Gabel zum Mund – kalte Dorade von

geschmeidiger Konsistenz. Wie in Trance zerkaue ich mein Wesen, schlucke es mit rotem Wein. Ein Fisch bin ich – winde mich, entgleite Ayeshas Händen. Nach Luft ringend tauche ich ab – in das grüne, ölige Auge des Tischtuchs.
„A conta, por favor!" Ayesha besteht darauf, die Rechnung zu begleichen. Jetzt ist es ihr Abend, und Ayesha nimmt sich das Recht, sein Ende zu bestimmen. Sofort!
Ich kann nicht anders, als meinem Schicksal in die Augen zu schauen – dunkelbraune Achate erzählen ihr Lied, zartbitter-süß. Die Sprache wird zur Nebensache – sie ist nicht mehr nötig, um zu verstehen. Geheimnisvoll fremd und eigentümlich vertraut erwidern sie meine sehnsuchtsvollen Blicke. Ihr Lächeln berührt mich, ihre Stimme verzaubert mich – mich, den Fisch –, meine Seele in kalter Haut. Ich beginne, die Wärme ihres Lächelns zu lieben – mehr und mehr, mit jedem Vers ihres Liedes.
Die Rose tut, was sie kann – auf dem Höhepunkt ihrer Kraft verschwendet sie ihr süßes Purpur, als fühle sie um den Wert jeder einzelnen Sekunde. Ein Fisch entdeckt Fado, die Unvermeidbarkeit seines Schicksals – lässt sich verzaubern vom hemmungslosen Rausch sinnlicher Verschwendung. Fado – selbst ich vermag den schmerzenden Stachel aller Vergänglichkeit zu fühlen, auch wenn Ayesha mir das niemals zutrauen würde. Auch ich trage mehr als nur eine einzige Falte im Gesicht meiner Seele. Ohne zu atmen, lasse ich mich fallen. Meine Augen folgen dem sinnlichen Spiel ihrer Lippen – tiefrot und schmal geschwungen verlangen sie nach den meinen, spannen das unsichtbare Band eines Lächelns. Ist es der Reiz ihrer Stimme, der die schwere Luft mit einem Hauch herb-süßer Erotik erfüllt? In ihrer Stimme ist sie zum Greifen nah – die Nacktheit ausgestoßener Sehnsucht. Der letzte Ton ihres Liedes überdauert das Spiel der Gitarren – melancholisch, aufbäumend kraftvoll und plötzlich zart. Unsichtbar schwingt ihre Stimme weiter, bis ihr strahlendes Lachen die Stille bricht. Wie eine Welle rollt der Applaus durch den Raum, überwältigt mich, reißt mich mit sich fort. Ich habe mich längst verloren, in ihrer Musik, in ihren achatbraunen Augen. Wie ein verirrtes Wesen folge ich ihrer schlanken Hand, ihren eleganten Bewegungen in dunkler Spitze. Wenn Fische doch nur lächeln könnten, einfach so …! Zurück bleibt Ayesha – entblößt, entfremdet, entsetzt. Fado – ich reiche meinem Schicksal eine Rose,

purpurrot. Wie sonst soll ich meine Bewunderung aussprechen – in einer Sprache, die mir verschlossen ist? Ausgeknockt von ihrem Lächeln – verrückt nach einer Haut wie Milchkaffee. Nichts als ein Hauch von transparentem Chiffon trennt meine Handfläche von ihrem Schulterblatt – sinnlich, für die Ewigkeit eines einzigen Augenblicks. Ihr Mund berührt meine Stirn. „Obrigada … thank you." Hauchzart gesprochene Worte unter vier Augen – ganz allein für mich. Mit einem Augenblick beschenkt mich das Glück, bevor ich sie wieder mit ihrem Publikum teile.
Ayesha – ihre Augen sprechen in Grün zu mir. Heute ist Grün nichts als die Farbe unsagbarer Enttäuschung, ordentlich verstaut hinter der kühlen Wand ihrer Iris. Das Gefühl meiner Schuldigkeit ist ansteckend, beinahe wie ein Virus. Wie verrückt wehrt sich der Fisch in meinem Magen dagegen, infiziert zu werden. Bis auf die kleinsten Fasern zerkaut und ertränkt in rotem Wein, versucht er aus meinem schuldigen Körper auszubrechen – bereitet mir alle Mühe, die Herrschaft über ihn zu behalten. Ayeshas versteinerte Hand hält mir meinen Mantel vor die Brust – ungeduldig und fordernd, als verberge sich die berühmte Pistole darunter. Wenn ich mir erst den Trenchcoat übergeworfen habe, ist es zu spät – dann endet der Zauber. Ich weiß es, denn Aberglaube ist das Spiel mit meiner Wirklichkeit.
„Hier, zieh ihn an … und lass uns endlich gehen!" Ayeshas Stimme könnte niemals in den Facetten des Schicksals singen, viel zu wenige Tonlagen kennt sie – und dennoch ist sie mir lieb. Lieb – was für ein erschreckend unnützer Begriff. „Komm mit mir ins Hotel … und wir vergessen das hier."
Ich kenne ihn, Ayeshas mahnenden Unterton. Verärgert und drohend klingt er – um schließlich im nächsten Moment in resignierte Müdigkeit zu kippen. Der Mantel berührt meine Brust, stürzt im nächsten Moment an meinem Körper entlang zu Boden. Regungslos liegt sie vor mir, meine leere Hülle – wie die abgelegte Haut der Riesenschlange, die in ihrer Gier nach Leidenschaft aus allen Nähten zu platzen droht. Meine Hülle – jetzt war auch sie Ayeshas Hand entglitten. Este o meu coração – es ist mein Herz – ein Fado, der mich umspült wie ein bitter-süßer Ozean, um mich fortzutragen, auf den blutroten Wellen menschlichen Empfindens.
„Nein, Ayesha … nein … ich komme nicht mit …", spricht mein Mund – disconnected –, aus dem Storyboard geworfen. Er hat mein

Urteil gesprochen, unser Urteil – mein eigener Mund. Ich kann mich nicht entsinnen, wann Ayesha zuletzt ein Nein aus meinem Mund ernst genommen hat – doch jetzt geht sie schweigend weg, einfach so. Meine Augen wandern ihren Rücken hinab, entdecken ihn Zentimeter für Zentimeter unter dem schmalen Sakko. Ayeshas Rücken – zum Erschrecken vertraut und doch so fremd. In einer Situation wie dieser habe ich ihren Rücken noch nie zuvor gesehen. Ich vermisse deine Lippen … deine Küsse …, sagt mir noch die geringste seiner Bewegungen. Selbst Fische und kühle Geschöpfe wie ich können Verzweiflung empfinden, sind bisweilen hilflos den Tränen ausgeliefert, die von einer Sekunde auf die andere ihre blau-grauen Augen fluten. Ayesha …, will ich rufen – doch mein Mund bleibt stumm. Hinterherlaufen will ich ihr – doch meine Beine sind wie am Fußboden festgewachsen. Um mich herum spricht die Fremdheit. Ich habe soeben unser vertrautes Leben in die Mülltonne geworfen – in einem Land, in dem ich nicht den geringsten Schimmer davon habe, wann die Müllabfuhr kommen würde, um unser weggeworfenes Leben zu recyceln. Ich habe nicht die leiseste Ahnung, was man in einer Stadt wie Lissabon aus einem weggeworfenen Leben herstellen würde. Ein Lied? Vielleicht sind all die zum Sterben schönen Fados aus dem Mund der bezaubernden Schönen nichts als recycelte Leben – Leben, die niemand mehr weiterführen wollte? Einweg – entsorgte Leben, die zwischen halbleeren Bierbüchsen, ausgespuckten Kaugummis und feuchten Zigarettenkippen mit Lippenstiftrand nur darauf warten, in ihrer unsagbaren Tragik neu zu erwachen – in der schaurig wehmütigen Süße einer Musik, von der ich bis heute noch gar nichts gewusst habe. Ich schlucke den Schmerz, obwohl mein Magen längst voll ist. Siedendes Blut quält das pochende Fischherz in meiner kühlen Brust – ohne die geringste Absicht, es zu töten.

Mit tränenerfüllten Augen starre ich auf die dunkle Straße. Schwarze und weiße Pflastersteine verschwimmen vor meinen Pupillen zu einem Meer von Grau. Süße Sehnsucht beschleicht mich, schiebt sich fast unbemerkt über meine Schulter – in dunkler Spitze gleitet sie über meine nackten Arme. Ich lege meinen Kopf in schwarzen Chiffon und atme den flüchtigen Duft von Neuland, den erregenden Geruch fremder Haut. Wehrlos lasse ich alles geschehen, verlange nach dem warmen Körper unter dem dünnen Stoff. Ich

gebe mich meinem Schicksal hin – will mich gänzlich verlieren in ihr, in den Farben des Neulands. Ihre achatbraunen Augen begegnen den meinen. Ich sehe sie an – ihre Augen, ihren tiefroten Mund, der eben noch für mich gesungen hat – so verzaubernd schön, wie nicht von dieser Welt. Im Dunkel schließe ich meine Augen, spüre ihren Atem, fühle ihren Mund auf dem meinen und erwidere ihren verlangenden Kuss. Ich küsse mein Schicksal – hungrig, so als ginge es einzig darum, einen winzigen Augenblick mit der Leidenschaft eines ganzen Lebens zu sprengen. „What you feel is Fado." Ein Hauch von Melancholie schwingt im Durst ihrer Stimme, verwandelt selbst das gesprochene Wort zu Musik. Ich nicke – wie sollte ich anders können, als für sie zu fallen. Ein abgegriffenes schwarzes Sofa in einer plüschig bordeauxfarbenen Künstlergarderobe brennt sich in mein Bewusstsein ein – ein Ort, an dem jetzt gerade mein anderes Leben beginnt – jetzt, um dreiundzwanzig Uhr fünfundvierzig – one-way, offen, ungewiss. Draußen vor dem Restaurant nimmt die letzte Straßenbahn ratternd und quietschend ihre enge Linkskurve – niemand weiß, zum wievielten Mal. Gedämpft dringt ein kräftiges, herzhaftes Männerlachen aus dem Gastzimmer in die Garderobe. Die Stadt lebt weiter, während wir uns eng umschlungen in schwarzen Satin sinken lassen. Wie von Sinnen liebe ich ihre Milchkaffeehaut, ihre lieblich-raue Vollkommenheit, ihre traurig-süße Leidenschaft, ihre Seele – die mich berührt hat, in jedem ihrer Lieder. Ein Riss im Bewusstsein – herausgestürzt aus der immerfort passierenden Verkettung von Gedanken brennen unsere Körper, verschmelzen im bläulichen Feuer der Ekstase. Niemanden interessiert, ob es morgen wehtut.
Irgendwo läuft Ayesha eine dunkle Straße hinunter, um die erste Nacht ohne mich zu verbringen – in einem fremden Bett. Ich sehe ihren Rücken – verletzt, gebrochen. Ich sehe, wie das steingraue Sakko eins wird mit der Dunkelheit der portugiesischen Nacht. Jetzt ist es an der Zeit, die Nacht alleine zu Ende zu bringen – auch für mich. Die Straße empfängt mich, wie schlafendes Fremdland. Das schwarze Laken der Nacht bedeckt mich, macht mich zum unsichtbaren Wanderer. Ich selbst bin das Chamäleon – nicht der weißgoldene Ring an meiner blutleeren Hand. Ich danke der Nacht für die tröstliche Einsamkeit. Etwas in der unergründlichen Tiefe meines Bewusstseins erinnert sich vage daran zu tanzen – zuerst holprig und steif, schon bald so schwebend leicht wie die Silhouetten flatternder

Falter im fahlen Licht der Straßenlaternen. Mit ihnen teile ich die Stille der schmalen Gasse, auf dem Weg hinunter zum Fluss. Ayesha und ich – Lissabon sollte unsere Liebe retten, stattdessen rettet es mich. Allein blicke ich hinaus auf den nächtlich schimmernden Tejo. „Du hast das Meer vor dir …“, sage ich ihm und spüre, ich bin der Fluss.

Jannica Honey

Tina Stroheker

Drei

Weil sie's mit der Zwei hat, sind sie drei. Da gibt es einen doppelten Zwilling, *sie selbst*, zweifach zwiefach: im Sternzeichen und als eines Bruders Schwester. Das ist mal das erste. Dann gibt es *ihn*, ihren Lebensmenschen, seit langem, sehr lang. (Man sollte das ruhig mal laut sagen: neunzehnhundertvierundsiebzig.) Hinzu trat unverhofft *sie*, ein unerwartetes Geschenk aus Böhmen. (Zweitausendfünfzehn.) So kann es gehen, dass eine Drei entsteht. Sie verabschiedete sich nicht von dem Gefährten und wies doch das späte Wunder nicht zurück: Sie ist schließlich dankbar für Gaben. Angewiesen auf sie. Vor Wandlungen will sie sich nicht fürchten. Und, das kann gesagt werden, sie ist treu. Sieht sie ihn, denkt sie, der auf mich zukommt, ist er, gut so; sie erblickend, ahoi, Frau mit den Korallen vom sprichwörtlichen Meer. So einfach ist das (nicht immer). Geplant war es nicht; was wusste sie schon, bevor ihr innerer Zwilling die Augen für Frauen ihr öffnete? Die überraschenden sind die schönsten Geschenke. Und weil sie das Zwiefache annahm, sind sie drei. Wer will, mag sagen, ein Kleeblatt, dreifiedrig, grün unterm Blattwerk. Ein ganz alltägliches. Im Übrigen muss hier niemand an etwelchen Blättchen zupfen, bibbernd, wie's um die Liebe stehe, ja oder nein. Die drei gehen durch ihre Alltage. An wechselnden Orten. Sie reden nicht dauernd. Sie üben sich in Vertrauen; *Glaube, Hoffnung, Liebe*, die biblische Trias gilt, auch denen, die zweifeln. Geschaffen (von wem?), geworden (wie?), unterwegs (wohin?), sei's drum, *Trifolium* hat keine zwei Blätter und braucht keine vier.

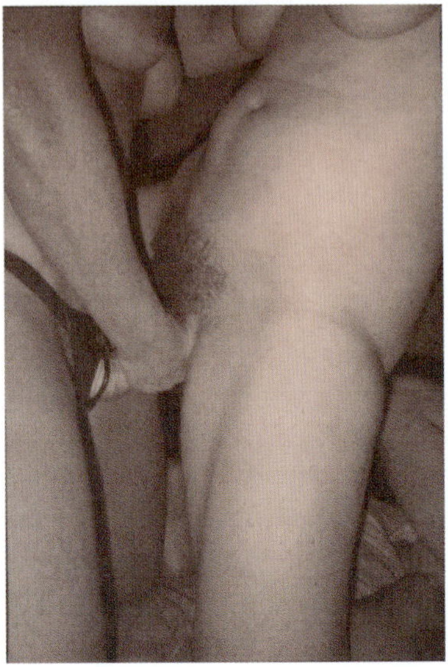

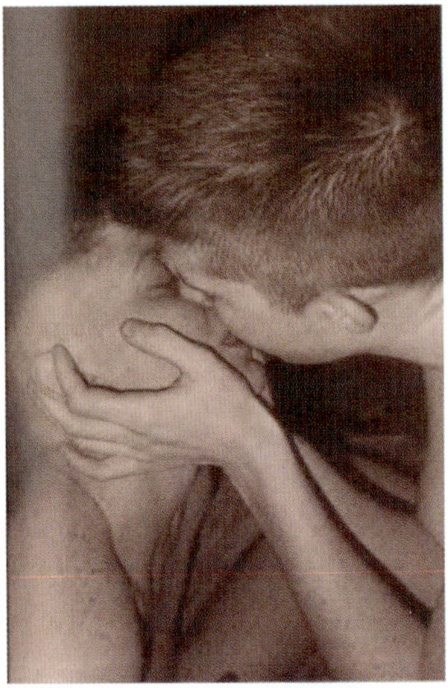

Del La Grace Volcano / Claudia Hetkamp

Ba Ossege
Göttliches Dreieck

Eine köstliche Nacht Es lag nicht am Alkohol! Mag ja sein, dass wir viel, sehr viel tranken. Das Denken blieb eigenartigerweise klar. Der Körper gab nach. Und wir hielten diese Nachlässigkeit nicht auf. Beunruhigten uns nicht. Dachten an ein In-aller-Unschuld. Vielleicht. Waren immer Hintergedanken im Spiel?
Drei saßen gesittet am Tisch. Die Gastgeberin schenkte Prosecco nach; bot Knabberzeug an; irgendwann blieb nur noch Whisky. Das mehr und mehr Betrunkensein forderte Konzentration heraus. Keine Höflichkeiten mehr. Es musste etwas geschehen. Die Nacht war gut gewählt; die Atmosphäre stimmte. Drei Frauen waren im Begriff, den Schicksalsfaden eigenhändig zu spinnen. Eine kühne Idee.
Das Gespräch war erschöpfend. A, die mit B zusammenlebte, begehrte C. B wollte das akzeptieren, aber nicht die mangelnde Aufmerksamkeit von A. C wollte dem Begehren nachgeben: Aber deshalb Spannungen zwischen A und B provozieren? In jedem Fall war A schuldig: Sie hatte ihren Wunsch nach Fehltritt gestanden. Allen. Sie musste sich erklären, zugeben, abwehren, mitreden und doch schweigen. Ein kühler Redestil hatte sich eingependelt. Drei am runden Tisch, seriös diskutierend. Hier und da der erlösende Griff zur Zigarette, Redeverbot durch Nüsse essen. Oder waren es Kekse? Immer wieder ein Schlückchen nippen. Das lenkte ab; vergönnte Pausen.
Ein Dreieck ist göttlich oder teuflisch. Das Dritte rundet ab oder sprengt. Das unschuldige Kind bereichert das Paar. Eine begehrende Dritte bedroht. So wird es jedenfalls erzählt. Wieso immer wieder diese Banalität? Das Feuer des Begehrens verführt zu leidenschaftlicher Intimität. Von Raum und Zeit enthoben, macht es Glücklichsein so stark. Wie in einem Zwischendasein wird die ganze Unsinnigkeit der Welt mit Leichtigkeit ertragbar. Es ist aufregend, um die andere zu wissen. Aber dann, wenn die Zeit für eine Dritte gekommen ist, breitet sich Irritation aus. Was ist mit der Leidenschaft passiert? Verkommen zur Wärme glühender Köhlchen. Es ist anstrengend geworden, gedankenlos Lust auszuleben. Die Dritte wird zum sichtbaren Zeichen des Wohligen, das jetzt unter Verdacht steht. Ein

Kleinkrieg beginnt. Unverständlichkeit macht sich breit. Eifersucht. Neid. Konkurrenz. Verzweiflung. Es kann scheußlich werden.

Wie sehr das Paar aus seinem Gefüge geraten war, hier saß die Dritte mit am Tisch. Sie versuchten zu verhandeln. Und doch ließ sich das Sprengende nicht fassen. Sie redeten sich an Lösungen sehr nah heran. In jeder blitzte die Ahnung einer Strategie auf. Es stellte sich aber keine Befriedigung ein. Keine Aussicht auf Vertrag.

Erschöpft wurden Stühle gegen das Bett getauscht. Spielend nahm es die drei auf. Und hier verkehrte sich das Sprengende. Es ging nicht mehr um ordentliche Verhältnisse. Lippen ... Brüste ... Beine ... Arme ... Hände. Überall. War es die eine? Oder die andere? Egal. Ein Verschenken von Lust. Ein Kosten ohne Zögern. Keine Exklusivität. Die Unschuld war verloren. Es war göttlich. Das Dreieck wurde in dieser Nacht zum Tanzen gebracht.

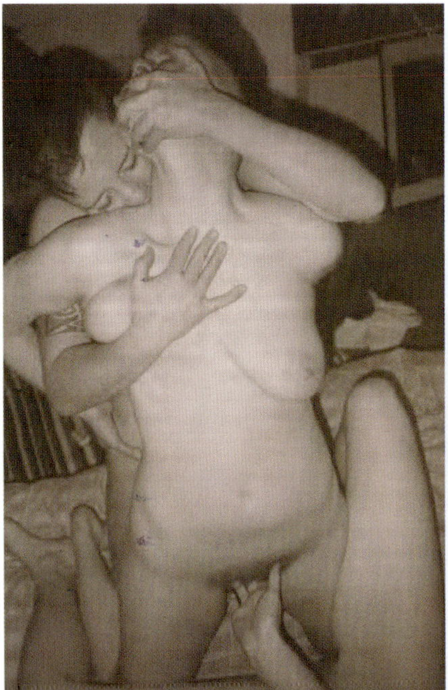

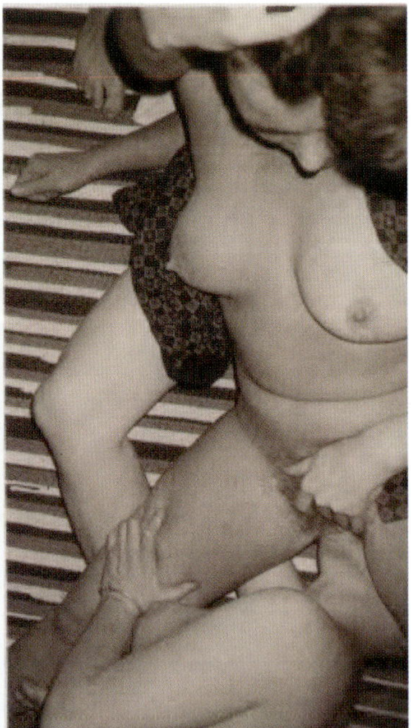

Del La Grace Volcano / Claudia Hetkamp

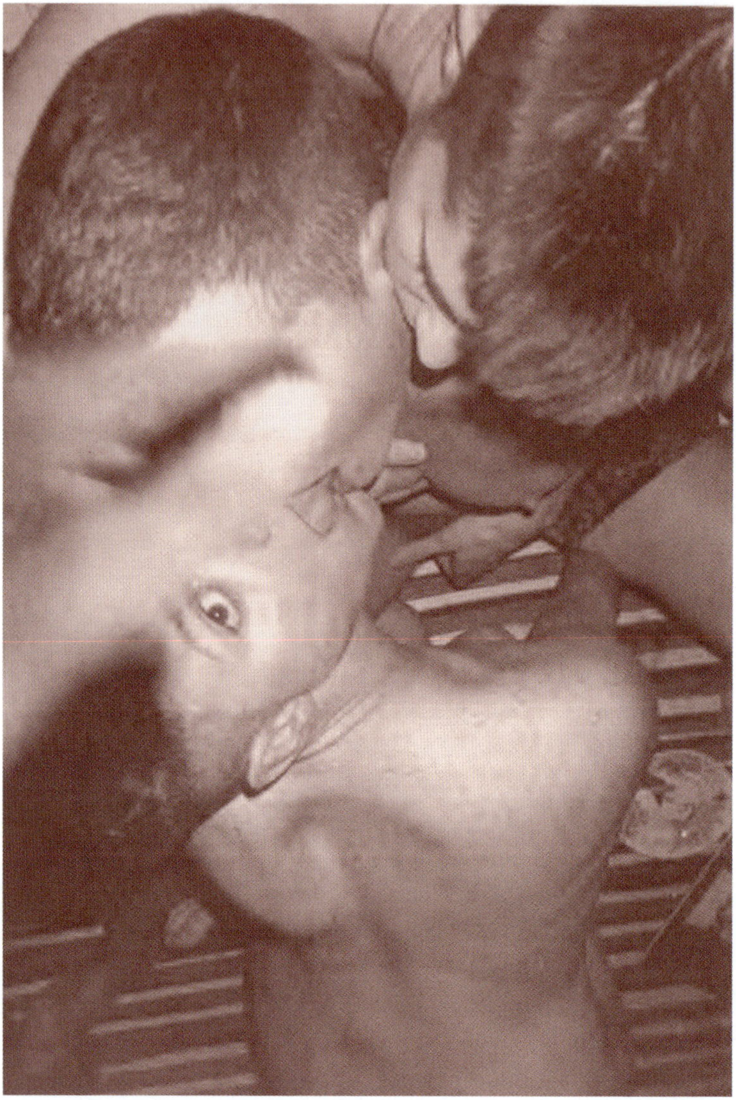

Del LaGrace Volcano: „Eine meine besten Gruppensexerfahrungen. Wie alle ‚Beste Orgien' entwickelte auch diese sich spontan. Auch die Fotos entstanden spontan, weil eine von uns (Claudia Hetkamp) zur Kamera griff. Es war zugleich der Beginn einer neuen Richtung meiner Fotografie. Ich begann, mich selbst ins Bild zu setzen. Kurz darauf (1995) entstand die Serie ‚Hermaphrodyke'", (die zuerst in „Mein lesbisches Auge 1", später im Fotobuch „Sublime Mutations" abgedruckt wurde).

Katrin, Britta & Anna
Ein Dreieck

Katrin

Seit ich nach Göttingen gezogen bin, seit 2001, kenne ich Britta. Ich habe sie als eine der Ersten aus der Szene kennengelernt, als eine der wichtigen feministischen Aktivistinnen. Ich hatte sofort das Gefühl: Wow, die ist aber interessant! Sie hat interessante Projekte gemanagt. Für mich sind Frauen, die Sachen in die Hand nehmen, managen und gestalten, superattraktiv. Sie war in einer festen Beziehung mit einer anderen maßgeblichen Aktivistin, die beiden waren eine feste Institution. So war es für mich außerhalb des Denkbaren, mir mehr auszumalen. Trotzdem dachte ich immer wieder: Boah, die finde ich interessant. Wir haben uns öfter bei verschiedenen Anlässen getroffen.

2003 kam für mich der Punkt, an dem ich entschieden habe: Ich sehe mich jetzt aktiv nach Frauen um. Hinter mir lag eine lange unerfüllte Liebe. Es war immer klar, dass es nichts wird. Ich sagte mir, ich will jetzt was Reales. Ich habe im Lauf dieses Jahres dann einfach versucht, durch verschiedene Aktivitäten wie Seminare und Veranstaltungen Frauen kennenzulernen. Ich bin nicht eine, die es über Internet probiert. Mein Ziel war, in diesem Jahr 50 verschiedene Frauen kennenzulernen. Ich habe mich deshalb auch bewusst von solchen Sachen ferngehalten, bei denen man sich einmal jede Woche mit denselben sechs oder acht Frauen trifft, die alle sowieso in einer festen Beziehung sind. Ich habe strategisch meinen Horizont geweitet. Mein Jahresprogramm für frisch gebackene Singles, obwohl ich schon seit fünf Jahren alleine war.

Ein Teil des Programms war ein Tanzkurs, den ich bei Britta machte. Ich tanzte immer mit einer anderen Frau, die ich ganz nett fand. Aber sie war in einer ähnlichen Beziehung, wie ich sie jetzt mit Britta lebe. Ich wusste zunächst nicht, dass es ein Paar Ulrike und Silke gab. Ich machte mit Ulrike den Tanzkurs. Eines Tages fragte ich sie, ob sie in einer Beziehung sei. Sie sagte: „Ja, wir leben zusammen, aber ich habe gerne Affären. Silke ist meine Hauptbeziehung, meine Lebenspartnerschaft.“ Das war nicht, was ich suchte, eine Affäre mit einer Frau, die eine andere Hauptbeziehung hatte. So habe ich mich weiter umgeschaut.

Britta tanzte auch mit ihren Schülerinnen. Und immer, wenn sie mit mir tanzte, fühlte sich das total gut an. Einmal waren nur noch wir zwei übrig. Wir haben uns sehr gut unterhalten. Und dann haben wir uns irgendwann verabredet. Bei dieser Verabredung sagte sie mir, dass sie Interesse hätte. Ich sagte: „Ja, aber da ist doch Ute.“ Sie: „Das ist so, aber wir sind schon lange nicht mehr wirklich glücklich miteinander. Sie könnte sich auch was anderes vorstellen. Und sie würde es auch ziemlich schnell beenden können. Wenn es mit uns …“ Und das hat sie wirklich gemacht. Da war sie ziemlich straight. Unsere Beziehung hat am 15. Dezember 2003 angefangen. Weihnachten haben noch separat verbracht. Am 2. Januar kam ich von einem anderen Tanzkursseminar mit Ulrike zurück und Britta aus der Schweiz. Bevor sie mich am 2. Januar wiedertraf, ist sie bei Ute vorbeigegangen und hat es ihr gesagt. Sie hat mit Ute Schluss gemacht. Danach hat sie noch viel Zeit mit ihr verbracht, sie gestützt und getröstet. Für mich war es schon komisch. Auch, Ute gegenüberzutreten. Ich kannte ja beide. Aber es hat mir gezeigt, dass ich in meinen Beziehungswünschen nicht unbedingt vor existierenden Paaren Halt machen muss. Denn die sind manchmal nicht so stabil, wie sie aussehen.

Und seitdem – je nachdem, was man als Anfangspunkt nimmt, seit Dezember 2003 oder Anfang 2004 – waren wir zusammen. Bis jetzt. 2019. Vielleicht sind wir seit Kurzem nicht mehr als Liebespaar zusammen, sondern in einer lebensunterstützenden Beziehung. Es ist auf jeden Fall mehr als eine Freundschaft. Wir hatten auch lange Sex miteinander, bis 2016. Ich kann den Endpunkt ziemlich klar definieren, weiß genau, wann es sich ausgeschlichen hat. Es war nach einem Skiurlaub. Wir kamen zurück, und ich wurde sehr krank, hatte Lungenembolien und war drei Monate zu Hause. Das hat uns noch einmal nähergebracht, auf ganz andere Weise als zuvor. Oder eben nicht. Damals hat mir Britta deutlich gemacht, dass ich in einer solchen Situation sehr in meinem eigenen Horizont bin. Wir hatten viel Zeit miteinander, aber wir haben sie nicht genutzt. Das war schade, aber es war mir klar, es ging für mich nicht anders, ich musste für mich sehr viel klären. Ich glaube im Nachhinein, danach haben wir begonnen, uns etwas voneinander zu entfernen.

Vorher hatten wir regelmäßig Sex. Einmal, zweimal in der Woche. Es war nicht immer viel und lang und halbe Nächte und so, aber es passierte oft dann, wenn wir es nicht erwarteten. Teilweise haben wir schon darüber gelacht. Wir machten es eher nicht am Wochenende, sondern komischerweise oft Montagabend. Wir haben uns amüsiert, unser Montagssex. Was auch immer wichtig war, am Sonntagmorgen zusammen aufzuwachen, zu kuscheln und uns zu halten. Das konnten wir uns gegenseitig wirklich geben. Und das geben wir uns auch immer noch. Wir unterstützen und halten uns. Für mich ist das erfüllend, aber für sie war es offensichtlich schon länger nicht mehr erfüllend. Sie hat mir auch gesagt, dass sie noch andere Bedürfnisse hat. Für mich ist Sexualität nur ein kleiner Teil von dem ganzen Spektrum an Erotik, ich will auch nicht zu viel Zeit mit Sex verbringen, mit tagelanger leidenschaftlicher Hingabe. Für mich ist Sex ein Teil von vielem und manchmal auch nur das krönende Abschlussfeuerwerk von irgendetwas. Und danach ist das Feuerwerk vorbei. Ich kann nicht stundenlang dem Feuerwerk zugucken, das ist nicht mein Ding. Es gibt andere Menschen, die können das und wünschen sich das. Das ist, glaube ich, unser Hauptunterschied. Für mich passiert Erotik in ganz vielen Dingen, auch im Gespräch, und das ist mit Britta sehr schwierig, darin habe ich sie nicht gefunden. Ich habe also auch für mich Dinge in der Beziehung zu Britta zum Teil nicht gefunden, die mir wichtig sind. Habe mich aber damit arrangiert. Mir gesagt, das muss ich mit anderen Frauen leben, das kann ich auch mit anderen, Gespräche sind ja nicht Sexualität. Aber was die Sexualität angeht, haben wir uns schon sehr gut verstanden. Britta hat mir oft bestätigt, ich sei eine sehr gute Liebhaberin und umgekehrt auch, sonst funktioniert das ja nicht für so viele Jahre. Bis vor Kurzem waren wir beide monogam, das finde ich schon ziemlich lang im Vergleich zu dem, was ich an Lesbengeschichten höre, und wir hatten es immer schön beim Sex miteinander, alles hat mit uns gut funktioniert. Für mich war es so wie ein richtig gutes Sonntagsbrötchen. Die Basis ist zwar immer das Gleiche, aber es ist immer wieder gut. Mal macht sie so eine Marmelade darauf, mal eine andere, das muss nichts Besonderes sein, aber du genießt es immer aufs Neue. Es gibt kleine Varianten. Aber im Grunde weißt

Laura Pérez Vernetti, alle Bilder in diesem Beitrag

du genau, was du dir wünschst. So war das. Das vermisse ich schon ein Stückweit. Aber ich weiß auch, es kommt etwas anderes, vielleicht eine neue Dimension, es ist in Ordnung. Und Britta hat jetzt etwas gefunden, das ihre Sehnsüchte erfüllt, in mehrfacher Hinsicht. Und dann kann ich sie gut damit loslassen.

Wir haben vor einigen Jahren geheiratet. Unsere Beziehung zu festigen, war uns wichtig. Wir wussten, dass unsere Beziehung eine ist, die trägt und ganz lange halten wird. Wir waren, als es mit Britta und Anna losging, sechs Jahre verheiratet. In dieser Zeit haben wir viel miteinander aufgebaut und gemacht. Es war eine sehr gute Zeit. Ich fände es sehr schade, wenn aufgrund der veränderten Konstellation jetzt plötzlich ein schwarzes Loch in meinem Leben entstünde, als wäre es eine Phase gewesen, die ich mit einer Person geteilt hätte, und diese Person müsste ich jetzt aus meinem Leben verbannen, weil ich nur in Unglück und Eifersucht bin. Nein, so ist es nicht. Es geht weiter mit uns.

Eine Woche, nachdem es begonnen hatte, habe ich es erfahren. Ich war die Woche weg, im Schweigeretreat. Britta war hier, in unserem Haus, mit Anna, sie hatte freie Bahn, musste auch nicht mit mir kommunizieren. Sonst haben wir ja immer telefoniert. Es ist interessant, dass es sich genau in dieser Zeit entwickelte. Ich glaube, Britta hat es schon auch so eingerichtet, denn das gab ihr die Freiheit, es auszuprobieren. Sie hat schon ein halbes Jahr vorher für Anna geschwärmt und war unglücklich deswegen. Im Nachhinein habe ich auch realisiert, dass Britta schon im Jahr davor einmal für eine andere Freundin geschwärmt hatte. Da hatte unsere Beziehung angefangen, sich zu verändern. Ich war genauso der Meinung, dass sich etwas verändern muss in unserer Beziehung, an der Art des Miteinanders. Ich hätte es aber weiter zu zweit versucht. Wir waren gerade dabei, Strukturen zu verändern. Versuchten, mehr Zeit miteinander zu verbringen. Ich wollte regelmäßiger abends zu Hause sein. Wir haben bewusst Serien miteinander angeguckt und mehr miteinander gesprochen. Das war eine sehr schöne Zeit. Aber es ist auf einer bestimmten Ebene steckengeblieben. Es war nicht etwas, was eine romantische Beziehung wirklich nährt. Es gab für uns beide Punkte, die wir uns sehr wünschten und die jeweils nicht erfüllt wurden. Wir haben aber versucht, es miteinander zu stabilisieren. Ich war auch in einer Therapie, wollte meine Work-Life-Balance besser hinkriegen. Britta will mehr Leben erleben. Und ich will punktuell auch mehr leben, aber auch Zeit haben für Kreativität und Arbeit. Wenn ich da bin, bin ich da, voll, aber es muss kein ewig langes Miteinander sein. Man ist kurz zusammen und dann auch wieder jede für sich, frei. Für Britta ist aber ein ganz intensives ständiges Aufeinanderbezogensein wichtig. Genau das bekomme ich jetzt von ihr und Anna mit: Ein ständiges Kommunizieren per WhatsApp. Klar, am Anfang einer Beziehung macht man das, aber ich glaube, es wird zwischen den beiden lange so gehen. Und das in einer Intensität, die ich nie hatte, auch am Anfang mit Britta war es nicht so. Und ich kann es mir auch für die Zukunft nicht vorstellen. Ich habe so viele andere Sachen, die mich ausfüllen. Abends will ich mich dann mal austauschen. Wenn mein Kopf wirklich frei ist. Ich will nicht ständig um Aufmerksamkeit angepeilt werden über WhatsApp oder Anrufe und gucken, ist sie noch da, was macht sie gerade, denkt sie an mich. Das wäre für mich furchtbar. Und da ist ein Teil in mir froh und denkt, okay, lass sie das miteinander machen. Bin ich froh, dass ich das nicht muss. Das kostet so viel Energie. Es ist ja ein ganz intensives Erleben. Da werden Dinge interpretiert. Nachgedacht darüber, ob etwas so gemeint ist oder nicht, ob sie sich jetzt wieder entfernt, romantisches Leiden und Annähern und Hin und Her. Diese Form von Nähe und Distanz ist schon eindrucksvoll. Ein Teil von mir wünscht sich durchaus, so etwas auch einmal zu erleben. Aber nicht in der Intensität. Es ist toll zu beobachten, wie sie wieder so jung werden.
Unseren Silvesterurlaub haben Britta und ich zusammen verbracht, sind zu unseren Familien gefahren und haben berichtet: Es gibt noch jemanden in Brittas Leben. Unsere Lebenspartnerschaft läuft weiter. Unser Haus lieben wir sehr. Wir unterstützen uns gegenseitig. Das haben alle ganz nüchtern angenommen. Aber während dieses Urlaubs habe ich bei Britta schon mitbekommen, dass sie ganz woanders war, und habe beschlossen: Das brauche ich nicht. Ich muss nicht den ganzen Tag um sie herum sein, und sie ist die ganze Zeit

per WhatsApp in Kontakt mit Anna und mental ganz woanders. Gleichzeitig hatte ich dort das Gefühl, oh, und für mich gibt es niemanden. In der Zeit war ich sehr traurig. Aber der Grund war nicht, dass ich das Gefühl gehabt hätte, jetzt Britta verloren zu haben. Ich sah, dass sie auf einem anderen Planeten unterwegs war, und dachte, da muss ich gar nicht mit hin. Es war mehr deswegen, dass es für mich niemanden mehr gab, auch niemand anderen. Und ich hatte das Gefühl, ich habe nicht die Energie, etwas Neues anzufangen. Damit habe ich mich sehr alleingelassen gefühlt. Ich war nicht eifersüchtig, es war eine Trauer. Ich fühlte mich alleine.
Als sie es mir nach dieser ersten Woche gesagt hatte, war ein Teil von mir sehr traurig, aber ein anderer Teil war auch erleichtert. Ich wusste, zwischen uns muss sich was verändern. Ich fand es sehr mutig von ihr, eine andere Beziehung anzufangen und mich aber von Anfang an mit einzubeziehen. Ich habe erst mal nichts sagen können. Aber dann habe ich sofort angefangen, selbst auch nach vorne zu gucken. Ich dachte, da gehen auch für mich neue Fenster auf, und begann zu überlegen: welche Energien werden in meinem Leben frei dadurch? Für welche Freundinnen werde ich mehr Zeit haben? Ich habe mich entschieden darauf konzentriert.

Und der Alltag: Unsere Nähe ist sehr geschwisterlich jetzt. Am Wochenende ist sie bei Anna, und ich habe das Haus alleine für mich. Das war ziemlich lange schwierig für mich. Mittlerweile genieße ich es. Es ist gut, von der Arbeit runterzukommen, meinem Rhythmus zu folgen, Sonntagsfrüh entspannt zu frühstücken oder auch mal mit einer Freundin zu telefonieren oder sich zu treffen. Jetzt macht es mir nichts mehr aus. Seit drei, vier Wochen bin ich mit mir alleine zufrieden. Und finde, dass es für mich sinnvoll ist, nicht gleich wieder in eine andere Schachtel zu kommen. Es tut mir richtig gut, am Wochenende die Morgen, wo der Kopf frei ist, für mich zu haben. Ich kann in Ruhe nachdenken, frühstücken. Wenn ich unter der Woche abends nach Hause komme, dann ist Britta da. Wir sitzen zusammen und reden, und ich werde auch noch Gute-Nacht-gekuschelt. Das Gute-Nacht-Kuscheln ist schon mehr als nur Geschwister oder Mutter-Kinder, wir umarmen uns, liegen mal nebeneinander, und ich kuschele mich an der Schulter, und wir reden, was am Tag so war. Und das tut sehr gut. Britta ist eine extrem gute Kopf-Halterin. Sie kann sich sehr stark emotional zuwenden, und der Teil ist geblieben. Den Rückhalt habe ich immer noch. Das ist mir extrem viel wert. Ich habe weiterhin ein liebevolles Zuhause. Ich fühle mich frei, neue Dinge auszuprobieren, aber zugleich zu Hause gehalten und aufgehoben. Und das, finde ich, ist ein extremer Luxus.

Das Loch in mir ist schon eine Zeitlang geblieben. In der Zeit haben mir zwei Freundinnen als Gesprächspartnerinnen sehr geholfen. Unsere Trauzeuginnen. Ich konnte jederzeit anrufen, und sie waren da als Gesprächspartnerinnen. Es gibt ein paar sehr gute Herzensfreundschaften, die sich entwickelt haben. Vorher waren sie längst nicht so intensiv, weil wir uns immer zu dritt getroffen haben oder zu fünft. Und jetzt habe ich zwei Freundinnen, mit denen ich mich regelmäßig treffe. Einmal in der Woche machen wir eine Art Standortbestimmung. Wie war die Woche, wie geht's der Seele, was ist passiert? Das empfinde ich auch als extremen Luxus. Es gibt heute kaum noch Freundschaften, wo man ein- bis zweimal

die Woche persönlichen Kontakt hat und sich unter vier Augen intensiv austauscht. Das kenne ich eigentlich nur aus Liebesbeziehungen. Das erlebe ich also momentan in einer Freundschaft, in der auch ausgesprochen ist, dass es keine Liebesbeziehung wird. Die Nähe ist nur dadurch möglich, dass wir das ausgesprochen haben. Man verliebt sich leicht in die Nächste, die vorbeiläuft. Zugleich gab es eine alte Verliebtheit von mir, die noch einmal hochgekommen ist. Diese Freundin nun sozusagen als neuen Aufhänger zu haben, als neue Projektionsfläche, hat mir geholfen den ersten Schmerz abzupuffern. Es gab mir ein Ziel, anfangs schon so ein Gefühl: Ah, vielleicht könnte das jetzt klappen, wissend zugleich, dass es gar nicht gut wäre. Es war ein emotionaler Aufhänger. Und das entwickelt sich jetzt gerade in was ganz Wertvolles. Ich erlebe momentan neue Dimensionen von Freundschaft. Erforsche das und genieße, wie viel Zeit ich dafür habe. Und bin nicht auf der Suche. Ich will dafür auch Zeit haben, ich will gar nichts anderes. Das nährt mich und gibt mir den Rückhalt, mir zu sagen, jetzt ist etwas anderes dran, und das ist auch gut so.
Und wenn ich das wirklich für mich so entschieden habe, kann ich auch Britta und Anna wieder zusammen sehen. Eine Zeitlang war das schon sehr schwierig. Die beiden zusammen zu sehen war der Kontrast zu meiner eigenen Situation. Momentan bin ich aber froh, dass für mich keine da ist. Oder verschiedene. Dass ich verschiedene Begegnungen verfolgen kann und Dinge tun, für die ich sonst keine Zeit hätte. Paarbeziehungen brauchen ja auch viel Zeit. Beziehungen habe ich schon, aber breiter vernetzt und auf einem nicht so intensiven Level. Das ist überhaupt nicht oberflächlich, aber weniger ausschließlich. Es sind auch erotische Komponenten dabei. Meinen aktuellen Zustand würde ich so beschreiben: Ich bin polyamourös, aber asexuell. Und in der Situation ist das toll. Es geht alles irgendwie, emotional. Völlig frei. Ich muss mich für nichts verantworten. Ich kann der einen Freundin alles schenken, was ich will, oder zu ihr hinschwärmen, aber es ist alles ganz „unschuldig", und das ist wunderbar. Ich kann sein und erforschen und fühle mich auch gestützt. Durch Britta und diese zwei Freundinnen. Wir treffen uns auch zu dritt. Einmal beklagte ich mich etwas, sagte, das kurze Kuscheln mit Britta sei mir nicht genug. Das fehlt mir, Menschen müssen doch gekuschelt werden. Und dann sagten beide: „Oh, wir kuscheln dich, du kannst es dir jederzeit wünschen!" Ich entgegnete, das sei doch nicht ganz das Gleiche wie mit Britta. Aber das hat zu schönen Gesprächen geführt. Ich sagte der Freundin, zu der ich hinschwärmte, dann auch, ich fände es schwierig, das würde unsere Beziehung verkomplizieren. Ich wolle ihr nicht zu nahetreten. „Ja", sagte sie dann, „das stimmt, ich hätte mich vielleicht zurückgezogen, aber jetzt, wo das ausgesprochen ist, kannst du jederzeit kommen und danach fragen ..."

Dann stand natürlich eine Neudefinitionsfrage im Raum. Wenn ich wie Britta eines Tages auch eine andere Frau in mein Leben ließe, wie würde sie aussehen? Wäre sie wie eine dieser Freundinnen, die ich schon sehr bewundere, in die ich früher einmal verliebt war, die ich aber nicht gekriegt habe? Es muss zumindest eine sein, die es mit ihr aufnehmen könnte. Schwierig, denn sie ist eine supertolle Frau. Und dann ist mir vor drei Wochen am Donnerstagmorgen, eine Stunde vor dem Aufwachen, im Traum eine tolle Frau begegnet. Ich realisierte später: Diese Frau war ich selber mit 60, also in vier Jahren. Und dann dachte ich, vielleicht muss ich mich selbst erst zu dieser Frau entwickeln, wie die, die ich immer anbete. Seitdem habe ich eine tolle Begleiterin, sozusagen mein „Ich" in vier Jahren, was mir über die Schulter guckt und sagt, das ist gut oder das ist nicht so gut. Katrin, 60, eine Frau, die viel erreicht hat, ist eine Frau, auf die ich Einfluss habe. Zu den unerreichbaren anderen Frauen kann ich nur hinfantasieren, mich unerfüllt nach ihnen sehnen und bin frustriert. Mit meiner eigenen Zukunft kann ich arbeiten. Da bin ich ganz nah dran, diese Traumfrau kennt mich total gut. Seit mir das bewusst geworden ist, habe ich nicht mehr das Bedürfnis, unbedingt jetzt eine neue Frau finden zu müssen. Fühle mich auch weniger alleine oder unerfüllt. Oder dass mir die Sexualität fehlt. Ich empfinde nicht mehr dieses sehnsüchtige „Oah, wenn die jetzt ... oder die vielleicht". Es ist Ruhe eingekehrt.
Es war immer so, wenn ich eine Frau wirklich unbedingt will, komme ich überhaupt nicht mehr vorwärts. Es gab in meinem Leben vor Britta drei Frauen, die ich intensiv begehrt und nicht gekriegt habe. Die erste war meine allererste

Frau. Das hat nur sechs Wochen gedauert. Das hat wahrscheinlich eine Wunde hinterlassen. Die zweite war eine sehr gute Freundin in den USA, die aber in einer festen Beziehung war. Ich wusste, ich konnte deren Leben zu diesem Zeitpunkt nicht auf den Kopf stellen. Aber ich war viel bei den beiden Frauen. Sie ist nach drei Jahren guter Freundschaft bei einem Unfall gestorben, sie war eine sehr wichtige Person in meinem Leben. Ich war liiert mit ihrer besten Freundin; sie war vielleicht nur ein Platzhalter, aber es hat funktioniert. Und dann gab es die Frau, die noch immer in meinem Leben ist als gute Freundin. Es würde auch heute nicht als Beziehung funktionieren, ist aber eine intensive Herzensfreundschaft.

Für Britta habe ich auch sehr geschwärmt und fand toll, wie sie sich um Sachen gekümmert hat, aber es hatte nicht diese Intensität, die es bei den drei unerreichbaren Frauen für mich hatte. Als wir zusammenkamen, war es für mich auch eine pragmatische Entscheidung. So in dem Sinne. Diese Menschen konnte ich nicht bekommen, da verkrampfe ich mich zu sehr, jetzt konzentriere ich mich auf das, was erreichbar ist. Es hat anfangs viele Wenn und Abers gegeben, Sachen, bei denen ich wusste, dort bin ich nicht zu Hause, Dinge, die ich vermisste. Ich habe es aber für mich absorbiert. Es war mir klargeworden, dass es unmöglich ist, alles zu bekommen. Wahrscheinlich hat die Tatsache, dass wir nicht mit der Intensität gelebt haben, die ich bei den Unerreichbaren empfand, viele Konflikte entschärft, viele Berg- und Talfahrten vermieden. Ein gleichmäßigeres Miteinander war dadurch möglich, dass es nicht diese alles verzehrende Intensität hatte. Letzten Endes war aber genau das der Punkt, der Britta am Ende gefehlt hat. Und weswegen sie entschieden hat: „Da fehlt mir was, ich möchte noch einmal richtige Leidenschaft erleben, ohne das möchte ich jetzt nicht alt werden." Durch ihren mutigen Schritt sind für uns beide neue Fenster aufgegangen.

Die Alltagssituation war für uns beide immer gut. Obwohl ich finde, dass die Lastenverteilung relativ ungleichmäßig ist. Ich würde mir mehr Zeit wünschen, da zu sein und auch was fürs Haus machen zu können, und umgekehrt wünschte ich mir, dass Britta mehr finanziell beisteuert. Ich verdiene mehr Geld, es sind genug Ressourcen da, dass ich sie mittragen kann. Aber ich wünsche mir schon, dass sie auf eigenen Füßen steht. Ich glaube, dass langfristig eine gewisse Form von Unabhängigkeit voneinander uns auch mehr Freiheit geben würde, uns etwas mit anderen Menschen aufzubauen. Aber es ist kein Druck da. Wir können mit diesem gegenseitigen Stützen sehr gut leben. Wenn wir uns auch rechtlich trennen würden, würde es sicher Zerwürfnisse geben, auch wenn man es gar nicht möchte. Das sagen alle. Ich könnte solche Konflikte gar nicht stemmen, neben meinen Kämpfen in der Arbeit.

Ich bin sehr froh, dass es mit Britta weiterläuft, dass sie weiter in meinem Leben ist, dass ich nicht mit allem alleine dastehe. Dafür bin ich extrem dankbar. Es ist eine Lebenspartnerschaft, die unabhängig von anderen Liebesbeziehungen ewig existieren könnte. Das hängt sicher auch von den anderen Partnerinnen ab. Und auch von der finanziellen Situation. Könnte ich diesen Job nicht mehr machen, dann wäre es schon schwierig, das muss man so sehen. Wir haben einfach füreinander Verpflichtungen übernommen, und das existiert auch weiter. Das gibt mir sehr viel Rückhalt. Ich freue mich, wenn sie da ist. Finde auch spannend, was sie alles erlebt. Ich kriege einen tollen Extrafilm geliefert. Kriege natürlich auch mit, wenn es Momente von Liebeskummer gibt. Sie schreiben sich tolle Liebesbriefe. Das war nie mein Ding. Vielleicht habe ich das, was mich dazu beflügeln könnte, in ganzer Konsequenz nie erlebt. Und wenn, dann war ich verklemmt. Neulich sagte Britta, total süß: „Wenn du mal eine triffst, kann ich dir ja helfen, so was zu schreiben!" Ich sagte darauf natürlich: „Das kriege ich dann, hoffe ich, schon noch hin." Süß! Sie die Erfahrene, vielfach Geliebte. Ich weiß gar nicht, wie viele Liebesbeziehungen sie im Lauf ihres Lebens angefangen hat. Dass sie mit mir über 15 Jahre in einer aktiven Liebesbeziehung zusammen war, das zeichnet mich schon richtig aus, finde ich. Wie oft sie vorher neu liiert war! Vielleicht war es einfach dran, dass es zusätzlich zu mir wieder eine Neue gibt. Es ist sicher auch gut, dass Anna weiß, dass Britta aufgehoben ist, wenn sie zu sich nach Hause geht. Dass es nicht so ist, dass sie, Anna, in warmer Aufgehobenheit zusammen mit ihren Kindern zurückbleibt und Britta verbannt wird in die Einsamkeit. Sie geht nach Hause, und da hat Britta noch eine Herkunftsfamilie, mich. Das Gleiche gilt für mich. Als ich mich einmal in der Anfangszeit mit Anna getroffen habe, habe ich es so formuliert: Britta und ich haben uns gegenseitig ein Fallnetz bzw. Auffangnetz gebaut. Wir waren damit beschäftigt, uns gegenseitig zu stützen, zu sichern, das Haus in Schuss zu bringen, immer ist was zu richten – aber im Grunde haben wir nicht die Saltos zusammen gemacht. Wir machten unsere Saltos in unterschiedlichen

Disziplinen. Britta im Bett, bei Abenteuern, beim Machen, mit sportlichen Aktionen. Und ich liebe auch komplizierte Diskussionen und Meinungen, die sich langsam annähern, es muss nicht immer kontrovers sein, bei Britta gibt es Ja oder Nein, wenn man nicht übereinstimmt, geht es gegeneinander. Es eskaliert ganz schnell, es gibt kaum ein Sich-Herantasten an etwas. Das gesprochene Wort ist für mich ganz wichtig und für sie immer eher problematisch. Für sie ist es das Schreiben und Machen, für jemand da sein, fühlen und spüren, es ist mehr nonverbal. Ich will auch mal stundenlang dasitzen und über alles Mögliche reden, über Philosophie, was auch immer. Und das haben wir ganz selten, das gab es bei uns fast nicht. Ich mache viel klassische Musik. Sie hat einen Sinn dafür, hat mich immer unterstützt, konnte gut zuhören, aber austauschen konnten wir uns nicht darüber. Wir haben aber immer sehr gut zusammen getanzt. Auch mit einem gleichen Musikempfinden. Wir haben sehr harmonisch miteinander getanzt, haben die Schwingungen parallel aufgenommen. Das ist was ganz Besonderes. Mit wenigen hat man das, und das hatten wir. Trotzdem gibt es ein Level von Empfinden der Musik, das kann ich nicht mit ihr teilen. Und umgekehrt kann sie manches nicht teilen. Ich bin auch auf einem spirituellen Weg unterwegs, mache aktiv buddhistische Meditation, auch Philosophie, setze mich damit auseinander, gehe in Retreats, Britta hat das unterstützt, weil sie wusste, dass mir das viel Kraft gibt, auch Kraft dafür, mit der Beziehung umzugehen und Sachen auch in ihrer Unterschiedlichkeit anzunehmen. Aber sie selbst konnte damit nichts anfangen. Wenn ich mich mit Freundinnen getroffen habe und wir über unsere Erfahrungen geredet haben, hat sie sich ausgeschlossen gefühlt. Oder auch bei medizinischen Gesprächen mit Kolleginnen. Wir haben ein befreundetes Medizinerinnenpaar. Wenn wir uns getroffen haben, durften wir nicht über Medizin oder das Krankenhaus reden. Oder auch nicht über wissenschaftliche Sachen. Dann steigt sie ganz schnell aus und begibt sich nicht wieder ins Gespräch, blockiert es auch. Ich habe mich so auch in vielen meiner Interessen von ihr blockiert gefühlt, habe das aber integriert, habe mir die Gesprächspartnerinnen woanders gesucht. Wenn man aber nicht viel Zeit hat und die, die man hat, in der Beziehung verbringt, gibt es nicht viele anderen Gesprächspartnerinnen.

Und das ist auch ein Teil von mir, der jetzt auflebt. Die Dinge, die vorher in der Beziehung nicht genährt wurden, haben jetzt Platz, und das genieße ich. Aber das, was in der Beziehung wichtig war, füreinander da sein, sich im Alltag stützen, das ist weiterhin da. Dass sie nach einem harten Arbeitstag zu Hause ist, mich in den Arm nimmt, ich ihr meine Sorgen mitteilen kann, das finde ich wichtiger als die Wochenenden miteinander zu verbringen. Insofern passt es inzwischen für mich, wie es jetzt ist. Drei, vier Abende in der Woche treffen wir uns. Ich komme meistens erst um neun, zehn nach Hause, und dann haben wir noch eine gemeinsame Zeit, besprechen alles Wichtige. Wir haben einen Kalender, in dem wir eintragen, wann sie bei Anna ist, wann bei mir, und wir haben mindestens einen, auch mal zwei Abende in der Woche, wo wir uns früher am Abend treffen, auch zusammen zu Abend essen oder einen Film zusammen angucken. Es ist natürlich extrem reduziert im Vergleich zu früher, aber es gibt einen Rhythmus. Ich gucke auch,

dass ich an diesem Abend früher nach Hause komme, wirklich Zeit für uns habe. Auch wenn es immer noch spät erscheint, wenn ich um halb neun komme statt um halb zehn, ist das für mich beim meinem Arbeitsrhythmus Luxus. Das ist mein freier Abend, wo ich nicht bis halb zehn, zehn am Schreibtisch sitze. Aber auch an den anderen Abenden, wenn ich nach einem langen Tag nach Hause komme, und da ist Licht, da ist eine, die mich in den Arm nimmt, sagt mir noch Gute Nacht. Das ist toll, auch wenn wir dann vielleicht nur eine halbe Stunde zum Reden haben. Aus einem harten Arbeitstag in ein leeres Haus zu kommen, ist nicht schön.
Ich bin auch in einen Arbeits-Rückstau gekommen. In der Anfangsphase, nachdem Britta mit Anna zusammengekommen war, war ich nicht immer getaktet und voll arbeitsfähig. Ich habe natürlich viel zu verarbeiten gehabt. Es gab innere Konflikte, das ist klar. Es war eine große Änderung. Da ist man nicht so leistungsfähig wie sonst. Ich hatte auch nur die halbe oder dreiviertel Schlafzeit. Ich muss Sachen aufholen, denn jetzt geht es mir gut. Ich mache am Wochenende tagsüber keine Termine, um auszuschlafen und auch mal was zu arbeiten. Die Wochenendtage sind meine. Und ich verabrede mich grundsätzlich an den Abenden. Ich versuche, an diesen Abenden meine Freundschaften zu kultivieren. Zu Tagesaktivitäten habe ich momentan nicht die Kapazität. Mehr ist jetzt erst mal nicht angesagt.

So ist es im Moment schon eine Dreieckskonstellation. Ich kann mir, wenn es einmal eine Vierte gäbe, beides vorstellen, also weiter so mit Britta zu leben, oder, wenn ich die persönliche Stütze einer Vierten hätte, dass ich dann auch ohne Britta sein könnte. Aber ich würde sie nie vom Boot werfen. Ich würde sie nie einfach so im Regen stehen lassen. Wir haben auch einmal besprochen, dass wir eine Ausgangsbasis, eine Form von Miteinander finden wollen, in der wir uns beide jeweils offen der anderen gegenüber verhalten. Es muss für beide eine gute Ausgangsbasis da sein. Ob jetzt gemeinsam in diesem Haus. Oder irgendwann getrennt irgendwo.
Das Haus gehört formal uns beiden. Sicher ist es spannend, wie es weitergeht, was wir in einigen Jahren erzählen würden. Ich glaube nicht, dass wir wieder wie zuvor als Zweierliebespaar zusammenkommen, auch, weil ich mir inzwischen was anderes wünsche. Vielleicht können wir uns aber auch neu definieren mit mehr Möglichkeiten miteinander, das will ich nicht ausschließen, aber in die alte Form der Beziehung würde ich nicht zurückgehen. Da war einiges nicht gut gewichtet, so wie es war. Schon deshalb, weil die Vermögensverhältnisse nicht ganz einfach sind. Beziehungsweise ist es eine Form von Aufteilung: Arbeit zu Hause und Geld, die in der Zeit der Zweierliebesbeziehung ausgewogen war, aber in der reinen Lebens- und Hauspartnerschaft finde ich diese Gewichtung langfristig nicht angemessen. Und doch weiß ich andererseits, das sage ich Britta auch, dass das, was sie mir momentan gibt an Rückhalt und Stabilität und auch, was ich im Haus von ihr habe, unbezahlbar ist. Das kann ich mit Geld gar nicht aufwiegen. Und vor diesem Hintergrund kann ich es doch wieder gut rechtfertigen für mich. Es stimmt für die Jetztsituation, so wie es ist, es ist ausgewogen.
Ich sehe viel nicht. Das sagt sie auch: „Merkst du denn gar nicht, was ich getan habe." Ich bemerke dann, die Schuhe stehen nicht auf dem Boden, sondern auf dem Ständer, und sage: „Du musst hier mit dem Mob durchgegangen sein!" „Aber sonst siehst du das nicht!" – „Doch!" – „Nein, du hast es jetzt nur bemerkt, weil ich es dir gesagt habe"... Ich: „Ja, wahrscheinlich würde ich es nach drei Monaten schon merken." Es ist aber nicht nur Einkaufen und Putzen. Auch, wenn etwas mit dem Haus ist, etwas gerichtet werden muss, dann nimmt sie es in die Hand und macht. Sie besorgt Handwerker, wenn was mit der Heizung ist und so weiter. Das kann ich nicht, das wäre für mich wirklich ein Angstfaktor. Dafür die Verantwortung zu übernehmen, dafür fühle ich mich nicht qualifiziert. Vermutlich würde ich es hinkriegen, aber es wäre ein sehr großer Stress. Einkaufen würde ich gerne machen, Wäsche auch, aber ich nehme es auch gerne an, Putzen würde ich vielleicht hinkriegen, aber ich hatte früher auch schon mal eine Putzfrau. Das ist kein Problem. Es kostet natürlich alles Zeit, und auch deshalb bin ich froh, dass es einfach so gemacht wird, und nehme es sehr gerne an. Aber es sind nicht die Haushaltsleistungen, es ist das gesamte organisatorische Drumherum, die großen organisatorischen Sachen. Dass ich nicht mit Entscheidungen alleine dastehe. Dass sie für viele

Dinge zuständig ist. Dass sie mitdenkt und alles organisiert. Das finde ich sehr entlastend. Das ist, logisch, wichtiger als die Wäsche und Haushalt. Sie weiß genau, wie sie sich einbringt, erkennt die Schwachpunkte, wo sie gefragt ist, wo Hilfe gebraucht wird, und macht es dann. Darin ist sie richtig gut. Es ist die Summe. Ich könnte mir natürlich die Einzelleistungen zusammenkaufen. Aber in der Gesamtheit ist das, was sie mir gibt, so viel mehr als die Summe dieser Einzelleistungen. Du musst koordinieren, kontrollieren, hinterhertelefonieren und so weiter, und sie ist ein Mensch, die gerne die Komplettverantwortung übernimmt. Es ist Teil ihrer Lebensaufgabe, solche Dinge gerne und gut zu tun, und auch das ist ein Teil unserer Lebenspartnerschaft.

Das Haus ist unser gemeinsames Baby. Eine Freundin berichtete von einer Familie, die zusammengeblieben ist, weil sich die gemeinsame Tochter nicht vorstellen konnte, dass sie sich trennen. Sie blieben gemeinsam im Haus, die Mutter mit einem Liebhaber, der auch dort wohnte, sie blieben eine Familie. Auch das Kind, was die Mutter mit dem Liebhaber bekam, wurde auf den Namen des Ehemannes eingetragen. Sie wohnten in einer Art großer WG oder als Familie mit komplexer Beziehungsstruktur zusammen, bis die Tochter 18 wurde. Erst als die Tochter 18 war, gingen sie offiziell auseinander, und der Name des Vaters wurde umgeschrieben. Es gibt Menschen, die zusammenbleiben und sich unterstützen.
Und das funktioniert. Natürlich ist es bei uns nicht vorhersehbar. Oft denke ich, so wie es ist, ist es gut, doch manche Tage denke ich auch, ich würde mir wünschen, dass wir beide unabhängig voneinander würden und getrennte Wege gehen. Es gibt auch Freundinnen, die es mir einreden wollen, sie sagen: „Das geht nicht, du musst klare Verhältnisse schaffen!" und so weiter. Aber ich weiß auch, was es mir für eine Stabilität gibt und dass ich gut so leben kann. Bei verwandtschaftlichen Beziehungen wird das nicht in Frage gestellt. Momentan könnte ich mir einen Bruch nicht vorstellen, ein Erdbeben kann ich in meinem Leben nicht brauchen. Es hat sich eingespielt. Am Anfang dachte ich, ich will jetzt nicht das große Drama, wir machen erst einmal so weiter, in einem halben Jahr dann kümmere ich mich um rechtliche Sachen. Mittlerweile, das halbe Jahr ist längst um, merke ich, das war eigentlich eine gute Entscheidung, es kann noch lange so weitergehen. Aber natürlich gibt es diese Stimmen, es sind inzwischen viele, nicht nur von Freundinnen, auch von meiner Familie und der Therapeutin, die alle drängend sagen: „Das kann doch nicht wahr sein. Du musst sehen, dass du da rauskommst." Weniger Stimmen sagen: „Okay, wenn das gut für dich ist und ihr so leben möchtet und euch unterstützt, ist das in Ordnung." Meine Familie sagt zwar, ja, na ja, wenn du denkst, dass das gut für dich ist … aber unterschwellig denken sie und deuten es auch an: Also, jetzt musst du aber schleunigst schon mal gucken, dass da klare Verhältnisse herkommen. Katrin, du willst doch nicht langfristig draufzahlen. Du musst dich jetzt mal positionieren!
Aber Britta und ich haben diese Verbindlichkeit untereinander, die sehr stützend ist. Ich weiß nicht, ob es für Anna leichter wäre, wenn wir eine klare Trennung vollziehen, uns scheiden lassen.
– (Anna findet, so sagte sie es der Interviewerin … dass sie auch Angst davor hat, dass sie nicht so viel geben kann, wie Britta braucht … dass ihre Kinder und ihre Arbeit auch viel Zeit brauchen. Am Anfang, klar, denkt man: Es muss alles sein, aber im Moment findet sie es vielleicht gut so, wie es ist: dass Britta nicht immer da sein muss.)

Insofern ist es wirklich ein Dreieck. Nur „zu dritt im Bett" könnte ich mir absolut nicht vorstellen. Ich wüsste nicht, wo ich meine Aufmerksamkeit hinwenden sollte, eine fühlt sich immer zurückgesetzt, nee.
„Wonderwomen" ist ein Film über zwei Frauen, die mit einem Mann zusammengelebt haben, ein echtes Dreieck, auch sexuell. Die waren zu dritt im Bett, haben miteinander geschlafen, sind zusammen eingeschlafen. Nach seinem Tod sind die beiden Frauen zusammengeblieben und hatten auch weiter Sex miteinander.

Ich gucke etwa alle zwei Monate einmal bzw. befrage mich selbst: Geht es mir gut damit. Ich checke für mich: Ist es für mich okay, wie wir leben, auch, wie die Lastenverteilung ist? Will ich, dass es weiterläuft?

Anja Müller

Britta

Katrin und ich sind seit 16 Jahren zusammen. Getroffen haben wir uns in Göttingen, sind später zusammen hierhergezogen und haben dann innerhalb von zwei Jahren geheiratet, jetzt vor sechs Jahren, und das Haus gekauft. Wir sind eine gute Kombi im Sinne von guter Alltagsgemeinschaft. Sie arbeitet wahnsinnig viel, meistens von morgens um 8 bis abends um 11, manchmal etwas weniger. Auch viele Wochenenden, sie ist viel auf Kongressen, verdient aber auch entsprechend. Aufs Haus haben wir eine Hypothek. Ich bin freiberuflich und habe nicht so viel zu tun und schmeiße den ganzen Haushalt. Und engagiere mich in Frauenprojekten, das habe ich, seit ich zwanzig war, immer schon gemacht. In unserer Beziehung bin ich diejenige, die immer die Sachen organisiert, die Freundinnen einlädt, die Kommunikationen aufrechterhält. Sie hat mich immer mal wieder „Außenministerin" genannt, das fand ich einen netten Titel. Ich bin gut im Connections halten, knüpfen, weniger gut darin, bei Partys auf Leute zuzugehen. Aber wenn sich Zusammenhänge bilden, bin ich jemand, der das pflegt. Das kann Katrin überhaupt nicht. Selbst ihre besten Freundinnen – wenn sie einmal im Jahr etwas von ihr hören, haben sie Glück gehabt. Ihre Schwester versucht regelmäßig, sie sonntags anzurufen, und hofft auf Rückrufe, auch das passiert selten. Ich bin im Prinzip sehr strukturiert, auch handwerklich einigermaßen fit, ich mache also alles, was zu reparieren ist, wenn es nichts Größeres ist, selbstständig. Sonst habe ich auch einen Schreiner, mit dem ich zusammenarbeite, das ist auch ganz nett. Auch den Garten mache ich. Ich verwalte auch alle Finanzen, dass die Rechnungen bezahlt werden, bevor die zweite Mahnung kommt etc. Wir sind, das findet Katrin auch, ein gutes Team. Ich gucke, dass Haus und Umgebung so sind, dass es Katrin gut geht. Es geht ihr auch gut. Ich habe aber eine finanzielle Unterstützung, denn es würde für mich sonst nicht reichen, also ich kriege von ihr auch Geld, und das ist auch gut so.

Ich bin eigentlich jemand, der liebestechnisch exklusiv ist. Sex miteinander und mit keiner anderen. Ich hatte früher, vor Katrin, einmal eine Dreiecksgeschichte mit Sex, das ist passiert, war nicht wirklich gewollt. Katrin und ich hatten eine klassische Paarliebesgeschichte. Aber für mich war es zunehmend unbefriedigend. Dass ich selten mit ihr mal ein Wochenende weggehen kann. Dass wir nichts mehr miteinander machten. Einen Tag am Wochenende arbeitet sie immer. Mein Leben fühlte sich nicht wirklich erfüllt an. Ich finde, dass sich unser Sex für eine lange Beziehung sehr gut und lange erhalten hat. Ich hatte vorher schon andere Beziehungen, wo sich der Sex ziemlich schnell verabschiedet hat. Aber auch unser Sex hat sich vor einiger Zeit verabschiedet. Das ist etwas, was mir doch sehr fehlt. Es war nicht so, dass eine von uns sich davon verabschiedet hat, sondern es, also die Sexualität, hat sich verabschiedet. Es war anfangs so, dass Katrin es immer noch mal gerne gewollt hat, aber es war nicht mehr, wie soll ich sagen, mit Leidenschaft verbunden, sondern wurde zu einer rein körperlichen Aktivität – und das geht für mich nicht gut. Also es geht schon, aber es ist unbefriedigend. Dieser Zustand ist etwa seit drei Jahren so. Aber 13 Jahre vorher hatten wir viel und guten Sex. Ein Grund zu heiraten, aber nicht der Hauptgrund, war schon unsere Liebe, aber auch unsere unterschiedlichen Einkommen. Wir haben durch die Heirat sehr viel mehr Geld. Ich wusste zwar vorher, dass es einen positiven Effekt hat zu heiraten, aber dass er so positiv war, davon war ich überrascht. Es ist nicht gerecht, eigentlich bin ich gegen dieses Ehegattensplitting, aber ich profitiere definitiv davon.

Ich fühlte mich in der letzten Zeit nicht wirklich ausgefüllt, habe mich auch nicht gelangweilt, das kann ich so nicht sagen, ich weiß immer irgendwas zu tun. Aber dann habe ich mich verliebt. Das hatte ich vorher schon mal, aber die war unerreichbar. Und eigentlich dachte ich auch dieses Mal, sie ist unerreichbar, also ist das Verliebtsein vollkommen ungefährlich für Katrin und mich. Hetera und drei Kinder und auf der Suche nach einem neuen Mann. Alles gut, dachte ich, kann man ja mal ein bisschen schwärmen, mehr nicht. Dass es dann wirklich losging, hat mich sehr überrascht. Und sie, glaube ich, hat es noch mehr überrascht als mich. Ich war in sie verliebt und habe ihr das irgendwann gesagt. Ich bin in der Hinsicht relativ mutig. Wir haben uns vorher freundschaftlich getroffen, und sie hat mir ziemlich viel erzählt aus ihrem Leben, und ich habe ihr auch organisatorisch geholfen, ich kann nicht gut zusehen, wenn jemand irgendwie so wurstelt und ich sehe, was sich besser machen ließe. Organisatorisch zu helfen scheint eine meiner Grundanlagen zu sein. Sie hat ein eigenes Geschäft und ist noch sehr mit Aufbauen beschäftigt, und darin habe ich sie ein bisschen unterstützt. Bei unseren Treffen hat sie mir immer viel von ihren Tinderbekanntschaften, natürlich mit Männern, erzählt, sodass es mich nervte.

Irgendwann habe ich ihr gesagt, ich könne das nicht mehr hören. Und gleich darauf, es war beim Autofahren, dass ich in sie verliebt sei. Sie hat etwas geschluckt. Katrin hatte früher schon mal gesagt bzw. mich damit aufgezogen: Die ist doch in dich verliebt. Ich sagte, nee, glaube ich nicht. Sie selbst glaubte es vermutlich auch nicht. Aber sie hat schon sehr viel mit mir unternommen, was nicht ganz üblich ist für eine Bekanntschaft oder Freundschaft, wie wir sie hatten. Ich habe sie zum Beispiel einmal spontan gefragt, ob sie Lust hat, mit mir Motorrad zu fahren, weil ich das alleine doof finde. Und da hat sie spontan „Ja" gesagt. Das hatte mich überrascht. Sie war bezogen auf Motorradfahren ängstlich und unsicher, aber sie sagte „Ja". Sie ist 21 Jahre jünger als ich. Das ist auch nicht gerade ohne. Das erste Kind hatte sie glaube ich mit etwa 20, ein 15-jähriger Sohn, und einen Siebenjährigen und eine neunjährige Tochter. Einmal fragte sie, ob ich auf die beiden Kleinen aufpassen könne. „Okay, warum nicht." Kennengelernt habe ich sei durch mein Akrobatikzeug. Sie ist die Lehrerin. Der 15-Jährige war ab und zu mal mit bei dem Training. Das erste Mal, als ich ihn gesehen habe, ist er auf mich zugelaufen und hat mich in den Arm genommen, und ich dachte: Oh! Wie nett! Ich finde es total nett mit den Kindern, mache auch viel mit ihnen, mehr noch, seitdem wir unsere Liebesbeziehung angefangen haben.

Sie hatte mitbekommen, dass ich Tanzkurse gebe. Sie hat nicht viel Zeit, baut dieses Geschäft auf, hat ihre drei Kinder, da ist wenig Platz für irgendwas, aber sie hat früher mal getanzt und wollte das gerne wieder. Sei fragte mich, ob ich mit ihr tanzen würde. Ich hatte ihr erzählt, dass ich meistens führe. Dann haben wir uns verabredet, in eine Tanzschule zu fahren, die Samstag immer Tanzevents macht und die auch eine Equalgruppe hat. Katrin und ich waren oft zusammen dort. Katrin war in der Zeit im Retreat, zehn Tage lang war sie nicht da. Zehn Tage schweigen. Ich verabredete mich also mit Anna für diesen Samstag. Auf der Autofahrt dorthin hat sie mich wieder genervt mit dem Bericht über einen ihrer Tinderkontakte. Dass war die Situation, in der ich sagte: Das möchte ich nicht hören. Dann fragte sie, warum, Und dann habe ich geantwortet: Ich bin in dich verliebt. Die Autofahrt weiter war sehr komisch. Ich dachte: O Gott. Was macht sie jetzt damit. Sie hat nichts gesagt. Ich unterbrach das Schweigen und fragte: „Können wir denn jetzt noch tanzen gehen miteinander oder

ist das für dich schwierig?" Und sie: „Doch, ich glaube schon." Dann hatten wir einen sehr netten Abend. Es war das erste Mal, dass wir miteinander tanzten. Es hat sehr gut geklappt. Ich dachte, gut, die Situation hat sich wieder entspannt, ich habe es gesagt und damit deponiert, und das ist gut, damit hat sich's. Wir sind spät nachts zurückgefahren – ich wollte sie zu ihrem Parkplatz brin-

gen. Kurz bevor wir ankamen, sagte sie, ich solle doch mal kurz anhalten. Irgendwas hat in ihr gearbeitet. Ich wusste, dass sie eine große Sehnsucht nach jemandem hatte, dass sie nicht alleine bleiben wollte mit ihren Sachen, den Kindern, dem Geschäft. Als ich angehalten habe, sagte sie, sie habe nachgedacht, wenn ich alleine wäre, dann würde sie jetzt mit mir kommen.
Dann habe ich mir gesagt, es sollte kein Hinderungsgrund sein, dass ich nicht in dem Sinne alleine war. Katrin war weg. So hatte ich das Haus für mich. So ist sie mit zu mir gekommen. Aber auch wenn Katrin nicht weggewesen wäre, dann wäre ich vermutlich mit zu ihr gefahren. Ja, und dann ... das war's. Wir hatten Sex. Es war ihr erstes Mal mit einer Frau. Das fand sie wohl ganz gut. Das hat sich dann entwickelt. Sie hat sich auch ziemlich heftig verliebt. Sie war in dieser Woche – eine Ausnahme – ohne Kinder, die waren beim Papa, von dem sie inzwischen geschieden ist, damals waren sie nur getrennt. Wir hatten eine ganze Woche miteinander. Sie hatte Zeit, ich hatte Zeit. Eine sehr intensive Woche. Als Katrin zurückkam, war es mir sofort ein Bedürfnis, das zu verbalisieren. Ich denke, solche Sachen kann man nicht verheimlichen, das geht nicht gut. Als Katrin zurückkam, habe ich Anna gesagt, das Wochenende ist für Katrin ausgebucht. Wir werden uns nicht hören und sehen. Ich habe Katrin vom Bahnhof abgeholt und mit ihr geredet, dabei zugleich versucht zu thematisieren, dass mein Wunsch sei, dass unsere Lebensbeziehung so weitergeht wie bisher. Weil ich sie gut finde. Das war für sie erst mal ein Schock. Sie war sehr aufgerüttelt. Wir haben sehr intensiv miteinander geredet. Katrin meinte nach diesem Wochenende: „Jetzt haben wir ungefähr vier Jahre Paartherapie nachgeholt." Was stimmte, weil auch viel besprochen wurde, was ich meiner Meinung nach schon oft verbalisiert hatte, aber immer nur im Alltagsstress, wenn sie nachts um halb zehn von der Arbeit zurückkam.

Katrin ist kein Streithammel, ich schon. Katrin ist total deeskalierend. Mit Katrin kann man kaum streiten. Das ist auch recht schön, denn so eskalierte es in unserem Alltag vorher auch nicht. Mit Anna ist das ganz anders. Katrin kann reden, hat andererseits nicht so einen Zugang zu ihren Gefühlen, sie ist ein totaler Kopfmensch. Das führte dazu, dass sie anfangs, nach unseren langen Gesprächen, alles ganz gut fand als Konstrukt. Aber nach und nach machte sie dann irgendwelche Äußerungen, kam anderes an die Oberfläche. Aber das wusste ich schon, wir kennen uns ja lange und gut. Der Wille war da, aber das Gefühl noch nicht dabei. So ungefähr. Das finde ich auch völlig nachvollziehbar. Katrin ist jemand, könnte man sagen, die merkt erst, dass der Stein im Schuh drückte, wenn er wieder weg ist. Jetzt ist das schon über ein halbes Jahr her. Faktisch ist es so, ich bin einmal bis zweimal während der Woche bei Anna und an Wochenenden, Übernachten maximal zwei- bis dreimal. Sie kommt nicht zu mir, es sei denn, Katrin ist weg. Katrin meinte zwar, es ginge schon, dass Anna kommt, aber Anna kann sich das nicht vorstellen. Für mich wäre beides okay, ich hätte keine Probleme, wenn Anna hier wäre und Katrin auch. Früher war es schon auch mal so, dass ich mit Ex-Freundinnen zusammenlebte. Wir sind jeweils zusammengezogen, nachdem wir uns getrennt hatten. Das mit dem Zusammenwohnen war bei mir früher immer schwierig. Nur mit Katrin war das Zusammenleben so gut. Weil sie erstens nicht immer da ist, zweitens aber auch, weil sie, wenn sie da ist, nicht okkupierend ist. Es gibt Menschen, die okkupieren dich vollständig, wenn sie anwesend sind. Sie nicht, sie macht ihre Sachen. Energiemäßig habe ich das Gefühl, ich muss nichts, aber kann, wenn ich will, und das habe ich schon ganz anders erlebt. Deswegen wollte ich früher nicht zusammenziehen. Aber Katrin und mir geht es zusammen gut. Wir haben, so würde ich das jetzt sehen, eine Lebensfreundschaft. Schon mit körperlichem Kontakt, also in den Arm nehmen, Kuscheln und so weiter, aber ohne Sexualität. Wir haben vier Jahre lang keinen Sex gehabt. Katrin meint, es seien nur drei Jahre gewesen. Aber gekuschelt haben wir jeden Abend. Das war anfangs, nachdem ich Katrin von Anna berichtet hatte, schwierig für sie, aber jetzt geht es wieder. Allerdings schlafe ich inzwischen im Gästezimmer, nicht mehr mit ihr in einem Bett. Faktisch fühle ich mich darin nicht ganz so wohl. Ich würde lieber im Schlafzimmer, also mit ihr, schlafen. Es ist nicht so, dass sie es nicht will, aber sie findet es besser, dass es jetzt getrennt ist. Aber ich gehe jeden Abend zu ihr kuscheln, und dann erst gehe ich in mein Zimmer. Sie schätzt es sehr, so wie es

in den Gesprächen herausgekommen ist, dass die Beziehung nicht einfach endet und man in ein schwarzes Loch zu fallen hat, sondern dass unsere Beziehung weiterbesteht. Es ist nicht alles weg. Wenn es so wäre, würde die Sicherheit weg sein. Was ich Katrin immer geboten habe, ist eine Art von Sicherheit. Ich kann halt geben, halten, viel sogar. Und das bleibt. Das hat sie nicht verloren. Auch frühere Ex-Freundinnen, bis auf eine, sind gute Freundinnen, sie kommen zu allen Festen, kommen aus allen möglichen Landesteilen immer treu, ich habe ein gutes Verhältnis zu ihnen. Das hat Katrin auch bestärkt zu glauben, dass unsere Beziehung so weiter lebbar ist. Was passiert, wenn sie sich auch einmal verliebt und eine weitere Frau ins Spiel kommt, ist natürlich offen.
Wenn Katrin nicht da ist, kommt Anna auch ins Haus, wir schlafen dann im Gästezimmer, das Bett dort ist auch groß, frühstücken.

Wir waren auch schon zu dritt zusammen auf Veranstaltungen. Die erste war gleich 14 Tage nach der Kennenlerngeschichte und nachdem ich es Katrin erzählt hatte. Ich wollte, dass es alle unsere Freundinnen vorher wissen, so haben wir vorher eine E-Mail herumgeschickt, dass es nicht komisch aussah. An Weihnachten war ich mit Katrin bei meiner Familie und Silvester auf dem Berg. Meine Geschwister haben es erfahren. Das war für mich nicht einfach, weil ich lieber woanders gewesen wäre an diesem Weihnachten. Aber es war meinem Leben mit Katrin geschuldet, es war wichtig. Das werden wir auch weiter so machen. Wir hatten ursprünglich noch einen gemeinsamen Urlaub gebucht, das wollte Katrin nicht mehr. Sie kümmert sich jetzt, das finde ich auch gut, um ihre eigenen Freundschaften und verabredet sich aktiv mit drei Freundinnen. Es ist nicht mehr so, dass sie einfach mit mir mitkommt und da sind dann ja auch Freundinnen. Doch natürlich unternehmen wir auch jetzt immer wieder mal etwas zu zweit. Ich versuche es aufzuteilen. Katrin und ich sind zum Beispiel immer zusammen bei einem Stammtisch, wenn nicht irgendwas bei Katrin oder mit Anna dazwischenkommt. Da geht es um Katrins Bedürfnisse und darum, wie sie ihre Zeit einteilt. Ich selber habe schon etwas Stress mit dem Hin und Her, aber nicht zu viel, weil ich mehr Zeit habe. Anna arbeitet auch zu ungewöhnlichen Zeiten, oft abends, und hat dafür morgens frei. Ich mache jetzt auch die Kinderfrauenausbildung, sodass wir Geld kriegen dafür, dass ich die Kinder hüte. Das brauche ich auch. Ich kriege von Katrin ja nicht wahnsinnig viel dafür, dass ich das Haus in Ordnung halte, mich um die Finanzen und alles Organisatorische kümmere. Ich finde, es wird echt unterschätzt, was das für Arbeit ist, der Garten ist viel Arbeit, das Haus ist nicht klein, putzen muss ich, einkaufen und Wäsche machen, das ist nicht wenig, alles zusammengenommen. Hausfrau halt. Und jetzt habe ich noch zwei Kinder, die ich oft betreue, hüte, transportiere und so weiter. Mit dem Fünfzehnjährigen mache ich nichts, er möchte das auch nicht, er ist einfach ein Fünfzehnjähriger. Mit den beiden anderen Kindern waren wir auch schon zu viert im Urlaub. Ich würde auch mit Katrin in Urlaub fahren, aber Katrin hat sich jetzt entschieden, in diesem Jahr ihren Urlaub alleine zu machen. Das hat nichts damit zu tun, dass sie ihn nicht mit mir verbringen möchte, sondern sie hat sich entschieden, etwas nur für sich alleine zu tun, um überhaupt wieder zu einem autonomen Selbst zu kommen. Das ist bei mir anders, bei mir war das nie weg. Ich bin auch gerne alleine. Sonst wäre es auch mit Katrin nicht gegangen.

Ich schließe sexuelle Aktivitäten mit Katrin aus. Wieso soll es jetzt plötzlich sein, wo es vorher weg war. Obwohl, an dem Wochenende, das vier Jahre Paartherapie ersetzt hat, hätte es schon sein können. Ich glaube, es ist inzwischen auch für Katrin okay. Sie hatte schon das Bedürfnis, mit mir Sex zu haben. Meine Beziehungen waren immer sehr leidenschaftlich. Vor Katrin in den kürzeren Beziehungen gab es auch immer einen ebenso leidenschaftlichen Gegenpol. Auch mein Verhältnis zu Katrin war so leidenschaftlich. Aber bei Katrin hatte ich immer das Gefühl, es war für sie anders. Es war Glücklichsein für sie, sie war auch verliebt in mich und so weiter, aber weniger Leidenschaft. Ich hatte jedenfalls das Gefühl, meine Leidenschaft für sie war größer. Sie hat gesagt, dass sie sich vor mir immer unerreichbar verliebt habe, und bei mir klappte es. Sie empfindet vielleicht Leidenschaft anders.

Natürlich waren wir auch schon zu dritt im Haus. Auch mit Kindern, haben einen Filmabend gemacht und so weiter. Ob es für Katrin auch gut war, weiß ich nicht, denn das kommt bei ihr immer erst später raus. Ich frage das natürlich vorher ab, ob es okay wäre, wenn wir bei mir schlafen. Für Katrin wäre es okay gewesen, aber Anna fand das nicht gut. Ich bin danach mit zu ihr gefahren, denn das hätte ich komisch gefunden, mit ihr den Abend zu verbringen, und dann zu sagen: Tschüss. Es gibt in dem Haus noch eine Einliegerwohnung, notfalls könnte ich auch dort einziehen, wenn es zu der Situation käme, dass Katrin eine neue Freundin hat und mit ihr zu zweit hier wohnen bleiben will und nicht zu dritt.

Anfangs, nachdem sie das mit Anna erfahren hat, machte es ihr Angst, dass ihr Lebensentwurf auf der Kippe stehen könnte. Aber jetzt wird für sie fühlbar, dass sich faktisch nicht viel geändert hat an unserem Zusammenleben, nur, dass ich ab und zu abends nicht zu Hause bin, so wie sie früher öfter. Aber natürlich nimmt sie es deutlich wahr. Denn wir haben uns früher jeden Abend getroffen, auch wenn es manchmal spät war, und jetzt eben nicht mehr. Letzte Woche hat sie mir jeden Abend gesagt – das ist auch etwas, Katrin wiederholt oft, das habe ich ihr auch immer mal gesagt, dass mich das nervt –, dass sie es total schön findet, wenn jemand zu Hause ist, wenn sie von der Arbeit kommt. Das kann ich nachvollziehen. Das ist jetzt nicht mehr jeden Abend so, aber ich glaube, sie schätzt es jetzt umso mehr, wenn es so ist. Sie kann inzwischen auch besser einschätzen, was ich ihr weiterhin geben möchte und kann. Und sie kann es jetzt wertschätzen. Am Anfang der Geschichte, da kamen von ihr auch immer wieder einmal böse Unterstellungen – das war verletzend – in die Richtung, dass ich im gemachten Haus sitzen würde und auch noch Geld von ihr kriegen etc. Wenn man es objektiv betrachtet, sitzt sie genauso im gemachten Haus. Da war ihrerseits schon Frust und Eifersucht im Spiel. Für den Fall einer Trennung haben wir einen Partnerinnenvertrag, Zugewinngemeinschaft, ich würde ein Drittel kriegen, weil sie mehr beiträgt, aber das Haus gehört uns beiden zu gleichen Teilen – Trennung steht aber nicht im Raum – bei keiner von uns.
Anna kann sich, glaube ich, überhaupt nicht vorstellen, mit mir zusammenzuwohnen. Bei mir ist es zum Beispiel so, dass man den Raum verlassen sollte, wenn ich in der Küche bin, sonst knallt's, und bei Anna ist das genauso. Besser den Raum verlassen. D.h. zwischen uns würde es oft knallen. Das ist auch bei anderen Sachen so. Nein, Trennung und neu heiraten oder ausziehen und mit Anna zusammenleben steht nicht im Raum. Bei Katrin war das kein Problem. Manche Sachen mache ich viel lieber alleine, jemand anderer würde nur Chaos produzieren, das ist aber mein Problem und meine arrogante Meinung, denn sicher würde es auch funktionieren, wenn es zusammen gemacht würde. Wir haben natürlich darüber geredet, Konzepte überlegt, was wäre, wenn Katrin eine neue Freundin hätte? Ich könnte zu dritt wohnen. Anna könnte und will nicht dort wohnen. Sie hat ja die Kinder und eine große Wohnung.

Die Befürchtung von Katrins Therapeutin ist übrigens, dass Katrin es so genügt und sie sich gar nicht auf eine andere einlässt. Für mich wäre das auch gut, wir könnten uns als sich nahestehende Wohngemeinschaft sehen, die sich sehr gut ergänzt. Ich finde es im Moment müßig, sich Gedanken zu machen. Diese Idee, mich scheiden zu lassen und Anna zu heiraten, hatte ich durchaus schon mal, aber es wäre unsinnig. Selbst wenn es für mich vielleicht denkbar wäre, aber für Anna? Sie hat ja gerade erst eine Scheidung hinter sich.

Eine Freundin erkundigt sich immer, ob es mir gut geht mit dem Hin und Her. Ja, ich habe schon Stress, aber das ist eher Organisationsstress, sonst geht es mir sehr gut. Ich habe das Gefühl, dass alle Freundinnen Katrin bedauern, obwohl wir die Mail so geschrieben haben, dass es für uns beide okay ist. Ich kann nachvollziehen, dass sie ihr Unterstützung anbieten. Ich habe andererseits das Gefühl, dass Anna nicht von allen akzeptiert wird. Ich verstehe es nicht ganz. Wenn jemand

„die Böse“ ist, dann wäre das ich. Sie ist schon sehr verliebt, es ist nicht nur ein sexuelles Abenteuer. In der dritten Woche hat sie mich gefragt: „Wie alt hast du vor zu werden?“ Ich habe geantwortet: „Ich habe gute Gene.“ Aber ich blicke nicht so weit in die Zukunft, ich bin wer, der mehr im Jetzt lebt. Ein halbes Jahr voraus planen ist sinnvoll, aber mehr ist für mich schwierig. Meine Familie war ganz offen. Es war natürlich erst betretenes Schweigen. Meine Schwester sagte dann: Das geht doch nicht, dann noch zusammenwohnen! Hinterher kam sie, sagte, das stimme nicht. Sie habe sich ja auch von R. getrennt, und anschließend haben sie zusammen ein Haus gekauft. Sie haben aber auch weiter ein gutes Gefühl Katrin gegenüber.

Liebe, was unterscheidet die Liebe zu Katrin von der zu Anna? Ich finde, es ist beides Liebe. Ich glaube, ich bin nicht fähig, jemanden, in den ich mal verliebt war, die ich geliebt habe, aus meinem Herz zu reißen. Die Form hat sich einfach gewandelt. Aber es ist Liebe. Von mir aus würde ich nie von Katrin weggehen. Wenn sie sagen würde, es geht so nicht weiter, dann würde ich das akzeptieren, würde es aber als sehr schmerzhaft sehen, es würde eine Trennungserfahrung, die ich nicht unbedingt haben möchte.

Meine Sorge ist ein bisschen, dass ich zu alt bin für Anna. Ich dachte schon manchmal, ich erfülle sämtliche Heteroklischees. Ich bin jetzt 58, aber sehr fit. Sex machen wir sehr viel, Anna und ich, immer, wenn wir uns sehen. Ich bin die Aktive, eigentlich fast immer. Ich habe aus den anderen Beziehungen schon die Erfahrung, dass ich tendenziell die Aktivere bin, bis auf meine erste. Da war ich dermaßen schüchtern, dass ich überhaupt nichts getan habe. Auch mit Katrin war ich aktiver. Das zieht sich schon durch, nur in einer frühen sieben Jahre dauernden Beziehung war es ausgeglichener. Anna und ich sind noch in einer Findungsphase, und ich genieße das sehr. Die Erregung kommt schon dadurch, dass es überhaupt möglich ist, dass ich ihr Lust bereite. Sexualität ist ein wesentlicher Teil im erwachsenen Leben, für mich zumindest. Trotzdem ist es immer ausgeschlossen als Gesprächsthema. Auch in Situationen, wenn Katrin und ich mit einem anderen Pärchen zusammensaßen: Wenn es überhaupt mal ums Thema geht, tendenziell schüchtern, man redet nicht wirklich darüber, es ist auch schwer, wenn man merkt, die anderen gehen nicht darauf ein, das ist schade.
Sexspielzeuge würde ich nicht verschenken. Die soll man sich selbst aussuchen, ich brauche sie auch nicht. Hände und Münder. Anna mag Sex, das ist schön, sie hat Orgasmen, das findet sie auch ziemlich interessant und gut, obwohl sie auch mit den Männern leidenschaftliche Beziehungen und guten Sex hatte (auch wenn sonst viel nicht geklappt hatte mit den Männern).

Mit den Kindern ist das sehr gut. Der Junge hat mir schon zwei Liebesbriefe geschrieben. Seinen ersten Brief überhaupt. Katrin und ich haben im Bad ein Whiteboard, auf das Gäste was schreiben können. Ich hatte das gerade abgewischt. Der Junge war im Bad. Bei ihm dauert es auch mal länger im Bad, und bei diesem Mal dauerte es noch länger, und dann kam eine Stimme aus dem Bad: „Britta, wie schreibt man toll, mit zwei O?“ Ich sagte: „Nee, mit zwei L.“ Und dann stand dort der Brief. Ich traue mich gar nicht, das wieder abzuwischen, steht jetzt schon lange dort. Der Ex-Mann von Anna hatte auch eine neue Beziehung, die ist schon wieder am Zerbröseln. Die Kinder sind manchmal bei ihm. Und an einem Sonntag in der Anfangszeit sagte der Junge mal am Frühstückstisch: „Weißt du, Mama, das ist doch total schön, der Papa hat jetzt die Anja, und du hast jetzt die Britta.“ Und dann hat er unsere Hände genommen. Das Mädchen ist etwas schüchterner, es hat etwas gedauert, aber jetzt ist es so: Wenn wir mal zusammen irgendwo sind, dann wollen die beiden immer mit mir zurückfahren. Auch der Fünfzehnjährige findet das ziemlich gut. Manchmal sitzt er am Tisch und schmunzelt. Zum Beispiel wenn Anna und ich leichten pärchenmäßigen Stress haben. Im Sinne von „Kenne ich. So ist das mit unserer Mama.“

Ich habe jetzt auch schon Einträge auf dem Kalender, dass sie nicht immer fragen müssen, wann ich da bin. Für mich ist es eine neue Erfahrung, dass jemand anderer Grenzen setzt. Sonst war immer ich es, die sagte, ich muss jetzt mal nach Hause, ich brauche jetzt meine Ruhe. Nein, jetzt ist es so, dass ich nicht so lange da sein kann, wie ich möchte. Es hat damit zu tun, dass Anna so volle Tage hat mit Studium, Arbeit. Wir sehen uns dennoch oft, weil ich bei ihr ins Training gehe. Sie braucht manche Vormittage zum Arbeiten, dazu kommt sie nicht, wenn ich da bin. Am Dienstag hole ich immer das Mädchen vom Reiten ab, dann übernachte ich bei ihnen, und am Wochenende ist es so, dass ich entweder von Freitag bis Sonntag da bin oder wenigstens eine Nacht. Tagsüber treffen wir uns auch in anderen Zusammenhängen. Ab und zu mache ich Plakate und Flyer für sie und inzwischen auch die Buchhaltung. Bei mir ist es oft so, dass sich Privates und Berufliches verwursteln. Ich sollte ein bisschen aufpassen bzw. es ist wichtig, dass es mir bewusst ist. Sie bespricht inzwischen viel Geschäftliches mit mir. Wir teilen eine Form von Alltag, über WhatsApp eigentlich andauernd. Während wir hier miteinander sprechen, habe ich sicher schon drei gekriegt. Katrin geht das völlig auf den Keks. Was ich nachvollziehen kann. Aber es ist noch das und das und noch ein Flyer und wo ließe sich noch Werbung machen. Das ist für sie wichtig und dazu eine neue Erfahrung, dass sie mit jemandem darüber sprechen kann. Ihr Mann und auch die anderen haben ihre Sachen gemacht und fanden es eher lästig, Annas Belange auch noch anhören zu müssen. Die alltäglichen Sachen, die geregelt werden müssen. Da habe ich das Gefühl, ich gebe viel Input. So ging es auch los mit uns. Das ist so meine Art. Als ich begann, ihr zu helfen, war ich noch nicht verliebt.

Ich war offen. Ich verliebe mich nicht, wenn ich schon verliebt bin, also in dem Sinne, oh, da ist noch eine, das wäre doch auch noch was. Selbst wenn Leute mich total anbaggern, merke ich das nicht, wenn ich in einer Verliebtheit oder Liebe bin. Mir war klar, in mir ist eine Offenheit. Ich hatte mich ja auch kurz davor schon einmal verliebt, also war ich in einer Verliebensphase, die ich sonst nicht habe. Und dann war es plötzlich sie. Wann genau es Verliebtheit wurde und wann Liebe, weiß ich gar nicht mehr. Die Freundschaft hat sich intensiviert, und irgendwann merkte ich, eigentlich bin ich verliebt. Ich hatte oft das Bedürfnis, sie in den Arm zu nehmen. Sie hätte es manchmal gebraucht. Aber ich habe mich nicht getraut, vielleicht auch deshalb nicht, weil ich nicht wusste, ob ich bei körperlicher Berührung noch eine Grenze hätte ziehen können – meine Verliebtheit begann sicher ein halbes Jahr, bevor ich es ihr gesagt habe. Das Lustige ist auch noch, wie ich überhaupt in ihren Kurs gekommen war. Ich war mit Katrin und einer ihrer Arbeitskolleginnen in Berlin, ein Kongress. Einen Abend wollten wir was Nettes zusammen machen in Berlin, haben geguckt, was es gibt an diesem einzigen Abend, der möglich war. Ich entdeckte ein Varieté im Friedrichstadt-Palast. Wir gingen dorthin. In diesem Varieté gab es auch Partner-Akrobatik. Als wir nach der Vorstellung aus dem Raum gingen, sagte ich zu Katrin: Das wollte ich auch schon immer mal ausprobieren. Und sie sagte: Das gibt es doch in Marburg, das habe ich in der Marburger Zeitung gelesen. Sie wusste sogar noch, wie es heißt. Dann habe ich gegoogelt und es sofort gefunden und noch am selben Abend eine E-Mail geschrieben, gefragt, ob es in meinem Alter noch möglich sei mitzumachen – ich würde seit 35 Jahren klettern und sei fit … Und dann habe ich eine Privatstunde genommen. Und dann bin ich in ihren neuen Morgenkurs gegangen …

Anna

Kennengelernt haben Britta und ich uns so: Britta hat mich angemailt, dass sie schon seit Ewigkeiten Partner-Akrobatik machen möchte und dass sie gehört habe, dass es das auch in Marburg gibt und meine Mailadresse bekommen habe. Sie fragte auch, ob es an körperliche Voraussetzungen oder Alter gebunden wäre und ob es möglich sei, es auszuprobieren. Ich antwortete ihr, nö, es sei an nichts gebunden, komm einfach vorbei, wir gucken, was geht. Und dann kam sie und hat sich durchgekämpft und Spaß daran empfunden, und dann meldete sie sich zum regulären Unterricht an. Und so ist sie an den Vormittagsterminen ins wöchentliche Training eingestiegen.

Mein erster Eindruck von ihr war: Eine sehr barsche Person. Und eine Kämpferin. Eine, von der man wissen sollte, wie man sie zu nehmen hat. Keine von der einfachen Sorte. Mutig. Jetzt nenne ich sie manchmal zum Spaß Pippi Langstrumpf. Das war schon in der ersten Stunde spürbar. Wie viele in ihrem Alter kommen zu mir und fangen diesen Sport an? Das fand ich ziemlich cool. So cool, dass ich alles Kauzige gut nehmen konnte.

Irgendwann habe ich in der WhatsApp-Gruppe der Teilnehmer geschrieben, dass ich gerne einen Kulturförderantrag stellen würde, weil ich eine größere Inszenierung machen wollte, ohne dass sie höhere Teilnehmergebühren zahlen müssen oder ich mehr unbezahlt arbeiten muss. Ich fragte, wer Lust habe, sich mit hineinzuhängen oder damit Erfahrung hat, und da hat sie sich sofort gemeldet. Sie schrieb, dass sie Jahrzehnte Erfahrungen in mehreren Ländern mit der Antragsstellerei habe und dass sie mich dabei gerne unterstützen könne. Um darüber zu reden, war ich das erste Mal bei ihr zu Besuch.
Meine Kinder kamen, wenn sie mal krank waren und nicht zur Schule gehen konnten, aber nicht so krank, dass sie zu Hause bleiben mussten, oder wenn Ferien waren, oft mit, wenn ich unterrichtete. Einmal muss Britta ihr Hoverboard (ein elektronisches, automatisch fahrendes Skateboard) mitgehabt haben. Das Hoverboard war der Anknüpfungspunkt für meine Kinder. Das fanden sie sehr, sehr cool und wollten es unbedingt ausprobieren. Ich weiß nicht mehr, ob wir dann zuerst sie besucht haben oder sie uns. So kam es also dazu, dass meine Kinder heiß auf Britta waren bzw. darauf, sie zu treffen. Eine kleine Freundschaft entwickelte sich. Wir sahen uns oft, auch weil sie angefangen hatte, sich unersetzbar zu machen. Es gab immer wieder nette Nachmittage miteinander und mit den Kindern, wir sind spazieren gegangen und Hoverboard gefahren oder waren bei ihr und haben, wie heißt das, mit Farben auf Tapetenkleister getropft und dann kam Papier drauf, also so eine Sauerei, die ich nicht in meiner Wohnung haben wollte, aber mir trotzdem wünschte, dass die Kinder das machen können. Und sie war sich nicht zu schade, ihre Wohnung mit uns einzusauen. Einmal hat sie einen Auftritt gefilmt und mir das Video zur Verfügung gestellt. Oder Matten herumgetragen. Sie war immer da, wenn es was zu tun gab.

Ich war durch die Belastung, alleinerziehend mit drei Kindern, selbstständig als Akrobatiklehrerin und Studium, was ich auch noch nebenher machte, manchmal sehr erschöpft und habe mich nach einer Beziehung gesehnt, aber nie in Richtung Frau gedacht. Ich habe mit Tinder gesucht und Britta auch immer brühwarm davon erzählt, weil ich sie zu hundert Prozent als Freundin abgespeichert hatte, zumal sie ja verheiratet ist. Im Unterricht muss ich den Leuten nahekommen, sie sichern und dabei berühren, und da hatte ich schon manchmal das Gefühl, jetzt guckt sie mich gerade nicht nur wie eine Trainerin an. Aber ich dachte, was soll der Quatsch. Erstens: Ich suche keine Frau, zweitens: Sie ist verheiratet. Guck nicht so!, was soll'n das. Nicht mein Alter und überhaupt. Irgendwann habe ich mal einen Tagebucheintrag verfasst, wo ich mir meinen Kummer von der Seele geschrieben habe, was ich alles befürchte, warum mich potenzielle Partner nicht wollen könnten. Was alles Ablehnungsgründe sein könnten, wovor ich mich fürchtete. Und darin stand unter anderem, dass ich nicht gut genug tanzen könne, auf Standard bezogen. Und habe, als ich das mal anguckte, in mir meine Schwester (meine Schwestern sind wichtig in meinem Leben) sprechen hören: „Du brauchst gar nicht so rumjammern, Anna, guck dir das mal an, du hast eigentliche eine Bedienungsanleitung geschrieben, was du im Moment machen solltest, worauf du Lust hast im Leben. Was du gerne können willst.

Also leg los! Lern Tanzen …" Eigentlich wollte ich damals nach der Tanzschule schon weitermachen, aber die Tanzschule war weit weg von unserem Kaff, und meine Eltern konnten uns nicht fahren. Seitdem kam es nicht mehr dazu. Ich unterrichte. Wenn ich mal einen Abend habe, will ich bei den Kindern sein. Ein zusätzlicher privater Abend, das läuft nicht.

Dann ist mir eingefallen, dass Britta erzählt hat, dass sie Tanzkurse gibt. Ich habe sie angesprochen: „Ich möchte Tanzen lernen. Bringst du mir das bei?" Sie: „Ja klar, gerne." Sie hat sich natürlich gefreut und gefragt ob ich das, wie zuerst auch sie in meinem Akrobatikkurs, erst einmal nur zu zweit will oder gleich öffentlich. „Na ja, eigentlich erst einmal so. Aber was gäbe es denn für öffentliche Möglichkeiten?", erwiderte ich. Es gab zeitnah ein Tanzevent, an einem Abend, für den wir sowieso schon verabredet waren, um zusammen eine Frauenveranstaltung zu besuchen. Morgens hat sie mir noch geholfen, ein Plakat zu gestalten. Da habe ich gesagt: „Ich springe über meinen Schatten, was soll's, lass uns doch dahin gehen. Ist am Ende doch spaßiger so." Ich glaube, es hat mir auch etwas die Verlegenheit genommen, dass wir zu einer öffentlichen Tanzveranstaltung gingen und nicht nur zu zweit übten. Am Morgen habe ich noch einen Workshop gegeben und hinterher noch etwas improvisiert. Das Video habe ich einem Typen, mit dem es auf Tinder gerade ganz nett war, geschickt. Es stellte sich die Frage: Wie kleidet man sich für den Ort, wohin sie zum Tanzen gehen wollte? Ich habe ihr, nur zu dem Zweck abzuklären, ob das, was ich anhatte, angemessen wäre, auch das Video geschickt. Davon hat sie weiche Knie gekriegt, erzählte sie später. Dann waren wir bei dieser Veranstaltung. Und sie hat mich immer so von der Seite angeguckt, und ich dachte immer, was ist denn? Morgens, als wir das Plakat gemacht haben, habe ich ihr gesagt: „Es ist so lieb, dass du das alles mit mir machst, warum bist du denn so lieb?" Und sie hat nur in sich hineingegrinst und sich ihren Teil gedacht. Wobei sie mir später erzählt hat, dass sie schon tausendmal daran gedacht hatte, mir zu sagen, dass sie in mich verliebt ist.

Und dann saßen wir im Auto und sind losgefahren. Und ich habe ihr von dieser Tinderbekanntschaft erzählt. Und dann machte sie so ein Geräusch, und ich guckte sie an und fragte mich: Was ist denn? Hallo, du bist gerade eine meiner allerbesten Freundinnen. Das beschäftigt mich. Ich kann dir doch sonst alles erzählen. Was ist denn jetzt los? Sie wusste wirklich schon viel über mich, ich habe ihr von jedem Kummer erzählt, dachte, wem sonst als dir soll ich das erzählen, dann sagte ich: „Was soll denn das?" Und sie hat geschwiegen und wahrscheinlich gehofft, dass ich die Frage fallen lasse. Doch so bin ich nicht. Sondern immer wieder: „Warum machst du denn solche Geräusche?" Hab das nicht vorübergehen lassen. Und dann ist sie damit herausgeplatzt:

„Ach, du weißt schon längst, dass ich in dich verliebt bin!“ Und dann war ich diejenige, die geschwiegen hat. Und dachte. Na super. Scheiße, was soll das denn jetzt. Und dachte, vor allem, sie hat recht, ja, ich weiß das schon lange, aber es war nicht relevant, weil, ich suche keine Frau, du bist verheiratet, was soll der Quatsch? Auch sonst. Alter. Äußerliche Faktoren. Hä? Nee! Jo. Und dann war ich sehr lange sehr still und Britta sehr verunsichert. Weil sie große Angst hatte, dass sie jetzt zurückgestoßen würde. Und ich nicht mehr ihr tanzen gehen wollte. Und die Freundschaft am Arsch ist. Und sie mich ganz verliert. Sie hatte Riesenängste. Und mir ging so dies und das durch den Kopf. Das weiß ich schon lange, habe ich nur gedacht, nicht gesagt, das Erste, was ich gesagt habe, war: „Aber du bist doch verheiratet mit Katrin!“ Sie antwortete: „Ja, aber das ist seit zwei Jahren nur noch eine Freundschaft.“ So wie ich Britta kennengelernt hatte, wusste ich, dass ich mich auf ihr Wort verlassen kann. Bei jemand anders könnte es ja auch nur ein dummer Spruch sein, aber nicht bei ihr. Und dann habe ich sie auch gefragt: „Woran machst du das fest?“ – „Dass nichts mehr im Bett geht.“ Ich dachte, na ja gut, da würde ich andere Maßstäbe anlegen für einen Beziehungsstatus. Aber wenn sie das so sieht, dann glaube ich ihr, dass das so ist. Ich dachte, Prost Mahlzeit, was für eine Scheißsituation. Dann habe ich gefragt, ob es irgendwas gibt, womit ich es für sie schlimmer oder besser machen kann. Sie: Videos wie heute Morgen würden sie schon ganz schön aus dem Konzept bringen. Sie sei da weitgehend handlungsunfähig gewesen. Ich dachte, ja, war anders gemeint. Und dann fragte ich, ob es irgendwas gibt, womit ich es schlimmer oder besser mache für Katrin. Da hat sie geantwortet, dass es Katrin wahrscheinlich nicht so cool fände, wenn ich mit ihr ins Bett gehen würde, aber das stünde ja wahrscheinlich sowieso nicht zur Debatte. Ich dachte: Das war jetzt auch nicht mein erster Gedanke. Gleich so konkret. Können wir nicht erst mal locker loslegen. Danach war ich wieder lange still. Sehr lange und sehr still. Sie fragte dann, ob ich jetzt überhaupt mit ihr tanzen könne. Ich: „Ja. Und du?“ – „Ja schon.“

Später hat sie erzählt, dass sie beim Tanzen erst einmal sehr sehr verlegen war, ist ja auch eine skurrile Situation: Sie gesteht mir ihre Liebe, und dann soll sie mir Tanzen beibringen. Später habe sich die Verlegenheit aber gelegt. Großartiger Job. Hat sie aber gut gemacht. Haben wir gut hingekriegt. Auch ich war natürlich herausgefordert. Wollte eigentlich Tanzen lernen und habe mir die ganze Zeit die Person angucken müssen, die mir gerade ihre Liebe gestanden hatte. Dann war es aber sehr nett. Ich wollte tanzen, und wir haben getanzt, und ich war sehr glücklich darüber.

Es haben sich tausend Sachen in Hirn und Herz bewegt an diesem Abend. Auf der Rückfahrt war ich wieder sehr still. Dann hat sich wieder alles Mögliche in mir abgespielt. Krasse Sache. Ich sehne mich so nach Partnerschaft und denke, es ist so schwierig, dahin zu kommen, denn wer lässt sich auf mein krasses Leben ein. Wo will jemand auch nur einen einzigen Fuß bei uns auf den Boden kriegen bei der engen Taktung, die bei uns zu Hause läuft, und den Herausforderungen. Habe ich überhaupt Zeit für eine Beziehung – das hatte ich mich in der Zeit vorher immer gefragt –, aber ich sehne mich trotzdem und wackele mir da einen ab auf Tinder, und dann ist da schon jemand. Die ist da, die liebt meine Kinder, und meine Kinder lieben die, und ich fühle mich total wohl und gelassen und habe überhaupt nicht dieses Ungenügendsein-Ding, sondern fühle mich voll genommen, wie ich bin, habe Unterstützung, Wertschätzung, Gesellschaft, habe eine Tanzpartnerin und so. Da ist so viel. Und ich dachte, wow. Ich habe es gar nicht gemerkt bzw. hätte es nie so eingeordnet. Ich dachte, das, wonach ich mich gesehnt habe und wovon ich annahm, es sei unerreichbar, das ist schon da. Und dann kam Britta und uns zugute, dass mir vor vielen, vielen Jahren meine Schwester aus ihrem WG-Leben mal erzählt hatte, wie ihre Mitbewohnerin von einer Freundin auch ihre Liebe gestanden bekommen hatte. Und die haben dann ein Gespräch geführt, etwa so: Die eine sagt, dass sie die andere liebt. Die andere: „Aber ich steh doch nicht auf Frauen!“ Und die Erste sagt: „Du sollst ja nicht auf Frauen stehen, sondern auf mich!“ Und dann haben sie sich geküsst und waren ein Paar. Ich hatte das schon seit vielen Jahren abgespeichert, und es kam mir da, im Auto, in den Sinn. Ich dachte: Die Runde können wir uns sparen, hier ist eine ganz konkrete Anfrage. Wow! Hätte ich nicht gedacht, dass ich mal in die Situation komme. Wie finde ich denn das? Britta, keine Person nach der ich mich auf der Straße umsehen würde. Aber ist das das Wesentliche in einer Beziehung? Nein! Da war etwas, das ich schon oft gedacht hatte: dass dieses zweckmäßige Sich-Zusammentun, weil es eine gemeinsame Basis gibt, gut funktionieren kann, ohne dieses große Leidenschaftsthema. Wenn ich das äußerte, fanden mich schon viele Leute skurril. Ich dachte immer: Nee, ich will mich nicht verlieben. Ich will eine Partnerschaft. Dann habe ich das durchgespielt. Sie fuhr. Ich schwieg. Wenn ich mich darauf einlasse: Kann ich das? Will ich das? Wie lebe ich das, wenn ich mich darauf einlasse? Mit den Kindern? Und mit meinem Ex? In dem kleinen Winzerdörfchen? Und in meiner Freiberuflichkeit, wo ich zu 99,99 Prozent nur mit Frauen und Mädchen zusammenarbeite? Von denen ich teilweise weiß, dass sie extra zu mir kommen, weil sie anderswo unangenehm berührt waren vom Verhalten männlicher Trainer? Fühlen sie sich dann bei mir immer noch sicher, wenn sie wissen, dass ich auf eine Frau stehe? Wie beeinflusst es meine berufliche Situation? Wie blicken Leute dann auf mich? Habe das schon in voller Breite gedacht und gefühlt und dachte, was für ein Stress! Mein Gott! Stress mich doch nicht so! Britta sagte ja nichts. Und was sind die wesentlichen Argumente? Und kam dann an den Punkt, dass ich es eigentlich nur noch als Geschenk sehen konnte. Stunden später. Da waren wir fast schon wieder an dem Parkplatz nahe des Hauses von Britta. Da war ich an dem Punkt, an dem ich dachte: Wow, was für ein Geschenk! Und sie angeguckt habe. Und mit Flügeln habe sitzen sehen. Ich habe immer wieder dieses Bild aus dem Film „Wie im Himmel" mit einem Chor aus Skandinavien im Kopf. Ein Mädchen in dem Film erzählt, dass es oft übt, sich Menschen mit Flügeln, als Engel vorzustellen. In diese Situation kam ich nun. Guck mal, wer da angeflattert kommt. Meine Sehnsuchtserfüllungen. Ich müsste nur über diesen und jenen Schatten springen. Einfach da, wundervoll, alles, wonach ich mich gesehnt habe. Ich muss jetzt nur noch Ja sagen. Aber das ist ja auch nicht einfach. Werde ich mich darauf einlassen können? Auch, was Sexuelles angeht? Hilfe! Hilfe! Es blieb nur noch diese Frage: Will ich mich echt trauen, das anzugehen mit ungewissem Ausgang?

Sie hatte das Radio an, bis dahin hatte ich das gar nicht wahrgenommen, und da kam in diesem Moment ein Lied, was seither für mich und Britta unsere Hymne ist. Eine Megaliebeslied, was mir in dem Moment nicht klar war. Ach, was für ein schönes Lied!, dachte ich. Wir waren beide mit unserem Auto zu dem Platz gefahren, wo wir vor dem Tanzen die Veranstaltung besucht hatten, und dann waren wir zum Parkplatz unterhalb ihres Hauses gefahren, ich hatte mein Auto stehengelassen. Wir waren mit ihrem weitergefahren. Unser Plan war ja gewesen, sie fährt mich dann wieder zu meinem Auto, und ich fahre nach Hause. Und ich habe exakt an der Kreuzung gesagt: „Kannst du mal anhalten?" Letzte Abzweigmöglichkeit. Und sie in ihrer klassisch pampigen Art: „Äh. Hier?" – „Ja. Genau da." Sie: „Und jetzt? Jetzt stehen wir hier, und es regnet aufs Dach." Und ich dachte, du bist so romantisch! Danke, dass du es mir so leichtmachst. Blöde Kuh. Trampeltier. Und dann habe ich gesagt: „Wenn es jetzt nur um uns zwei gehen würde, würde ich sagen, ich komme mit zu dir. Aber weil Katrin noch mit im Spiel ist und ich der nicht blöd kommen will, musst du mich wohl zu meinem Auto bringen." Was eine sehr schwammige Aussage war. Ich glaube, damit wollte ich bewirken, dass die Verantwortung bei ihr bleibt. Für alles Weitere. Und da hat sie gesagt, sie will das nicht, und hat ihre Hand nach mir ausgestreckt, und ich habe mein Köpfchen in ihre Hand geschmiegt.

Wir hatten Flitterwoche. Da Katrin eine Woche nicht da war und ich eine Woche kinderfrei hatte, was selten genug vorkommt. Wir hatten nie zuvor und nie danach so viel Zeit miteinander. Sie hatte sturmfreie Bude und ich auch, weitestgehend. Mein Großer war da. Das war sehr intensiv. Auch die Sexualität. Sofort. In der Woche habe ich schon irgendwann dem Großen Bescheid gesagt. Ich hatte ihm angeboten, ihn von seiner Theaterprobe abzuholen. Das mache ich normalerweise nicht, es fährt ja ein Zug. Deswegen hat er gefragt, wo ich herkomme. Ich habe geantwortet: „Ich war bei der Britta. Wir haben sauniert. Die haben nämlich eine Sauna. Überhaupt ein sehr nobles Haus." Weil ich mich schon in der ganzen Woche immer mit Britta verabredete hatte, dachte ich, ich muss mal einen Spruch fallen lassen, um ihn nicht völlig in der Luft hängen zu lassen, und habe gemeint: „Britta ist in mich verliebt." So war das für mich in der Woche noch, so herum. Er: „Oh. Und wie positionierst du dich dazu?" Ich habe gesagt: „Ich habe mich jetzt mal darauf eingelassen. Wenn dich das verstört, Lukas, kann ich das bestens verstehen, denn mich verstört es auch. Sehr! Wenn du irgendwas dazu sagen oder fragen willst, sag's, ansonsten würde ich dich mit dem Thema erst mal in Ruhe lassen." Und der hat nie was gefragt oder gesagt.
Was ich bis dahin nur als an der Uni diskutierten Begriff kannte, Heteronormativität, bekam jetzt eine ganz andere Dimension. Wir sind zum Beispiel Eislaufen gegangen. In der Ecke hängt eine Werbung von irgendeinem Sanitärfritzen. Da ist ein Pärchen unter der Dusche. Mann und Frau. Ich hätte das sonst als selbstverständlich hingenommen. Aber nun stand ich da und dachte: Warum eigentlich? Was für eine Macht. Überall ist das sichtbar. Wahnsinn. Jetzt, ein Dreivierteljahr nach dem Beginn, denke ich nicht mehr so oft darüber nach. Aber am Anfang war ich mega-beschäftigt damit, alles umzudenken. Es war eine Weltsichtweitung-Explosion. Alles neu!
Ein paar Wochen später habe ich den Großen noch mal gefragt, wie es ihm damit geht. „Och, ich denke da nicht so viel drüber nach." Ich glaube, dass diese Generation einen anderen Umgang damit hat. Er macht sehr deutlich, dass Britta Familienmitglied ist. Er hat mich mal für irgendetwas gerügt, als ich sie seiner Sicht nach nicht angemessen behandelt habe. Bei den Kleinen dachte ich, ich muss erst mal nichts kommentieren, sie erleben es einfach, dass Britta mit da ist. Ich muss ja nicht gleich vor ihnen mit ihr knutschen. Irgendwann hatte ich das Gefühl, ich will was sagen neben dem, was sie wahrnehmen, und habe gesagt: „Britta und ich sind verliebt." Mein Kleiner hat an dem Abend nichts dazu gesagt, aber Mia meinte: „Hä? Ihr seid doch nicht Mann und Frau." Ich sagte: „Das ändert nichts." Dann war sie kurz still, und dann hat sie gesagt: „Ich dachte, du und die Nicole." Ich fand das unglaublich lustig. Damit war das dann auch gegessen. Und Noah hat erst viel später mal einen Satz fallen lassen. Wir waren von irgendwas zurückgekommen, standen an der Garderobe und hatten die Jacken schon ausgezogen und haben uns umarmt, und dann hat er seine Jacke auch ausgezogen und nebenbei gesagt: „Jetzt passt's, Mama. Der Papa hat die Anja, und du hast die Britta." Zum Knutschen! Später hat er Britta Liebesbriefe geschrieben.
Britta fand, dass ich sehr verliebt war. Als ob ich selbst gar nicht realisieren würde, wie schlimm ich verliebt wäre. Was ist die Grenze zwischen Freundschaft, Verliebtsein, Liebe, Sexualität? Wenn ich an „verliebt" denke, dann denke ich mich ungebunden, mein Bild von „Verliebtsein" ist, für jemanden schwärmen, an den ich gar nicht rankommen kann. Aber Britta und ich waren ja schon vollständig verflochten miteinander. Wir wollen nicht gerne lange ohne die andere sein, freuen uns, wenn sie da ist, so ist es jetzt, ich bin wahnsinnig froh, dass sie da ist, dass wir zusammen sind.
Es gab Gedanken: Auf was für eine bekloppte Situation lasse ich mich hier ein, so sehe ich mich gar nicht, ich möchte gerne fein zu zweit sein … dachte dann, aber gut, wenn Britta sagt, dass Katrin und sie anders zusammen sind, dann soll uns das nicht im Weg stehen. Britta vermutet, dass es für Katrin auch passt. Ich habe wenig direkten Kontakt zu Katrin. Ich höre nur von Britta, grundsätzlich weiß ich, dass ich mich auf ihr Wort verlassen kann, aber grundsätzlich ist es natürlich blöd, über jemand Dritten von jemandem zu hören. Deswegen kann ich nicht wirklich etwas dazu sagen, wie es Katrin jetzt geht, aber hatte durch Brittas Vermittlung den Eindruck, dass ihr sehr daran gelegen ist, dass es für Katrin auch gut bleibt. Oder besser wird. Und dass sie

auch Katrin nicht fallen lassen möchte, sondern weiter für sie da sein. Dass es immer so war bei ihren Beziehungen, dass sie gute Freundin ihrer ehemaligen Partnerinnen geblieben ist, dass ihr das ganz wichtig ist. Da habe ich mich schon gefragt, wie soll das werden, kann ich das, will ich das, wie soll das denn gehen, kann sie das, kann Katrin das?
In unserer ersten Woche war klar, am Wochenende kommt Katrin zurück. Und dann haben die beiden etwas vor miteinander. Für mich bedeutete dieses Einlassen am Anfang erst mal: Ich gucke, wie es ist, ich verspreche niemandem etwas. Das ist ein bisschen geblieben. Doch das Herz läuft mir davon. Das war ganz schnell ganz treu gebunden. Aber wenn ich darüber nachdenke und abstrahiere und die Kopfebene einschalte, dann denke ich, es ist ein wildes Konstrukt. Mal sehen, wohin das führt. Dazu kann ich jetzt noch nichts sagen, nichts versprechen. Grundsätzlich habe ich mich mein Leben lang nicht anders als treu erlebt. Daran kann man, glaube ich, mein Verliebtsein doch festmachen. Dass mich am Anfang bekümmert hat zu denken: Wir werden nie zusammenwohnen. Sie sagte auch, das sei nicht aktuell, was später wird, das werden wir sehen. Und dass mir das ein Kummer war, ist Verliebtheit. Dieser Enthusiasmus: Komm, wir machen alles zusammen, wir ziehen zusammen.

Aber wir sind uns eigentlich beide ziemlich im Klaren darüber gewesen, dass wir nicht gut darin sind, mit jemandem zusammenzuwohnen. Dass ich durchdrehen würde, zumindest in meiner aktuellen Lebensphase. So haben wir momentan einen Deal. Wir sehen uns nur zwei Abende in der Woche und am Wochenende, weil mir sonst alles auf den Wecker geht, was mit ihr gar nichts zu tun hat, sondern damit, dass ich eine zu hohe Beziehungsdichte habe. Doch am Anfang hat mich das schon beschäftigt. Wenn ich jetzt mal überraschend frei habe, kinderfrei zum Beispiel, kann ich sie nicht einfach besuchen gehen und sie überraschen zu jeder Tages- und Nachtzeit, sodass sie sich freuen würde. Das ist mir ein Schmerz. Das finde ich blöd, traurig, scheiße.

Ich fand es mutig und stark, dass sie allen Freundinnen mitgeteilt haben, dass sie und Katrin nicht mehr ein Paar sind. Das hat mir den Einstieg in ihre Szene erleichtert. Einmal hat Britta bei sich einen Filmabend gemacht, bei dem auch Katrin dabei war. Es war ausgemacht, dass ich dort übernachte, weil Katrin ursprünglich nicht da sein wollte. Dann war sie aber doch da. Britta ging davon aus, dass ich trotzdem übernachten würde. Nee, das war mir wirklich zu schräg. Ich will Britta besuchen und nicht Katrin. Wenn ich schon bei Britta sein kann, was selten genug vorkommt, weil ich nun mal die Kinder zu Hause habe, dann will ich mit ihr machen können, was ich will. Werde ich mit ihr Sex haben, wenn Katrin im Zimmer darüber ist? Nein! Will ich mir an dem Abend Sex verkneifen? Nein! Wie muss ich mich dann in dem Haus verhalten? Ich habe zu Katrin nur einmal alleine Kontakt gehabt. Am Anfang haben wir uns getroffen und sind ein Dreiviertelstündchen spazieren gegangen. Danach haben wir uns ein-, zweimal zwischen Tür und Angel gesehen oder waren zusammen auf Veranstaltungen. Und dann sitze ich da und will eigentlich einen gemütlichen Pärchenabend und muss mich nun positionieren. Nee!, dachte ich, vergesst das einfach. Da war Britta sehr traurig, weil sie sich über Katrins Offenheit, dass sie kein Problem damit hätte, wenn ich übernachte, gefreut hatte. „Danke, ist nett, aber ohne mich!" Dann ist Britta mit zu mir gekommen. Die Nacht war sehr schön.

Einmal gab es einen Abend, als ich überraschend kinderfrei hatte: Anna ist ohne Kinder. Was fällt ihr ein? Anna will zu Britta. Ich fände es manchmal schön, wenn ich einfach zu ihr sausen könnte. Was macht Britta? Geht essen mit Katrin. Na super! Das wusste ich noch nicht. Ich stand vor dem Haus, habe sie angerufen, he Britta, ich bin kinderfrei, was machst du so? Da heißt es nicht: „Wir sind essen, komm doch dazu", sondern „Ich bin essen mit Katrin." Meine Enttäuschung hat Britta am Telefon sofort gemerkt. Sie sagte dann natürlich nicht: „Macht's gut, meine Süße ist frei, ich bin dann mal weg!" Sondern es ist dann so, dass sie Katrin noch nach Hause bringt, dass sie versucht, alles schön in die richtigen Bahnen zu lenken – aber dann schon so schnell wie möglich zu mir kommt.

Wir sprechen schon über den Sommerurlaub im nächsten Jahr. Wenn ich Zweifel habe, wie es weitergeht, hat es mit dem Dreierding weniger zu tun. Sondern mit Sachen wie Brittas Kauzigkeit, die mir manchmal auf den Wecker geht. Alle kriegen natürlich große Ohren, wenn sie hören, dass ich mit einer Frau zusammen bin, und nicht nur mit einer Frau, sondern mit einer 21 Jahre älteren, die mit einer anderen Frau verheiratet ist. Eine Freundin hat gefragt: „Wie geht das denn?" Ich habe viele grundsätzliche Verpflichtungen, aber auf eine Art kann ich mir meine Zeit auch frei einteilen. Ich habe viele Projekte an Land gezogen und bin wahnsinnig verbindlich, aber bis auf die festen Unterrichts- und Vorlesungszeiten kann ich mir aus dem schrecklich vielen, was zu tun ist, aussuchen, wann ich mich welcher Sache widme, und kann selber entscheiden, auf welche Termine ich meine Workshops lege und kann das auch ändern, wenn ich das unbedingt möchte. Und Britta ist sowieso ganz frei. Das ist auch noch eine ganz besondere Situation, dass sie so gut wie nicht berufstätig ist und völlig frei über ihre Zeit verfügen kann. Ich finde, dass uns viel Freiraum gegeben ist und dass es an irgendeiner Stelle auch gut ist, dass es Katrin gibt und Britta von ihrer Seite auch eingeschränkt ist und wir von außen auch mal Grenzen auferlegt bekommen. So hat sich das damals für mich angefühlt, es ist jetzt schon wieder ein bisschen anders. Tatsächlich würde ich aber auch sagen: Es entlastet mich ein bisschen, weil ich sonst vielleicht oft ein schlechtes Gewissen haben würde der Partnerschaft gegenüber. Ich fürchtete immer, ich könnte jemand anderen gar nicht bedienen, weil ich keine Kapazitäten habe. Und so bin ich auch froh, dass sie dort im Haus und von Katrin gebraucht wird, oder denkt, dass sie dort gebraucht wird und sich verbindlich zeigen möchte. Wenn sie schon keine feste Arbeit hat und keine Kinder, fühlt sie sich Katrin verpflichtet. Das Gefälle ist immer noch so, dass ich diejenige bin, die sagt, nee, heute nicht, ich muss alleine sein.

Wie es mit dem Sex für mich war, das erste Mal mit einer Frau, dazu kann ich auch etwas erzählen. Britta war in der ersten Nacht sehr vor den Kopf gestoßen, als ich sagte: „Wow, ich kann gar nicht schwanger werden. Was ein Spaß! Das finde ich richtig gut." Da hat sie hinterher mal gesagt: „Toll, ich bin hier megaverliebt, und jetzt verkomme ich zur Verhütungsmethode." Ich bin sehr fruchtbar und war sehr erleichtert. Auch das war einer der Punkte, die mich im Vorfeld einer möglichen Beziehung beschäftigt haben. Ich liebe Sex. Ich möchte keine Kinder mehr. Ich bin nicht bereit, die Pille zu nehmen. Ich habe noch viele fruchtbare Jahre vor mir. Immer mit Kondom. Bei langen Partnerschaften macht man das ja nicht mehr. Scheiße! Und dann dachte ich, o ja, hat sich gelohnt, der Schritt. Es war mir auch eine Genugtuung beim letzten Frauenarzttermin der Ärztin auf die Verhütungsfrage zu antworten: Ich bin mit einer Frau zusammen. Und das Grinsen der Frauenärztin zu sehen. Unser Sex ist wunderbar, für mich auf jeden Fall. Ich hoffe, es geht ihr auch gut. Vergleichen mit Männern würde ich gar nicht, es ist einfach gut, es ist anders, aber gut. Es war anfangs schwieriger, mich auf meine Aktivität einzulassen, als ihre zuzulassen. Als ich mit Sex begonnen hatte, mit Männern, war es, wie soll ich sagen, gleicher, gleich unsicher, ich hatte mit Gleichaltrigen begonnen. Beide hatten gleich wenige Erfahrungen. Jetzt bin ich mit einer Frau zusammen, die mit Frauen sehr viel Erfahrung hat, während ich gar keine Erfahrung habe. Ja, Orgasmen habe ich viele. Hatte ich auch früher. Männer sind halt weggepennt, wenn sie gekommen sind. Britta braucht länger zum Orgasmus. Ich war ja auch früher nicht sonderlich aktiv und bin es eigentlich noch immer wenig. Ich habe irgendwann mal den Spruch fallen lassen: „Unter drei Orgasmen komme ich hier ja sowieso nicht aus dem Bett.“ Und jetzt würde ich schon sagen, meine sind unzählbar, sie zeigt eine größere Ausdauer, als ich das von Männern gewohnt war. Dann wollten die ja auch ihren Teil, und dann war fertig. Britta hingegen hat so viel Vergnügen daran, mich zu befriedigen, dass ich vor mich hinschwelgen kann. Aber ich verliere auch Hemmungen. Zum Beispiel die Hemmung, ihre Brust

zu berühren. Das als neues Element in diesem Spiel zu entdecken und festzustellen, ich mag dieses Körperteil sehr gerne. Ich mag sehr gerne ihre Brust berühren, mein neues Lieblingskörperteil! Dahin zu kommen, das war ein Weg. Vorher war es gänzlich schamvoll für mich anzufangen, sie zu berühren. Dann hatte sie auch große Scham, sie sagte oft über sich: „Oh, ich bin schwierig.“ Weil sie nicht wollte, dass ich mich schlecht fühle und denke, dass ich Sex mit Frauen nicht kann, weil ich sie nicht zum Orgasmus bringe. Das sei schon immer so gewesen, sagte sie, „und eigentlich geht es fast nur, wenn ich es selber mache. Lass mal gut sein, ist halt bei mir so.“ In der Beziehung mit meinem Mann war Sex der letzte geschützte Bereich, wo es noch irgendwie gut war mit ihm, und da hat er zuletzt moniert, dass ich zu passiv wäre. Darum ist das bei mir mit Ängsten belegt. Das beschäftigt mich auch aktuell, ich frage mich, ob alles im Lot ist, wenn ich einfach nur genieße und auf den Moment warte, wo mir wirklich danach ist, aktiv zu werden und nicht zu denken: Jetzt musst du aber auch mal wieder und so. Das ist scheiße, so zu denken, trotzdem beschäftigt mich, ob es für sie zu lange war, bis dieser Moment kam, dass ich selbst aktiv wurde. Unser Sex ist so, dass verschiedene Sachen schon klar sind und es genauso ab und zu Überraschungen gibt. Es gibt diese Nächte, wo es mich überkommt und ich über sie herfalle, aber sie sind selten, vergleichsweise zu den anderen Nächten. Aber ich denke, diese Nächte will ich annehmen, auf die will ich warten und es genießen, alles andere ist blöd.

Die Erste, der ich von Britta erzählt habe, war die Schwester, die mir am nächsten steht. Sie reagierte mit großer Offenheit und Freude: „Alles bestens, Anna, ich freue mich so, dass du jemanden gefunden hast, die dich liebt und von der du dich geliebt fühlst!“ Und die nächstenge Schwester reagierte so: „Oh, krass, okay.“ Aber sie war so süß und kam relativ bald danach zu mir zu Besuch zum Schwesternwochenende. Ich habe drei Schwestern und einen Bruder. Meine Geschwister sind alle älter als ich. Diese ist 14 Jahre älter und wurde immer für meine Mutter gehalten. Britta ist 21 Jahre älter, der Altersabstand zwischen Britta und mir ist so groß wie zwischen mir und meinem Sohn. Die Rolle passt ihr gar nicht, und das finde ich so lustig, was sie für einen Altersfilm schiebt. Als sie zum ersten

Mal zum Kinderabholen mitgekommen ist, hat sofort der Freund von Noah gefragt: „Wer ist das? Deine Oma?" Ich liebe Omas. Sie hat damit ein Problem. „Ich freue mich drauf, selbst Oma zu werden." – „Lass die Kommentare! Ich färbe mir die Haare!" Durch die Kinder ist sie massiv damit konfrontiert worden.
Diese Schwester, die für meine Mutter gehalten wurde, als ich klein war, hatte immer einen Beschützerinstinkt für mich und hat sich um mich gesorgt. Sie sagte in etwa, jetzt könne sie aufhören, sich zu sorgen, jetzt sei ich in guten Händen. Sehr süß! Vorher war ich ja schon in zwei Beziehungen gewesen, ich bin 37, doch so hatte sie es vorher nie gesagt.
Zu meiner ältesten Schwester habe ich das am wenigsten enge emotionale Verhältnis. Der habe ich es gesagt, als wir bei einem Projekt zusammengearbeitet haben und weil ich nicht wollte, dass sie es erst an dem Festivalwochenende erfährt. Aber mit ihr hatte ich weiter keinen Austausch zugelassen, nur die reine Information.

Und für meine Eltern haben wir ein Knutsch-Selfie gemacht. Britta hat aus orangenem Papier ein Herzchen ausgeschnitten. So habe ich es ihnen geschrieben und auch hineingeschrieben: Das Bild, damit auch keine Missverständnisse aufkommen. Das fanden sowohl Lukas, mein großer Sohn, wie auch Britta hochkonfrontativ und hätten es nicht so gemacht. Aber so bin ich. Ich wollte, dass die Sachlage klar ist. Meine Eltern waren natürlich überfordert. Aus dem Urlaub habe ich sie dann angerufen. Ich hatte es vor dem Urlaub abgeschickt, es war keine Reaktion gekommen. Meine Mutter ging ans Telefon, sagte: „Ach, Anna-Maria, das ist aber schön, dass du zurückrufst." Ich: „Wieso. Ich rufe nicht zurück, ich rufe einfach so an." – „Ach, wir haben dir auf den Anrufbeantworter gesprochen." Es ging um meinen Geburtstag. Und welchen Kuchen sie mitbringen soll. Und sie redete und redete, und ich dachte: „Hallo? Kuchen! Nein, anderes Thema." Irgendwann: „Und wieso hast du jetzt eigentlich angerufen, wenn du sagst, du hast nicht zurückgerufen." – „Äh, ich habe doch so eine Karte geschrieben." – „Na, was soll ich denn jetzt dazu sagen. Wir haben doch ooch nichts dazu zu sagen." (Alles in Hochsächsisch.) „Haben wir da das Recht, uns einzumischen?" – „Nee, aber

du könntest doch irgendwie Bezug nehmen." – „Na, wir war'n natürlich sehr … überrascht. Das hätten wir nicht gedacht." – „Mutti, ich auch nicht." – „Nee, das musste nu selber wissen." – „Hast du Fragen, möchtest du …?" – „Nee!" Aber dann kamen wir doch ins Reden. Ich fragte irgendwann, ob sie das denn im Nahfeld schon mal irgendwo hatten. „Nee, mit einer Frau nicht." Aber der Sohn von einem Arbeitskollegen war mit einem anderen Mann zusammen gewesen. Dann kam dieses Festival, sie waren mit und haben Britta kennengelernt. Sie waren – zahm. Und von dem Setting mit Katrin habe ich denen nichts erzählt. Das wäre zu viel. Das spielt echt keine Rolle.
Eine der Zirkusfreundinnen sagte auch: „Ja, krass." Aber für sie war spannender, etwas darüber zu erfahren, wie das ist: Ich mit einer 21 Jahre Älteren zusammen, auf die ich nicht aus Attraktivitätsgründen aufmerksam geworden bin. „Wie funktioniert denn das? Hält so was auf die Dauer? Wenn das nicht in erster Linie erotisch motiviert war?" Meine Reaktion war: Vielleicht ist es etwas, was genau aus diesen Gründen besser funktioniert als kurzzeitige Attraktion.

Ich habe auch sehr bewusst ausgewählt, wem ich was sage. Zu dem Setting mit Katrin sagen alle,

denen ich es erzählt habe, ist zwar ein krasses Setting, aber wenn es für euch funktioniert, ist es ja gut. Interessant war auch, es dem Kindsvater zu erzählen. Dem von dem Großen habe ich es gar nicht erzählt, zu dem habe ich wenig Kontakt, aber dem von den beiden Kleinen. Dem Papa von Mia und Noah habe ich es ziemlich zügig geschrieben, weil ich wollte, dass er nicht den Kindern ihre Wahrnehmung ausredet, falls die irgendetwas erzählen und er es nicht glauben kann. Ich schrieb: „Es gibt Neuigkeiten. Auch ich bin wieder liiert. Mit einer 21 Jahre älteren Frau aus der Schweiz. Ich wünsche gutes Verdauen."
Britta: „Musste dieser Satz sein. Das schafft doch nur böses Blut." Ich: „Das kam wirklich von Herzen." Ich stellte mir vor, andersherum, also er mit einem 21 Jahre älteren Mann, daran hätte ich ganz schön zu knabbern. Ich wollte zum Ausdruck bringen: Ich verstehe, wenn es für dich nicht ganz einfach ist. Und es kam auch so an, war okay. Dann hat mir die Frau, mit der er zusammen war (sie ist die Klassenlehrerein der Kinder, auch eine interessante Konstellation), als Erste geschrieben, dass sie sich doch wieder von ihm trennt. Ich dachte, muss das sein, dass sie mir das mitteilt. Wir haben etwas gewhatsappt, und da sagte sie, dass den Kindern rausgerutscht sei, dass Britta ja verheiratet ist. Ich: „Das ist ihnen nicht herausgerutscht, das ist kein Geheimnis, darüber dürfen sie sprechen." Und dann schrieb sie, dass das für Frank, meinen Ex, gar nicht gegangen sei. Und meine Lieblingsschwester dazu: „Ach für Frank geht gar nichts." Mein Ex und ich haben uns nie direkt miteinander ausgetauscht.

Die größten Ängste hatte ich im beruflichen Kontext, auch im kirchlichen Kontext, in dem ich ja auch arbeite, nicht wegen Frau, sondern wegen der Konstellation zu dritt, dass ich nun moralisch unten durch sei. Einer aus dem beruflichen Kontext erzählte ich es. Die Leute checken es ja nicht von selbst. Auf dem Festival kam eine und fragte Britta: „Und wieso kommst du eigentlich mit?" Britta hat daraufhin gescherzt: „Ich bin das Groupie." Ich sagte: „Wir sind ein Paar." Britta und ich hatten uns gewundert, warum an diesem Tag keine Reaktion kam und auch sonst nie Bezug genommen wurde. Bald darauf war eine Probe und Britta kam wieder mit. Dieselbe Frau fragte Britta wieder: „Und wieso bist du mit?" Letztens fragte sie mich: „Und Britta ist deine Beraterin oder wie?". Unfassbar, ich gab zurück: „Marion, bei dem ersten Treffen haben wir euch gesagt, dass wir ein Paar sind." Sie hatte es nicht realisieren können. Sie sagte: „Keiner von uns wusste ..." Ich: „Hä? Aber wir haben es euch doch gesagt." Wahnsinn. Schließlich sagte sie: „Aber ist Britta nicht verheiratet?" Endlich, am Ende des Gesprächs, aber äußerte sie: „Freut mich für dich. Dass du jemanden hast."

Zu diesem Dreierding. Katrin und ich hatten dieses eine Gespräch zu zweit auf dem Spaziergang. Da war die Liebe zwischen Britta und Katrin sehr spürbar. Eine Liebe, die mir nichts wegnimmt. Was sie für eine Fürsorge füreinander haben, was für eine Wertschätzung. Was für ein Achtgeben aufeinander. Wie gerne sie gut füreinander da sein wollen. Wie viel die andere jeweils bedeutet. Das ist sehr spürbar gewesen, und es war schön zu sehen, die haben sich gern, die wollen, dass es der anderen gut geht, das nimmt mir nichts weg. Ich könnte es nicht ertragen, wenn ich wüsste, dass da auch Sexualität im Spiel ist. Das könnte ich mir nicht vorstellen. Britta sagt, dass sie Katrin manchmal abends noch in den Arm nimmt. Aber wie sie es beschreibt, macht es mir nichts aus, es ist eine freundschaftliche Handlung, dann ist das gut. Dann steigert es meine Liebe zu Britta, weil ich sie so süß und fürsorglich finde.

Laura Pérez Vernetti

Sophie Herrndorf
Zu dritt

Der Himmel war blau, und es wehte ein kräftiger Wind, der die Regenbogenfahnen flattern ließ und die Plakate ihren Trägerinnen fast aus der Hand riss – bestes Demowetter. Ich schaute mich neugierig um. Die Gesichter der Frauen strahlten mit der Sonne um die Wette – stolz wirkten sie. Der Dyke*March hatte viele Kölner Lesben zusammengetrommelt, und die bunte Schar zog fröhlich schnatternd durch die Einkaufsmeile Richtung Neumarkt. Ich ließ mich treiben. Ich war neu in der Stadt, hatte zwar schon ein paar Kontakte zu Arbeitskolleginnen und zu einer Nachbarin geknüpft, aber Lesben hatte ich nicht kennengelernt.
Plötzlich tauchte eine Frau neben mir auf und hielt mir einen Flyer unter die Nase. Ich las etwas von einem Stammtisch für „Lesben gegen Rechts" und schaute neugierig, wer mir diesen Zettel in die Hand gedrückt hatte. Die Frau war etwas kleiner als ich, kräftig, hatte kurze knallrote Haare und ein auffälliges buntes Sternen-Tattoo. Ihr Stil war eigenwillig, aber geschmackvoll, eine Mischung aus Punk und Eso. Ich merkte, wie meine Knie weich wurden, und wunderte mich nicht, dass ich sofort zusagte, beim nächsten Treffen dabei zu sein. Die Frau hieß Alex, und gemeinsam liefen wir bis zur Kundgebung, wo sie von ein paar Freundinnen begrüßt wurde und plötzlich im Getümmel verschwand.

Ich war bislang nicht in politischen Gruppen aktiv gewesen, hatte aber schon weitaus verrücktere Dinge getan, um einem Schwarm näher zu kommen. Wider Erwarten waren die Gespräche des Stammtischs interessant. Ich fühlte mich allerdings ein wenig verloren unter so vielen wortgewandten Frauen. Doch immer wieder spürte ich Alex' Blick auf mir ruhen, und jedes Mal nahm ich dann in einer Art Übersprunghandlung einen Schluck von meinem Kölsch. Nach und nach gingen die Frauen, doch Alex und ich blieben. Ich spürte die Wechselwirkung von Alkohol und Hormonen, die sich in meinem Blut ein Wettrennen lieferten. Ich schlug vor, in einen nahegelegenen kleinen Park zu gehen.

Die frische Luft tat gut und nebeneinander herzugehen auch. Unsere Arme berührten sich. Die kleinen Finger blieben aneinander hängen, und dann umschlossen sich unsere Hände. Ich spürte meinen Herzschlag überdeutlich. Alle Gedanken daran, wie ernsthaft dies sei, schob ich beiseite, drehte mich zu Alex um und küsste sie.

Dieser Abend ist nun zwei Monate her. Ich habe jeden Tag mit Alex geschrieben, auch oft telefoniert. Und wir haben uns jeden Freitag gesehen. Wir waren beim Italiener, im Kino, auf einer Lesbenparty. Die Nacht auf Samstag hat sie jede Woche bei mir verbracht, mit liebevoll-zärtlichem und hingebungsvoll-wildem Sex. Morgens gab es Croissants, Kaffee, gute Gespräche zum Frühstück und einen langen Kuss zum Abschied. Für mich stand fest: Ich wollte mehr! Doch Alex wich mir aus, ging nicht immer ans Telefon und war wirklich jeden Abend außer freitags verplant oder zu müde für ein Treffen. Am Anfang dachte ich: Sie ist eben eine vielbeschäftigte Frau. Arbeit, Freundinnen, Sport – immer verplant. Dann hatte ich Zweifel: Bindungsunfähig? Immer auf Abstand bedacht? Doch die täglichen Nachrichten und die gemeinsame Zeit passten nicht dazu. Ich erzählte meiner besten Freundin davon, und sie hörte mir lange zu, ohne mich zu unterbrechen, was sonst nicht ihre Art ist. Auch als ich fertig war, blieb sie still. Dann holte sie tief Luft und platzte heraus: „Was, wenn sie eine andere hat?“ Natürlich bestritt ich das vehement.

Und jetzt sitze ich hier. Was wenn das stimmt? Auf Nachrichten antwortet Alex immer schnell, doch zum Telefonieren nimmt sie sich Zeit. Das heißt: Wir verabreden uns zum Telefongespräch. Weil ihre Freundin dann weg ist? Sie hat immer nur Freitagabend für mich Zeit. Fährt ihre Liebste am Freitag immer zu ihren Eltern? Ich habe sie noch nie zu Hause besucht – zu viel Chaos. In Wirklichkeit das Doppelbett und die zwei Zahnbürsten in einem Becher? Auf einmal bin ich sicher. So muss es sein.
Doch was bedeutet das? Bin ich nur eine Affäre? Oder will sie mit der anderen Schluss machen? Vielleicht geht das nicht so einfach – eine gemeinsame Wohnung oder vielleicht sitzt sie im Rollstuhl und ist angewiesen auf Alex’ Hilfe.

Und wenn Alex in zwei Frauen verliebt ist? Vielleicht sind wir sehr unterschiedlich und geben ihr jeweils etwas, das die andere ihr nicht geben kann. Wo bleibe ich bei dem Spiel? Die Geheimniskrämerei tut mir gar nicht gut. Das muss aufhören. Aber dann? Polyamorie? Ich habe mich noch nie damit beschäftigt. Doch bin ich auch nicht bereit, Alex so einfach aufzugeben. Vielleicht ist eine halbe Alex besser als keine? Ich tue, was meine Generation tut, wenn sie antworten sucht: ich googele „Polyamorie". Wikipedia ist wenig hilfreich, aber auf Youtube finde ich mehrere spannende Dokus.
Danach denke ich: Eventuell hat es ja auch Vorteile für mich. In meiner letzten Beziehung habe ich mich völlig aufgegeben. Wir haben nur noch aneinandergeklebt, und einige Freundinnen habe ich dadurch verloren. Als es dann vorbei war – „Ich liebe dich einfach nicht mehr" –, wollte ich nur noch weg. Alles in Siegen war mit ihr verbunden: die Orte, Partys und Leute. An jeder Ecke dachte ich: Hier haben wir ... Deshalb meine Flucht nach Köln. Hier habe ich gelernt, gerne Zeit mit mir allein zu verbringen. Diese Zeit würde mir mit einer halben Alex nicht verloren gehen. Und schließlich hieße eine polyamouröse Beziehung, dass auch ich mich noch für andere Frauen interessieren könnte.

„Ich weiß, wir haben kein Telefondate, aber es ist wichtig. Ich muss mit dir reden!" Meine Stimme klingt offensichtlich bestimmt genug, dass Alex sofort einwilligt. Mit dem Rad bin ich schnell bei dem kleinen Park, in dem wir uns das erste Mal geküsst haben. Schon vom Eingang aus kann ich ihre roten Haare leuchten sehen. Meine Organe reagieren in der üblichen Weise, indem sie sich umeinander wirbeln und eine Runde Samba tanzen.
Obwohl so viele Gedanken mich belasten, muss ich doch lächeln, als ich zu ihr gehe. Sie gibt mir einen schnellen Kuss, ganz anders als sonst, und lässt sich auf eine Bank sinken. Ich setze mich neben sie, und auf einmal ist mein ganzer Mut geschrumpft wie ein Schneemann in der Sonne. Ich blicke über den Kinderspielplatz vor uns, der bei diesem Sommerwetter gut gefüllt ist. Wie soll ich nur anfangen?
Doch sie kommt mir zuvor: „Gut, dass du angerufen hast. Ich muss dir auch endlich etwas sagen. Ich hätte das schon längst tun sollen."

Erleichtert, dass Alex mir zuvorkommt, atme ich aus. Ich blicke sie an. Unsicherheit liegt in ihrem Gesicht. Ich nehme ihre Hände und drücke sie. Es fällt ihr schwer, und ich denke, ich sollte sagen, dass ich schon Bescheid weiß, doch ich halte mich zurück. Sie soll es selbst sagen.
Gerade setzt sie an, als ein Mädchen mit Schwung gegen sie rennt.
„Mama, gehen wir jetzt endlich Eis essen?“, ruft sie fröhlich und klettert auf Alex’ Schoß.
Die grinst verlegen und sagt: „Das wollte ich dir sagen. Meine Tochter Emma.“ Dann wendet sie sich Emma zu und klopft ihr den Sand von der Hose. „Das ist meine Freundin Helen.“
Das Mädchen kuschelt sich an sie. „Die, die du so gut findest?“
Alex schaut verlegen, nickt und fragt mich: „Lust auf ein Eis?“
Diese Beziehung zu dritt wird wohl anders, als ich es erwartet hatte.

Anne Schelzig
Minze-Orange-Kürbis

Kati stieß die feuchte Bettdecke mit Armen und Beinen von sich. Schweiß- und Schlafgeruch hüllte sie ein, vermischt mit einem Hauch von Minze-Orange. Sie strampelte noch ein paar Mal und steckte den Kopf unter die Decke. Minze-Orange, und was noch? Sie kam nicht darauf. Der Duft strömte von ihrer Nase direkt zwischen ihre Beine und breitete sich dort in einer warmen Wolke aus. Sie musste unbedingt daran denken, das Bett abzuziehen. Das Einzige, was sie und Tobias gemeinsam hatten, war eine gute Nase.
Mist. Sie schlug die Decke wieder zurück. Nackt lief sie durch den Flur ins Bad. Hatte Nicole ihr Duschgel wieder mitgenommen?
Nein. Die Flasche lag zerdrückt in der Wanne, genau wie beim letzten Mal. Diesmal war es Absicht, da war sich Kati sicher. Erst gestern hatte sie Nicole erzählt, was das für ein Drama gewesen war nach ihrem letzten Treffen. Und jetzt lag die Flasche schon wieder da, genau an derselben Stelle. Katis Herz schlug schneller. War das ein Zeichen, eine Bitte? Die Flasche war braun, mit Schraubverschluss und einem dunkelroten Schriftzug. Katis Duschgels waren rosa, hellblau oder lila, mit Blumen und Blättern drauf. Tobias hatte sie also zu Recht gefragt, woher denn diese komische halb leere Flasche kam.
Sie hatte rumgedruckst und sich innerlich auf das Schlimmste vorbereitet. *Hat mir eine Freundin geliehen. Letztens im Fitness-Studio.* Geliehen, ja klar. Und wieso sagte sie das dann nicht gleich? Sie stand schon seit gefühlt zwei Minuten mit hektisch suchendem Blick vor Tobias, da fiel eine harmlose Erklärung wohl aus. Sie wischte sich die Hände an ihren nackten Oberschenkeln ab und ging in die Hocke, um im Waschbeckenunterschrank herumzukramen, vorgeblich auf der Suche nach dem richtigen Badreiniger.
„Was ist los?“, fragte er. „Du putzt doch sonst nie. Am Sonntag, meine ich.“ Tobias lachte, aber er ließ sie nicht aus den Augen.
„Ich war am Freitag mal wieder beim Fitness, und nach dem Training, da habe ich plötzlich gemerkt, dass ...“
„Jetzt erzähl mir nicht, du hast dein Duschgel vergessen.“ Er blickte auf die pastellfarbene Ansammlung am Wannenrand. „In deiner

Sporttasche hast du doch mindestens noch mal genauso viele." Er setzte sich auf den Klodeckel und blickte auf sie herab. Er fuhr mit der Hand über seine Bartstoppeln. Die Härchen an ihren Armen stellten sich auf.

Da! Der rettende Gedanke. Sie griff nach einer Flasche Antikal und fing an, die Wanne einzusprühen.

„Also ... Das ist jetzt halt ein bisschen peinlich."

„Ach, wieso denn." Tobias stand hinter ihr, als wollte er sichergehen, dass sie kein Fleckchen ausließ.

„Also, ich war unter der Dusche, und da stand diese Flasche rum. Die sah so interessant aus, und da dachte ich, ich rieche mal dran. Ich fand, es riecht gut. Deswegen habe ich sie, na ja, mitgehen lassen."

Tobias nahm die Flasche, drückte die Luft aus der Öffnung und schnüffelte.

„Warst du in der Männerdusche oder was?" Er beugte sich herab und schwenkte die Flasche vor ihrem Gesicht.

„Ihh, nein! Was hast du denn für Vorstellungen?" Sie streckte sich und stieß mit dem Hinterkopf gegen sein Kinn.

„Aua! Pass doch auf!" Schon wieder schabte er an seinen Bartstoppeln herum. Das Geräusch war für sie genauso eklig wie Fingernägel auf Schiefertafel.

„Jetzt reg dich nicht so künstlich auf. Es ist ein Duschgel, okay?" Sie nahm ihm die Flasche aus der Hand und stopfte sie in den Badmülleimer. „Der Reiniger muss noch einwirken. Ich mache Kaffee. Willst du auch einen?" Sie öffnete die Badtür. Er fasste sie von hinten um die Hüften.

„Und was ist mit dem Waschbecken?" Er zog leicht an ihrem Pferdeschwanz und drückte seine Nase an ihren Nacken.

Sie legte den Kopf zurück und zog die Schultern hoch. Er griff ihr mit einer Hand in den Schritt. Seine Finger gruben sich in den Stoff ihrer Hotpants. Sein Glied drückte gegen ihr Steißbein. Sein Penis schien weniger empfindlich zu sein als sein Kinn.

„Aber meine Haare lässt du bitte los, ja?"

„Natürlich." Er konnte es sich nicht verkneifen, noch einmal an ihrem Zopf zu ziehen. „Aber eines ist komisch. Du riechst überhaupt nicht nach dem Zeug."

Sie seufzte. „Es ist Sonntag. Ich hab es am Freitag benutzt. Selbst du kannst das nach drei Tagen nicht mehr riechen."

„Ach, stimmt, Freitag, nachdem ich zum Seminar gefahren bin, oder?"
„Ja." Sie drehte sich um und lächelte ihn an.
„Aber gerade hast du noch gesagt, du hast nur daran gerochen und es dann mitgenommen. Die leere Flasche."
„Fast leer. Einmal habe ich noch damit geduscht. Und jetzt hör doch mal auf mit dieser Erbsenzählerei. Du bist gerade erst nach Hause gekommen. Ich will mich nicht gleich wieder streiten." Sie schlang ihre Arme um seinen Hals und drückte ihm einen Kuss auf den Mund.
Sie hatte etwas falsch gemacht, also schlief sie mit ihm, um sich wieder zu entschuldigen. Jetzt, wo sie den Vergleich hatte, kam es ihr vor, als wäre das der einzige Grund gewesen, warum sie jemals mit ihm geschlafen hatte. *Ein Paar Lippen zum blöd Labern, zwei zum Wiedergutmachen.*
Gut, am Anfang hatte sie ihn süß gefunden, hatte es genossen, dass er sich um sie kümmerte, und, wenn sie ehrlich war, schon die bloße Tatsache, einen Freund zu haben, war immer eine Erleichterung gewesen. Sex mit ihm war normal, hatte sie gedacht. Stand nicht in jedem zweiten Lifestyle-Magazin, dass Frauen es schwerer hatten, beim Sex etwas zu empfinden? Manche Frauen brauchten eben länger, um sich fallen zu lassen. Sie las, Tobias recherchierte im Internet, und manchmal sahen sie sich seine Netzfunde gemeinsam an. Er war auch keiner von denen, die das danach unbedingt nachspielen wollten. Er fragte immer, was sie sich denn wünschte. Sie zitierte diese oder jene Anleitung aus einem ihrer Ratgeber, von der sie glaubte, dass sie, mit ein bisschen Übung, zum gewünschten Ergebnis führen würde. Das war dann auch meistens so. Wenn nicht, verwies sie ihn darauf, dass es ja noch andere wichtige Dinge im Leben gebe. Man musste ja nicht immer kommen, gerade als Frau, oder? Natürlich nicht, sagte er dann und blieb nackt auf der Bettkante sitzen. Das verstand sie auch irgendwie. Es war ja nicht seine Schuld, dass sie sich ein bisschen schwertat. Er drückte nie ihren Kopf herunter oder fasste sie sonst wie grob an. Sie sah es als Liebesdienst. Schließlich bezahlte er auch mehr Miete und lud sie freitags manchmal zum Essen ein, bevor er über das Wochenende zu seinen Präsenzseminaren von der Fernuni fuhr.
Das war gemein von ihr. Sie hatte ihn sich ausgesucht. Und bis vor sechs Monaten war sie gar nicht auf die Idee gekommen, das,

was sie für ihn empfand, könne etwas anderes als Alltag gewordene Liebe sein.
Aber war sie jetzt nicht viel zu alt, um noch mal umzuschwenken? Was, wenn Nicole nur mit ihr schlief, weil sie dachte, sie sei eine von diesen gelangweilten Hausfrauen, die mal ein bisschen mit einer Lesbe rummachen wollten? Schleppte ihre halbleeren Flaschen hier an und ließ sie dann den Müll wegräumen. Und ob Kati dadurch Stress bekam, war ihr auch scheißegal. Zeichen, Bitte. So ein Blödsinn. Nicole war einfach nur genauso mackerhaft wie Tobias. Wenn nicht sogar schlimmer. Wenn man bei jemandem zu Besuch war, räumte man doch wenigstens hinterher seinen Müll weg, oder? Kati holte die Flasche aus der Wanne und wickelte sie in eine der kleinen Mülltüten aus dem Badschrank. Und für so eine sollte sie ihr Leben umkrempeln? Die das nicht mal wollte, weil sie eigentlich eine richtige Freundin hatte? Hundertprozentig war das so. Mitbewohnerin, ja klar. Wieso log man bei so was überhaupt noch rum, wenn man sowieso schon offen lesbisch war? Und wohin jetzt mit dieser blöden Flasche? Sie schmiss sie in den Badmülleimer. Da traute sich Tobias sowieso nicht ran. Und wenn doch, war es ihr auch egal. Trotzdem. Vorsichtshalber wühlte sie in der Mülltüte und legte noch ein paar benutzte Slipeinlagen und eine Klopapier-Rolle obendrauf.
Sie ging zurück ins Schlafzimmer und legte sich ins Bett. Ein letztes Mal noch, bevor sie das Bett abziehen musste. Sie drehte sich zur Wand und zog die Decke über den Kopf. Sie wollte so lange darunter liegen bleiben, bis alle Luft aufgebraucht war. Sie atmete extra tief ein, damit es schneller ging. Unter Minze-Orange lag dieser andere Geruch, zwiebelig und doch süßlich. Kürbis? Er wurde von ihrer Körperwärme verstärkt und ein kleines bisschen stechend, wie feuchtes Heu, das lange in der Sonne gelegen hatte. Sie schob ihre Hand von hinten zwischen ihre Schenkel. So konnte sie sich besser vorstellen, wer neben ihr liegen sollte. Nicole? Nein, bloß nicht.
Der Duft war nun keine Wolke mehr. Wie eine rankende Pflanze kroch er durch ihren Körper, unaufhaltsam, und wickelte sich mit kleinen Fangärmchen um alles, was auf seinem Weg lag. Ihre Kehle wurde eng. Ihre Lungen zogen sich zusammen, die Luft schien beinahe verbraucht. Ihre Brustwarzen kribbelten. Mit einem leichten Stechen machte die Ranke hinter ihrem Bauchnabel Halt und umschlang von dort aus die Nervenenden zwischen ihren Beinen. Sie

drehte sich auf den Bauch, hielt mit einer Hand noch immer die Bettdecke vor Mund und Nase gepresst. Sie wollte eine Frau vor sich sehen, nicht Nicole, auf keinen Fall, aber wen gab es denn sonst? Ach, scheiß doch auf Gesichter. Sie legte ihren Kopf in irgendeinen Schoß, fühlte eine Hand warm und schwer auf ihrem Haar, eine andere erst von außen streicheln und drücken, dann mit zwei Fingern, drei Fingern an den Fangärmchen zupfen. Doch die Schlinge saß fest, es half kein Ziehen, auch kein Stochern. Sie atmete ein. Kürbis, definitiv Kürbis. Und Minze-Orange. Diese blöde Kuh.
Mit nassen Fingern schmierte sie auf dem Handy-Display herum, bis sie Nicoles Nummer gefunden hatte. Hoffentlich ging sie ran. Ja. Natürlich ging sie ran. Kati musste sich zusammenreißen, um nicht loszulachen. Nicht, dass Nicole das falsch verstand. Die Gefahr bestand ja immer, am Telefon. Aber Kati hatte eben schon immer gewusst, auf ihren Instinkt konnte sie sich verlassen.
„Ja, auch hallo. – Du, schick mir doch mal ein Bild von dir. – Gut, dann halt nicht. Ich komme jetzt trotzdem. – Nein, zu dir. – Ja, ich weiß, dass du die zwei Stunden zu mir nur fährst, damit deine Freundin nichts mitkriegt. – Nein, du regst dich jetzt mal ab. – Das macht mir doch gar nichts aus. Ich meine, das können wir doch klären, wenn ich erst mal da bin. – Hör zu jetzt. Du sagst, ich bin eine alte Kommilitonin von dir. Ich komme gerade von einer Südamerika-Reise und suche eine neue Wohnung in Deutschland. – Klar kann ich Spanisch. Du etwa nicht? – Ist mir egal, was du ihr sonst noch erzählst. – Werd nicht frech, sonst leg ich deiner Freundin nachher deine leere Duschgelflasche auf den Küchentisch. – Lüg mich nicht an. Die hast du doch mit Absicht bei mir liegen lassen. Ich meine, zwei Mal. Das kann ja wohl kein Zufall sein. Gib doch zu, du wolltest nur, dass ich noch mal richtig Stress mit meinem Mann kriege, oder? – Was du davon hättest? Stell dich doch nicht dumm. – Ja, genau das ist passiert. Und jetzt stehe ich quasi auf der Straße. – Nein, ich übertreibe nicht. Aber sei doch froh, das ist doch genau das, was du wolltest, oder? – Ja, versuch ruhig, dich rauszureden. Ich komme jetzt. – Das kannst du mir noch hundert Mal erzählen. Aber warum bist du denn dann überhaupt ans Telefon gegangen? Also, bis gleich. Ich freu mich!

Anna Hetzer

MEDITATIONEN

wie immer geht beim duschen zum schluss
eine hand zwischen die eigenen beine
den fingern begegnet dort vieles, sich dabei fragen
wer diese körperpartie als loch bezeichnet hat und warum
sich erinnern, wie eine ärztin nicht mehr ganz sicher war
wohin genau mit dem blasenkatheter
ob der uterus wirklich wie eine gasmaske aussieht?
oder wie ein elefantenkopf mit zu dickem rüssel?
sich erinnern, wie erstaunt ein student – heute oberarzt – war, als er lernte
dass ein finger den muttermund tasten kann
sich fragen, wieviele kombinationen von küssen
zwischen all den mündern und lippen theoretisch möglich wären
warum erst ende der 90er jahre
die form der klitoris beschrieben wurde und sie wirkt
wie ein außerirdischer vogel aus knete
vor dem die star-trek-crew sicher angst gehabt hätte
sich nicht erinnern können, dass dieses modell 2006
im anatomie-atlas irgendwo aufgetaucht wäre
das loch so muskulös als wäre es jeden tag in der mucki-bude
und plötzlich in wellen alles andere ausknockt

Jo Pollux

Jo Pollux

Sad Girls Wrestling

Tori Hecht
La Gata – die Katze

Fick dich!! Du hast gesagt das du eine Beziehung mit mir willst, jetz hör ich nix mehr von dir! Fick dich!!! Du gehst nur schlecht mit andre um! Und deine Schwüre was is mit den? Ich hab die gehört alle. Es war Sex klar aber fick dich SO – WAS – MACHT – FRAU – NICHt !!!! gehört sich nehmlich nicht!!... Denk bloß nicht as ich blöd bin. Ich GEFALLE dir wirklich stimmst??? Ich habs in deine Augen gesehn. Du bist wie irre geil auf mich. Velleicht nicht nach mir, velleicht nur nach meinen Körper. Aber weist du was das ist dasselbe oder? Ich schreib dir nicht mehr du kannst mir nehmlich gestolen bleiben. Keine Angst! Jutta

Das war Juttas erste Nachricht.
Rechtschreib- und Grammatikfehler beanspruchten meine Aufmerksamkeit zunächst mehr als die beunruhigende Botschaft an sich. Oder sie waren die eigentliche Botschaft, denn Juttas Schreibfehler lösten in mir wieder diese sexuelle Erregung aus, die mich bei unserer ersten Begegnung zuerst so hilflos gemacht hatte. So, als hätte es in unserem gemeinsamen Sexabenteuer etwas gegeben, das in dem Phänomen ‚Schreibfehler' seine Entsprechung fand und meinen Neocortex daher veranlasste, seinem älteren Bruder eilig Meldung zu machen: Sexhormone ausschütten, und zwar sofort!
Ich schämte mich, weil ich mich doch tatsächlich sexuell an jemandes Rechtschreibfehler aufgeilte. Dann kam Ärger: Was spulte sich denn dieser Fickfrosch aus Frankfurt so auf! (‚Fickfrosch', das Wort hatte ich von einem Kollegen gehört, und es hatte mich so sehr empört, dass ich es jetzt gern benutzte.) ‚Fickfrosch', so etwas schafft Distanz, und wirklich, wollte ich mich allen Ernstes mit den Verbalinjurien einer fleischgewordenen Sozial- und Bildungslücke auseinandersetzen? Dazu hatte ich prinzipiell keine Veranlassung und schon zehnmal keine, da ich gerade mit einer veritablen Nasennebenhöhle beim Arzt saß. Ein Nö mit mehreren Ausrufezeichen also. Direkt neben meinem Sitzplatz stand ein Aquarium. In meiner Indignation verfolgte ich das Delir-Taumeln eines Praxisfischs, den die Bauchwassersucht auf das Doppelte seiner Größe aufgepumpt hatte.

Sah das denn niemand? Wahrscheinlich würde er bald platzen, spekulierte ich sodann. So wie mein Schädel zu platzen drohte, dessen Inneres sich in ein dröhnendes Mahlwerk verwandelt hatte. ‚Platzen' ist ein gutes Wort, fast so gut wie ‚Fickfrosch', fand ich, es passte auch zu Juttas Message, die gleichsam wild aufspritzend in mein sauberes Leben geplatzt war und mich mehr, als ich jetzt schon zugeben wollte, beunruhigte.

Als mein Handy zum siebten Mal ein aufreizend sanftes ‚Pling' von sich gab, das eine eingegangene Nachricht signalisierte, beschloss ich, es vorübergehend leise zu stellen. Ich steckte es gerade in die Hosentasche zurück, als meine Frau Yvonne in die Arztpraxis gerauscht kam. Für den Moment vergaß ich meine Irritation und fühlte nichts als Beglückung. Und war ich nicht ein fürchterlicher Glückspilz? Eine Glückspilzin! (so viel Zeit musste schließlich sein.) Meine Frau beherrschte es auf wundersame Weise, irgendwo hereinzuschneien und dabei, ohne sichtlich von sich Aufhebens zu machen, eine Präsenz auszustrahlen, die andere wie in einem Zombiefilm von jetzt auf gleich perforieren und zu Staub zerfallen ließ. Mich hingegen übersahen die Leute schon mal, nur Yvonne war einfach betörend, sie war schlank, attraktiv und brillant, kurzum, eine echte Jugendstilschönheit, jedenfalls liebte ich diesen Vergleich.

Yvonne rauschte also durch die Praxistür herein, zog umgehend alle Blicke auf sich und registrierte das allgemeine Wohlwollen nicht einmal, das sich spontan auf den Wartegesichtern ausbreitete. Beim Setzen fuhr sie sich mit einer Hand geübt über ihren hübschen Hintern, um keine Sitzfalte in ihren Rock zu stanzen, aber auch, um ihre Femininität zu unterstreichen.

Das dezente Leuchten meiner Frau lenkte mich kurz von Juttas Nachricht ab. Und als ein Sonnenstrahl aus einer ansonsten dicken Wolkendecke durch die Praxisscheiben stach, meinte ich sogar, eine leise Goldstaubwolke wahrzunehmen, die Yvonnes Kopf zart umwaberte, aber womöglich bildete ich mir das nur ein. Wäre diese wundervolle Erscheinung nicht bereits die Meinige, ich würde Himmel und Hölle in Bewegung setzen, sie für mich zu gewinnen, und diese Phase hatte es ja tatsächlich auch gegeben. Jetzt lag sie freilich schon länger zurück.

Als Yvonne nun zärtlich meinen Arm tätschelte und sich dann zutraulich in ihn hineinschmiegte, flogen unsichtbar aus allen

Richtungen kommend kleine spitze Neidpfeile durch den Raum. Abgefeuert auf mich, auch spontanes Wohlwollen schlug mir selten entgegen, aber das machte mir meist nichts aus.
Dann wurde es wieder still im Warteraum, und in meinem Kopf setzten erste Orientierungsversuche wohl mit dem Ziel ein, etwas auszubalancieren, das sich schon seiner Natur nach nicht ausbalancieren ließ: Yvonne und Jutta. Jutta und Yvonne ... Schlechtes Gewissen, das auf meine verrotzten Sinne einhämmerte.
Je mehr ich begriff, dass ich womöglich ein ernstes Problem hatte, desto larmoyanter reagierte ich auf die liebevoll umsorgenden Gesten meiner Frau. Bald sah ich ein, dass ich etwas gegen die sich andeutende Komplikation unternehmen musste, nur, welche Optionen hatte ich denn überhaupt?
Zuallererst, so überlegte ich, musste es mir gelingen, Jutta ruhigzustellen. Allein die Vorstellung, Yvonne erführe etwas von meinem Tête-à-Tête mit Jutta, das ich während meiner letzten Dienstreise angefangen hatte (obwohl etwas in der Art gar nicht mein Plan gewesen war!), diese Vorstellung war einfach äußerst beängstigend. Also streifte ich sanft Yvonnes Arm von mir und entschuldigte mich. Matter, als ich es tatsächlich war, schleppte ich mich zur Praxistoilette, wo ich ungeduldig mein Telefon aus der Tasche nestelte, um eine Nachricht an Jutta abzusetzen. Eine, von der ich annahm, sie würde deeskalierend wirken. Parallel dazu versuchte ich, mich zu erinnern, was ich Jutta über mich erzählt hatte. Gleich zweimal sprang mir dabei das Telefon aus der Hand und schlug krachend auf dem Fliesenboden auf, gut, dass es eine Schutzhülle besaß, kannte Jutta meinen vollen Namen, meinen Wohnort, meine Adresse ...?
Und dann wurde mir etwas anderes klar. So völlig abwegig es auch bei Lichte besehen erschien: Ich hatte mich in Jutta verliebt.

*

Ich war Jutta auf einer Dienstreise nach Frankfurt begegnet, von der ich erst vor wenigen Tagen heimgekehrt war. Ich sollte ein branchenübergreifendes Management-Seminar zum Thema Krisen-PR in der fossilen Energiewirtschaft leiten, Routine für mich. Die Sekretärin hatte eine Suite in einem Marriott-Hotel am Main gebucht. Das Zimmer war großzügig dimensioniert, neben Kingsize-Bett

und Couchlandschaft gab es eine Küchenzeile und ein reichhaltiges Sortiment an Tee, Kaffee und frischem Obst. In einem Kübel steckte eine Begrüßungsflasche Veuve Clicquot, Eis konnte ich mir aus dem Automaten auf dem Flur holen.
Ich hatte am Abend zuvor den Flieger von Berlin nach Frankfurt genommen und im Hotelrestaurant gespeist, als mich Lust überkam, noch auszugehen. Ich bestellte kurzerhand ein Taxi und fragte den Fahrer, wo ich nett etwas trinken könne. Er musterte mich kurz, lächelte freundlich und bot an, mich zu fahren, es sei gewiss nicht weit.
Wir fuhren durch ein paar Straßen, und ich erheischte an Kreuzungen rechterhand immer wieder den Blick auf den Main. Die Aussicht war wenig anheimelnd, denn es war Spätherbst – ein diesiger, schmutziger, vorfrostiger November.
Der Fahrer hielt bereits nach wenigen Minuten vor einem Lokal, das sich nach außen hin wenig einladend präsentierte, ich meine mich zu erinnern, dass in einem Ladenfenster Pflanzen standen, die seit den Achtzigern vielleicht dort verstaubten, Papierschlangen eines Silvesters von vor x Jahren wanden sich in der Auslage und hatten jegliche Farbe verloren, die Eingangstür war mit Blech verstärkt und enthielt ein Guckloch, das geschlossen war. Ich fragte mich in einem kleinen paranoiden Anfall, was der Alte, der mich hergefahren hatte, wohl im Schilde führte. Mein ganzes Äußeres – ich trug einen teuren Kaschmirmantel, darunter Hosenanzug mit Seidenkrawatte und einen kostspieligen Chronografen am Handgelenk – war schwerlich dazu angetan, mich mit einer Spelunke wie dieser hier in Verbindung zu bringen.
Als ahnte er, was in mir vorging, nickte mir der Fahrer aufmunternd zu und klärte mich sodann auf: „Es ist eine Bar, verlassen Sie sich drauf, sie heißt ‚La Gata'. Ich bin sicher, hier werden Sie finden, was Sie suchen."
Er wirkte aufrichtig, darum zahlte ich und trat, plötzlich schüchtern, in die Lokalität ein – in die älteste Lesbenbar der Stadt.
Das ‚La Gata' war ein typisches Loch mit Schnaps und Streit und, weil nur für Frauen, vermutlich mit öfter wechselnden Damenkonstellationen. Hinten hockten zwei Pärchen tief ineinander verhaspelt und verhakt, darin wenig voneinander zu unterscheiden, Rauchschwaden-Karawanen zogen durch die Lichtkegel der Übertischlampen,

vor mir an der Bar saß eine Transfrau, die traurig und zerrüttet wirkte, wie Transfrauen es heute manchmal noch sind, Dunst und schlechte Behandlung hingen ihr im zu oft gebleichten, sich bereits lichtenden Haar.
Ich setzte mich, um Abstand bemüht, zwei Hocker weiter neben sie und konzentrierte mich voll auf die Bardame, die sich mit dem Namen ‚Ricky' vorstellte, wobei es sich weniger um eine Bardame als vielmehr um die selbstbewusste Butch-Interpretation einer solchen handelte. Zuvor hatte ich überlegt, ob ich hier überhaupt sein wollte, war aber zu unentschlossen gewesen, um eine Entscheidung zu treffen. Und so bestellte ich einen Gin Tonic bei Ricky mit dem Plan, diesen einen zu trinken und mich dann schnell wieder ins Hotel zurückchauffieren zu lassen. Was immer sich der Taxifahrer gedacht hatte, er hatte einen Fehler gemacht.
Ricky wollte wissen, ‚woher denn ich nun hereingeschneit' käme, und als ich ‚Berlin' antwortete, plapperte die Transfrau auf mich los, als hätte ich damit unsere Verwandtschaft festgestellt. Sie ging mir damit derart auf die Nerven, dass ich mich verzweifelt im Gastraum umsah, wobei mein Blick auf eine alte Jukebox fiel.
Ich nutzte die Chance zur Flucht, indem ich flugs mein Tonic-Glas schnappte und hinüberschlenderte, um das angebotene Repertoire zu studieren, schließlich fand ich einen alten Schlager, den ich zuletzt vor einer ganzen Ewigkeit gehört hatte.
Der Schlager war grauenvoll sentimental, die Musik war schlecht, der Text eine Zumutung, doch fühlte ich mich eigentümlich angerührt, und wo hätte ich ihn noch einmal hören wollen, wenn nicht in dieser anachronistisch anmutenden Absteige? Der Song war mal ein echter Schlagerhit, jemand fuhr in dem Liedtext mit dem ‚Zug nach Nirgendwo'.
Ich warf eine Münze ein.

*

Wahr ist, dass ich mich Jutta gegenüber wie eine Arschlöchin verhalten hatte. Und das versuchte ich jetzt nachträglich zu kaschieren. Auf der Praxistoilette hockend tippte ich eilig auf mein Handy ein, drückte dann, ohne weiter zu überlegen, auf Senden und schleppte mich zurück auf meinen Platz neben Yvonne, die mich mit liebevollem Lächeln empfing. Ich war zuversichtlich, mein Problem auf effiziente Weise entsorgt zu haben:

Liebe Jutta, das alles ist ein Missverständnis. Ich habe sehr starke Gefühle für dich, aber ich habe dir auch von Anfang an gesagt, dass ich verheiratet bin und es auch bleiben möchte. Bitte verstehe doch, dass nichts von dem, was ich gesagt habe, eine Lüge war. Manchmal ist es nur so, dass wir zwei Dinge gleichzeitig wollen, und das geht dann halt nicht. Ich möchte aber, dass du in meinem Leben bleibst. Sehr bald schon komme ich wieder nach Frankfurt. Es wäre schön, wenn wir uns dann treffen und miteinander wie Erwachsene reden könnten. Das wünsche ich mir sehr. Ellen

Der Arzt gab mir gute Worte, Ibu 400 und ein Antibiotikum, zu Hause fiel ich um und blieb den ganzen restlichen Tag im Bett. Yvonnes ausgezeichnete Laune hielt an. Sie hatte sich mit irgendwem verabredet, stellte mir aber zum Ausgleich selbstgekochte Hühnersuppe hin, und ich war froh, dass ich meine Ruhe hatte, denn ich hatte ja etwas zu verarbeiten. Nachdem ich Jutta geschrieben hatte, kamen keine Nachrichten mehr von ihr, und ich wertete das als Erfolg meiner elaborierten Intervention. Der Schreck saß mir dennoch tief in den Gliedern, und aus diesem Anlass suchte ich Schuldige für das Erlebte.

Yvonne und ich, wir hatten bei aller Harmonie und Liebe einfach kaum noch sexuellen Austausch miteinander. Schon länger wagte ich keinen Versuch mehr bei ihr, weil ich befürchtete, das Territorium dessen, was im Bett erlaubt sei, mochte sich seit dem letzten Mal noch mal signifikant verkleinert haben.

Nein, so ist es nicht, selbstverständlich redeten wir!

Wir redeten sogar überaus strukturiert und qualifiziert miteinander. Unsere Zwiegespräche entsprangen echter seelischer Zeigefreude, und an Abenden mit Freunden liebten wir es, jene auf diese Technik aufmerksam zu machen. Freunden gegenüber wurden wir nicht müde zu versichern, wie sehr Zwiegespräche uns als Paar doch beim gemeinsamen Wachsen behilflich waren. Und das sollte sie doch, unsere Beziehung, wachsen!

Wenn es doch nur ab und zu saftig-feuchten, wollüstigen, ungebremsten, auch mal ausufernden Sex zwischen uns beiden gäbe! Aber nein, unser Liebesleben war zu einem sich verfolgt wähnenden Tier mutiert, welches, um einem Raubtier zu entkommen, panisch immer

weitere Gliedmaßen von sich abwirft, mit dem Effekt freilich, dass da nichts mehr nachwuchs, und das sich, damit nicht genug, umso hoffärtiger gerierte, je weniger attraktiv es nur noch war: An den Nippeln, nein, das mag Yvonne nicht so, und lecken auch nicht, penetrieren schon gleich gar nicht, küssen nur mit Mund, nicht aber die Zunge, es ist ja auch zu warm, zu kalt, zu hell, zu dunkel. Zu ‚zu!', mochte ich in meinem Frust herausschreien, aber das wäre eine unzulässige Attacke, ein Vorwurf gewesen. Weder ein experimentell-feministischer Vagina-Workshop noch eine Pro-Familia-Sexualberatung haben uns im Bett einander wieder näher gebracht. Alles, was wir gelernt hatten, war nur, wie man sich in diversen Tantra-Kursen, Mediationen, Paartherapien weltläufig gibt. Kein Sex, dachte ich irgendwann, ist auch kein so großes Problem.
Wenn man sich ansonsten liebt.
Yvonne war beschwipst und fröhlich, als sie ziemlich spät nach Hause kam. Sie ließ sich bekleidet neben mich aufs Bett fallen, sie breitete die Arme aus und giggelte launig mit mir herum. Weil ich so viel geschlafen hatte, fühlte ich mich ein wenig besser. Ich weiß nicht, was in mich fuhr, aber in einem wagemutigen Anfall packte ich sie, warf mich auf sie, begann sie gar zu liebkosen. Zu meiner großen Verwunderung öffnete sich Yvonne ohne Umschweife, küsste mich leidenschaftlich zurück, und nach einiger Zeit machten wir Pause, um uns in die Gesichter zu schauen und vor Vergnügtheit loszuprusten.
So leicht konnte es also sein!
Und das ausgerechnet heute, nach all der Aufregung, die mir Juttas übergriffige Nachrichten verursacht hatten. Entspannt überlegte ich, ob ich nicht allzu paranoid gewesen war und eine Fata Morgana gesehen hatte, wo sich nur ein Seitensprung befand, der bald vergessen wäre, und zwar von mir ebenso wie von Jutta.
Ich fragte Yvonne nicht, warum der spontan lustvolle, beinahe ungezügelte Sex auf einmal möglich gewesen war, denn wer kannte sich schon mit den Untiefen einer Paarseele aus, und ich wollte auch einfach mal was unkommentiert lassen. Da machte es ‚Pling'.
‚Pling' wie ein Sprenglaut, realisierte ich blitzschnell, und das bedeutete, es war nicht mein Handy gewesen, sondern das von Yvonne. Erneuter Schreck sauste durch meine Glieder, aber auch Yvonne schien etwas beunruhigt zu sein, beide fanden wir nach der Störung

nicht mehr in den gemeinsamen Rhythmus hinein. Yvonne ließ sich schließlich in meine Schulter sinken, von wo aus sie in Richtung des Nachttischs angelte, um die späte Nachricht doch noch schnell zu lesen.
„Ellen, wer ist Jutta?“, fragte sie mich Sekunden später mit großen Kulleraugen.

*

‚O Maria, du lässt mich gehen.
Doch eine Träne in deinem Blick,
Eine Träne hab ich gesehen,
will sie mir sagen, komm doch zurück ...‘

Christian Anders weinte Katzen (und Hunde) vom Himmel.
Ich hatte mich in sicherer Entfernung zu jener Transfrau rückwärts an den Tresen gelehnt und lauschte dem Lied, da wurde ich plötzlich von einer Frau angetanzt, die ich zuvor überhaupt nicht wahrgenommen hatte, offenbar war sie durch die Opulenz jener ‚Resterampe mit Lippenstift‘ verdeckt worden, steckte gar unter deren Rock ... Jetzt aber bewegte sie sanft und sehr lasziv ihre weiblich runden Hüften und sah mich direkt und auffordernd an dabei.
Die Fremde trug einen hellblauen Jeansanzug, weiße Turnschuhe und ein weißes Shirt mit Knopfleiste, sie war mindestens zehn Jahre älter als ich, Mitte fünfzig vielleicht. Die blonde Kurzhaarfrisur war an den Seiten nach hinten gekämmt, dafür standen ansonsten ihre Haare in einer Art Igelfrisur ab, ich kenne niemanden aus meinem Umfeld, die ihre Haare so trägt. Auffällig aber waren die blaugrauen Augen: Während das eine sanft dreinblickte und dabei graduell ein klein wenig aus dem Bild schaute, stach das andere direkt und aufmerksam durch mich hindurch. Die Frau lächelte mich keck an, und dabei konnte ich sehen, dass einer ihrer Schneidezähne ganz aus Gold war, an dem anderen fehlte eine Ecke, das musste gemacht werden.
„Du denkst, ich bin nix für dich, Schätzchen!“, stellte Jutta, nachdem sie sich kurz vorgestellt hatte, nüchtern fest und griff dabei, ohne eine Antwort abzuwarten, nach meiner Hand, um mich auf die Tanzfläche zu ziehen. „Aber du irrst dich vielleicht“, fügte sie hinzu.

„Nein, nein, es liegt nicht an dir ...", beeilte ich mich zu erwidern, aber da hatte ich schon die ersten Schritte gemacht und konnte schwerlich wieder aus der Nummer heraus.
Der Schlager ließ nur einen leichten Discofox zu, und Jutta musste mich erst in die Schritte einweisen, denn wann hatte ich zuletzt getanzt, ich wusste es nicht mehr. Sie bewegte sich gut, das musste ich ihr lassen, und ihr Körper fühlte sich in meinen Armen warm und angenehm an, sehr lebendig irgendwie. Wie unbeabsichtigt drückte sie hin und wieder ihre Brüste an mich, offenkundig eine La-Gata-Großoffensive, und aller Waffengebrauch war zugelassen, denn die Transfrau keckerte, Ricky klatschte über ihrem Kopf cool in die Hände, ich fühlte mich deplatziert und wehrlos, aber auch ... leise angetörnt.
Es ist eine Sozialstudie, sagte ich mir, denn ich und Jutta, das war so abwegig, so irrwitzig ... da meinte ich wohl, mich getrost hineingeben zu können.
Wir bestellten weitere Gin Tonics und wählten gemeinsam alte Songs aus, nach denen wir tanzten, dazwischen pausierten wir und redeten, Nonsens mehrheitlich. Jutta hatte eine sanfte und doch energisch-rauchige Stimme. Sie war lustig, scherzte, versprühte etwas, das Begehren, Lebenswut und Fatalismus gleichermaßen ausdrückte, aber auf jeden Fall machte sie mich nach allen Regeln der Kunst an.
Mich. Eine Fremde.

*

Als Nächstes steckte die Flasche Veuve Clicquot in Juttas Vagina. Ich stieß energisch zu, ging wieder fort, ließ sie wimmern und kam zurück, manchmal zog ich die Flasche abrupt heraus und betrachtete mit gespielter, vielleicht auch echter Häme Juttas wetternde Grubeneinfahrt.
Den Champagner hatten wir getrunken, nachdem uns Ricky nach vielen Gin Tonics und ausgiebiger Fütterung ihrer Jukebox schließlich freundlich, aber bestimmt vor die Tür gesetzt hatte. Es war gar keine Frage gewesen, ob ich Jutta mit zu mir ins Hotel nähme. ‚Wer A sagt, muss gar nichts!', sagt eine Freundin oft zu mir. Aber das ist natürlich in allen Fällen Quatsch, in denen A schon immer auch B mitbedeutet.

Und die Champagner-Flasche in Jutta war nicht meine Idee gewesen! Auch nicht die zehn Eisstücke davor, die ich langsam und Stück für Stück in ihr Lustloch schob, während sie einen hysterischen Ekstase-Schrei nach dem anderen von sich gab. Nicht eine Sekunde dachte ich daran, dass wir von Zimmernachbarn gehört werden könnten.
Das alles war kein Problem, denn was konnte falsch daran sein, wir wollten es ja beide. Problematisch war nur, wie mich Jutta dazu brachte, sie auf eine Weise zu lieben, wie ich es nie zuvor getan hatte. Auf eine Weise, von der ich nicht einmal geahnt hatte, dass sie Teil meiner Sexualität, meiner Persönlichkeit überhaupt sein konnte. Und wie zum Teufel hatte diese kleine Proll-Lesbe aus Offenbach ahnen können, was nicht einmal Yvonne herausgefunden hatte?
Juttas ausgeklügeltes Katz- und Maus-Spiel begann, sobald wir in der Hotelsuite angekommen waren. Sie ging respektlos umher, strich mit der Hand über die Einrichtung und machte eine abfällige Bemerkung über den Luxus hier, fasste alles an, was ihr dabei in die Hände fiel, blätterte in meinen Seminarunterlagen auf dem Couchtisch, wühlte in meinem Koffer, nahm die Champagnerflasche aus dem Kühler und streckte mir diesen entgegen mit der Aufforderung: „Eis!"
Ich war so perplex, dass es mir die Sprache verschlug. Als ich den Mund bloß öffnete, stellte sie schlicht fest: „Du willst mich doch ficken, oder."
Dann trat sie an mich heran und bot mir ihren Mund, damit ich ihn küsste. Allergrößte Nüchternheit, ja Fremdheit überkamen mich plötzlich, und ich schlug kühl vor, ihr nun doch lieber ein Taxi zu rufen.
„Okay", sagte sie, „ruf doch ein Taxi!" Zugleich ließ sie sich auf die Couch fallen und öffnete ihre Jeansjacke. „Ich bin dir wohl zu alt ... aber sieh hier, meine Brüste ... sind es etwa nicht die einer Jungen?" Dabei strich sie sich mit beiden Händen darüber und hob sie mir entgegen, dann kramte sie in ihrem BH herum und holte eine nach der anderen heraus.
Juttas Brüste waren weiß und glatt und weich, ich war schlagartig abgestoßen, wenn nicht angewidert, und noch ernüchterter als bereits zuvor.
„Gut", schmollte sie und packte ihre Preziosen wieder ein. „Gib mir 'n Kuss und ich verschwinde", forderte sie sodann, und ich fand

auch das überaus dreist, doch mehr aus dem Wunsch, sie loszuwerden, als aus jedem anderen Motiv heraus küsste ich Jutta schließlich auf den Mund, welche ihrerseits sofort ihre Zunge in meinen flitzen ließ und mich in sich hineinsog, sodass ich zuerst verschreckt reagierte. Der Kuss fühlte sich pelzig vom Alkohol an, aber er ließ in mir plötzlich und unvermittelt den scharfen Pfeil lossausen, dessen Sehne über den ganzen Abend hinweg durch Juttas frivole Art in immer größere Spannung versetzt worden war.
Sobald Jutta merkte, dass mein Körper, dass ich sie wollte, ließ sie ab von mir und verlangte nach dem Eis und der Flasche Champagner. Jutta hatte die volle Kontrolle über mich, und obwohl mir klar war, dass sie mich manipulierte, lief ich die angebotene Route brav mit, am nächsten Morgen ließ ich gar meinen Vortrag sausen.
Als ich die Nummer aus dem Konferenzbereich im Display des Zimmertelefons erkannte, nahm ich nicht ab. Erst, als man an meiner Tür klopfte, steckte ich den Kopf heraus und behauptete spontan, sehr krank zu sein, während Jutta drinnen losprustete, sodass der Fragensteller irritiert die Augenbrauen hob. So etwas hatte ich zuvor noch nie gemacht.

*

„Eine Jutta? Wieso? Kenne ich nicht."
Yvonne vertraute mir blind. Sie machte mit der Hand eine abwerfende Geste. „Ach, da schreibt eine abgelegte Geliebte wütendes und ziemlich irres Zeug. Armes Ding irgendwie. Muss eine Verwechslung sein."
„Ach was, zeig mal", gab ich mich neugierig und bemühte mich, möglichst gleichmütig zu klingen, zugleich sah ich eine Jutta wieder vor mir, die sich ein wenig zu sehr für mein neues Handy interessiert hatte.

Hi Süße, sag das deiner Frau: Man fickt nicht ungestraft einfache Leute. So was macht man nich auch Leute wie ich ham ein Herz in der Brust. Liebe is was Großes!!! Ich schreib nicht mehr du must alles selbst rausfinden. Jutta.

Im Büro, in das ich mich am nächsten Morgen trotz Nebenhöhlen schleppte, kam unsere Sekretärin auf mich zu. „Sie Arme, ich wollte

Ihnen nur sagen, dass der ausgefallene Seminartag kein Problem darstellt, man freut sich weiterhin, Sie als Expertin zu buchen. Und bleiben Sie doch zu Hause, es muss ja sehr anstrengend für Sie gewesen sein, die restlichen Tage in Frankfurt zu dozieren, wo Sie so krank sind!"
Ich schluckte mein schlechtes Gewissen herunter und lächelte schief. Ach, da sei noch etwas, fügte die Sekretärin hinzu und senkte die Stimme, sodass ich instinktiv alarmiert war. „Hier hat eine Frau angerufen. Um ehrlich zu sein, sie wirkte ein bisschen durchgeknallt. Sie hat nach Ihnen gefragt, es klang, als kennten Sie sich beide gut. Sie fragte mich nach ihrer Adresse, aber solche sensiblen Informationen geben wir natürlich nicht heraus. Ich hoffe, das war in Ihrem Sinne?"
Die Augen der Sekretärin hatten nun kleine Widerhaken, sodass ich mich kaum von ihnen lösen konnte. Ich mimte Überraschung, bereits das zweite Mal in dieser Angelegenheit, und flüchtete in mein Büro.

*

Ich küsste Jutta, und meine Hände holten ihre Brüste zurück ans Licht. Ja, es waren die einer Jungen, oder auch die einer Alten, aber das war egal, ich hob die eine wie die andere hoch zu mir und saugte an ihren herrisch aufgestellten Nippeln, ich expedierte eine allzu willige Jutta auf das riesige Bett, beide stolperten wir, aber nicht einmal eine Feuersbrunst, die im Hotelflur auf unsere Suite zurollte, hätte jetzt noch etwas verhindern können.
Auf dem Bett angekommen, floh Jutta behände ans Kopfende, hielt mir von dort eine Stopphand entgegen und verhandelte erneut.
„Sag mir, was du von mir willst!"
„Nicht reden jedenfalls ..."
„Willst du mich ficken?"
„Ja."
„Willst du mich ficken wie ein Mann?"
„Ähm, nein. Ja."
„Ja, das willst du!"
„Und, bist du schon feucht oder soll ich sagen groß?"
Ich antwortete nicht, sondern erhaschte stattdessen eines ihrer Beine und zog sie heran zu mir. Sie wedelte mit den Armen wie eine Ertrin-

kende, und ich wusste einen Augenblick nicht, ob es wegen des kräftigen Rucks war oder ob sie Theater spielte. Ich hielt inne und sah ihr in die Augen, um zu ergründen, ob ich die richtige Abbiegung genommen hatte.
„Fick mich, Fremde, aber richtig", gellte Jutta mir da entgegen.
Ich schluckte meine andauernde Irritation über sie, über mich hinunter und riss ihr die Hosen vom Leib, auch den Schlüpfer, alles, währenddessen sie mich gleichermaßen herabwürdigte und anfeuerte, wie ich es noch nie erlebt hatte. Ich entkleidete mich selbst und warf mich auf dieses Biest, auf diese Jutta-Furie. Wir küssten, wir bissen, wir kabbelten und kämpften, keuchten und schwitzten, ich stieß ihr mein Schambein in den Schritt, der trotz ihres Alters ordentlich feucht war und nach Alkohol und Grube und ein bisschen Pisse duftete. Und wie ich sie so stieß, provozierte sie mich keuchend immerfort:
„So is das, du willst mich nich nur ficken, gleich vergewaltigen willst du mich! Ich bin dir doch egal, gibs zu!"
(Wie, du bist mir egal, dachte ich, ich kenne dich ja gar nicht, wie kannst du mir da egal sein?)
„Nein, du bist mir nicht egal!", keuchte ich zurück.
„Dann sag was Liebes!", forderte sie, und das erschien mir logischer, wo wir uns hier so gar nichts schuldig blieben.
„Du bist schön, ich will dich!", sagte ich und meinte es auch so.
Tauchte wieder ein in sie und mich, arbeitete mich nach unten, wo ich gerade noch versucht hatte, große Brocken Liebeserz aus ihrem Berg zu brechen, leckte dort ihre schwarzrotlila Flügel-Tore, nur um letzte Widerstandsnester mit meinem Speichel auszulösen, und registrierte an ihren ausgelassenen Genussschreien, dass ihr Berg allmählich ins Rutschen kam.
„Du kannst nicht weitermachen jetz", unterbrach sie gerade, als ich dachte, im nächsten Augenblick wird sie einstürzen. Uneinsichtig schüttelte ich den Kopf und wollte gegen ihren Willen fortfahren, doch sie nahm mein Gesicht in ihre Hände und sprach jetzt ganz ruhig zu mir: „Ich kann nich kommen, Schätzchen. Niemals ... du musst mich quälen."
„Dich quälen?", fragte ich irritiert.
Aber wer sprach da noch? Ja, natürlich wollte ich sie quälen! Ich wollte sie liebend gerne piesacken, traktieren, einer Tortur unterzie-

hen, sie Stück für Stück auseinandernehmen und erst später wieder zusammensetzen, voll der Reue vielleicht, aber vielleicht auch nicht ... Trotzdem tat ich zunächst weiterhin verdattert.
„Wie ... womit soll ich dich denn quälen?“, fragte ich, und da zeigte sie zuerst auf den Sektkübel mit dem Eis.
Ich sprang auf und holte diesen geschwind aufs Bett. Zuerst strich ich mit einem Eisstück zaghaft über ihre Innenschenkel, aber ich merkte schnell selbst, dass das die falsche Gangart war, sie mussten alle hinein in Juttas Untertageabschnitt, in ihre überhitzte Kaverne ... Und nicht genug, jeder einzelne musste eine Botschaft in sie hineintragen: Welch ein unwürdiges Aas, das sie doch sei, ein dreckiges Loch, ein widerlicher Abschaum, eine stinkende Abseite ... Jutta ihrerseits ließ nichts davon stehen und kämpfte um ihren Selbstrespekt, indem sie mich als üblen Stinkbock, als versoffenen Stecher, notgeilen Hahn usf. betitelte. Ich wusste nicht einmal, dass ich solche Worte hatte. Einmal schlug sie mich in ihrem Wahn mit der flachen Hand ins Gesicht, und ich schlug ohne zu überlegen, aber kräftiger zurück. Noch nie in meinem Leben hatte ich einen anderen Menschen geschlagen.
Die Gefühle, die ich bei all dem hatte, konnten widersprüchlicher nicht sein: Gier und Ekel, Lust und Wut, leichte Übelkeit, aber auch Selbstvergessenheit, Dankbarkeit und ... Liebe?
„Wenn du mich *da* mit deinem Gürtel festmachst, mir dann den Kissenbezug über den Kopf ziehst und mich mit der Flasche vergewaltigst ...“, nötigte sie mich schließlich, „dann weiß ich, dass du mich wirklich willst.“
... Und ja, das wollte ich, ich wollte sie genau auf jene Weise! Ich wollte das alles, und ich war trotz des Alkohols, den wir konsumiert hatten, so sehr bei Sinnen wie noch nie. Auch hinterher die zärtlichen Stunden habe ich gewollt, das leise-vertraute Reden und Durchwachen, bis schließlich das Zimmertelefon klingelte. Habe ich Jutta da schon etwas geschworen? Ich glaube nicht, aber ich verstehe, dass sie das so sieht.
Und ich musste sie wiedersehen!
Bevor Jutta aufbrach, verabredeten wir uns wieder für einen zweiten Abend in meiner Hotelsuite. Die Initiative war von mir ausgegangen, und sie hatte stumm genickt und war dann wie etwas Verbotenes aus der Tür geschlüpft.
Doch dann kam sie nicht.

Gut so!, dachte ich und wollte mich nun auf das konzentrieren, wozu ich eigentlich hergekommen war. Nach dem ganztägigen Seminar am nächsten Tag, bei dem ich mich relativ übergangslos in meine gewohnte Rolle einfand, ging ich in ein paar Galerien und aß in irgendeinem gehobenen Restaurant gepflegt zu Abend. An Jutta dachte ich kaum, ich verbat es mir, denn inzwischen sah ich das Ganze nämlich als einen dem Alkohol geschuldeten Ausrutscher, als einen Fleck auf meiner weißen Bluse, an dem ich zwar noch ein wenig würde rubbeln müssen, aber der meiner Eliminier-Wut nicht lange würde standhalten können.
Am darauffolgenden Abend wurde mir gleichwohl klar, dass es nichts half. Und ganz ehrlich, dachte ich im Hinblick auf Juttas Verhalten, so stiehlt man sich ja auch nicht davon. Wenn ich ihr also sonst nichts zu sagen hatte, dann doch dies. Und warum sollte die ‚Examinierte Bademeisterin' eines städtischen Schwimmbads in Frankfurt nicht noch etwas lernen dürfen.
Es war auch nicht schwer, ausfindig zu machen, wo genau Jutta arbeitete.

Jutta hatte einen grünen Kittel an und weiße Gesundheitslatschen an den Füßen, sie stützte sich auf einen Wischmopp, als ich sie durch die Schwimmbadscheibe sah. Müssen denn Bademeisterinnen auch noch selbst putzen?, dachte ich irritiert und war kurz über diese ausbeuterische Praxis verärgert. Ich klopfte wild, um ihre Aufmerksamkeit zu erregen, doch sie drehte sich nicht um nach mir, obwohl sie mich unschwer überhört haben konnte, und so musste ich regulär Eintritt bezahlen, mir einen Badeanzug, Badelatschen und eine Schwimmkappe kaufen, um zu ihr zu gelangen.
„Was willst du?", fragte sie abweisend, und ich war albern genug zu antworten: „Dich ficken wie ein Mann!" Aber sie reagierte nicht auf diese Blödelei, von der ich wohl angenommen hatte, es würde das Niveau sein, das Jutta auch in allen anderen Lebenslagen bevorzugte.
„Wir waren verabredet."
„Ja, und?"
„So etwas macht man nicht, man verabredet sich nicht mit jemandem und erscheint dann einfach nicht."
„Ach nee, jetz hör sie sich mal selbst zu ..." Jutta wechselte den Wischmopp in die andere Hand. „Das is total unter Kanone, was

du hier jetz abziehst, willst du mir Vorträge halten, oder was? Bist du deswegen hergekommen?" Noch einmal wechselte der Mopp die Seite. „Du bist verheiratet, du hast mich gefickt, jetz fahr einfach nach Hause, wo du hingehörst."
„Das werde ich, Jutta, aber erst, wenn du mir einen letzten Kuss gibst."
„Der zieht nicht, Schatzi, fällt dir nichts Eignes ein, nichts Besseres? Du bist doch so schlau."
Eine Person näherte sich uns, ein Mann mit Trillerpfeife, roten Badeshorts und weißem T-Shirt, offensichtlich der Bademeister, und mir wurde klar, dass es in diesem Schwimmbad schwerlich zwei davon geben konnte, Jutta musste folglich zum Reinigungspersonal gehören. Aber das war mir jetzt auch egal.
„Oder hau einfach ab! Du siehst doch, dass ich arbeiten muss."
Und tatsächlich nickte Jutta dem Bademeister vermittelnd, fast um Entschuldigung bittend zu.
Ich wusste, dass ich gehen musste, denn was machte ich hier überhaupt? Mein Gott, eine Putzfrau, Ellen! Dennoch konnte ich nicht anders, ich musste Jutta noch einmal haben. Ich fühlte, dass ich nicht am Ende war mit ihr. Wenn überhaupt, so hatte doch alles gerade erst angefangen.
Selten habe ich eine Person so inständig um etwas gebeten wie nun Jutta darum, mir die Ehre zu erweisen und noch einmal einen Abend mit mir zu verbringen. Je abweisender sie wurde, umso mehr begann ich, um diese zweite Chance zu kämpfen. Ich glaube, ich hätte ihr all meine teuren Klamotten, die ‚Clock' und alles Bargeld angeboten und wäre dann mit einer billigen Ernsting's-Family-Ausstattung nach Hause gefahren, wenn ich Jutta damit hätte bewegen können. Aber darum ging es ihr gar nicht. Sie pokerte, und das ziemlich ausgebufft, um einen Platz in meinen Leben, und das war natürlich viel mehr als die paar leicht zu ersetzenden Dinge.
„Was willst du von mir?", keifte sie jetzt. „Ich frage dich das noch mal. Du hast eine Frau, warum gehst du nicht einfach nach Hause zu ihr? Bestimmt ist sie klüger, schöner und jünger als ich ..."
„Ja, du hast recht, ich habe eine Frau, und ich kann dir ihren Platz nicht anbieten. Aber wir beide haben vielleicht auch etwas gemeinsam, und ich würde das gern weiter mit dir erkunden."
„Erkunden, wie das klingt!"

Jutta wurde laut, und der Bademeister schien sie nun nicht mehr zu interessieren. „Ich bin doch kein stillgelegtes Bergwerk. Wie stellst'n dir das denn vor?"
Und dann beschwor ich Jutta, dass ich es so einrichten könne, regelmäßig in Frankfurt zu sein, dass ich auch in andere Städte Dienstreisen machte und sie öfter meine Begleitung sein könne, dass ich Fahrkosten und Übernachtung für sie übernähme, dass wir einfach eine schöne Zeit miteinander haben könnten ...
Glaubte ich selbst, was ich da redete? Ich vermute, ja. Und Jutta glaubte es wohl auch, denn letztendlich ließ sie sich breitschlagen. Für einen weiteren Abend mit mir.
Als es so weit war und Jutta an meine Zimmertür klopfte, hatte sich etwas an ihr verändert. Sie wirkte viel ruhiger jetzt, redete bedachter, bemühte sich um bessere Formulierungen, wirkte plötzlich viel verletzlicher als in ihrem Angriffsmodus, so als hätte sie auf einmal das zu verlieren, worum sie zuvor so hart hatte kämpfen müssen.
Wir lagen in der geräumigen Badewanne zusammen, aßen Weintrauben und leichten Käse, den ich kommen ließ, und tranken dazu einen Beaujolais Primeur, den ich auf meiner Shoppingtour mitgebracht hatte. Ihr sanftes Auge schaute mich direkt an, und mir schien, das andere blickte nunmehr aus dem Bild heraus. Diesmal berührten wir uns beinahe zu respektvoll, waren zärtlicher, vorsichtiger, bedacht darauf, nicht kaputt zu machen, was da so schillernd zwischen uns aufgestiegen war und von dem wir wohl beide wussten, dass es nicht von dieser Welt war.
Es ist ein Abschied, dachte ich und dachte ich nicht, wollte ich nicht denken müssen. Irgendwann sagte Jutta, und es klang sehr ernst: „Alles is beschissen. Aber Liebe is was Großes." Ich nickte, zog sie auf meine Wannenseite und nahm sie fest in die Arme.

*

Ich vermisse Jutta. Und es ist absurd!
Jutta führt einen Rachefeldzug gegen mich, nur weil ich mich drei Tage nicht gemeldet habe. Aber was hat sie denn erwartet?
Jutta hat mich mit Nachrichten geängstigt ... Hat sogar Yvonne geschrieben ... Und sie hat überdies auf meiner Arbeit angerufen! Was wird sie wohl als Nächstes tun?

Und trotzdem vermisse ich Jutta, denn ich bin verliebt, zumindest mein Körper ist es, aber macht das einen Unterschied? In dieser Hinsicht hat Jutta vielleicht recht. Es gibt diese Endorphine in meinem Kopf, es gibt Schlaflosigkeit, Rastlosigkeit, und fortwährend habe ich das Gefühl zu fallen ... Aber das kann ja eigentlich nicht sein! Wie ist es denn möglich, dass diese Jutta, die sich doch benimmt wie ein vom Lande hereingeschobener Mistwagen, derart starke Empfindungen in mir auslöst? Und warum geht sie denn mit keiner Silbe auf meine alles erklärende Nachricht ein?
Ich liege schon länger auf dem blauen Teppich in unserem Zimmer, das wir für Meditation und Yoga nutzen, und kann an nichts anderes denken als an Jutta. Da klopft schließlich Yvonne leise und rücksichtsvoll, wie es ihre Art ist, an die angelehnte Tür. Ich fühle mich gestört, bitte sie aber trotzdem herein, schon das schlechte Gewissen lässt mich milder sein, als ich ihr gegenüber sonst gewöhnlich bin, und ich merke als Erstes, dass ihr neues Strahlen einem Ausdruck von Konzentration gewichen ist.
Ob wohl etwas passiert ist?, überlege ich, aber ich komme nicht dazu, mir Sorgen zu machen, denn Yvonne lässt sich vor mir auf dem Teppich nieder, setzt sich dabei auf ihre Unterschenkel, legt die Arme in den Schoß und atmet einmal tief ein und aus, bevor sie spricht.
„Ich möchte dir etwas Wichtiges erzählen", sagt sie, und an ihrem eher schuldbewussten Gesichtsausdruck erkenne ich, dass das hier nichts mit Jutta zu tun hat.
„Was denn?", frage ich und bemühe mich, interessiert und großzügig zu klingen, aber da klingelt es an der Haustür. Yvonne seufzt kurz, erhebt sich und geht nachschauen, wir beide erwarten eigentlich keinen Besuch.
„Kommst du mal?", ruft Yvonne Augenblicke später, und es klingt eigentlich neutral. Aber ein Polizist steht in der Tür und dahinter noch einer. Man wünscht mich zu sprechen.
Ich und Yvonne, wir haben selbstverständlich keine Geheimnisse voreinander, und auf diese Weise wird meine Frau Augenzeugin eines Hammers, der vernichtend auf mich niedersaust: Aufklärung eines Sachverhalts ... unangenehm, ja ... eine Behauptung, ja ... müsse man nachgehen, natürlich ... Nötigung, immerhin ... Vergewaltigung, im Raum stehend ... FLASCHE, ähm ...

Es ist, als schaufelte jemand heißen Sand in meine Ohren. Mir wird speiübel, meine Knie werden weich, sodass ich mich am Türstock abstützen muss.
Ob ich eine *Jutta Wimmer* kenne? Nein! Ja.
Ob ich sie in mein Hotelzimmer geladen hätte? Nein! Ja.
Ob es zuerst zu einvernehmlichen Sex gekommen sei? Nein! Ja.
Ob ich die genannte Person dann im Verlaufe des sexuellen Austauschs und gegen deren ausdrücklichen Willen brutal mit einer Sektflasche penetriert hätte? Ja. Nein!
Yvonne ist es schließlich, die das hier energisch unterbricht.
Sie bittet die Polizisten, mit der Befragung aufzuhören und zu gehen, sie könnten alles Weitere dazu mit unserem Familienanwalt besprechen, dann schließt sich die Tür.
Yvonne bleibt mit dem Gesicht zum Türblatt stehen, mit dem sie nur kurz zuvor eine letzte bohrende Frage in zwei Teile geschnitten hat.
„Was – bitte – ist – das?", formuliert sie ganz langsam, und ihre Stimme klingt kalt und tiefer als sonst, so als hätte jemand plötzlich Pech über ihre Stimmbänder gekippt.
In den nächsten zwei Stunden erkenne ich meine Frau nicht wieder. Wie ein Derwisch tanzt sie durch unser Haus und schiebt ohne große Mühe alle Wände darin zusammen und so auf mich zu, dass es eng und enger wird und ich kaum noch genug Luft bekomme, um auf all ihre Betonfragen korrekt und pflichtgemäß zu antworten. Ich sage ‚Jutta' und ‚mit Jutta' und ‚da war Jutta', ‚dann hat Jutta' ... Und Yvonne sagt irgendwann, es klingt entgeistert und resigniert gleichermaßen: „Was stimmt denn bloß nicht mit dir?"
„Aber versteh doch!", sage ich, mich nun auch noch ereifernd. „Jutta will sich bloß an mir rächen!"
„Ja", antwortet Yvonne mit brutaler Gefasstheit und zugleich abschließend. „Das habe ich schon verstanden."
Irgendwann, es ist schon spät und ich fühle mich extrem ausgelaugt, ist zumindest eines klar: Wir werden uns mithilfe unserer Familienanwältin gut gegen diesen unglaublichen Vorwurf wehren können. Ich denke, Himmel, das ist vielleicht noch mal gutgegangen, aber da kommt Yvonne plötzlich auf das zurück, was sie mir vor Stunden auf unserem blauen Teppich hat erzählen wollen. Und nun hat der viel zu kleine Raum der letzten Stunden auf einmal auch keinen Bo-

den mehr, und alles, was ich jetzt spüre, ist, dass ich tatsächlich falle.
Wir sitzen in der Küche auf unseren Designer-Barhockern an dem von uns selbst entworfenen und dann in Auftrag gegebenen Tresen, auf den wir beide sehr stolz sind. Wenn wir die Abende nicht vorm Kamin sitzen oder auf unserer geräumigen Gartenterrasse, dann sitzen wir hier.
Yvonne hat jemanden kennengelernt, eine andere Frau!
Es sei noch nichts passiert, sagt sie, aber sie spüre da eine starke Anziehung, eine Relevanz, eine Sehnsucht, der sie jedoch nicht habe nachgeben wollen, ohne vorher mit mir darüber geredet zu haben. Ursprünglich.
Das alles stelle sich jetzt allerdings etwas anders für sie dar, das müsse ich nach ‚all dem hier' schon akzeptieren. Momentan jedenfalls könne ich zwar mit ihrer Unterstützung in Bezug auf die Anzeigenabwehr rechnen, doch auf mehr brauche ich nicht zu hoffen. Das sagt Yvonne, und ich, die ich noch immer einen Weg zurück in ihr Herz gefunden habe, weiß, dass es diesmal bitterernst ist.
Dann tritt Stille ein zwischen uns. Es ist eine Stille wie ein reißender Fluss: alles ist nur Ton, sodass man meint, nichts zu hören. Bis endlich etwas unser erschöpftes Schweigen zerreißt, das unzweifelhaft ein Laut ist, denn von irgendwoher macht es auf einmal und schon wieder: ‚Pling'.

Jo Pollux
Baccanalia

Jo Pollux, Baccanalia

Roberta Gradl
Die Fürstin

Als sie erwachte, schien die Welt um sie herum gekippt. Ein schmales Wolkenband hing quer über dem senkrechten Horizont. Dahinter neigten sich Hügel scheinbar in die Tiefe. Zudem schwankte alles in langsamem, aber ungleichmäßigem Tempo.
Sie schloss die Augen, und Bruchteil für Bruchteil setzten ihre Sinne die unterschiedlichsten Eindrücke zusammen. Etwas scheuerte auf ihrer Haut. Es war warm und borstig-weich. Es roch nach Pferd. Jetzt hörte sie das Tier auch schnauben. Warum scheuerte ihre Haut? Weil sie nackt war! Heiße Sonne, abkühlender Schweiß, sie fühlte ihre Nacktheit am ganzen Körper.
Etwas war zwischen ihren Beinen, drängte sich über das Schwanken und die wunde Haut in ihr Bewusstsein; etwas, nein, jemand berührte ihr Geschlecht! Sie riss die Augen auf, wollte sich entwinden, doch konnte es nicht, weil starke Riemen sie festhielten. Lediglich ein wenig winden konnte sie sich und unter Anstrengung den Kopf heben. Ihr schockierter Blick traf auf ein Paar Augen blau wie Eis im Januar, die über ihr zu schweben schienen. Sie gehörten zum Gesicht der Fürstin und musterten sie ungerührt.
„Mach mich los! Lass mich runter!“, zischte sie, doch ihre Stimme zitterte genauso wie ihre überanstrengten Nackenmuskeln. Nur ein heiseres Krächzen, das der Fürstin nichts abrang außer ein Zucken um die Mundwinkel. Die Eisaugen funkelten in dem sonnengegerbten Gesicht, und der Frau vor ihr fuhr ein Schauer durch die Glieder. Wutentbrannt zerrte sie erneut an den Riemen, die sie auf das Pferd fesselten. Ihre ausgelieferte Position wurde ihr immer bewusster und trieb ihr Hitze ins Gesicht. Man hatte sie auf das Pferd der Fürstin drapiert wie eine zur Schau gestellte Beute; perfekt eingehängt in ein Geschirr aus Leder ruhte ihr Oberkörper auf dem Hals des Pferdes, ihre Arme nach hinten gebunden, während ihre Hüften nach unten hingen, wo sie seitlich am Bauch des Pferdes von einem breiten Ledergurt festgehalten wurden. Ihre Beine waren bis aufs Äußerste gespreizt, der Zug an Sehnen und Muskeln in Lenden und Schenkeln grenzte an Schmerz. Ihr linkes Bein lag über dem einen Ober-

schenkel der Fürstin, das rechte wurde von dem Geschirr nach unten gezogen und war am Steigbügel befestigt. Jeder konnte zwischen ihre Beine sehen – die Fürstin braucht nur den Blick zu senken, aber auch all die Kriegerinnen, die sie zu Fuß begleiteten, hatten durch diese seitliche Fixierung freie Sicht auf ihr Geschlecht.
Und, sie sah das jetzt, als sie den Kopf zur Seite drehte, es war eine der Kriegerinnen, deren Hand sie an ihrer Vulva spürte. Was sie tat, konnte sie nicht erkennen, aber sie sah das dreiste Grienen im Gesicht der Speerträgerin und spürte, wie hart-verhornte Finger ihre Scham befühlten. Mehr und mehr Kriegerinnen gesellten sich dazu, um die Fürstin ein paar Schritte zu begleiten, und eine jede berührte die dargebotene Möse der Frau, die sie auf ihrem Pferd bei sich trug. Mal wurde an den zarten Venuslippen gezupft, mal wurde sie zusammengepresst oder zwischen rauen Fingern gerieben. Eine knetete das Fleisch über der Klitoris, eine andere trommelte mit der flachen Hand einen schnellen Wirbel auf ihr ganzes Geschlecht. Keine aber drang in sie ein, keine berührte ihre Klit. Eine Schwertkämpferin in mit Bronze beschlagener Rüstung und schwerem Helm schnalzte beifällig, während sie die Venuslippen weit auseinanderzog, und die Fürstin nickte und lächelte dazu.
Einmal lachte sie sogar schallend auf, wohl auf eine besonders saftige Bemerkung. Ihre Stimme klang wie ein Gebirgsfluss, der auf seinem Grund sogar die großen Steine mit sich rollt.
Die Festgebundene wusste nicht, wohin sie ihren Kopf abwenden sollte, und so warf sie ihn hin und her. Sie begann, am ganzen Leib zu beben, auch ihr Atem zitterte schnell und flach. Da beugte die Fürstin sich über sie und hielt ihren Kopf. Weicher als Seide war das Leder ihrer Handschuhe, kühl schmiegte es sich an die Wangen der Frau, doch schon einen Lidschlag später brannte es heiß auf ihren Brustknospen, denn nun wurden sie gedrückt und gezwirbelt und wurden dick und steif unter den Fingern der Herrin. Zwischen ihren Brüsten rann Schweiß in Bächen, schneller als die glühende Sonne ihn trocknen konnte, und die Fürstin verrieb ihn jetzt mit einer Hand. Das weiche Leder des Handschuhs saugte ihn auf und wurde ganz dunkel davon. Fasziniert schien die Fürstin ihre Hand zu betrachten, führte sie dann zum Mund und nahm das feuchte Leder zwischen die breiten, dunkelroten Lippen. Ihr Lächeln dabei war hintergründig und voller Genuss.

Die Festgebundene schloss die Augen. Im Mund schmeckte sie den vom Heer der Fürstin aufgewirbelten Staub, den Pferdeschweiß, den Geruch von hunderten Frauen, erhitzt und aufgewühlt nach der Schlacht.
Mit jedem Schritt des Pferdes bewegten sich die festen Muskeln der Fürstin, und die Frau wusste nicht, ob sie dieser Berührung an ihrem nackten Schenkel entgehen wollte oder sie tröstlich fand.
Inzwischen schnitten ihr die Riemen ins Fleisch, strapazierte Sehnen und durchgebogener Rücken brannten.
Doch immer noch griffen neugierige Hände in ihren Schoß; gerade eben fuhren heiße Finger ungeschlacht zwischen die äußeren und inneren Falten, um an trockener Haut zu reiben.
Die Frau heftete ihre Augen auf eine Wolke am Himmel und wollte sich wegversetzen, nur um sofort wieder zusammenzufahren, als sie die Stimme der Fürstin zum ersten Mal vernahm. Eine heiße Welle schwappte durch ihren Körper – Angst und Erregung fühlten sich oftmals ganz ähnlich an.
„Ja, Herrin, trocken wie der Sand um uns herum“, antwortete die Soldatin, die sie zuletzt befingert hatte.
„Gut! Sehr gut! So will ich sie haben!“ Die Fürstin brachte das Pferd zum Stehen und sprang ab. „Holt sie herunter und macht sie bereit!“

Sie wurde durch das Feldlager getragen. Unter den Blicken der Umstehenden hoben vier Kriegerinnen sie hoch über ihre Köpfe und schritten auf einen freien Platz in der Mitte des Lagers zu. Ermattet hing die Frau in ihren Händen, wieder schaukelte der Himmel über ihr, während unzählige Augen wie tastende Finger auf ihrer Haut prickelten.
Der große Fels, auf den sie gebettet wurde, war eine Wohltat für ihre erschöpften Glieder. Die Zeit hatte den Findling zu einem Tisch für Riesinnen geformt und seine Oberfläche so glatt geschliffen, dass sie der Frau fast weich vorkam und sich an ihren Körper anzuschmiegen schien.
Erneut band man sie an Händen und Füßen fest, aber lockerer dieses Mal, auch nicht so überstreckt.
„Was habt ihr mit mir vor?“, zischte sie die Kriegerinnen an, doch die zogen nur sorgfältig die breiten Bänder aus weichem Leder fest und schwiegen. Auch scherzte niemand mehr, als sich jeweils eine

der Frauen an einer Ecke des Felsens postierte und zu einer stummen Wächterin erstarrte.
Auf dem Platz breitete sich eine tiefe Stille aus, selbst die Geräusche aus den geschäftigeren Teilen des Lagers wurden weniger und leiser, bis sie fast ganz erstarben.
Mit einem Mal wünschte die Frau sich sogar die unverschämten Berührungen zurück, wünschte sich wieder auf das Pferd, mit den Händen der Fürstin auf ihrem Gesicht.
Als eine ältere Frau ihr etwas später Wasser brachte, trank sie es durstig bis zum letzten Tropfen aus.
„Was habt ihr mit mir vor?“, flehte sie atemlos. Doch die Wasserträgerin antwortete nicht. Kurz strich sie ihr mit einer schwieligen Hand über die Stirn, ehe sie auf leisen Füßen wieder verschwand.
Die Frau war sich selbst überlassen.
Ihre Vulva pochte.

Die Sonne zog den Tag über den Himmel hinter sich her. Auf ihrem steinernen Bett döste die Frau. Einmal erwachte sie, weil die nun tiefer stehende Sonne heiße Strahlenküsse in ihren geöffneten Schoß sandte. Aus dem Heerlager waren nur noch vereinzelte Laute zu vernehmen, jedoch war das Schweigen nicht schläfrig, sondern erwartungsvoll. Wie Statuen standen die Wächterinnen und warfen immer längere Schatten auf die Frau. Sie war nun wach und sah, dass der Himmel über ihr transparent geworden war, dünner das tiefe Blau, während der Westen zum Glutbett der Sonne geworden war. Und als sie den Kopf zur Seite neigte, stand die Fürstin neben ihr. Die Frau erkannte sie allerdings nur an ihrer großen, gebieterischen Gestalt, denn die Sonne hinter ihr machte sie zu einer schwarzen Gestalt in einem blendenden Kranz aus Licht.
Ihr Herz setzte einen Schlag aus. Ihre Seele wollte aus ihrer Brust.
Die Fürstin trat noch näher, trat aus dem Licht heraus, legte ihre Hande flach auf den Fels. Atemberaubend war sie in ihrer Rustung, die im Abendlicht glühte wie flüssiges Gold.
Hinter der Fürstin versammelten sich nach und nach die Kriegerinnen – das halbe Heer, wie es schien –, drängten sich in dichten Reihen um den Fels, alles ohne ein Wort, kaum ein Geräusch bis auf ein vereinzeltes Klirren einer Waffe oder ein Scharren hier und da.
Als endgültig völlige Stille eingekehrt war, als die glühendrote Luft

simmerte vor Erwartung, da schloss die Fürstin kurz die Augen, um sich zu sammeln, atmete tief und inbrünstig ein, fast seufzend wieder aus, und es begann.

So sehr die Frau es versuchte, sie hatte nicht genug Willenskraft, ihre Augen zu schließen. Sie musste verfolgen, wie die Fürstin von ihr Besitz ergriff; die Hände auf ihren Scheitel legte, hinunterfuhr zu den Ohren, den Kiefer entlang zum Kinn. Wie sie ihre zusammengepressten Lippen mit den Fingern öffnete, um dann furchtlos die Reihen der Zähne entlangzustreichen.

Sie befühlte weiter ihre Wangen, legte ihr die Hände auf die Augen, dass sie sie nun doch einmal schließen musste im Reflex, und strich ihr dann unvermutet über den Hals, über die zerbrechliche Kehle. Von den Schultern bis zu den Händen, nahm jeden Finger und hob ihn an. Streifte mit den Fingernägeln über die Innenseite der Arme zu den Brüsten, bedeckte sie gänzlich und ließ sie mit erigierten Brustwarzen zurück.

Sie streichelte den sich heftig hebenden Brustkorb, den bebenden Bauch, erkundete den Nabel und griff fest in die Flanken.

In den wuchtigen Armreifen der Fürstin verfing sich letztes Sonnenlicht und wollte bleiben.

Die Frau fühlte sich zerteilt und wieder zusammengefügt. Fühlte sich nur als erregte Brust oder gleich darauf als ein Fleck prickelnde Haut an den Hüften und empfand sich gleichzeitig aber auch vollkommen und ganz.

Lust mischte sich mit Verwirrung, Zorn mit Angst, und alle wirbelten sie brennend in ihrer Brust.

In Gedanken fletschte sie die Zähne, zog sie wieder an ihren Fesseln, ruckte mit Armen und Beinen und lag doch völlig still.

Warm umfassten die Hände der Fürstin ihre Füße, pressten ihre Daumen in weiche Stellen ihrer Fußsohlen, sodass es der Frau die Beine hinaufschoss bis in den Schoß und sie beinahe, aber nur beinahe, ein Aufstöhnen zugelassen hätte.

Warum war es wie ein Fallen, als die Fürstin schließlich die Hände von ihr nahm und sie allein ließ? Warum fror sie jetzt?

Der Frau schwindelte seltsam. Das Licht war geschwunden, hinter dem Kreis der Kriegerinnen lag die Nacht. Feuerschalen und Fackeln waren entzündet, und in den Gesichtern flackerte etwas, das kam nicht nur vom Feuerschein.

Die Fürstin zog ihr Schwert aus seiner Scheide, auf der zwei steigende Pferde silbern tanzten. Gleich darauf hallte ihre Stimme über den Platz:
„Du wirst nun uns gehören, und wir gehören dir.“
Mehrere hundert Stimmen wiederholten diese Prophezeiung, die für die Frau ein banges Rätsel war. Als der letzte Ton verklang, dröhnte ihr das Schweigen in den Ohren.
Die Finger, die die Frau dann an ihrer Vulva spürte, waren weich und hart wie der Fels, auf dem sie lag und der nicht zuließ, dass sie sich entwand.
Sie versuchte, ihr Becken zu entwinden, doch das half ihr nicht, die Finger drangen zwischen ihre Venuslippen und spreizten sie, dehnten und öffneten sie ganz weit, um dem Griff des Schwertes das Eindringen zu erleichtern. Der Knauf war rund und glatt, aber mächtig. Langsam, sehr langsam, doch stetig drückte die Fürstin ihn in den Eingang.
Die Frau biss die Zähne so fest zusammen, bis ihre Kiefermuskeln schmerzten, als könnte sie damit der Fürstin das Eindringen verwehren. Der Knauf schob sich durch den protestierenden Muskelring, und ihm folgte mit einem schnellen, heftigen Schub der ganze Griff bis zum Heft. Schnaubend, ächzend bäumte die Frau sich auf, spannte alle Muskeln an, hing steif in den Fesseln und konnte doch nichts tun als wieder zurückzusinken. Sie zitterte. Sie war schweißgebadet. Rotgoldene Perlen auf ihrer Haut glänzten im Feuerschein genauso wie die feinen Härchen auf den nackten Armen der Fürstin.
Der Schwertgriff lag schwer und fremd in ihrem Inneren, füllte sie aus mit seiner kühlen Massigkeit. Die Frau wagte es nicht mehr, sich zu bewegen, spürte sie ihn doch sogar bei jedem ihrer Atemzüge.
Durch die Menge ging fühlbar ein stummes Aufseufzen, als die Fürstin damit begann, den Schwertgriff zu bewegen. Ihre Gesichtszüge waren in tiefer Konzentration erstarrt, denn das Schwert mit seiner langen, scharfen Klinge hatte erhebliches Gewicht.
Wieder spürte die Frau eine Hand an sich, diesmal auf ihrem Venushügel – eine kurze, leise Berührung, sollte sie etwa beruhigen, Vertrauen einflößen? –, dann explodierte Erregung in ihrem Schoß: Die Fürstin hatte sich ihrer Klitoris bemächtigt, massierte sie breit an Wurzel und Strang mit festem Druck, unter dem sie binnen weniger Herzschläge fügsam anschwoll.

Heftig durch die Nase atmend knirschte die Frau mit den Zähnen und ballte ihre Hände um die Lederriemen zu Fäusten, doch es half nichts; sie fühlte den Seufzer in sich aufsteigen wie die Lust, beide rasten durch Bauch und Brust um die Wette in ihren Kopf.
Der Schwertgriff zwängte sich derweil im selben Rhythmus in sie hinein, zog sich zurück, kam wieder; kein Schmerz war das, doch starke Reibung, fester Druck, unabwendbares Anstoßen tief in ihrem Inneren. Am Himmel über sich sah die Frau die Sterne tanzen und ächzte mit gefletschten Zähnen gegen ihr Seufzen an. Ihre Rückenmuskeln krampften, weil sie das Becken steif und starr an den Felsen presste.
Die Fürstin warf einen süffisanten Blick zu ihr, der schon in sich barg, was als Nächstes kommen sollte: Ein rascher Griff und die Haut um die Klit war straff gespannt, sodass die empfindsamsten Stellen dem Ansturm ungeschützt ausgesetzt waren.
Die Frau bildete sich ein, sie könnte fühlen, wie ihre Klit gen Himmel ragte, wie ein kühler Lufthauch den Fingern der Fürstin vorausging, ehe sie erst über die harte Spitze rieben, dann die glatte Haut hinunter bis an die Stelle, wo das Heft des Schwertes sich an ihren Eingang drückte. Dort umspielten sie kurz die geweiteten Venuslippen, um dann wieder und wieder nach oben zurückzugleiten.
Ihre Klit begann zu pochen, ihre Schenkel zu zucken, die Knie schlugen gegen den Fels. In ihrem Schoß war es jetzt so nass, der schwere Griff in ihr glitt nun geschmeidig und massierte kraftvoll ihr weiches Inneres.
Verzweifelt drehte die Frau ihr Gesicht zur Seite, suchte fieberhaft nach einem Anker. Alles aber um sie herum schien in Bewegung; Funken stoben von den Fackeln ins Dunkel, weißer Rauch kräuselte sich, der Sternenhimmel selbst schien sich zu drehen.
„Sieh mich an!"
Sie fühlte den Befehl mehr, als dass sie ihn hörte. Ihre Augen gehorchten.
„Gib nach!"
Als sich ihr Becken zum ersten Mal begehrlich hob, schloss die Frau die Augen. Unfassbare Erleichterung! Nicht nur für ihre Glieder, die sofort zitterten und ruderten, soweit die Fesseln es erlaubten.
Alles schien sich aufzulösen und zu zerfließen. Ihr erster Schrei kam rau, dann wurde er ein einziges Singen, und das Härteste an ihr war ihre Klit.

Sie reckte ihr Becken jetzt der Fürstin entgegen, ihren Fingern, dem Schwertgriff und sogar dem kantigen Heft.
Als die Fürstin zuletzt ihre Klit zwischen zwei Finger nahm, als sie an ihr zog und drückte, als ihre Klit noch weiter schwoll und die Fürstin mit dem Daumen noch dazu über ihre Spitze strich ... da brannte ihre Lust nicht mehr, sondern wurde ein Donner, der machtvoll durch ihren Körper rollte, um den Horizont zu sprengen. Sie war nicht hier und doch überall, war gar nichts mehr und zugleich alles. Die Frau verstummte abrupt, denn die Fürstin gewährte ihr Erfüllung und löste ihr Versprechen ein.
Nachdem auch die letzten Wellen abgeebbt waren, barst die atemlose Stille unter den umstehenden Kriegerinnen, und heiserer Jubel brach aus. Die Frau ließ den Kopf zur Seite rollen und die Tränen einfach fließen, während sie in die begeisterten Gesichter blickte. Irgendwann hob die Fürstin die Hand und erbat sich Ruhe. In der Stille hörte die Frau sich selber seufzen, als der Schwertgriff aus ihr herausgezogen wurde und eine tiefe Leere hinterließ. Mit angehaltenem Atem wartete sie und seufzte tief, als die Fürstin befahl:
„Dreht sie auf den Bauch und bindet sie noch einmal fest!“

Die Sterne hatten den Himmel durchquert und verblassten, da führte eine der Kriegerinnen die Frau in das große Zelt, wo sie ihr gebot zu warten. Sie konnte kaum stehen. Die kraftlose Weichheit ihrer Glieder war exquisit, ebenso wie dieser milde Schmerz, das Nachpochen und Brennen in ihrem Schoß.
Auf ein Geräusch hinter ihr drehte sie sich um. Die Fürstin. Nackt bis auf einen goldenen Halsreif, dessen Enden zu zwei Raubtierköpfen ausliefen. Ihr Körper war Vollendung, als sie mit einer einladenden Geste auf die Frau zutrat.
„Ich schwor, du gehörst uns. Und wir gehören dir.“

„Yes We Fuck!"

Der queere Dokumentarfilm über Menschen mit funktionaler Diversität zeigt in Interviews und in sechs ausführlichen Porträts und Szenen (von den Protagonist*innen selbst aufgenommen), wie sie mit Liebes-Partner*innen oder Assistent*innen privat und in Workshops sexuelle Erfahrungen machen und ihre Sexualität leben. Sex gehört uns allen!

*Der Film wurde auf vielen Festivals gezeigt und wird von den Macher*innen frei zugänglich gemacht: www.yeswefuck.org/*

Merxte und Kani

Kani: „Auch Menschen, die spezifische Bedürfnisse haben, Menschen mit funktionaler Diversität melden sich für unsere Workshops an; so kam auch Merxte zu uns, sie ist blind. Ihre Körper entziehen sich der Norm, Körper, die nicht Teil der Gesellschaft sind, in der wir leben.
Lange blieb das Sich-Ergießen unsichtbar. Es wurde in der Geschichte stigmatisiert und kastriert, warum? Für mich

ist es überraschend, wie wenig die vielfältigen Lustorgane und die echte Lust der Frauen visualisiert wurden. Wenn, dann nur vom klinischen Standpunkt aus. Und dort wurde alles, was nicht für die Reproduktion wichtig war, als sekundär angesehen.
Noch heute ist das Wissen nicht überall angekommen. Im Workshop waren Leute, die sagten, ich bin jetzt 30, ich habe nicht gewusst dass es das gibt.
Ich denke, Visualisieren ist wichtig. Das immer wieder beschworene „Geheimnis" scheint mir ein Mythos, der Frauen wieder unsichtbar macht.

Sex ist für mich ein Ort, um etwas zu erschaffen. Ein Ort, an dem ich mich frei fühle zu experimentieren und Rollen und Codes untergraben kann, obwohl ich nicht sagen könnte, wo Sex beginnt und wo Sex aufhört. Als Kind wurde ich als „weiblich" diagnostiziert. Aber ich bin ein Zwischenwesen, befinde mich in Transition.

Merxte: Was mich bei einer Person als Erstes berührt, und das kann attraktiv auf mich wirken oder nicht, ist ihr Geruch. Sex ist für mich eins der wichtigsten Fundamente eines Menschen. Es ist eine Quelle des Vergnügens, eine Möglichkeit, mit anderen zu interagieren, und auch des persönlichen Wachsens, das alles ist Sex für mich. Ich habe von Kanis Workshop über weibliche Ejakulation erfahren und wollte diese Erfahrung machen, aktiv und passiv.

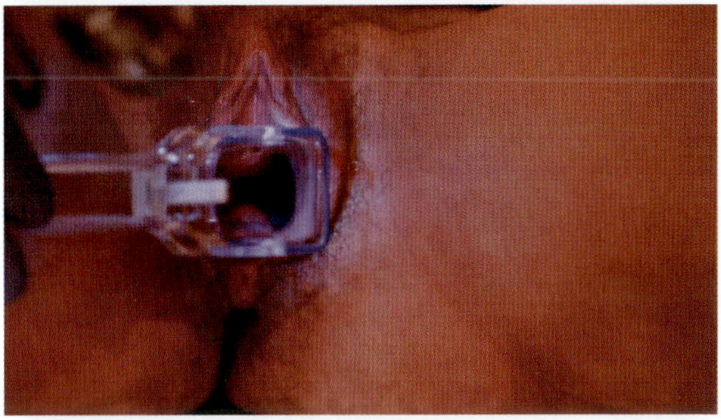

Post-op-Kollektiv

„Wenn dir immer gesagt wurde, was begehrenswert ist und welche Körper es sein sollten, dann begehrst du diese Art Körper irgendwann. Entwickelst ein konstruiertes Verlangen. Wir leben in einer Gesellschaft, in der einige Körper als wervoller angesehen werden als andere, je nach Fähigkeiten.
Zum Ficken brauchst du Fantasie. Es ist uns in unseren Workshops, an denen viele Menschen mit funktionaler Diversität teilnehmen, wichtig, den ganzen Körper zu sexualisieren.“

Teo: „Warum sollte sich eine Person, die Hilfe braucht, sexuell beschränken? Darum machen wir dieses Video.“

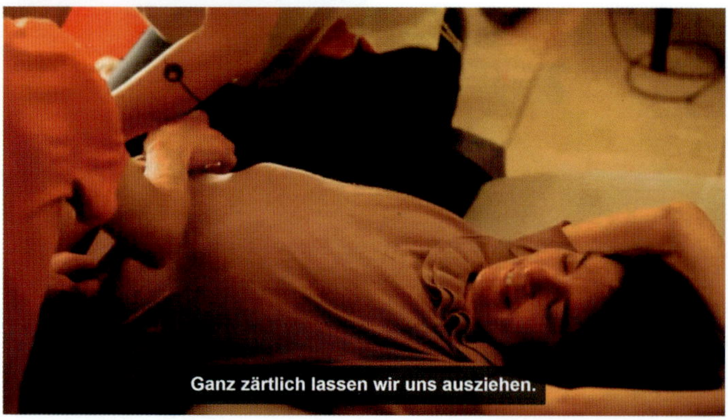

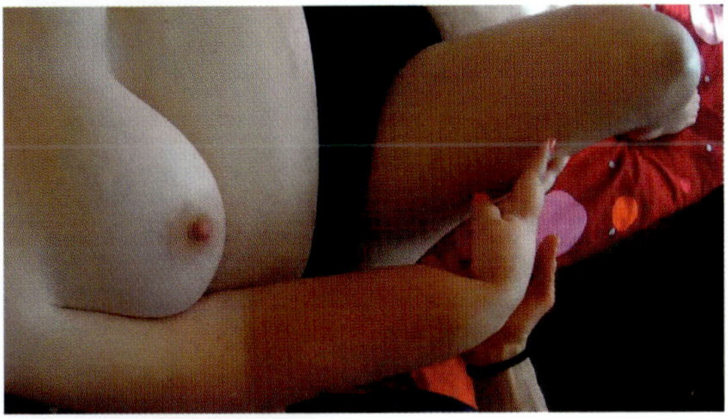
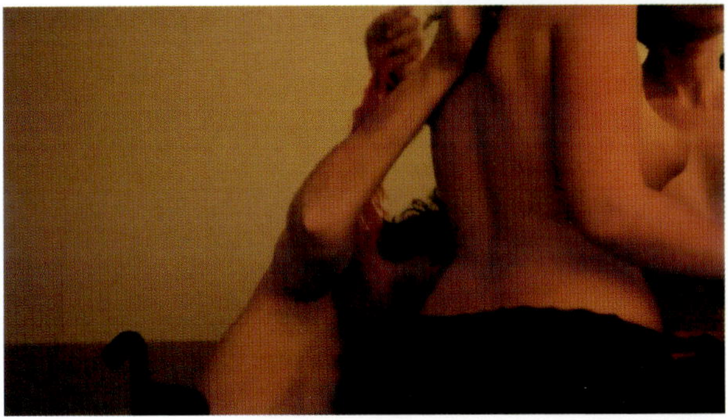

Lust, die ich alleine nicht erreichen kann.

Anna Hetzer
DOKTOREN

früher lösten doktoren in frauen mit handarbeit
eine hysterische krise aus um sie zu heilen
nenne heute handarbeit wenn ich – du weißt schon
du kommst nennst es weder hysterisch noch krise
vielleicht doktorspielchen? nein. auch wenn instrumente
dran beteiligt sind? nein, nein. wir die kurve
von erregung bis erschlaffung punkt für punkt
aus büchern kennen? nein. sind wir einander
sextherapeutin in ausbildung? nein. als unheilbar markiert
in unsren akten? zwei patientinnen unter der decke
als operationstuch? nein, nein. lösen historische krisen aus
wenn wirs miteinander treiben

Agnes Voigt

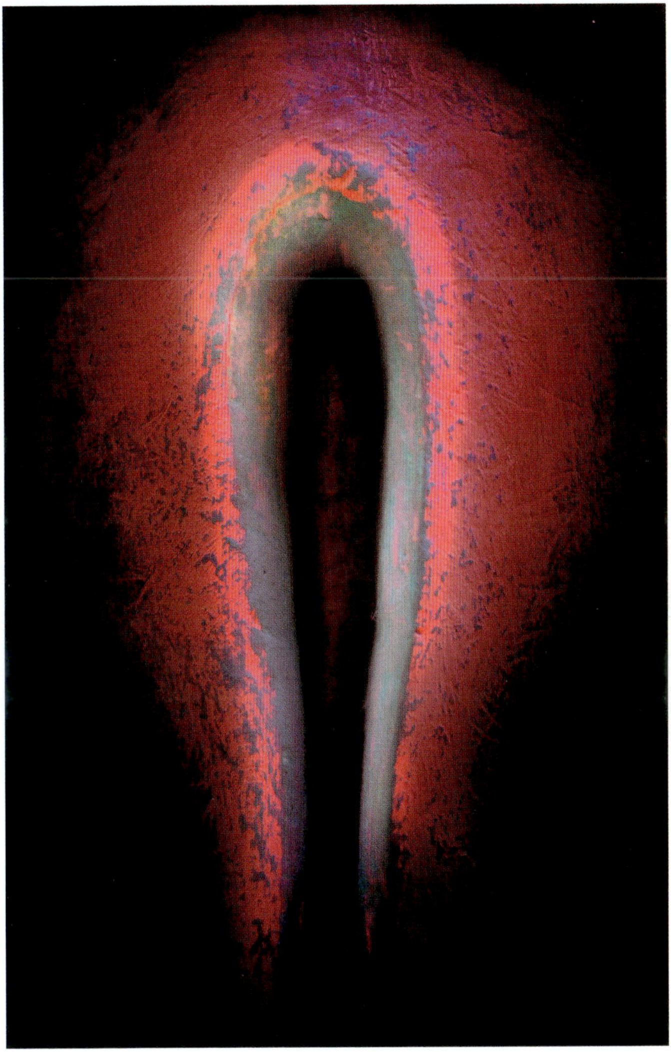

Anais Morten
Quitt

„Haben Sie einen Kalender?“ Die schüchterne Frage dringt nur dünn aus dem Stimmengewirr, Sarah blickt kurz auf in Lindas helle Augen und schüttelt unwillig den Kopf. Alle rennen hin und her, räumen Farbkästen ein, waschen Pinsel aus. Sarah sortiert den Stapel Zeichnungen auf ihrem Pult, macht Notizen, setzt Häkchen hinter Namen, wählt Arbeiten für die Abschluss-Ausstellung aus – in der letzten Stunde des Volkshochschulkurses, eine Viertelstunde vor Schluss, ist die Hektik zu groß, um auf seltsame Sonderwünsche einzugehen.
Sarah schreibt und ordnet emsig, die Frage trudelt durch entlegene Hirnwindungen – kurz bevor sie ins Vergessen entgleitet, stößt sie an einen Nerv. Einen Kalender … was soll das … Sarah schreckt auf wie jemand, der im Traum gegen einen Baum rast.
Linda kauert leicht gekrümmt auf ihrem Stuhl, über ihr Aquarell gebeugt, auf dem ihre Tränen kleine Kreise ausgewaschen haben, blumenförmige Flecken mit zartbunten Rändern.

Sarah setzt sich neben sie. Die ersten Kursteilnehmer verlassen schon den Saal, durch die offene Tür sieht Sarah mit leichtem Erschrecken Lindas Vater im Gang auf der Stelle treten. Lindas Eltern warten nicht vor der Schule, sondern holen Linda direkt vor dem Fachraum ab.
„Hast du schon einen Test gemacht?“, flüstert Sarah. Linda nickt, und mehrere dicke Platscher überschwemmen den Aquarellhimmel mit Wolken; Sarah rückt um den Tisch, um Lindas Vater die Sicht auf das Mädchen zu versperren. „In vier Tagen fahren wir für drei Wochen weg. Meine Eltern dürfen nichts davon erfahren …“
Für eine langwierige Prozedur mit Untersuchungen und Beratungsstellen ist es zu spät. Wie hieß dieser Arzt …? Eine Hetero-Bekannte ihrer Freundin hatte Visitenkarten von ihm verteilt und erzählt, dass er den Eingriff schnell und diskret machte, rechtlich nicht immer korrekt, aber medizinisch sorgfältig. Sarah hatte dankend abgelehnt mit dem Hinweis, dass sie wohl kaum in die Verlegenheit käme … Verdammt, der Name …?

Zugleich mit einer Woge von Bestürzung und Angst schwemmt ihr Bewusstsein Erinnerungsbrocken hoch. Sie kramt hastig nach einem Stift in ihrer Jackentasche, ihr Portemonnaie fällt auf den Boden. Sarah notiert die Information auf einen Zettel, sogar die Straße fällt ihr wieder ein.
Linda hebt das Portemonnaie vom Boden auf. Dabei schiebt sie ein paar herausgerutschte Geldscheine zurück, sowie einige Fotos, die Sarah zum Spaß mit ihrer Freundin im Automaten gemacht hat. Darunter eins beim Zungenkuss.

In der ersten Ferienwoche findet Sarah ein Aquarell im Briefkasten; voller runder Tropfen-Flecken, die mit fröhlichen Mustern und lächelnden Mondgesichtern ausgemalt sind.

Sarah blättert durch den zehnten Katalog, und die hundertfünfzigste Palme schnippt zwischen ihren Fingern hervor.
„Sie wollen gar nicht verreisen, oder?", fragt eine freundliche leise Stimme mitten in ihr ratloses Seufzen.
„Linda!"
„Ein Aushilfsjob Freitagnachmittags. Mach ich schon länger." Sie setzt sich Sarah gegenüber und sieht sie eindringlich an, wie der kleine Prinz auf eine Antwort beharrend.
„Wär ich hier, wenn ich nicht weg wollte?"
„Sie freuen sich nicht auf die Reise", stellt Linda sachlich fest.
Sarah senkt den Blick und sieht direkt in den Mülleimer, auf ein paar zerknitterte und verknäulte Palmen. Ihr Gesicht fühlt sich ähnlich an in diesem Moment.
„Ihre Freundin …?"
„Ich bin ihretwegen hierhergezogen. Kenne weit und breit nichts und niemanden außer ihr und ein paar Leuten von der Volkshochschule. Habe hier noch keinen Studienplatz gekriegt. Und jetzt, nach drei Monaten …"
Sarah bricht ab. Der Besitzer des Reisebüros schiebt in einem Regal direkt neben den beiden Ordner hin und her und treibt Linda mit strengen Blicken an, weiterzuarbeiten. Offenbar hat er einen Riecher für Privatgespräche und duldet sie nicht.
Linda hebt unmerklich bedauernd die Schultern, dann streift sie den

Ärmel zurück, legt die Hand auf den Tisch, als wollte sie auf etwas in einem Katalog zeigen, aber in so ungewöhnlich verdrehter Position, dass Sarah sofort auf den Stempel aufmerksam wird, der gut lesbar Lindas Unterarm verziert: Das Logo einer Disco für Frauen. Sarah runzelt fragend die Stirn.
Linda sieht sich kurz um nach ihrem Chef, der auf einen neuen Kunden zugeht und seinen Aufpasserposten vorerst räumen musste.
„Ich habe erst mal genug von Männern. Weiß noch nicht, ob das bei mir so bleibt. Aber darum geht es nicht", raunt sie.
Sarah sieht nachdenklich auf den Stempel.
„Ist vielleicht nicht besser als zu verreisen. Aber auf jeden Fall billiger", meint Linda noch.
Es muss ja nicht Disco sein, überlegt Sarah. Ich könnte überhaupt erst mal anfangen, diese Stadt zu entdecken.
„Wenn du mit allen Kunden so sprichst, wundert es mich nicht, dass er das unterbindet. Geschäftsfördernd ist das nicht", knurrt sie dann gespielt vorwurfsvoll.
Linda lächelt nur. „Ich schulde dir noch einen guten Tipp."

Ein paar Monate später verkauft Linda eine Reise an Sarah. Flugtickets für zwei.

Oxana Baumgart

A.K.
Schachmatt

Als wir vor noch nicht allzu langer Zeit zusammen im Kino La La Land geschaut haben, da hast du bei einer der ersten Szenen, als die Leute auf den Autodächern getanzt haben, gesagt: „Jetzt haben sie mich schon." Verdammter Mist, hab ich gedacht. Denn so ging es mir mit dir auch. Es klingt so lächerlich. Und im Grunde ist es das auch. Aber schon als ich dich das erste Mal gesehen hab, hattest du mich. Und schon da wusste ich, dass ich dich, umgekehrt, nie haben würde. Und mir war klar, dass ich heillos verloren bin, wenn ich nicht dafür sorge, dass du aus meinem Blickfeld verschwindest. Das hab ich auch lange geschafft. Dir aus dem Weg zu gehen. Aber irgendwann bin ich eingeknickt wie ein instabil konstruiertes Kastanienmännchen. Geplant war das alles nicht. Dass ich mich in dich verliebe. Aber wer plant so was schon. Gefühle folgen bekanntlich keiner Logik. Irgendwann hab ich mich aber einfach nicht mehr dagegen gewehrt. Das mache ich mir im Nachhinein zum Vorwurf. Sonst hätte es vielleicht nicht so böse enden müssen. Wenn es gar keinen Anfang gegeben hätte, dann hätte es auch nicht enden können. Dann wärst du jetzt eben immer noch der attraktive Schemen, der immer mal wieder irgendwo freundlich winkend aufblitzt.
Für mich war eigentlich alles so simpel. Ich war einfach gerne mit dir zusammen. Wie sehr einem das auf den Keks gehen kann, wenn man selber nicht so empfindet, das weiß ich mittlerweile.

Fasziniert hast du mich schon immer. Aus der Ferne. Und aus der seltenen Nähe sowieso. Wir sind uns nur ab und zu zufällig über den Weg gelaufen. Für dich muss es so ausgesehen haben, als hätte ich keine Lust auf dich. Ich war immer eher abweisend. Aus Selbstschutz. Ich dachte, es steht mir auf die Stirn geschrieben, wie scharf – ja, sorry – ich dich finde. Einmal haben wir uns zufällig auf dem Spielplatz getroffen. Du saßest auf einer Bank. Hast gesagt: „Setz dich doch zu mir, ich beiße nicht." Ich hab Unverständliches gemurmelt und bin stehen geblieben. Aber was mir sofort durch den Kopf geschossen ist, war: „Aber ich vielleicht."

Ich hab oft überlegt, was es überhaupt ist, das mich an dir so reizt. Ich steh auf Augen. Deine sind toll. Haben Ausdruck. Mit Fältchen drum herum noch mehr. Vor allem, wenn sie einen ungeniert fixieren. Da kann einem ganz anders werden. Mir auf jeden Fall. Dein Humor gefällt mir, inklusive scharfzüngiger Gemeinheiten. Deine Intelligenz. Und dann deine Stimme. Scheiße, deine Stimme. Mit diesem ganz leichten Akzent. Dein Lachen.
Ja. Ich hab mir ausgemalt, wie es wäre, mit dir zu schlafen. Und nicht nur einmal. Das lässt sich nicht verleugnen. Schäbig? Ein bisschen bestimmt. Dich zu küssen. Erst langsam. Dann stürmisch und atemlos. Dich an die Wand zu drücken, wenn du die Tür öffnest, ohne Vorwarnung. Deine Hände zu packen und ganz fest über deinem Kopf gegen die Tapete zu pressen, sodass du dich nicht mehr wehren kannst. Und dich dann wieder zu küssen, bis du kaum mehr Luft bekommst. Dir deine blau karierte Bluse, die dir so gut steht, vom Leib zu reißen. Deinen BH. Und deine Brustwarzen mit der Zunge zu bearbeiten, bis sie hart werden, bevor ich zubeiße. Erst leicht, dann fester. Bis du schreist. Und dich anschließend aufs Sofa zu werfen, um Unaussprechliches mit dir anzustellen.

Ich bin eine Spätzünderin. Jedenfalls in Sachen sexuelle Orientierung. Oder eher in Sachen Outing, mit über vierzig, nach langer Ehe mit einem Mann und Familiengründung. Eigentlich wusste ich es schon immer. Dass das eigene Geschlecht mich fesselt. Eingestanden hab ich es mir aber nie. Nicht nur ein Mal hab ich mich in Frauen in meinem Umfeld verguckt. War hin und weg von zufälliger Berührung. Tagträume von Frauen, die ich anziehend fand, haben mich fast um den Verstand gebracht vor Verlangen. Und das schon als Teenager. Vor mir selber hab ich mich für solche Gedanken geschämt. Homosexualität war im Elternhaus kaum mal Thema. Da hieß es höchstens: Der oder die „ist wohl homo". Eine Feststellung, bei der aber immer irgendwie ein Unterton mitschwang, der nicht richtig zu deuten war. Am ehesten klang es nach belustigter Erleichterung: Dass man nicht auf irgendeine Art selber betroffen war „davon". Hängen blieb bei mir jedenfalls: So wirklich normal ist das nicht.
Sex mit einem Mann, das war für mich selten lodernde Leidenschaft, sondern meist eher Sparflamme. Der maskuline Körper hat mich einfach nie richtig angemacht. Wohingegen der bloße Gedan-

ke an eine Episode mit einer Frau im Bett Ekstase ausgelöst hat. Es gab Zeiten, in denen ich kaum an Frauen gedacht hab. Dann wieder oft. Ich hab versucht, mir zu sagen: „Unsinn, alles nur Projektion. Jahrelange Beziehung, Langeweile, Suche nach neuen Reizen." Das war aber natürlich alles eigentlich keine Erklärung dafür, dass es Frauen waren, die mich so sehr aus dem Konzept bringen konnten. Immer, wenn ich mit meinem Partner schlief, war ich danach deprimiert. Hatte einen Kloß im Hals, einen Klumpen im Magen, wollte, dass er mich einfach in Ruhe lässt. Am liebsten hätte ich ihn in diesen Momenten auf den Mond geschossen. So viele Jahre lang konnte ich nicht einmal richtig festmachen, woran das lag. Mittlerweile weiß ich: Es war einfach nicht das, was ich wollte. Nicht das, was ich gebraucht hab. Eigentlich bin ich niemand, der oft das gleiche Motiv im Traum variiert. Aber über Jahre bin ich immer wieder aufgewacht und war abgrundtief enttäuscht: Weil nicht die Frau aus den Träumen neben mir lag. Die mit den langen, dunklen Haaren und dem riesigen Doppelbett direkt unter der Dachschräge. Sondern mein Ex-Mann.
Ich bin eine Frau und stehe auf Frauen. Vor allem auf weibliche. Emotional. Und auch beim Sex. Das weiß ich mittlerweile mit Sicherheit. Und die Realität ist noch besser als jeder Traum. Na gut, als fast jeder.
Es hat lange gedauert, bis ich das so klar formulieren konnte. Und noch ein bisschen länger, bis ich mich nicht mehr dafür geschämt habe.
Das Paradoxe ist: Du hast mir wirklich dabei geholfen, dahin zu kommen, wo ich jetzt bin. Ich konnte mit dir darüber reden, dass ich mich zu Frauen hingezogen fühle. Du warst tolerant. Wir haben Witze darüber gemacht. Du hast mich wachgeküsst, ohne dass je etwas in dieser Richtung passiert wäre. Du magst ja keinen Dank. Dankbar bin ich dir dafür aber trotzdem. Du als Katalysator. Der Gedanke gefällt mir irgendwie.
Ich hab dir so lange nicht gesagt, was ich für dich empfinde. Bis es im Grunde zu spät war. Aus Angst, du würdest unsere Freundschaft von heute auf morgen beenden. Denn die war mir zwischenzeitlich wichtig geworden. Immer wieder hab ich versucht, mit dir zu reden. Aber nie kam das raus, was ich eigentlich sagen wollte. Ich hab öfter versucht herauszufinden, wie du reagieren würdest, wenn du es schwarz auf weiß hättest. Ob du danach noch mit mir reden wür-

dest. Ich bin nie wirklich zu einem Schluss gekommen. Deswegen hab ich den Mund gehalten.

Ich hab mich so oft benommen wie der größte Idiot. Mist gebaut. Mich entschuldigt. Mist gebaut. Ausreden parat gehabt. Da war Eifersucht, wo keine hätte sein dürfen. Vermissen ohne Berechtigung. Und gleichzeitig ständig ein schlechtes Gewissen. Weil ich immer irgendwie den Eindruck hatte, dich zu hintergehen. Wahrscheinlich wusstest du es trotzdem die ganze Zeit. Dass ich mehr als nur einen Narren an dir gefressen hatte.
Und dann war alles irgendwann zu verfahren. Eins gab das andere, irgendwie hat sich alles verselbstständigt. Und du hattest einfach keine Lust mehr auf mich und meine Sperenzchen. Ich kann es dir nicht mal verdenken. Du wusstest ja nie so richtig, woran du bei mir warst. Wütend bin ich vor allem auf mich. So hätte es nicht enden sollen. Nicht so. Schuld zu sein, das ist ein mieses Gefühl. Keinen Frieden schließen zu können.

Schachmatt.
Man sagt ja, dass man aus Fehlern lernt. Ich bin noch dabei, die vielen Lektionen zu einem Ganzen zusammenzufügen. „Du benimmst dich wie eine Zwölfjährige, die Mathe verhauen hat." Das hast du mal zu mir gesagt. Als ich nicht wusste, wie ich meinen Eltern sagen soll, was in meinem Leben passiert ist. Dass ich auf Frauen stehe. Scheiße, ja, das hab ich getan. Die ganze Zeit. Und es lässt sich nicht mehr rückgängig machen.
Wenn man etwas mit Füßen tritt, dann braucht man sich nicht zu wundern, wenn es irgendwann aus dem eigenen Leben verschwindet. Auch Freundschaft. Ich wundere mich nicht mehr. Aber der Stachel bleibt.

Sie gehen vorbei, die Tage. Einer nach dem anderen. Und jeden davon krieg ich selbstverständlich auch ohne dich hin. Da gibt es nach wie vor Schönes und Trauriges. Ärgerliches und Anlässe zum Freuen. Aber nichts mehr zum Teilen. Vielleicht ist es keine so große Überraschung, dass es nicht dein Dekolleté ist, das fehlt. Oder dein toller Arsch. Sondern einfach du. Ohne Liebe.

Anja Müller

Lara Maibaum
incoming

das unsichtbare, ungesagte sehen und verstehen lernen. sich allmählich nicht mehr ganz zufrieden sehen auf den werbeplakaten rings herum mit grinsenden gesichtern –
mama, papa, kind.
das eigentliche akzeptieren geht dann doch schnell und einfach und schmerzlos eigentlich, weil es keine räume einengt, sondern weitere erschließt, keine türen öffnet, sondern gleich
das ganze dach wegnimmt und die wände –
allein steht man auf einem weiten feld, so allein, ja, man ist wahrhaft das einzige auf diesem sehr, sehr weiten feld, so allein war noch nie jemand, so allein –
aber man fängt schnell an zu gehen.
es geht dann doch leicht,
es unterwandert die realität,
es borgt sich die augen aus,
es generiert neue sorgen,
um die man sich vorher keine gedanken gemacht hätte, und was ist eigentlich mit dem vorher?
es wird diffus, unklar, unklar, wie man da über sich dachte. wie man da über ES dachte, wird schwer zu rekonstruieren,
vielleicht möchte man das gar nicht.

jetzt ist man in einem neuen ding drin, neue regeln, neue grenzen, lebensverändernd, ja, auf jeden fall, lebensbestimmend von der qualität eines flugzeugabsturzes, falls das ein positives oder gar nur ein neutrales ereignis wäre.
gehört man dazu?
ist man genug?
genug davon?
es wird sehr schnell sehr wichtig alles. man wünscht sich manchmal in die ruhe zurück, nicht in die unsicherheit, in die unwissenheit, aber in die ganz frühe, in die kindliche, in die unbedeutung solcher angelegenheiten.
man möchte wieder
als zweijähriges zwei frauen
hände halten sehen und sich küssen
und selbst
sich nichts dabei denken.

Dorit David
SUB-Text

Lange stand ich vor meiner Kommode, zitterte und brauchte drei Anläufe, mein schnurgebundenes altes Telefon in die Hand zu nehmen und einfach zu wählen, ohne es gleich wieder auf die Ladeschale zurückzuwerfen. Anabell. Ich musste sie erreichen. Mein Handy wollte ich dafür nicht nutzen; bei der Rufnummernübertragung wäre meine Mobilnummer zu sehen gewesen. Die kannte Ana noch nicht. Wenn ich überhaupt eine Chance und etwas Glück hatte, führte sie mich vielleicht noch als Uraltkontakt in ihrem Namensspeicher. Erneut dachte ich an das dünne, schmallippige Mädchen von damals und versuchte es ein viertes Mal. Es tutete im Hörer. Ich zitterte und kämpfte mit dem Drang, die Verbindung erneut abzubrechen. Ana nahm sofort ab, hörte sich mein Gestammel an und sagte ohne Umschweife zu.

Es klingelte an meiner Tür, und ich öffnete. Ana hatte mir bereits am Telefon erzählt, dass sie starke Kopf- und Bauchschmerzen plagten. Sie vertrug keine Tabletten, lehnte mein magenfreundliches Medikament ab und stolzierte mit schmerzverzerrter Miene an mir vorbei ins Zimmer. Ich dankte für ihr schnelles Kommen und dass sie sich die Zeit zwischen zwei Terminen freigenommen hatte. Anas Meinung war Gold wert, denn sie hatte in Bezug auf Texte einen gnadenlosen Blick.

Mein Text war mir wichtig, da er mir im Falle der Nominierung bei einem Wettbewerb den Fuß in die Tür eines renommierten Verlags versprach. Einsendeschluss war der kommende Tag, und Ana galt als einzigartige Lektorin. Ich durfte mich also glücklich schätzen, überhaupt mit ihr bekannt zu sein. Das hingegen verdankte ich lediglich dem Umstand, mit ihr auf die Grundschule gegangen zu sein. Danach hatten sich unsere Wege getrennt. In Mathematik blieb ich eine Niete, ebenso wie in Werken und in Sport. Ständig war ich krank, lag mit Bauchschmerzen im Bett, die keiner Grippe geschuldet waren, sondern der Angst vor der Algebra. Meine Eltern gaben mich ohne die ultimative Empfehlung der Klassenlehrerin auf die Realschule. Die psychische Labilität in Bezug auf Leistungsdruck

hatte sie überzeugt. Andere Eltern kämpften um ihre Brut – meine nicht. Nur in Deutsch war ich gut. Ana auch. Und bei den alljährlichen Schülerwettbewerben standen wir einmal bei einer Preisverleihung nebeneinander. Bleich und dünn mit zusammengekniffenen Lippen hatte ich sie in Erinnerung. Ana mochte meine Geschichte und ich ihre. Sonst wussten wir nicht so genau, ob wir uns mochten. Ana war anschließend aufs Gymnasium gegangen, hatte studiert und vermutlich ihren Doktor irgendwo und in irgendwas gemacht. Aber sie prahlte nie damit. Selbst auf ihrem Briefpapier stand lediglich ihr Name ohne Titel. Anabell gehörte nicht zu denen, die ihre Mitmenschen ignorieren oder vergessen, nur weil sie ein paar Statusunterschiede oder Intelligenzpunkte trennen. Dennoch war sie eigenwillig und hatte eine genaue Vorstellung von dem, was sie brauchte, um gute Arbeit zu leisten.
Ihr Ruf als beste Lektorin eilte ihr voraus, und vermutlich wäre aus ihr eine erfolgreiche Schriftstellerin geworden. Lediglich der Umgang mit ihr galt als schwierig. Mit Ana zu verhandeln glich einem Tanz auf rohen Eiern in Gummistiefeln und war von vornherein zum Scheitern verurteilt. Sie hatte mindestens sieben exzellente Romanentwürfe in der Schublade und Angebote von größeren Verlagen bekommen, die sie alle rundheraus abgelehnt hatte, weil sie sich meist schon im Vorfeld mit ihren Verhandlungspartnern so zerstritt, dass diese entnervt, höflich oder mit Schaum vor dem Mund aus ihrem eigenen Büro stürmten und Anabell darin sitzen ließen. Verhandlungen führte sie nie am Telefon, sondern bestand immer auf persönlichen Treffen. Einmal reiste sie dazu sogar in die Schweiz. Ich wusste, es gab eine schwarze Aktenmappe, in Leder gebunden – in ihrem teuren Eichenregal Marke ZEITRAUM. In diesem Ordner, mit dem Namen „Erfolgreiche Einsendungen", waren nach Präferenz geordnet diverse Glückwunschschreiben abgeheftet. Einladungen zu Preisverleihungen fanden sich darunter, ebenso wie zahlreiche Benachrichtigungen, dass sie zum Beispiel wieder einen Wettbewerb mit irgendeiner Novelle gewonnen hatte. Nicht zu jeder dieser Veranstaltung fuhr sie hin. Nur zu jenen, die ihrem Stil entsprachen. Außerdem – fand Anna – müsse man nicht renommieren. Sein Gesicht dafür herzugeben, wäre albern, denn für sein Gesicht könne man nichts, für den Text hingegen schon, und *der* hätte ja schließlich gewonnen. Fachlich und künstlerisch war sie grandios.

Das wusste Ana, aber es interessierte sie nicht. Nur die Arbeit, das Objekt oder der Text erregten ihre Aufmerksamkeit.
Auf ihrem Konto hatte sie mehr Preisgeldeingänge zu verzeichnen als ihr die jährlichen Einkünfte aus der Verwertungsgesellschaft Wort einbrachten. Perfekte, minimalistische Texte schüttelte sie einfach aus dem Ärmel, und wenn sie sich hin und wieder dazu herabließ, ihre Kunstwerke für – exklusive! – Anthologien herzugeben, rissen sich die Jahrbücher darum, ihren Namen auf das Cover zu drucken. Fett.
Unter der Hand hieß sie bei vielen Kollegen auch „Das Auge".
Diese hochkarätige Frau hatte ich seit Tagen erfolglosen Bemühens endlich am Telefon erreicht und mit der Bitte bedrängt, mir weiterzuhelfen. *Ein Wettbewerbsbeitrag. Für sie sicher nur ein kleiner, unbedeutender Fisch,* bat ich. Nie hätte ich mit ihrer Zusage gerechnet. Im besten Falle wollte ich ihr lediglich fünf ausgefeilte Fragen stellen, für deren Formulierung ich einen halben Arbeitstag investiert hatte, aber Ana hatte mir ohne Umschweife zugesagt.
„Bin gerade auf der Berliner Allee, wie komme ich am schnellsten zu dir?", raunte sie durch das Handy. Außer mir vor Freude navigierte ich sie durch die Stadt bis in die enge kopfsteingepflasterte Straße, in der ich wohnte.
„Alex, es geht mir nicht gut. Ich sag es gleich. Ich habe Migräne."
Dann legte sie auf. Gefühlte Sekunden später klingelte sie bereits an der Tür und stolzierte mit schmerzverzerrtem Gesicht und zusammengepressten Lippen in mein winziges Zimmer. Eine halbe Stunde darauf saß ich ihr gegenüber auf einem Drehstuhl. Ein Kaninchen vor einer Schlange – in der Hand den Zettel.
Fünf ausgefeilte Fragen.
„Ich kann sie dir nicht beantworten", stieß sie mich vor den Kopf. „Gib mir bitte den kompletten Text."
Eifrig fuhr ich den Rechner hoch. Verdammt, dachte ich, das hätte ich ja auch schon vorher tun können, jetzt muss ich diese Frau dazu zwingen, ihre Zeit in diesem muffigen Arbeitszimmer zu vergeuden. Meine Socken und die Unterhose von gestern hatte ich bereits beim Klingeln an der Tür unter das Bett gekickt.
Ana setzte sich ohne Umschweife in den alten, roten Ledersessel. Schnell huschte ich in die Küche, um Kaffeewasser aufzusetzen, und äugte, als ich zurückkam, über ihre Schulter. „Du kannst deine Schuhe ruhig ausziehen", bot ich ihr an.

Blinzelnd rieb sie sich die Stirn.
„Möchtest du einen Kaffee?“, hakte ich nach.
„Nein, ich möchte gar nichts. Mir tut alles weh. Frag nicht so viel. Her mit dem Text.“
Mit einem dumpfen *Plong* fielen ihre exquisiten, grünen Absatzschuhe auf meinen abgewetzten, roten Teppich, und während sie die Beine anzog und im Sessel drapierte, stellte ich die Schuhe neben den Schrank.
Man nannte sie zwar *das Auge*, aber ebenso wäre *Das Bein* nicht unangebracht gewesen. Die ihrigen endeten gefühlt unter dem Rippenbogen. Würde Ana ihre unglaublichen, anatomischen Vorzüge bei ihren Vorstellungsgesprächen richtig einsetzen, stünden ihr sicher noch mehr Türen bei den persönlichen Verlagsbesuchen offen. Aber solche Komplimente sah sie als sexistischen Angriff. Jede Andeutung in Richtung ihrer Beine trieb sie dazu, die Verhandlungen noch eher abzubrechen, als sie es ohnehin schon tat.
Dennoch war Anabell keine wirkliche Feministin. Dazu war sie zu ungeduldig und hielt es für Zeitverschwendung, sich mit Unterschieden zu befassen, die ihr nichts bedeuteten und nur den Betrieb aufhielten. Mit *Betrieb* meinte sie ihr Lektorenauge.
„Prostata ist weiblich, Eierstock männlich. Es ist ohnehin alles irrelevant. Für mich sind Künstler Künstler und Autoren Autoren. Mir genügt *eine* Form.“ Auch da blieb sie minimalistisch. Nur wenn jemand ihren Sexappeal höher schätzte als ihre Leistung konnte sie ungemütlich werden. Nur deshalb wagte ich kaum einen Blick in ihre Richtung. Aber es fiel mir schwer, ja, es war fast unmöglich, denn Anas Sitzposition verschaffte mir einen raffiniert-sparsamen Einblick in die Areale unterhalb ihres knappen Rockes. Also konzentrierte ich mich auf den Bildschirm und hielt mich krampfhaft an der Maus fest. Als ich den Druckbefehl gab, spuckte das Gerät mit leisem Summen mein dreiseitiges Werk auf den lädierten Teppichboden. Eilig bückte ich mich, schob die Blätter zusammen und reichte sie Anabell.
Dann begann das zermürbende Warten. Ihre Blicke flogen über die Zeilen, und während sie las, übte ich mich in Geduld.
„Könntest du bitte mit dieser nervösen Dreherei auf dem Ding da aufhören?“, wies sie mich zurecht.
Augenblicklich erhob ich mich. „Entschuldige bitte.“

Am besten, ich verschwinde hier, dachte ich und machte Anstalten, mich aus dem Zimmer zu stehlen.
„Ich möchte, dass du im Raum bleibst“, unterbrach sie meinen halbherzigen Versuch zu entkommen.
„In Ordnung“, erwiderte ich, schlich zurück und ließ mich langsam auf meinem ungemachten Bett nieder. Mittlerweile war ich mental in den Zustand eines sechsjährigen Kindes gerutscht. Eingeschüchtert prüfte ich ständig von vorn die Anzahl meiner Zehen.
„Das Fußkreisen ist unerträglich“, schalt sie mich.
Ich zuckte zusammen. Meinen angespannten Rücken – Ergebnis der stundenlangen, nächtlichen Schreibtischarbeit an besagten fünf Fragen – durchschoss ein scharfer Schmerz. Heftig stöhnte ich auf und ließ mich vom Bett auf den Fußboden gleiten. Unter höllischen Schmerzen begab ich mich vorsichtig in die Rückenlage.
„Wenn das für dich in Ordnung ginge, würde ich gerne hier so liegenbleiben?“, presste ich höflich hervor. Ihre Hand zuckte nur leicht. Sie nickte nicht einmal. Als wäre meine Frage eine Fliege, die sie verscheuchen musste, im nächsten Moment aber schon wieder vergessen hatte. Dann konzentrierte sie sich und schob die Beine noch ein Stück weiter auseinander. Ihre Hand glitt nun auf ihren Bauch und ruhte apart in der Gegend, wo ich ihre unerträglichen Schmerzen vermutete.
„Ich habe noch *Novalgin* im Schrank“, schlug ich leise vor. Kommentarloses Stirnrunzeln. Auf meinem fadenscheinigen Teppich wagte ich inzwischen kaum noch zu atmen. Erstens wegen des stechenden Ziehens im Lendenwirbelbereich und zweitens, um Anas Lektorenblick nicht zu stören. Plötzlich stöhnte sie entnervt auf und entschloss sich, mit erhobener Stimme vorzulesen, um den Bildern in meiner Geschichte – wie sie sagte – lautsprachlich den entsprechenden Ausdruck zu geben, denn Sprache sei wie Architektur, und leise Gelesenes entspreche lediglich den Konstruktionszeichnungen auf dem Papier, während laut Gesprochenes fraglos dem realen, existierenden Gebäude nahekomme.
Mein zustimmendes Nicken kümmerte sie nicht.
Sie las.
Ich lauschte.
Andächtig.
Es war schön.

In genau dem Moment, als ich der totalen Entspannung am nächsten kam und mich über meine eigene Geschichte wie über eine fremde zu freuen begann, unterbrach Anabell meinen gelösten Zustand mit den Worten: „Sorry, Alex, ich kann jetzt nicht mehr laut weiterlesen, ich muss es für mich tun. Beim stillen Lesen eröffnen sich nun mal ganz *andere* kompositorische Kenngrößen."
Verhalten seufzend nickte ich und musste erkennen, dass mein literarisches Gebäude längst noch nicht fertig war und sie mit meinem Text wieder an den Konstruktionstisch zurückkehren, sprich: ihn leise lesen musste.
Das Stechen in meinem Rücken verstärkte sich zunehmend, während ich am Boden auf ihr Urteil wartete. Ich schloss die Augen und dachte an die letzten Wochen, bevor ich die Grundschule verlassen musste. Ana hatte mir damals noch angeboten, mir Nachhilfe zu geben – in Mathematik. Mag sein, dass sie von unserer Klassenleiterin Frau Splan dazu ermuntert worden war. Aber das war nebensächlich, denn es wäre ebenso gut vorstellbar gewesen, dass sie von selbst auf die Idee gekommen war. Wir trafen uns also nach dem Unterricht in einem miefigen Putzraum der Schule – einer kleinen Abstellkammer, die, im Nachhinein betrachtet, meiner Bude hier nicht ganz unähnlich war. Hier putzte Anabell mit mir an meinem Durchblick für Formeln und Gleichungen. Meine Sicht blieb getrübt. Vergeblich versuchte sie mir den Unterschied zwischen Nenner und Zähler nahezubringen, das Einzige, was mir auffiel, war, dass die Zahl unterm Strich bei unseren Aufgaben meistens größer oder länger war als die darüber. Das sagte ich ihr in der Hoffnung, ein wenig schlauer zu wirken. Und tatsächlich. Für ein paar sprachlose Sekunden blickte Anabell mich an und erwiderte: „Du hast recht Alex. Das ist wie in der Wirklichkeit. Je weiter du nach oben kommst, umso weniger werden es. Unsere Schule wird ja auch nur von *einem* Direktor geleitet und nicht von zweihundert."
„So viele sind wir hier in der Schule?", fragte ich arglos. Ich hatte kein sinnliches Verhältnis zu Zahlen.
„Viel mehr Alex! Was denkst *du* denn!", fauchte sie und sah ein, dass zumindest mathematisch mit mir kein Staat zu machen war. Mir war im Gegenzug klargeworden, dass ich mein Dasein für den Rest meines Lebens wohl eher unterm Strich statt darüber zu fristen hatte. Anabell war eindeutig eine Zählernatur. Ich hingegen musste mich

damit begnügen, ein Nenner zu bleiben: Jemand, der benannt wurde oder *ge*nannt; oder den man im besten Fall ernennen *würde*, aber eben niemand, auf den ge*zählt* werden konnte oder der selbst zählen durfte. Zählen hatte etwas Machtvolles. Das war mir in Religion nahegebracht worden. *Es begab sich zu einer Zeit, als das Volk gezählt werden sollte.* Zählen kam immer von ganz oben.
Und da saß Ana.
Jetzt.
In meinem roten Sessel.
Endlich ließ sie die Blätter sinken – fast meditativ – und begab sich in den offenen Schneidersitz. Dann breitete sie meinen Text zwischen ihren Schenkeln aus – die dunklen, strengen Augen auf mich gerichtet.
Ich blickte in einen tadellos rasierten Schritt, der durch eine anthrazitfarbene Perlonstrumpfhose changierte und von einem schmalen Slip bedeckt wurde.
„Du bist überhaupt kein Schriftsteller", stellte sie fest.
Ich fiel in mich zusammen. Sie bemerkte es nicht einmal.
„Der Sinn für Sprache geht dir ziemlich abhanden. Vielleicht sogar am Arsch vorbei."
Resigniert schloss ich die Lider. Sie hatte mich vernichtet. Mir wurde schwindelig. Augenblicklich vernahm ich das Geräusch von aneinanderreibendem Stoff, und plötzlich war Ana dicht neben mir. Erschrocken öffnete ich die Augen.
„Aber …", fuhr sie fort und ihr Blick wurde distanzlos, „… du bist ein exzellenter Erzähler."
Ich wusste nicht, wie mir geschah, und dann spürte ich ihre Lippen auf meinem Mund und meine Hand an ihrem Oberschenkel. Was machte ich da? Ana wurde plötzlich sehr lebendig unter meinen Berührungen.
„Die Geschichte muss noch heute in den Kasten", seufzte ich mit leisem Widerstand, und mein Rückenschmerz konkurrierte mit meiner Lust. Anabell unterbrach und ich richtete mich vorsichtig auf.
„Sie sagen, sie nehmen den Text nicht per Mail", sagte ich widerstrebend.
„Ich weiß", erwiderte sie mit diesem anderen Blick, küsste mir die Stirn und streichelte meinen Kopf so andächtig, wie ich manchmal meinen Drucker tätschelte, wenn ich nicht wollte, dass er seinen

Geist aufgab und auf den letzten Metern vor dem letzten Ausdruck krepierte.
„Na ja, Preisträger-Deutsch ist das nicht gerade“, säuselte sie. „Aber diese Nebensache vergisst man nach dem ersten Absatz komplett.“
Ein Glücksgefühl durchströmte mich, und eine warme Welle flutete durch den ganzen Körper. Ich war erstaunt, wie schnell ganz normale Hormone das Schmerzempfinden förmlich auslöschen konnten. Anabell, die großartige Lektorin, das goldene Auge, hatte mich gelobt. Nein, nicht mich, sie hatte mein Werk für würdig befunden. Und nicht nur das, sie hatte das Wort *exzellent* verwendet in Bezug auf meine Person.
Ich war zwar nur ein Bruchteil von dem, was Ana war, die immer noch über mir hockte und mich fokussierte. Aber sie hatte mich gesehen. Das war alles, was ich gewollt hatte, und es war noch viel mehr. Berauscht von so viel Glück flüsterte ich: „Wie geht es deinem Kopf und Bauch?“
„Momentan ist alles ruhig“, erwiderte sie. Meine Hand strich an ihrem Bein entlang, und ich spürte ihre Haut unter dem straffen Nylon. Schon bald war ich nur noch berauscht von dieser Künstlichkeit aus Stoff und Haut, dass ich nicht mehr unterscheiden konnte, ob es meine Hand war, die die Bewegung vollführte, oder Anabells unendliches Bein. Ich war in einem Nylonrausch, roch weiblichen Urduft vermischt mit Kunststoff, roch Vergangenheit und Zukunft. Altes und Neues verschmolzen miteinander; ich konnte es riechen, spüren und schmecken. Ana war über mir, unter mir, auf mir. Alles drehte sich, und ich schloss die Augen. Dicht an meinem Ohr vernahm ich ihre raue Stimme, und irgendwann konnte ich nicht mehr unterscheiden, ob es Worte waren oder Laute. Ebenso wenig wusste ich, ob die Schmerzen, die sie mir zufügte, meiner Lendenwirbelsäule entsprangen oder dem, was sie da zwischen meinen Beinen veranstaltete. Ihre langen Haare peitschten mein Gesicht. Einmal nur, zwischendurch, öffnete ich kurz die Augen und erblickte meine Socke weit hinten an der Wand im Dunkel unter dem Bett. Alles rückte in eine unbestimmte Ferne: Die Geschichte, der Grund, weshalb ich sie eingeladen hatte, die Dringlichkeit meines Abgabetermins, es verschwamm und verschmolz zu einem großen, köstlichen Ganzen, zu einem Weltschmerz, der sich in meiner Lendengegend komprimierte. Ana gebot mir, mich nicht zu bewegen. Dann legte

sie ihre Hand auf meine Augen. Ich atmete Ana ein und vergaß, wer ich war, wer sie war und was ich von ihr gewollt hatte.
Damals in der Besenkammer hatte ich ein einziges Mal versucht, sie zu küssen. Nicht, weil ich schrecklich verliebt gewesen wäre, sondern weil ich dachte, dass man es einfach mal getan haben musste – jemanden küssen, bevor man aufs Gymnasium ging. Oder im schlimmsten Fall auf die Hauptschule. Es war die einzige Gelegenheit, die sich mir bis dahin geboten hatte. Von Romantik wusste ich nichts. Es war bei dem Versuch geblieben, denn bevor ich ihre Wange oder ihre Lippe hätte treffen können, war sie zur Seite getreten.
„Du musst noch viel üben", sagte sie lächelnd und warf ihre Stifte in das hellgrüne Designer-Mäppchen.
„Außer in Deutsch", antwortete ich. „Schließlich habe ich beim Wettbewerb neben dir gestanden."
„Erzählen geht", stimmte sie mir zu.
Und irgendwie war ich dann stolz, trotz des verunglückten Kusses, denn in dem Wort *erzählen* war schließlich auch das Wort Zähler enthalten.
Plötzlich war Anabell fertig mit mir.
„Wie geht es deinem Rücken?", fragte sie mich.
„Tut höllisch weh", log ich. „Vielleicht sollte ich da bleiben, wo ich bin. Also unten ..."
Sie schwieg. Ihre Augen verengten sich. Das Freundliche und Warme verflog. Mit energischem Schwung erhob sie sich und stand mit gespreizten Beinen über mir. Ich konnte nicht wegsehen. Ihr schwarzer String saß wieder absolut perfekt. Es war, als sähe ich in den Plastikschritt einer Schaufensterpuppe. „Heute Abend muss deine Geschichte im Kasten sein, sagst du?", fragte sie streng. Ich nickte unmerklich. Mit Freude registrierte sie meinen wiedererwachten Schmerz.
„Du wirst genau diese Geschichte in die Tonne treten, Alex."
Ich fiel aus dem Paradies. „Was?"
„Du wirst neu schreiben. Über mich. Über unsere Begegnung. Hier. Heute." Langsam strich ihr großer Zeh die Jeansnähte an meinen Waden hinauf, hielt inne und gab mir einen leichten Tritt – stark genug, dass ich zusammenfuhr.
„Wir gehen beide davon aus, dass du diesen Wettbewerb gewinnen wirst."

Mit diesen Worten glitt ihr Fuß mein anderes Bein hinunter, bis zum Ende, und schlüpfte dann in ihren grünen Pumps zurück, und ohne mich eines weiteren Blickes zu würdigen, verließ Anabell das Haus. Ich hörte das Absatzhämmern ihrer Schritte auf den Stufen, das Aufjaulen ihres Motors und das dumpfe Holpern der Gummireifen auf dem Kopfsteinpflaster.
Stöhnend begab ich mich in die Senkrechte und hievte mich an den Schreibtisch. Gegen zweiundzwanzig Uhr rief ich meine Nachbarin mit der Bitte an, den Text in den Briefkasten zum Hauptbahnhof zu bringen. Ich bettelte sie an – dies sei eine wichtige Bewerbung! Frau Niemann tat mir den Gefallen.
Sechs Wochen später erfuhr ich das Ergebnis. Ich hatte den dritten Preis errungen. Ein romantisches Wochenende zu zweit in Tirol. Inclusive Hotelaufenthalt. Im Igludorf! Das Doppelbett bestand aus rechtwinklig behauenem Eis, und der Gutschein versprach ein frostiges Frühstück im reinweißen Iglu-Restaurant unter den glitzernden Blicken von in Schnee geschnitzten Engeln. Ich seufzte resigniert. Von dem erhofften Beitrag in der renommierten Literaturzeitschrift stand da nichts.
Den ersten Platz hatte natürlich Anabell und den zweiten jemand aus Österreich. Enttäuscht fuhr ich zur Preisverleihung. Anabell fehlte natürlich, und mit dem Österreicher wechselte ich kein Wort. Freudlos fuhr ich wieder heim.
Der Lektor des Verlages, bei dem ich erhofft hatte, Eingang zu finden, rief mich zwei Tagen nach der öffentlichen Feierlichkeit an. „Entschuldigen Sie bitte“, knödelte er ins Telefon und klang äußerst verlegen. „Wir wollten Sie fragen, ob es vielleicht eine Fortsetzung ihrer Geschichte geben könnte. Oder ob Sie sich gegebenenfalls auch eine Novelle oder einen Roman vorstellen könnten?“
„Mich? … Mich fragen Sie das?“, stotterte ich ungläubig.
„Ja“, hüstelte er. „Ich dürfte Ihnen das sicherlich an dieser Stelle nicht erzählen, aber der Österreicher ist auf der Rückfahrt von der Preisverleihung leider tödlich verunglückt und die Verhandlungen mit der anderen Preisträgerin waren derart kompliziert und nervtötend, dass wir uns nun für Sie entschieden haben.“ Der letzte Rest meiner Rückenschmerzen fiel von mir ab wie eine alte Haut.
„Es wird eine Fortsetzung geben, darauf können Sie sich verlassen!“, jubilierte ich und legte auf. Danach wählte ich Anabells Handynummer.

„Was?“, fauchte sie ins Telefon, als sie meine Stimme erkannte. „Falls es das ist, was ich denke: Ich habe gerade keinen Nerv für deine Vorwürfe.“
„Nein“, unterbrach ich euphorisch ihre frostige Abfuhr. „Ich wollte mich nur bei dir bedanken und dich einladen.“
„Wozu?“
„Zu einem Candle Light Dinner in Hochbrixen. Am Eistisch.“
Stille am anderen Ende. Mir brach der Schweiß aus.
„Ana?“, fragte ich bang. Noch immer Schweigen am anderen Ende. Hatte ich mich zu weit aus dem Fenster gelehnt? Schon bereute ich das forsche Vorgehen.
„In Ordnung“, vernahm ich plötzlich ihre raue Stimme und glaubte, ein Lächeln herauszuhören.
„Du kannst auf mich zählen. Aber zieh dich warm an.“

Sarah Jane Moon

Jo With Whiskey

Sarah Jane Moon

Ursula Martinez

Krishna Istha

Anne Schelzig
Memento mori

Alex ist mein Ein und Alles. Also gebe ich mein Bestes, um das, was ich sage, so zu formulieren, dass es für niemanden verletzend ist. Denn Alex achtet sehr auf solche Dinge, und ich darf Alex nicht verlieren. Ja, ich merke selbst, wie das klingt, und vor ein paar Monaten wäre es mir noch ziemlich peinlich gewesen, mich so reden zu hören. Aber seit ich Alex kennengelernt habe, sind mir viele Dinge ziemlich egal geworden.

Natalie, Sabrina und ich saßen in Sabrinas Mini-Cooper. Draußen waren es fünfunddreißig Grad, im Auto fünfundvierzig. Wir kamen aus dem Proseminar „Urbane Räume des 20. und 21. Jahrhunderts". Es war unsere letzte Veranstaltung vor den Semesterferien gewesen. Natalie und Sabrina hatten ihre Hausarbeit gerade abgegeben und wollten feiern gehen. Semesterabschluss in der Papierfabrik. Ich hatte noch nie eine Hausarbeit geschrieben. Seit Wochen zermarterte ich mir jeden Tag stundenlang das Hirn, hämmerte verzweifelt einen Satz pro Stunde in den Laptop und wollte dabei am liebsten gar nicht auf den Bildschirm schauen. Wenn ich mich morgens durch mein hochgestochenes, inhaltsloses Geschwurbel vom Vortag kämpfte, bekam ich beinahe katatonische Anfälle vor Scham.

„Das ist normal", wollten Natalie und Sabrina mir weismachen, „mach dir doch nicht so viele Gedanken."

Als ob ich mir die machte, mit Absicht oder aus Spaß. Sie kamen einfach und gingen nicht mehr weg. Ich hätte ihnen an die Gurgel gehen können, wenn sie mit ihrem Kummerkastengerede von Ersti-Schocks und Reizüberflutung anfingen. Auf die Idee, mir konkret zu helfen, kamen sie nämlich nicht. Sie dachten garantiert, dass ich nur eine Show abzog, und hatten Angst, ich könnte von ihnen abschreiben wollen.

Gestern hatten sie mich auch noch überredet, mit in die Papierfabrik zu gehen. Ich wollte die Autofahrt nutzen, um mir eine Ausrede auszudenken, die ich in letzter Minute vorbringen konnte. Deswegen störte es mich nicht besonders, dass wir seit fünfzehn Minuten nur noch Stop and Go fuhren. Was mich nervte, war das penetrant

fröhliche Gelächter, das Gequatsche, wer heute mit wem und wie viel, und die kurzen mitleidigen, aber verständnislosen Blicke von den beiden da vorne im Auto.
Darum war ich ein kleines bisschen schadenfroh, als, nachdem wir endlich an der Spitze der Autoschlange angekommen waren, ungefähr zehn rot gewandete Menschen vor uns ein Transparent mit dem Schriftzug „Rebel for Life“ auseinanderfalteten und mitten auf der Kreuzung stehen blieben.
„Ihr Dolme! Ich muss noch duschen!“, rief Natalie.
Sabrina drückte auf die Hupe.
„Hupen gegen Kohle, Hupen gegen Kohle!“, kam es zurück.
Ich grinste.
„Das sind halt die urbanen Räume des einundzwanzigsten Jahrhunderts.“
Dann sah ich Alex.
Alex schrie nicht mit den anderen mit, sondern stand stolz und aufrecht inmitten von hupenden AutofahrerInnen und feixenden PassantInnen hinter dem Transparent.
„Aufstand oder Aussterben!“, skandierten die DemonstrantInnen.
„Aufstand oder Aussterben!“
Ich lehnte mich nach vorne.
Alex’ Augen funkelten trotzig.
Schweiß prickelte in meinen Poren. Mir wurde angenehm kalt.
Aufstand!
Ich musste aus diesem Auto raus.
Sabrinas Mini-Cooper war ein Dreitürer, und ich saß hinten. Wie immer.
Wie kam ich aus diesem Auto raus?
„Ist das eigentlich ein Diesel?“, fragte ich.
Sabrina sah mehrmals betont langsam von den DemonstrantInnen zu mir und wieder zurück, immer mit einem verschwörerischen Seitenblick auf Natalie.
„Wieso interessiert dich das denn auf einmal?“, fragte sie.
Auch Natalie musterte mich durch den Rückspiegel mit Ärzteblick.
Dann musste sie Alex entdeckt haben.
„Ah, ich verstehe. Jetzt ist es also Klimaschutz.“ Natalie malte beim Wort „Klimaschutz“ Anführungszeichen in die Luft und lachte.
Sie griff theatralisch nach einer Packung Tempo-Taschentücher auf dem Handschuhfach und warf sie zu mir auf die Rückbank.

„Wisch dir mal das Gesicht ab“, sagte sie. „Du sabberst.“ Sie blökte los.
„Also, ich habe gerade beschlossen, ich gehe heute Abend nicht mit“, sagte ich. „Ich habe Wichtigeres zu tun.“
„Das ist jetzt nicht dein Ernst, oder?“, fragte Sabrina.
„Doch.“
„Nicht wirklich, ne?“, hakte Natalie nach.
„Doch.“
Als Natalie endlich ausgestiegen war und ich mich an Rucksäcken, Vordersitzlehne und Sicherheitsgurt vorbei aus dem Auto gezwängt hatte, packten die Menschen auf der Kreuzung gerade ihr Transparent zusammen. Diesmal war es Natalie, die schadenfroh grinste.
„He, super, dass du mitmachst!“, rief da eine Frau mit langen schwarzen Haaren, die es irgendwie schaffte, auch mit Fahrradhelm und rotem Flattergewand gut auszusehen. „Komm doch mit zum Kreisverkehr. Es ist gar nicht weit.“
Ich meinte, noch ein anzügliches „Oh, Kreisverkehr“ hinter mir zu hören, drehte mich aber nicht noch mal um.
„Schön, dass du auch dabei bist“, sagten auch die anderen.
„Ja, kein Problem.“ Ich grinste und sah dabei Alex von der Seite an. Ich hoffte, das Mädchen im Fahrradhelm fand das nicht allzu unhöflich.
Alex sagte immer noch nichts. Schweigend liefen wir nebeneinander her.
Gerade, als ich mich fragen wollte, in was zur Hölle ich mich schon wieder reinmanövriert hatte, erreichten wir den Kreisverkehr. Die Auto-Ampel schaltete auf Rot. Alex hakte sich bei mir unter und zog mich auf die Straße, drückte mir das eine Ende des Transparents in die Hand und lief rückwärts.
Nein!
Ich verhedderte mich im Transparent und sah mich hilfesuchend um.
Sofort kamen zwei andere und nahmen mir das Transparent ab.
Ich stand noch ein bisschen verplant herum, bis alle zehn Rotgewandeten hinter dem Transparent standen. Dann lief ich auf und ab, als würde ich keinen guten Platz mehr finden, und stellte mich schließlich neben Alex.
Ich schwöre, selbst durch Straßenstaub und Abgase konnte ich Alex riechen. Ein schwerer, warmer Duft von jemandem, der es auch mal

aushielt, ein, zwei Tage nicht zu duschen. Ein Hauch von Zimt. Und natürlich die in gewissen Kreisen obligatorischen Räucherstäbchen, die ich eigentlich nicht mochte. Aber wie gesagt, mir ist vieles egal geworden, und in diesem Moment fing es an.
Als die DemonstrantInnen zur nächsten Kreuzung weiterzogen, hakte sich Alex bei mir ein und lächelte mich an, ganz leicht nur, von der Seite, von unten herauf. Ich war trotzdem so perplex, dass ich mich nicht traute zurückzulächeln. Aber ich wusste, das war nicht schlimm.

Einige Tage später stornierte ich meinen Tunesien-Urlaub, den ich zusammen mit Sabrina und Natalie vor Monaten gebucht hatte. Allein auf dem Flug von Berlin nach Tunis und zurück hätte ich 1,5 Tonnen CO2 ausgestoßen. Sabrina und Natalie tauschten erneut bedeutungsvolle Blicke.
„Hängst du jetzt auch dein ‚The future is female'-Plakat ab und stattdessen das heilige Transpi in dein Zimmer?", fragte Sabrina.
Alex hatte mir nach der Demo das ‚Rebel for Life'-Transparent mitgegeben. Es war schließlich besser, wenn die Mobi-Materialien nicht alle an einem Ort gehortet wurden, sondern möglichst viele verschiedene Leute Zugang zu ihnen hatten.
„Kann ich dann das Plakat haben?", fragte Natalie.
„Warum sollte ich mein Plakat abhängen?", fragte ich.
„Weil du jetzt mit Alex zusammen bist und ganz offensichtlich gerade Wichtigeres zu tun hast, als dich um die Dekonstruktion von frauenfeindlichen Geschlechternormen zu kümmern."
„Aber woher willst du denn das wissen? Alex ist doch auch ..."
„Alex ist ein Mann!", unterbrach mich Sabrina. Natalie und sie warfen sich wieder diese überheblichen Blicke zu.
„Aber so einfach ist das doch alles nicht", widersprach ich. „Nur, weil Alex teilweise unseren Vorstellungen von Maskulinität entspricht, heißt das doch noch lange nicht ..."
„Doch, heißt es! Alex verkörpert männliche Geschlechterstereotype. Das sind alles Verhaltensweisen, durch die Frauen implizit abgewertet werden. Solange du mit Alex zusammen bist, tolerierst du diese Abwertung und hast damit teil an deiner eigenen Unterwerfung."
Sabrina drückte ihre Zigarette auf dem Marmeladenglasdeckel aus. Das dazugehörige Marmeladenglas war noch mehr als halb voll.

„Krieg ich jetzt dein Plakat?", fragte Natalie süßlich in die entstandene Stille hinein.
„Nein! Und vielleicht gibt es gerade wirklich Dringenderes, als solche dumme Gender-Scheiße. Ich liebe Alex. Als Mensch, nicht als Mann. Und wenn die Menschheit nicht mal bald ihren Arsch hochkriegt, brauchen wir eh nicht mehr darüber zu diskutieren, ob die Zukunft männlich oder weiblich ist. Weil wir dann nämlich gar keine Zukunft mehr haben."
„Ja, bla bla. Es ist immer alles wichtiger, als sich für die eigenen Belange einzusetzen. Typisch Frau."

Ich fuhr mit Alex wildcampen an einem See in Brandenburg.
„Wir sind die letzte Generation in Europa, die durch die Klimakrise noch nicht existenziell bedroht wird", sagte Alex, als wir aneinandergekuschelt vor unserem Zelt saßen. Ohne Feuer, wegen der Waldbrandgefahr. „Wenn wir Glück haben, bleiben uns noch dreißig gute Jahre."
„Dann bin ich sechsundfünfzig und du sechzig", rechnete ich nach.
Ich bekam Magendrücken. Gerade, wenn wir anfingen, alt und krank zu werden, würde die Hölle über uns hereinbrechen. Und so, wie es aussah, würden wir niemals genug verdienen, um im Alter nicht auf die Hilfe durch den Staat angewiesen zu sein. Wir würden abhängig sein von genau der Art von Menschen, die uns diese Scheiße hier eingebrockt hatten und sich nun weigerten, den Schaden wenigstens zu begrenzen.
Wenn es dann überhaupt noch einen Staat geben würde.
Ich sah Alex und mich, halb blind und gebrechlich, in staubtrockener Hitze durch verwüstete Straßen irren, auf der Suche nach Trinkwasser und einem winzigen Schattenstreifen, während uns grölende Männerhorden von links und rechts mit Glasflaschen und anderem Müll bewarfen. Und Alex. O Gott, Alex. Wenn sie merkten, was mit Alex los war. Ich schreckte auf.
„Alex", flüsterte ich, „du musst mir versprechen, dass du mit diesem Transgender-Quatsch aufhörst."
Ich spürte, wie sich Alex in meiner Umarmung verkrampfte.
„Wieso redest du auf einmal so? Hast du die ganze Zeit schon so über mich gedacht? Dass ich nur ein bisschen Quatsch mache? Dass das für mich alles nur Spaß ist?"

Alex sprang auf und lief hinunter ans Ufer. Ich fühlte die Kälte an den Stellen meines Körpers, die bis gerade eben von warmer Haut bedeckt gewesen waren. Meine gesamte rechte Seite war zu einer offenen Wunde geworden, als wäre meine Haut mit abgerissen worden, als Alex sich von mir abgestoßen hatte.

Ich weiß, ich sollte zu alt sein für solche übergroßen Gefühle. Aber ich bin nun mal verdammt zu lebenslänglicher Pubertät, und darum empfinde ich eben so.

Und warum sollte ich dann dem einzigen Menschen, der mich nicht trotz, sondern wegen dieser Gefühle liebt, der nicht blöd grinst und anderen hinter meinem Rücken Blicke zuwirft, wenn ich mal wieder ‚hysterisch' werde oder ‚launisch' bin – warum sollte ich diesem Menschen den einzigen Wunsch verweigern, den er an mich hat? Warum sollte ich mir angesichts der kurzen Zeit, die mir auf dieser Erde noch bleibt, die einzige Chance verbauen, einen anderen Menschen von ganzem Herzen zu lieben?

Ich lief hinunter ans Ufer und schlang meine Arme um Alex.

„Ich wollte mich nicht lustig machen. Ich mache mir doch nur Sorgen!", rief ich. „Du weißt doch, ich liebe dich genau so, wie du bist."

Als ich Alex' Haut unter meinen Lippen spüre, weiß ich, ich bin genau an dem Ort auf dieser Welt, an dem ich sein will. Bis diese Welt untergeht.

„Du musst dir keine Sorgen machen", sagt Alex leise. „Ich beschütze dich doch."

„Ich weiß." Ich atme Alex' Duft ein und genieße den Schwindel, der in mir aufsteigt.

„Und woher weißt du das?" Ich spüre Alex' Atem heiß und feucht an meinem Ohr. „Komm, sag es." Alex zieht mich ganz fest an sich heran.

„Weil du mein Mann bist. Mein einziger, richtiger Mann."

Einen Augenblick später spüre ich Alex' Zunge an meiner, und ich weiß, er oder sie oder es ... ist egal.

Oxana Baumgart

Michaela Regus
Miniaturen 3

Dieser Text hier liegt mir im Magen. Auf dem Gemüt. Im Herzen. Seit Juni 2017, seit der Gesetzesentwurf „Ehe für alle" durch ist. Und eigentlich viel länger. Jeder, der auch nur ein bisschen Rechtsbewusstsein hat, der tief in seinem Inneren nach Recht und Unrecht, nach Respekt für andere sucht, der weiß, dass es natürlich ist, dass Frauen Frauen heiraten dürfen, Männer Männer und dass es auch zwischen diesen beiden Geschlechtern noch mehr gibt. Als ich zehn war, hat mich meine Mutter aufgeklärt, und für sie war klar, 1990, dass eine Liebe immer gut ist, egal, welchen Geschlechtes man ist. Eine Diskussion, die noch lange nicht vorbei ist, nicht hier in Deutschland, nicht in vielen anderen Ländern. Ich saß im Auto, im Juni 17, es war morgens um neun, glaube ich. Und seitdem möchte ich etwas dazu sagen, etwas Bahnbrechendes, etwas Berührendes, einen Text, bei dem die Leserinnen sagen: Ja, genau, das ist es. Worte verfolgten mich während der Arbeit, Satzfetzen weckten mich nachts, aber aufs Papier bekam ich nichts. Und ich erkannte, dass es etwas sehr Persönliches ist. Die ganze Sache. Liebe, Sex, Heirat, alles. Es geht niemanden was an. Nicht, wen ich liebe, wen ich ficke, wen ich heirate. Ich selbst wollte nie heiraten. Und dennoch kamen mir Tränen, morgens um neun, bei den Nachrichten, als ich hörte: Ich darf heiraten. Ich fuhr rechts ran. Denn es ging nicht mehr um eine Idee für andere, es ging um mich. Ich war seit sieben Monaten verlobt. Ich würde im August eine Lebenspartnerschaft eingehen und, nun endlich, ab Oktober würde es eine „normale" Ehe sein. Und ich hätte, habe, so viel dazu zu sagen. Worte wir Toleranz, Respekt, Liebe und normal spuken mir im Kopf herum. Und dann sind es viele einzelne Puzzlestücke, die ein Ganzes ergeben. Die Frau, die vor mir kniet und mich bittet, sie so lange zu begleiten, wie es uns beiden guttut. Die Planung der Hochzeit, bei der uns Menschen unterstützen, von denen wir es nicht erwartet haben. Wir wollen auf einer benachbarten Burg heiraten, es gibt 2017 genau einen Tag mit fünf Terminen. Zwei Standesbeamtinnen in zwei Gemeinden machen es uns möglich, einen der Termine zu bekommen. Wir laden niemanden aus unseren Familien ein, sie hätten alle lieber gern einen Ehemann. Schon vor der Hochzeit bekommen wir Zuspruch, Glückwünsche, Geschenke von Menschen, mit denen wir nicht gerechnet hätten. Die Ansprache der Standesbeamtin, die über zwanzig Minuten dauerte und von Liebe handelte. Nicht von Abnormität, nicht von „Schutz der Ehe" zwischen Mann und Frau, auch nicht von Toleranz. Für sie und für alle unsere Gäste war nur selbstverständlich, dass wir uns ja sagen, für eine gemeinsame Zeit im Leben, für ein Füreinander einstehen. Dennoch, immer Wörter im Kopf, Ideen für einen Text, der aussagt, was es bedeutet, diese „Ehe für alle", die doch so lange so überfällig ist. Dennoch kein roter Faden, kein Genre. Es soll kein Märchen werden, keine Kurzgeschichte, kein Roman, ich will nur sagen: Ich bin lesbisch. Ich hinterfrage nicht, warum oder seit wann. Ich bin lesbisch, es macht mich an, eine Frau zu lieben, körperlich und seelisch. Das bin ich. Es interessiert mich nicht mehr, was andere dazu sagen oder davon halten. Denn ich habe nur dieses eine Leben und ich habe (wahrscheinlich) nur diese eine Hochzeit. Ich sah aus wie eine Prinzessin, nein, wie eine Königin, und genauso behandelt mich meine Frau auch. Jeden Tag. Und als wir im Dezember dann noch einmal auf dem Standesamt waren, in Jeans und Hoodie, gratulierte uns auch schriftlich der Bürgermeister der Gemeinde. Und ich muss lächeln. Es ist Marco. Marco war mit sechzehn rasend in mich verliebt, mit vierundzwanzig outete mich bei ihm. Ich bekam zu hören, dass ich krank sei und dass er mir aber natürlich helfen würde, das zu überwinden, es würde Ärzte geben. Ich stieg aus dem Auto und fuhr mit dem Taxi nach Hause, seitdem habe ich ihn gemieden. Nun musste er mir gratulieren. Uns. Uns als lesbischem Paar. Wir haben gewonnen. Wir gewinnen jeden Tag wieder, an dem wir sagen: „Meine Frau". Wir können nur gewinnen. An Normalität, an Respekt, an Toleranz. Vielleicht ist der rote Faden trotzdem: Authentisch bleiben und dafür kämpfen.

Eine Idee, die sich einen Weg in die Welt bahnen konnte, sieht vielleicht so aus:
Panisch rief ich meinen besten Freund Jörg an. „Ich dreh durch! Hilf mir! Ich hab keine Ahnung, was ich anziehen soll! Du musst

kommen! Ich geh jetzt schlafen und dann kommst du um 18 Uhr und hilfst mir!“ Ich legte auf. Er würde mich schon verstehen. Ich war immerhin verliebt! Das erste Mal seit vielen Monaten. Es war mein drittes Date mit Monika, ich war schrecklich aufgeregt und unglaublich müde, da ich eine Nachtschicht auf der Intensiv hinter mir hatte. Aber ich musste noch einkaufen gehen! Ich brauchte diverse Mädchensachen, um auch bei dieser Verabredung so cool, gelassen und hübsch auszusehen, wie ich mich nicht fühlte. Wenn ich nur an Moni dachte, brach mir der Schweiß aus, ich wurde feucht zwischen den Beinen, und irgendwie hatte ich dann immer das Gefühl, meine Haare auf dem Kopf verlören jegliche Form, dafür wuchsen mir Haare an anderen Körperstellen, die ich doch erst entfernt hatte. Also radelte ich noch einkaufen. Ich kaufte: Nagellack, Hornhautcreme und Creme für die Füße, weil ich schon dabei war, eine neue Nagelschere und -feile, ich kaufte einen neuen Rasierer für die Beine und eine toll riechende Körperlotion, eine Intimlotion und Duschgel, ein neues Shampoo und Conditioner, Spülung und Haarspray, Nagellack für meine Fingernägel und ein Glückarmband, ich kaufte Badeperlen, falls wir zusammen baden würden, und neue Handtücher, damit sie sich abtrocknen könnte, dazu einen Bademantel für sie, meinen gab ich ungern ab, ich kaufte Kerzen für das Schlafzimmer und das Bad (das gemeinsame Bad, ihr erinnert euch) und auch Kerzen für den Flur, damit das Ganze ein Ganzes gab, ich kaufte Fußdeo und Deo und Parfüm, eigentlich zwei Parfüms, falls mir das eine daheim nicht mehr gefallen sollte, dann erstand ich noch ein paar Make-up-Utensilien wie Wimperntusche, Kajal, Eyeliner, Puder, Lidschatten, Gesichtscreme und eine für die Hände, mehrere Lippenstifte und Ohrringe, obwohl ich nie Ohrringe trug. Dann legte ich daheim diverse Klamotten aus dem Schrank, ungefähr sieben Ensembles (vielleicht waren es auch eher zwölf). Und dann legte ich mich beruhigt hin und hatte ganze fünf Stunden zum Schlafen, bevor Jörg kam und wir zwei Stunden hatten, um mich auf natürlich schön zu trimmen. Vier Stunden später klingelte es. Ich schlappte müde, mit glanzlosen Haaren und halb geschlossen Augen, vor zwei Tagen zuletzt rasiert und ein bisschen muffelig, zur Tür, um Jörg zu öffnen, der wohl mal wieder zu früh kam. Monika stand vor der Tür. „Ich konnte es nicht erwarten, die schönste Frau der Welt zu treffen!“ Sie lächelte.

Und ich sage euch, was ich hätte ich denn anderes tun sollen, ich nahm ihre Hand und zog sie einfach in mein Bett. Und sie ging mit. Danach wurde es ein bisschen laut, und über den Rest bereitet sich der Mantel wohligen Schweigens.

Als der Dyke March ein wenig langsamer wurde, tippte mich von hinten eine Frau an, die ich nicht kannte. Erst als ich länger in ihr Gesicht blickte, erkannte ich hinter der Maske aus Schmerz und Wut und Trauer meine ehemalige Chefin. Zwei Tage zuvor war ihre Freundin gestorben. Sie waren 38 Jahre zusammen gewesen, sie war beim Zusammenkommen 18, ihre Freundin 45 gewesen. Die Freundin hatte eine schwere OP nicht überlebt. „Warum sind Sie hier?“ Sie blickte mich an: „Genau dafür. Dass wir anerkannt werden. Wir waren nicht verheiratet, und trotzdem durfte ich in die Intensivstation. Ich bin für sie hier und dass das bald normal ist.“

Man spielt ja das erste Treffen nach der großen Trennung immer gern durch. Minutiös wird geplant, wie man dabei aussieht, was man wie warum zu ihr sagt und was sie antwortet. Natürlich sieht man selbst immer blendend aus und ist unterkühlt bis neutral in der Wortwahl, gewürzt mit ein bisschen böser Ironie. Diese wird nicht von ihr verstanden, und dann sieht sie auch immer nicht gut aus bei diesem Treffen. Eva hatte es sich lange ausgemalt, dieses Wiedersehen. In den ersten Wochen nach der Trennung von ihr und Daria (im gemeinsamen Freundeskreis auch bekannt als Tag A wie Apokalypse, schließlich waren die beiden ja ein Traumpaar und viele Jahre zusammen gewesen) hatte sich Eva immer in einem Panzer gesehen, der über Darias Auto, ihre Katze und schließlich über Daria selbst rollte. Eva hatte bei dieser Fahrt das Kleid an, das Daria immer so gut an ihr gefallen hatte. Und den Push-up, den sie sich gleich nach der Trennung gekauft hatte. Je länger die Trennung her war, desto mehr verlor der Panzer und Gewalt per se an Bedeutung, und Eva sah eher eine heulende Ex vor sich, auf den Knien angekrochen kommend, stammelnd vor Tränen und Traurigkeit, Eva zurückverlangend. Was diese selbstverständlich höhnisch lächelnd von sich wies und mit wiegenden Hüften von dannen schritt. Und nun, zum jetzigen Zeitpunkt, muss von dem eigentlichen Aufeinandertreffen erzählt werden. Betont muss dabei werden, dass es für Eva eigentlich nicht besser hätte laufen können. Also: Es ist eine kalte Dienstagnacht in einer mitteldeutschen Kleinstadt, so gegen ein Uhr, und Eva versucht mit einem Eis in der einen und ihrem Handy in der anderen Hand die McDonald's-Tür zu öffnen, bei eben welchem sie sich gerade das Eis gekauft hat. Von draußen wird die Tür in eben jenem Moment aufgerissen, in dem Eva sich dagegen lehnen will, weil sie ja keine Hand frei hat. Sie fällt gegen die weinende Frau, die im Schnee steht, mit der Tür noch in der Hand. Und beide sehen sich an. Ihr wisst nach der langen Vorerzählung schon, es ist Daria. Eine fassungslose. Denn, das weiß Daria, weil sie selbst viele Jahre lang Sex mit Eva hatte, Eva kauft sich nachts immer ein Eis bei dem amerikanischen Fast-Food-Anbieter, wenn sie richtig guten Sex hatte. Sie guckt Eva an. Ihre langen Haare, die normalerweise in einem festen Zopf gebändigt sind, sind offen und fließen bis über ihre Hüften, die Augen strahlen glänzend, und generell sieht Eva, entschuldigt die Wortwahl, einfach durchgefickt aus. Blöderweise nicht von Daria, was Daria in Millisekunden erkennt, denn sie war ja nun mal definitiv nicht dabei. Und Eva sieht ihre Ex an, die da nachts unter Woche heulend vor einem McDonald's steht. Eva denkt sich, was wir alle in dieser Situation denken würden: „Gewonnen."

Nach einem verregneten Spieleabend ist uns beim Stammtisch nachts nichts Besseres eingefallen, als mal schnell so ein Diagramm à la L-Word zu malen, wer mit wem. Hätten wir mal besser nicht gemacht. Die Kurzfassung: Anja mit Wibke, Wibke mit Andrea, Andrea mit Andrea H., Vanessa mit Micha, Anja mit Vanessa, Tanja mit Andrea H., Sonja mit Andrea, Sabine mit Micha, Kriss mit Sandra, Sandra mit Sabine, Elena mit Karina, Karina mit Sonja W., Micha mit Sandra, Sonja W. mit Wibke, Conny mit Uta, Barbara mit Susi, Susi mit Hanna, Uta mit Anette, Micha mit Kriss, Anette mit Bettina A., Bettina A. mit Sara, Sara mit Sonja. Anette mit Nadine, Susi mit Nadine, Kathrin mit Anette, Micha mit Anette, Manu mit Elena, Tanja mit Manu, Micha mit Manu, Karina mit Kathrin. Mehrere der Mädels haben sich an diesem Abend das letzte Mal gesehen.

Nun schreit mich das Blatt nicht mehr an, es ist still geworden, und ich muss wohl über all das nachdenken, was ich hier so aufgeschrieben habe. Ich sitze mittlerweile auf dem Balkon, es ist Nacht, die Turmuhr gegenüber hat eben zwei geschlagen. In der Wohnung ist es unfassbar warm, das Thermometer zeigt 26 Grad. Um mich herum liegen all meine Zettel und Notizen, meine Frau habe ich auch noch mal geweckt, vielleicht hat sie noch unverständliche Nachrichten von mir im Handy, die mich an etwas erinnern sollen, das ich schreiben wollte. Hatte sie nicht. Von meiner Tasse Tee habe ich mich verabschiedet und bin auf Cola umgestiegen, wahrscheinlich trinkt kein vernünftiger Autor der Welt so was. Wie gut, dass ich nie vernünftig sein wollte, obwohl sich die Frauen doch so bei meiner Erziehung bemüht haben.

Ich wollte etwas zum Diskurs beitragen, wir sollten alle mehr sprechen, mehr schreiben. Nicht über Buchstabenabkürzungen oder Farben im Regenbogen. Wir sollten uns Gedanken machen, wie wir Dinge, Verhältnisse, Meinungen ändern können, wie wir die Welt (oder viele Welten) ein wenig besser machen können, ein wenig toleranter, ein wenig respektvoller, ein klein wenig weniger klimakatastrophenmäßig. Wir sollten auch mehr lächeln. Vielleicht konnte ich ein wenig dazu tun, ganz ohne eigenes Arbeitszimmer.

Lovis Cassaris
One Day Love Story

Er war mir am Abend zuvor in einer Bar unweit von meinem Hotel aufgefallen, die als *straight friendly* ausgeschildert war. Jetzt stand dieser wunderschöne Mensch direkt neben mir am Haupteingang des Vorlesungssaals. Die Haare kurz, schneeweiß gefärbt. Eine Brille in Neon-Farben, welche die kantigen Gesichtszüge unterstrich. Ich war entzückt.
„Ich heiße Rain."
Mir wurde eine Hand entgegengestreckt, die ich vielleicht etwas zu sanft drückte. „Stockholm Universität. Aber ich pendle einmal im Monat nach Göteborg."
„Rain", wiederholte ich und starrte auf das Namensschildchen, auf dem auch die bevorzugten Pronomen standen. „Du präsentierst doch heute Nachmittag. Ich habe mir dein Referat im Programm dick angestrichen." Als Antwort erhielt ich ein Schmunzeln. Ich war mir nicht einmal mehr sicher, ob das, was aus mir herausgeplatzt war, überhaupt stimmte, aber wer wollte es schon überprüfen?
„Ich bin übrigens Archie."
„Okay, Archie. Du möchtest dir also unbedingt einen Vortrag mit dem Titel *Coming-out-Narrative in der schwedischen Berichterstattung über die Pop-Sängerin und Produzentin Lorine Zineb Noka Talhaoui* anhören?" Rains Englisch war im Vergleich zu meinem fehlerfrei und fließend und wies dieselbe melodische Betonung auf, die so typisch für die schwedische Sprache war.
„Natürlich, ich bin ja auch ein Fan ihrer Musik", log ich, auch wenn ich den Namen nicht zum ersten Mal gehört hatte. „Es geht gleich los", fügte ich hinzu. Wir nahmen Platz in einer der vorderen Reihen. Rain war mir wie selbstverständlich gefolgt. Der Sitz, in den ich mich fallen ließ, war gepolstert und mit blauem Stoff überzogen; viel bequemer als diejenigen, die ich sonst in Zürich gewohnt war und die man sogar herunterklappen musste. Sie sorgten immer für dieses typische *Klack-Klack-Klack*, wenn nach einem Seminar alle gleichzeitig wieder aufstanden.
Rain packte den Laptop, Schreibzeug, das Konferenzprogramm und sogar einen Powerriegel aus und ordnete alles akkurat auf der Arbeits-

fläche aus. Ich schämte mich ein wenig, als ich meine Papiere aus dem Rucksack holte und sie erst mit der Handfläche glattstreichen musste. Man konnte mir auf der Stirn ablesen, dass ich nicht für die Wissenschaft gemacht war. Ich hatte wenig Ahnung von Theorien und Methoden, hatte weder Drittmittel zur Verfügung noch ein großes Netzwerk. Ich verstand weder Foucault noch Derrida und selbst Butler nur in Abschnitten. Die paar Gedanken, die ich mir aufschrieb, weil ich sie als innovativ empfand, gingen verloren, wenn ich die Merkzettel später nicht mehr finden konnte, oder wurden in zwei, drei kritischen Sätzen zerrissen, wenn ich mich ausnahmsweise dazu zwingen konnte, sie meinen Mitmenschen mitzuteilen. „Das ist viel zu einfach gedacht" oder „Das geht so überhaupt nicht auf" oder „Das ist Wunschdenken, aber du musst pragmatisch bleiben." Hätte ich mir die Idee einer Doktorarbeit in der Lavendel Linguistik von Anfang nüchtern durch den Kopf gehen lassen, wäre ich jetzt wahrscheinlich nicht hier mit einer Gruppe von Linguist_innen, die den ganzen Tag über non-binäre Sprache, das Potenzial queerer Pornografie und ein Leben nach dem Geschlecht diskutierten, obwohl ich mir das alles nicht wirklich leisten konnte, sondern irgendwo im Unterrichtszimmer eines Gymnasiums sein müsste, umgeben von jungen Menschen, die ihren Kaugummi nicht aus dem Mund nehmen, bevor sie sich äußern, und Penisse an die Wandtafel malen. Denn Forschung, das ist nichts für ein Kind mit Migrationshintergrund, dessen Eltern Fabrikarbeiter_innen sind. Forschung ist nichts für Menschen, wenn nicht bereits ihre Eltern und Großeltern an einer Uni studiert haben. Und schon gar nicht, wenn sie Vollzeit arbeiten müssen, um sich überhaupt über Wasser zu halten.
In meine Gedanken vertieft, verpasste ich den Anfang der Eröffnungsrede und der ach so hochgelobten Keynote. Ob es Rain aufgefallen war? Ich versuchte, mich auf das Jetzt zu fokussieren, und fotografierte die weiteren Folien der Powerpoint-Präsentation ab, um sie später in Ruhe zu studieren. Nach dieser ersten Stunde zog ich mich noch während des Applauses zurück auf die Unisex-Toilette und wartete, bis die Pause nahezu vorbei war. Ich hatte keine Lust, mich bereits von Anfang an als ahnungslos zu outen. Was, wenn sich Rain mit mir über die Keynote austauschen wollte? Was, wenn ich zugeben musste, dass ich nicht aufmerksam gewesen war?
„Da bist du ja!", hörte ich hinter mir rufen, kaum dass ich wieder

im Pausenraum war. „Bist du auch gleich im grünen Zimmer?“ Erst jetzt fiel mir auf, dass die Konferenzräume in Farben eingeteilt waren.
„Ich müsste kurz nachschauen“, gab ich zu. Rain zog in einer eleganten Bewegung das Programm aus der Blazertasche. „Hier.“
Als ich das Papier in der Hand hielt, fiel mir auf, dass Rain lauter Notizen eingetragen hatte: Verschiebungen, gestrichene Referate … Die Programmänderungen mussten wohl angekündigt worden sein, nachdem ich den Vorlesungssaal verlassen hatte.
„Darf ich das abschreiben?“ Die Pause, die ich gebraucht hatte, um mir das englische Wort für „Abschreiben“ in Erinnerung zu rufen, war hoffentlich nur mir aufgefallen.
„Natürlich.“
„Ja, jetzt sehe ich. Ich bin auch gleich im grünen Raum.“ Dieser bot Platz für höchstens zwanzig von den insgesamt dreihundert Teilnehmer_innen, von denen die meisten der LGBT-Community angehörten. Wie das Organisationsteam bereits auf der Webseite angekündigt hatte, war dies die höchste Zahl an Anmeldungen seit Jahren. Dennoch fanden parallel jeweils drei weitere Veranstaltungen statt, sodass niemand stehen oder auf dem Boden sitzen musste. Der Mensch, der vorne über die Herstellung von Heteronormativität in Lesben-Chats referierte, war schätzungsweise zehn, vielleicht fünfzehn Jahre jünger als ich und brachte eine Rhetorik an den Tag, von der ich nur träumen könnte. Gleichzeitig mit dem Klick auf die letzte Powerpoint-Folie, welche die Diskussionsrunde eröffnen sollte, fiel mir der Wasserbecher, den ich gerade in der Hand hielt, von einem kollektiven Schrei begleitet, zu Boden.
Was war das? Rain hatte die Worte nicht angesprochen, aber ich wusste den Blick zu deuten. Achselzuckend gab ich zu verstehen, dass ich mir den lauten Knall selbst nicht erklären konnte.
„Keine Panik!“, versuchte uns eine Professorin zu beruhigen. „Ich arbeite hier. Gerade wird das Gebäude erweitert. Die müssen nur ein paar Steine in die Luft sprengen.“
„Und das müssen *die* ausgerechnet jetzt tun!“, ergänzte jemand.
„Na ja, lieber so als anders!“, antwortete Rain. Einige im Saal nickten zustimmend. Die politische Lage war in Schweden zwar stabil, jedoch war zwei Jahre zuvor ein Lastwagen im Zentrum von Stockholm in eine Menschenmenge gefahren. Mehrere waren getötet oder

verletzt worden. Und Göteborg hatte zusätzlich noch ein ganz anderes Problem. Waffengewalt und organisierte Gangkriminalität. Es ging um Macht, es ging um Reviere und unbeglichene Schulden und um junge Menschen, die einen toxischen Männlichkeitsbegriff hatten. „Die Wahrscheinlichkeit, abends von einem betrunkenen Teenager angekotzt zu werden ist größer, als hier in wirklich was Ernstes zu geraten!“, versuchte jemand die Stimmung zu entspannen. Einige lachten auf.

Es folgte eine zweite Explosion, dann war Schluss, und wir sollten uns für den Rest des Tages ungestört der Forschung widmen können.

„Endlich Mittagessen! Ich bin am Verhungern“, sagte Rain erfreut.

„Aber die große Pause war doch erst vor anderthalb Stunden.“

„Das stimmt, aber jemand hat mir mein veganes Sandwich weggegessen, obwohl es separat abgepackt und sogar für mich beschriftet war.“

„Das tut mir leid“, antwortete ich.

„Schon gut, ich nehme es als Kompliment.“

Es fühlte sich selbstverständlich an, dass wir uns gemeinsam an einen Tisch setzten. Ich war innerlich dankbar dafür, denn ich hatte bisher mit niemandem außer mit Rain gesprochen. Die meisten waren als Forschungsgruppen angereist und kannten sich sehr gut. Ich konnte mich nicht einmal genau an die Gesichter vom Jahr davor erinnern. Ich war mir sicher, dass Rain sich mit jedem Menschen im Raum hätte unterhalten können, völlig gelassen und eloquent.

Das Mittagessen war köstlich und erklärte zumindest einen Teil der hohen Konferenzgebühren. Das Salatbüffet bestand aus fünf oder sechs verschiedenen Sorten frischem Gemüse. Als Hauptgang wurden Spargel zum Fleisch oder Pilzburger serviert. Wir unterhielten uns über Veganismus, was mir gerade recht kam, denn ich hatte erst kürzlich einen Zeitungsartikel über CO2-Emissionen und den Klimawandel gelesen, sodass ich ein wenig mitreden konnte. Ich wusste nicht, ob Rain so aufmerksam war, mich absichtlich nicht über meine Forschungsarbeit auszufragen.

„So, das war der letzte Schluck Kaffee, und jetzt muss ich los, um sicherzugehen, dass der Beamer auch ordentlich funktioniert.“

„Ja, der Technik ist niemals zu trauen. Ich wünsche viel Spaß bei den Vorbereitungen.“

Kaum, dass Rain verschwunden war, suchte ich den Abstract in meiner Mailbox. Ich hatte mir fest vorgenommen, mich vorzubereiten und wenigstens eine kluge Frage zu stellen. Nicht etwa, um Rain damit zu beeindrucken, sondern um mir selbst zu beweisen, dass ich durchaus in der Lage war, meine Menschenscheu zu überwinden und mich an einer Diskussion zu beteiligen. Natürlich kam es anders.
Wir waren diesmal im blauen Saal. Rain präsentierte so souverän, dass ich mich kaum auf etwas anderes als auf diese Person konzentrieren konnte, die sich bisher so liebevoll um mich gekümmert hatte. Die Argumente waren so nachvollziehbar dargelegt, dass auch andere keine Fragen stellten. Stattdessen wurden Komplimente für die hervorragend geleistete Arbeit ausgedrückt.
„Du warst wunderbar!"
„Vielen Dank. Jetzt kann ich entspannt den Rest der Konferenz genießen."
Es fiel mir schwer, mir vorzustellen, dass Rain noch entspannter sein konnte. Dieser Mensch wirkte auf mich wie die Ruhe in Person.
„Ich habe schon lange nicht mehr so gute Rückmeldungen erhalten. Meinen Erfolg müssen wir feiern! Heute Abend kommst du sicher auch zur Eröffnungsparty, oder?"
Das war die Party, keine fünf Gehminuten von meiner Unterkunft entfernt, die ich unbedingt vermeiden wollte, weil auf dem Prospekt, das uns zusammen mit den Konferenzunterlagen geschickt worden war, Kleidervorschriften abgedruckt waren. Jogging-Hosen waren verboten sowie Halstücher und alles, was zu viel Haut bedeckte. Der Verein, der für die Organisation zuständig war, warb mit nackten Männeroberkörpern und Häschenohren auf dem Kopf.
„Ich habe kein geeignetes Outfit dabei."
„Du hast doch bestimmt was Elegantes für das Gala-Dinner morgen Abend eingepackt, oder?"
„Ja, das habe ich."
„Dann kommst du einfach im eleganten Gala-Outfit. Das passt schon!", versuchte mich Rain zu überzeugen.
„Aber müssen wir nicht fit bleiben für die ganzen Panels von morgen?"
„Wir fangen morgen zwei Stunden später an. Bis dahin bist du bestimmt wieder ausgenüchtert und ausgeruht."
„Also gut", gab ich nach.

Nach dem letzten großen Keynote-Referat im großen Saal flüchtete ich diesmal nicht sofort nach draußen. Rain wurde allerdings in ein Gespräch verwickelt, sodass ich nicht genau wusste, was unhöflicher war: mich aus dem Staub zu machen, ohne mich zu verabschieden, oder blöd herumzustehen und darauf zu warten, dass der verbale Austausch ein Ende nahm. Ich ging.

Es hatte geregnet, aber es zog kein Wind mehr, und jetzt zeigten sich auch wieder ein paar Sonnenstrahlen. Zwei Stunden blieben mir schätzungsweise noch bis Sonnenuntergang. Ich beschloss, in den Botanischen Garten zu gehen, der nur zwei Tramstationen vom Tagungsort entfernt war. Der Übersichtsplan in deutscher Sprache half mir leider nicht weiter, denn die Angaben schienen nicht zu stimmen, oder ich war einfach zu blöd, um eine Karte zu lesen. Der Garten wurde als größter Nordeuropas angepriesen. Das dahinterliegende Naturschutzgebiet mitgezählt, wies die Fläche rund 175 Hektar auf. Hier wurden rund 16.000 Arten gezüchtet, darunter ein kalifornischer Mammutbaum, den ich aber beim besten Willen nicht finden konnte. Ich lief hoch zum Aussichtspunkt über einen schmalen Gehweg, der einem Herr-der-Ringe-Film entsprungen zu sein schien. Moosbedeckte Felsen, Kleeblätter … In der Ferne war nun, wenn auch unscharf, die Älvsborgsbron-Hängebrücke zu erkennen. Ich zog das Handy aus der Hosentasche, aber keines der Fotos wollte mir gelingen. Ein Smartphone konnte mehrere hundert Franken kosten und dennoch eine beschissene Zoom-Funktion haben. Ich aktualisierte, wenn ich schon dabei war, meinen Posteingang. Nora hatte bisher nicht auf meine SMS reagiert, die ich ihr vormittags aus dem Frühstücksraum des Hotels geschickt hatte. Vielleicht hatte sie mir einen wichtigen Termin angekündigt, und ich hatte es nur vergessen?

Ich lief den steilen Weg vom Aussichtspunkt wieder hinunter und musste mich dabei am Metallgeländer festhalten. Ich landete direkt im Steingarten, wo eine Kaskade, unter der man hindurchgehen konnte, das Schmuckstück dieses Areals bildete. Herumtobende Kinder und ausrufende Eltern waren das Einzige, was man hier draußen hören konnte.

Auf dem Rückweg machte ich Halt bei einem Food Truck, bestellte ein rotes Curry und IPA. Selbst hier musste ich mit Kreditkarte zahlen. Anscheinend wollte Schweden als erstes Land das Bargeld abschaffen.

Nora hatte sich immer noch nicht gemeldet. Ich beschloss, auf die Party zu gehen, von der mittlerweile alle auf der Konferenz geschwärmt hatten. Meine schwarze Skinny-Jeans, ein schwarzes Hemd und meine weinroten Boots passten, wie es Rain vorhergesagt hatte, gut zum Abendformat. Um zweiundzwanzig Uhr sollte es erst losgehen. Diese Unsitte konnte ich nicht nachvollziehen, schließlich gibt es ja auch Menschen, die gerne feiern *und* gerne früh schlafen gehen.
Ich tippte meine Handnotizen in ein Word-Dokument und googelte die neusten Aufsätze eines Wissenschaftlers, der viel zu trans Linguistik forschte und dessen Namen ich erst Stunden davor aufgeschnappt hatte. Als ich wieder auf die Uhr schaute, war es beinahe schon dreiundzwanzig Uhr. *Nora, ich gehe jetzt los*, tippte ich. *Ich kann mich nicht erinnern, wann ich das letzte Mal auf einer LGBT Party war! Lachendes Tränensmiley, lachendes Tränensmiley, Aubergine, Büsi, Regenbogenflagge.* Ich hatte vergessen, das Handy auf die Ladestation zu legen. Dreiundzwanzig Prozent Akku – sollte reichen.
Kein Wunder, dass im Club viel Haut gezeigt wurde. Die Tanzflächen waren bereits um diese Uhrzeit so voll, dass selbst ich schnell ins Schwitzen kam, ganz ohne mich groß zu bewegen. Es roch süßlich nach Schweiß und Energy Drinks. Ich erkannte ein paar Konferenz-Gesichter. Einige hatten sich richtig in Schale geworfen, andere fielen durch extravagante Outfits auf.
„Ich habe dich gefunden!", sprach mir Rain ins Ohr, während alle anderen einen bekannten ABBA-Refrain mehr herausbrüllten als mitsangen.
„Ich bin gerade erst gekommen", antwortete ich, und es klang wie eine Entschuldigung. Rain, in einem silbernen Pailletten-One-Piece. Ein echter Blickfang. Rain mit smokey eyes und Glitzer im Haar. Jemand stolperte auf dem Weg zurück von der Bartheke. Kühler Prosecco auf meinem Unterarm, dann eine Hand. Rain, wunderschön und warm wie Sommerregen.
„Lass uns tanzen."
„Wie denn?", fragte ich. „Ich kann nicht einmal auf meine Füße herunterschauen!"
„Und das ist nicht einmal die große Tanzfläche. Dort hinten geht es zum zweiten Dance Floor. Und je später der Abend, umso schlimmer! Also lieber jetzt als später."
„Du hast recht."

Wir tanzten zu Pride-Evergreens und Neunziger-Musik. Dabei Rains Mund an meinem Ohr, immer wieder.
Wer war dein Lieblings-Spice-Girl?
Mochtest du die Backstreet Boys?
Oder lieber Take That?
Kennst du noch East 17? …
Dann auf einmal Balladen.
„Was für ein schlechter Stilbruch!", kommentierte ich.
„Ja! Das ist der schlechteste DJ aller Zeiten!"
„Der schlechteste!", wiederholte ich.
Der Übergang mochte nicht gelungen sein, der Song hingegen …
Purple Rain. „Ein echter Regentanz", sagte ich und musste nicht mehr laut sein, denn wir lagen uns in den Armen. Arm im Arm, mitten auf der Tanzfläche, das war die Erdmitte.
With my heart in your hands …
„Ist das jetzt Skunk … Anansie?"
Rain nickte. „Mein Lieblingslied."
I feel trouble … sang mir Rain ins Ohr.
Rain vor mir, Rains Glitzer in meinem Gesicht, Regenfall.
Darkness comes … sang Rain weiter, aber ich fühlte Licht.
The world goes crashing down to hell
I'm breathing in, I'm choking out …
Rain … nahm mir die Luft … Rain gab mir Glut. Wir ertranken beide in der Glut.
I see death for the lovers …
Dann bebte der Raum.
„Was zur Hölle?"
„Dort hinten ist Rauch!", stellte ich fest und zeigte zum Eingang.
Ein zweiter Knall.
„Fuck, das kann nicht wahr sein." Es war nicht das, was ich vermutete. Es *durfte nicht sein*, was ich vermutete.
Vorne im Eingangsbereich machte sich Panik breit. Menschen, die rausstürzten. Lärm wie Feuerwerk. Weiterhin Kuschelrock, Discolichter.
„Das ist ein Sturmgewehr!"
In Sichtweite fielen Menschen um wie Marionetten. Zwischenrufe.
„Zurück, zurück! Gib mir deine Hand. Wir müssen zusammenbleiben!" Rain zog mich noch tiefer in den Raum. Geschubse aus allen Richtungen, Schreie.

„Aber wir müssen irgendwie hier rauskommen!", brüllte ich. Klar denken, ich musste klar denken.
„Vertrau mir!" Rain bahnte uns einen Weg durch die Menge, wir stolperten über Flaschen und Gläser immer weiter weg vom Eingang. Als ich mich umdrehte, hatten zwei schwarze Gestalten bereits den Weg nach draußen versperrt. Einer schoss auf das DJ-Pult. Die Musik ging aus, beide riefen irgendwas auf Schwedisch. Einer lachte.
„Sofort runter!", befahl jemand.
Die weichen Knie hätten mich sowieso nicht länger aufrecht gehalten. Wir ließen uns, wie viele andere, auf den Boden fallen. Ich ließ Rains Hand nicht los. Rains Hand, die immer noch warm war.
„Was sagen sie?", fragte ich.
„Sie schreien: Tod den Perversen. Und: Schweden ist nicht Sodom." Dann hielt sich Rain den Finger vor den Mund. *Sei still!*
Ich hob den Kopf und schaute hinter mich. Sah, wie eine der Gestalten eine junge Frau festhielt. Sie musste nicht älter als achtzehn sein. Noch ein Teenager. Ein Schuss in den Kopf mit einer Pistole … Wenigstens ging es schnell.
„Nicht weinen, nicht zittern!", flüsterte Rain, erstaunlich gefasst.
„Wir müssen hier raus!", wiederholte ich, aber meine Stimme bebte. Solange sich die Typen vor dem Eingang aufhielten, mussten wir einen Plan schmieden. Noch konnten sie uns nicht hören.
„Wir bleiben hier liegen. Ich kenne den Laden. Sobald sich die Möglichkeit ergibt, suchen wir einen Weg in die Toiletten. Dort schleichen wir aus dem Fenster."
„Und die Toiletten sind wo?"
„Nur wenige Meter vor uns."
Es roch nach Schießpulver, Eisen und Blut. Die Männer brauchten nicht einmal zu zielen. Sie schossen einfach wild auf den Boden. Einige leisteten, wie man hören konnte, Widerstand, wenn auch nicht lange. Andere schienen um Gnade zu bitten. Erfolglos. Ich schaute Rain in die Augen. In der Dunkelheit konnte ich nicht sagen, ob sie braun oder grün oder etwas ganz anderes waren. Wir wussten beide, dass sie jetzt näherkamen.
„Egal, was jetzt passiert, du darfst dich nicht bewegen."
Ich nickte und machte die Augen zu.
Und dann passierte etwas Seltsames: Handys, immer mehr Handys, die zu klingeln anfingen, unzählige Nachrichten, die eingingen, be-

kannte Melodien, ein Klingelkonzert. Die Medien mussten angefangen haben, über das Massaker zu berichten. Besorgte Mütter, Väter, Geschwister, beste Freund_innen. *Bist du in Sicherheit? Geht es dir gut? Ich liebe dich. Melde dich, wenn du kannst.* Erst jetzt fiel mir das ferne Heulen von Sirenen auf. Wie lange langen wir schon hier? Ein paar Mutige, oder Leichtsinnige, die nur leicht oder gar nicht verletzt waren, nahmen tatsächlich ab und hechelten was ins Mikrofon. Und jetzt machten diese Irren ein Spiel daraus. Sie lachten, ein Lachen aus der Hölle, und dann schossen sie: Jedes Klingeln ein Todesurteil. Hatte ich mein Handy auf lautlos gestellt? Wollte ich riskieren, Nora vielleicht eine letzte Nachricht zu tippen? Oder sollte ich meine Mutter anrufen? Mitten in der Nacht? Hatte ich Glück und mein Gerät war schon lange ausgegangen? Dreiundzwanzig Prozent Akku, wie lange konnte ein Handy durchhalten? Bitte lass niemanden anrufen …

Der Lärm wurde ohrenbetäubend. Ein leiser Liebesschwur irgendwo neben uns, dann zwei, drei, unzählige Schüsse. Ein Körper, der über uns fiel. Ich hörte Rain zusammenzucken und Schritte, die sich entfernten. Regungslos blieben wir eine Weile so liegen, zwischen Röcheln und Wimmern. Es dauerte eine Ewigkeit, bis ich mich traute, die Augen zu öffnen, weil ich Angst hatte vor dem, was mich erwartete. Rain lag in einer Blutlache, über uns ein nackter Oberkörper, Blut und Glitzer, der verzerrte Gesichtsausdruck eines Toten. Ein Handy vibrierte in der Hosentasche seiner Denim-Jeans.

„Es ist nur die Schulter."

Ich konnte nur noch schwer atmen. Das Gewicht über mir, der eklige Geruch des Todes in meiner Nase.

„Ich bin bei dir." Wir hatten immer noch nicht losgelassen, Rains kühle Hand in meiner. Ein Bund, der in fremdem Blut getränkt, nicht mehr nur uns beiden gehörte. Und Nora, irgendwo war Nora …

„Sie sind im anderen Raum!", sagte ich. „Schaffst du es?"

„Geh ohne mich!"

„Ich gehe nirgends hin ohne dich. Es sind nur ein paar Meter." Es blieb uns nicht viel Zeit. Wenige Sekunden. Genug Zeit, um aufzustehen und Richtung Toilette zu rennen?

„Dann jetzt!", sagte Rain und versuchte, die Leichen so gut es ging von sich wegzuschieben. Rain, Rain im Pailletten-Kleid. Rain in Red. Ich ging auf die Knie und zog Rain ein Stück hoch. Die Schulter war zerfetzt.

„Ich verliere das Bewusstsein."
„Nein, nicht jetzt."
„Es – ist – zu viel – Blut."
Rain, Rain mit feuchten Augen lag in meinen Armen und schaute mich an.

„Küss mich."
Ich schmeckte Blut, aber darunter auch Lakritze. Rain schmeckte wie Lakritze.
„Morgen, nicht vergessen, fangen wir später an!", brachte Rain noch heraus. Dann spürte ich, wie das Leben aus diesem wunderschönen Körper entwich. *Verzeih mir.*
Mit Tränen in den Augen stand ich auf und versuchte, mir einen Weg freizumachen, ohne zu sehr auf anderen herumzutrampeln. Bis ich hinter mir Schüsse hörte.
„Hej!", rief mir jemand nach. Ich vergrößerte meine Schritte, rannte über Scherben, Hände, Bäuche und Rücken. Jemand schrie schmerzerfüllt auf. Ich fand die Tür zu den Toiletten, aber sie klemmte. Dahinter lag jemand schwer verletzt oder vielleicht schon tot. Ich brach in Weinen aus und drückte mit meiner ganzen Kraft dagegen. Der Spalt reichte genau, um mich hindurchzuzwängen. Unbekannte halfen sich gegenseitig dabei, durch das kleine Fenster, von dem Rain gesprochen hatte, nach draußen zu fliehen. Wer draußen stand, reichte dem Nächsten die Hand. Jemand rüttelte an der Tür, brüllte. Und dann war ich dran. Ich hatte Angst, das Fenster wäre zu klein, aber es ging. Jemand reichte mir die Hand und zog mich hoch. Und ich war draußen.
Ich rannte, die Welt um mich herum völlig ausgeblendet, so schnell ich konnte geradeaus, weit weg von dem, was hinter meinem Rücken war, die Straße hinunter zu meinem Hotel. Die Kälte machte mir nichts aus. Ich hörte Schritte hinter mir, mein Herz raste. Jemand überholte mich. Feuchtigkeit lag in der Luft. Ich hatte nur eines im Kopf, zurück zum Hotel, zurück in Sicherheit. Jemand vom Nachtdienst winkte mich rein. Noch nie war ich so schnell gerannt. Die Lunge brannte.
Erste Tropfen wurden gegen die Drehtürscheibe gepeitscht. Ich war in Sicherheit. Ich war gerettet.
Und Regen fiel.

Lara Maibaum
sog

aus dem traubenförmigen fenster der sternbasis die um galahad 3 kreist sieht man den planeten in all seiner pracht seine grün schimmernden ozeane die goldenen linien unnatürlichen tuns welche besagte ozeane umgarnen welche unsere forscher gerade untersuchen
wir sind hier in sicherer entfernung auf dem aussichtsdeck es läuft einer dieser alten songs die wir wohl niemals loswerden ich trinke ja es ist abend sagt zumindest das raumschiff ein freitagabend
ich trinke ein glas milch garniert mit einer olive was man eben so trinkt ich schaue aus dem zwölf meter breiten und sechs meter hohen fenster

alte handelsbarkassen docken gerade an sie bringen sündhaft teure gewürze aus dem wudh-nebel oder eine fremde delegation die ich morgen oder später treffen werde ich schaue durch den raum so viele bunte menschen die feiern es ist ein erfolg allein dass wir hier sind niemand spricht mich an aus respekt ich nehme noch einen schluck ich schmecke den alkohol in der milch wie einen bitteren stich am ende des gaumens

die verhandlungen sind noch nicht vorbei ich werde es darum nicht übertreiben ich meditiere in der betrachtung der menschen als säße ich auf einer felsformation tief im blaugrünen ozean die unter einigen in den sonnen schimmernden sich träge bewegenden walen aus dem sandboden herausragt da an der bar als sähe ich es aufblitzen

eine hand die finger um ein glas milch gelegt das glas garniert mit einem stück aal auch sie steht dort allein und schaut auch sie spricht niemand an aus respekt in ihrem fall auch vor ihrer uniform die sie nun locker aufgeknöpft hat sodass der kragen heruntergefaltet ist man den dienstgrad nur erahnen kann sie nimmt einen kleinen schluck aus dem glas sie sitzt auf einem hoch ins dunkle meer hinausragenden felsen und schaut den lampenfischen zu

feuerquallen meiden sie wohlwissend dass eine einzige handbewegung von ihr sie zu staub zerfallen lassen könnte sie hat jetzt ihr glas wieder auf der rubinroten glänzenden oberfläche der bar abgestellt mein blick verharrt auf diesem in die wirklichkeit eingebrannten moment zu lang als dass ich mir noch vormachen könnte ich wäre entspannt

ich spüre den grünen planeten in meinem rücken als würde er näher kommen und die handelsbarkassen sicher es ist nach eins aber sicher laden sie jetzt in dieser sekunde aus und tausende meter entfernt von ihr schreit eine dockarbeiterin einer anderen etwas zu genau jetzt

sie schaut mich an

nicht nur in meine grobe richtung sondern direkt mich fuck endlich was mach ich mir eigentlich vor

ich kann mich entspannen ich kann
sogar lächeln kann ich

sie macht eine kleine kopfbewegung es kommt mir vor als läse sie mir einen roman vor und jetzt blättert sie die letzte seite um ich gehe langsam durch den raum auf sie zu fasse menschen die mir im weg stehen sanft an den ellenbogen und sie treten dann sachte zurück ich habe alle zeit die es jemals im universum gab in meinen händen oder zumindest alle zeit dieser galaxie sie ist sehr schön und sehr ruhig ein mantarochen langsam atmend ein luchs der sich gerade genüsslich streckt ich bin auch sehr schön darüber besitze ich eine sicherheit aus der ich kraft schöpfen kann aber nicht muss es gibt genug andere quellen oder

oder

als wir nebeneinander stehen kommt es mir vor als würde es im raum leiser werden als ruhten nun blicke auf uns von tausenden aufrecht im meer stehenden steinzapfen als wären wir ein paar schwarzer glatter leuchtender quallen die sonnenstrahlen schlucken ich zittere sie lächelt immer noch ich lächle auch was soll ich auch sonst tun wir müssen gar nichts sagen sonnen verbrennen fallen in sich zusammen sterne werden geboren und sterben wieder

ich hab einen guten rotwein in meinem quartier sagt sie
marsernte mit einer zerriebenen perle aus dem mund von den drachen
auf omega sechs vierhundert jahre alt ich will ihn nicht alleine trinken
und heute wäre doch
ähm
wäre doch ein guter anlass

ist das ein zittern das durch sie geht ein im wind wehendes fetzchen
unsicherheit das ihre mundwinkel umspielt
sie ist doch genauso wie ich
ich kann ihr ein beruhigendes lächeln schenken

lass uns gehen sage ich

Elke Kaufmann
Momentaufnahme eines einundzwanzigsten Dezembers

Sie wartet auf den Zug nach Bologna ... am gegenüberliegenden Gleis. Wenn ich jetzt nicht aussteige, werde ich ihr nie wieder sagen können, wie schön ich sie finde ... Die Türen schließen, der Zug fährt los ... ich sehe, wie sie immer kleiner wird ... im Dunkelblau ihres Mantels – zurück bleibt ein Lächeln am Bahnsteig ... hinter einem Kaffeebecher – to go ...

Roberta Gradl
The First Cut

Gefühle kannst du abstellen. Wahrnehmungen auch. Kannst sie so weit in die Tiefe deines Inneren stopfen, zusammendrücken, pressen, stauen, bis sie die Dichte und Masse eines schwarzen Lochs erreichen. Bekanntermaßen zieht ein solches dann alle Materie an und schluckt sie, selbst Licht und Zeit.
Vieles kannst du also abstellen. Geruchssinn aber nicht.
Wein, viel billiger, süßer Wein; Kleidung aus Synthetik, zu lang getragen; Schweiß; Tränen, auch die haben einen Geruch; und Wut, immense Wut ...
Diese Ausdünstungen gehen von Erika aus und füllen inzwischen den ganzen Raum.
Lisa sitzt ihr gegenüber am Küchentisch und versucht, nur flach zu atmen, was eigentlich ganz automatisch passiert, wenn die Angst regiert. Dennoch dringt der Geruch in sie hinein.
„Du hast überhaupt keinen Respekt vor mir", sagt Erika, nachdem sie zuvor minutenlang in ihr Glas mit Wein gestarrt hat.
Du stinkst. Und das ist schon an mir und in mir. Du vergiftest mich.
„Wie kommst du darauf, dass ich dich nicht respektiere?", antwortet Lisa. „Ich hab dich doch nur gebeten, nicht mehr so ..."
„Bei allem, was ich leiste!"
Du hast Brandlöcher von deinen Zigaretten in den Klamotten. Gerade wieder fällt die Asche runter. Deine Nase läuft, und du merkst es nicht mal.
„Ich weiß doch, was du alles stemmst für uns." Lisas Gedanken kreisen so schnell in ihrem Kopf, einen zu fassen ist Schwerstarbeit und dauert ewig. Fast als wäre gar kein Gedanke da.
„Schau mal, unser Garten. Wie viel Arbeit du da reinsteckst. Wie schön du das machst. Alles blüht und wächst."
Erika schenkt sich ein weiteres Glas ein. Mit dem Handballen wischt sie auf, was daneben gegangen ist. „Wenn du mich schon nicht liebst, dann kann ich doch wenigstens Respekt erwarten, oder?"
Was ist eigentlich passiert in deinem letzten Job? Wieder mal, ja?
Die große Wanduhr ticktackt. Irgendwie hämisch. Etwas stimmt nicht mit dem Fluss der Zeit: Längst schon sollte es 22 Uhr sein.

Da geht Erika immer ins Bett. Stattdessen hält die Uhr die Minuten stundenlang an.
Ticktack.
Auch die Glut in Erikas Zigarette macht ein Geräusch. Der Kühlschrank schaltet sich ein, knackt, surrt. Und wenn Erika atmet, fiept die Luft durch den Rotz in ihrer Nase.
„Der Garten ist ein Meisterwerk. Alle sagen das. Ich bin stolz auf dich!", versucht es Lisa.
„Warum liebst du mich nicht?" Erikas Blick bohrt sich irgendwo in Lisas Gesicht. Ihre so schönen veilchenblauen Augen sind jetzt unterlaufen und glasig. Die Pupillen schwimmen, wovon Lisa ganz flau wird, wenn sie hineinschaut.
Ich hab nicht gut genug aufgepasst! Wie viele Flaschen waren es diesen Nachmittag? Zwei? Zweieinhalb? Eher drei. Warum hab ich nicht gut genug aufgepasst! War Korn auch dabei? Hast du die Flasche wieder versteckt und ich hab's übersehen?
Lisa beugt sich über den Tisch, um ihre Hand auf die von Erika zu legen. Ihr Arm scheint kürzer geworden zu sein, oder der Tisch breiter; wie sie ihren hölzernen Körper strecken muss!
„Natürlich liebe ich dich!"
„Ich hatte früher so schöne Hände", klagt Erika. Sie spreizt die Finger mit den geröteten Gelenken, und Lisa streichelt über die feuchtkalte Haut.
„Sie sind doch immer noch schön. Ein bisschen Zeit kann ihnen nichts anhaben!"
Verstohlen sucht sie mit den Augen die Küche ab, ob da irgendwo die Flasche Korn steht und ob sie sehen kann, wie viel davon schon fehlt.
„Mein ganzes Leben lang hab ich mich für andere aufgeopfert!" Erika hat eine schöne Stimme, besonders, wenn sie singt. Ihre Stimme wird nicht schrill im Rausch, in der Wut. Eher wird sie voller, kräftiger. Alles, was sie sonst nicht kann, wird hier freigelassen.
Mein Gott, das war vor so vielen Jahren! Da gab's mich noch gar nicht in deinem Leben. Und später? Ich hab dich nicht darum gebeten! Aber ich weiß ja …
„… Dein Leben war – ist nicht leicht. Ich weiß das doch!"
Wenn Erika ihre Lippen aufeinanderpresst, bilden sich darüber die kleinen länglichen Falten einer Frau jenseits der vierzig. In diesem

Faltendelta sammeln sich jetzt Schatten. Und wenn sie den Mund dann noch angewidert verzieht, bilden sich Abgründe.
Sie reißt ihre Hand zurück. „Was weißt du schon von einem schweren Leben?"
Das Weinglas kippt. Die Lache breitet sich über den Tisch aus. Noch mehr Alkoholdunst.
„Du bist nichts weiter als ein undankbares Subjekt!"
Das Weinglas wieder aufzurichten, das schafft Erika nicht. Es fällt ihr immer wieder um. Lisa sieht zu, sie spürt ihre Arme und Beine nicht mehr. Nach einem wackligen Versuch aufzustehen lässt Erika sich wieder auf ihren Stuhl fallen. Sie trinkt aus der Flasche weiter.
„Hab ich nicht alles für dich getan? Ich reiß mir den Arsch auf, dass du glücklich bist. Und du? Du gehst abends aus!"
Inzwischen ist Lisas ganzer Körper zu Holz geworden. Ihr Mund geht auf und zu wie bei einer Marionette.
„Einmal in der Woche! Zu einer evangelischen Freizeitgruppe ..."
„Und lässt mich hier in diesem ... diesem Elend sitzen!" Erika knallt die Weinflasche auf den Tisch, aber Lisa kann nicht einmal mehr zusammenzucken.
„Was macht ihr da überhaupt? Beten?"
Wenn Lisa nur lange genug auf das Muster der Tapete starrt – wer außer Erika hat heutzutage überhaupt noch Tapete in der Küche? –, vielleicht gelingt es ihr, sich in dem Muster aufzulösen.
Erika wartet mit diesem stieren Blick und dem Lächeln, das dümmlich ist und zugleich voll Hohn.
„Wir reden und diskutieren über bestimmte Themen. Das hab ich dir doch schon gesagt", erklärt Lisa.
Wumms! Erikas Faust kracht auf den Tisch. „Aha! Woanders also redest und *diskutierst* du mit wildfremden Leuten über Probleme. Und meine Probleme interessieren dich nicht!"
Explodieren oder implodieren schwarze Löcher? Oder waren das Sterne? Wenn ich jetzt schreie, einfach schreie, kann ich dann nie mehr aufhören? Fällt dann das Haus zusammen? Das Dorf? Die Welt?
„Wir reden doch fast jeden Tag über deine Probleme. Ich helfe dir, soviel ich kann. Und wir machen jeden Tag so viel zusammen. Dass du das nicht siehst!"
Wut gibt Erika den Schwung, sich über den Tisch zu lehnen und einen Finger in die Luft vor Lisas Brust zu stechen.

„Sei bloß vorsichtig, was du sagst! Sonst kannst du gleich bei deinen Kirchenleuten bleiben ..."
Da die Wand hinter ihr nicht nachgibt, das Tapetenmuster sich nicht öffnet, und weil sie ja sowieso aus Holz ist, kann Lisa nicht zurückweichen.
Ticktack, tacktick, ticktack.
Erika atmet schwer und dünstet Wein und Bedrohung aus. Lisa atmet nicht.
„Undankbar, respektlos, das bist du." Erika stemmt sich hoch, wankt rüber zur Anrichte für eine neue Flasche Wein.
Sie kauft die billigen Sorten, natürlich. Die haben einen Schraubverschluss. Vielleicht, damit sie sich schneller öffnen lassen. Aber diese Flasche lässt sich nicht so einfach aufdrehen, und Erika kramt in der Schublade nach einem Messer. Damit hackt-sticht sie auf den dünnen Ring an dem Verschluss ein, bis das Metall ganz zerfetzt ist.
Danach kommt sie wieder an den Tisch, setzt sich aber nicht. Flasche und Messer noch in der Hand, glotzt sie Lisa an.
Lisas Körper atmet wieder. Lisas Körper spricht: „Was wünschst du dir von mir? Sag mir, wie du dir Respekt für dich vorstellst. Wenn ich kann ..."
Der Küchenstuhl fällt polternd zu Boden. Erika wollte sich setzen und hat ihn verfehlt. Sie selbst konnte sich fangen, steht schwankend, wiegt den Kopf hin und her.
Hin und her.
„Dafür ist es zu spät." Sie sagt dies nicht laut, sie sagt dies in ein Nirgendwo hinein, in das auch ihr Blick verschwunden ist. Ihre Hand ballt sich um den Messergriff zur Faust.
„Was meinst du? Ich würde dich doch nie verlassen!" Wenn sie nur aufspringen könnte! Aber Lisa kann nicht.
Hin und her. Hin und her.
Ticktack.
„Mama, du machst mir Angst!", ruft Lisa.
Und Erika lächelt. „Vor deiner eigenen Mutter hast du also Angst, ja? Da siehst du, was du für eine Tochter bist! Ich werd dir zeigen, wie weh du mir damit tust."

Sagt sie und setzt das Messer an ihr Handgelenk.

Julia Dankers
Das heitere Hellgrau des Himmels

Man habe schon Pferde vor der Apotheke kotzen sehen, heißt ein blödes Sprichwort, dessen Ursprung ich nicht kenne. Ich wünschte, es gäbe eine Apotheke in der Nähe. Aber in diesem Kuhdorf befinden sich haargenau siebzehn Häuser und ein windschiefer Schuppen auf der Wiese hinter dem Ortsschild.

Der Himmel glänzt trübe wie Regenwasserpfützen auf einem matschigen Acker, und mein Kopf schmerzt beinahe noch schlimmer als die Erinnerung an meine letzte verlorene Liebe. Seufzend verfluche ich den Tag, an dem ich hergezogen bin, um auf der Flucht vor eben dieser zu mir selbst zu finden. Das ist jetzt elf Tage und vier Stunden her. Die Minuten habe ich nicht gezählt.

Verdrießlich starre ich aus dem Fenster und beobachte die menschenleere Dorfstraße. Eigentlich ist das hier gar kein Dorf. Eher würde ich es als Niemandsland zwischen zwei Kleinstädten bezeichnen. Vor dem Haus steht mein Wagen. Der ehemals weiße Lack sieht unbedeutend weniger trüb aus als der Himmel. Ich könnte mich hineinsetzen und meinen Kopf auf das Lenkrad betten. Ich könnte ungeduldig mit den Fingern auf dem Armaturenbrett herumtrommeln und das Gas bis ganz auf den Boden durchtreten. Aber es würde nichts nützen. Die Karre springt einfach nicht an. Ich schätze, die Batterie ist leer, so wie meine auch. Müde lehne ich meine Stirn gegen das kühle Glas der schmutzigen Küchenfensterscheibe und zeichne mit der Zeigefingerspitze das Haus des Nikolaus in den feuchten Dunst, der darauf liegt.

Mein Vater hat mir das Zeichenspiel beigebracht, als ich sieben Jahre alt war. Es gibt vierundvierzig Möglichkeiten, das Haus des Nikolaus zu zeichnen, und nur zehn Möglichkeiten, wie man es nicht schafft. Die Chancen stehen also gut für den Nikolaus, dessen Bruder, der Weihnachtsmann, nur eine Erfindung von Coca Cola ist. Vierundvierzig Arten der Lösung sind möglich und nur siebenunddreißig Arten von Kopfschmerzen, wenn man der Thomapyrin-Werbung glauben möchte. Nachdenklich massiere ich meine Schläfen, hinter denen im Augenblick mindestens drei davon lauern.

Schon vor zwei Stunden habe ich den Lieferservice der Apotheke in der Nachbarstadt angerufen. Geh niemals ohne Kopfschmerztabletten aus dem Haus, hat meine Mutter mir stets eingebläut. Man weiß nie, wann man sie braucht. Dass ich auch nie ohne Kopfschmerztabletten *in* ein Haus ziehen soll, hat sie leider nicht erwähnt.
Seit elf Tagen und vier Stunden nieselt es ohne Unterbrechung. Der rissige Asphalt auf der schmalen Straße glänzt regennass und dunkel. Vor hier oben aus dem ersten Stock kann ich den Horizont sehen. Ich schätze, selbst wenn ich aus dem Kellerfenster schaute, könnte ich ihn sehen. Keine Wolkenkratzer versperren die Sicht in die Einöde, keine gigantischen Shoppingmalls und keine schneebedeckten Berggipfel. Vor mir liegen kilometerweite Viehwiesen und unbestellte Äcker. Gelangweilt greife ich nach der Teetasse auf dem Fenstersims, die längst leer ist und eiskalt – wie der Platz in meiner Brust, an dem sich bis vor Kurzem mein Herz befand. Es ist ein Freitagnachmittag gewesen, verregnet und kühl, als ich meine bessere Hälfte mit einer anderen in unserem gemeinsamen Bett erwischt habe. Sonst mache ich nie früher Feierabend, aber ein leichtes, liebliches Gefühl in meiner Leibgegend trieb mich dazu, meine Liebste zu überraschen. Allerdings lag die Überraschung ganz auf meiner Seite – und zusätzlich zwischen meinen Kissen, als ich erfuhr, dass meine Gattin seit zwei Jahren eine lockere Beziehung mit ihr führt, nicht nur eine Affäre.
„Tu nicht so, als hättest du das nicht die ganze Zeit über gewusst", hat Lina gelacht, im ersten Moment, bevor bei mir die Tränen gefallen sind – und bei ihr der Groschen bezüglich ihres Irrtums. Ich bin kein Mensch, der sehr an Gegenständen festhält. Daher ging es mit dem Packen recht schnell. Nebensächlichkeiten wie das Medizinschränkchen habe ich dabei allerdings außer Acht gelassen.
„Ich kann meine Liebe nicht teilen", habe ich behauptet und den Kopf geschüttelt, langsam von einer Seite auf die andere wie ein müdes Lama. Es ist etwas anderes zu teilen, ohne es zu wissen. Im Nachhinein fühle ich mich selbst nur noch zur Hälfte existent, weil Lina den anderen Teil von mir aufgefressen hat, dekadent mit großen Löffeln und hungrigen Bissen in bester Gesellschaft, die mich für eine oder zwei Sekunden ein wenig pikiert angesehen hat, bevor sie Zuflucht unter meiner Bettdecke gefunden hat. Dabei ist es unsinnig zu glauben, man wäre unsichtbar, nur weil man unter einer geblümten Daunendecke liegt und die Luft anhält, bis sie rein ist.

Ich sehe den Wagen, der sich leicht schlingernd auf der holprigen Straße nähert, sofort. Knallrot wie ein Feuerwehrauto wirkt er viel zu grell in dieser tristen Landschaft. Vor dem Haus macht er Halt, ohne den Motor auszuschalten, so als wäre der Fahrer sich nicht sicher, ob er am Ziel angekommen ist oder ob es sich bei der Adressangabe der Bestellung nur um einen schlechten Scherz handelt. Genervt klopfe ich von innen gegen die Küchenfensterscheibe, als könnte der Lieferant es durch die ohrenbetäubend laute Musik hindurch hören, die aus seinem Auto dringt. Stille schmerzt ein bisschen, wenn sie urplötzlich eintritt.
Eine Sekunde, nachdem er den Zündschlüssel gezogen hat und mit einer klitzekleinen Plastiktüte, die er sich über den Kopf hält, auf das Haus zu rennt, schleicht sie sich zwischen meine Ohren. Stille ist die kleine Schwester der Einsamkeit, erinnere ich mich vage, während ich den Lieferanten beobachte, der gar kein Kerl ist, sondern eine wunderschöne Frau in einem knallgrünen Regenmantel. Ihr Haar leuchtet dunkelrot und wippt mit jedem schnellen Schritt auf ihren Schultern auf und ab. Staunend trete ich zurück und drücke den Summer viel zu lange – auch noch, als sie schon vor mir steht, leicht keuchend vor Anstrengung und lächelnd, weil das Leben so schön ist.
Sie wird sich noch wundern, denke ich schadenfroh, bis ich mir plötzlich nicht mehr so sicher bin. Vielleicht kann es wirklich schön sein, wenn man nur ganz fest daran glaubt. Ihr Lächeln wirkt ansteckend auf mich. Zuerst spannen meine Wangen ein bisschen, weil sie es nicht mehr gewohnt sind. Aber dann klappt es wie von selbst. Auch mit Mühe lässt mein Lächeln sich nicht mehr fortwischen, wenn ich in ihre Augen sehe.
„Ich bin Chantal“, stelle ich mich vor, obwohl ich mir nicht sicher bin, ob das einer Medikamentenlieferantin gegenüber so üblich ist. Außerdem klingt mein Name so plattenbaumäßig.
„Möchten Sie einen Tee?“, schiebe ich hastig hinterher und fühle mich ein bisschen wie bei einem Treffen der anonymen Alkoholiker.
„Danke. Gerne.“ Die Frau mit den niedlichsten Sommersprossen der Welt, wenn nicht sogar des Universums, grinst mich schelmisch an. „Ich bin Beluga. Wie der Kaviar, nur nicht so salzig. Wusstest du, dass Chantal ein Anagramm für ‚Anlacht‘ ist?“ Ihre Hand fühlt sich verboten warm und lebendig in meiner an.

darauf anzusprechen, aber die war viel zu sehr auf ihre Pläne für den Tag konzentriert. Jede Einzelheit genauestens durchdacht, Temple Church, Westminster Abbey, Parliament, am Abend das Südufer mit dem Globe Theatre und der Tate Gallery. Und dem Riesenrad.
Und während Leila sie lachend durch die leere Kabine des London Eye gezogen hatte, war ihr die Wärme ihrer Hand durch Mark und Bein gegangen, sie hatte ihren Duft gerochen und ihren Speichel gekostet. Und nun fuhr sie eben mit den Händen an ihren Hüften entlang, spürte ihren Körper, Leilas Hände an den Innenseiten ihrer Schenkel, ihre Zunge auf ihrem Hügel, etwas Feuchtes, Glitschiges, das aus ihr herauswollte, Leilas Finger fuhren hinein, bewegten sich wie Schlangen in ihr, sodass sie aufstöhnte, sie wollte ihr näher sein als jetzt, sie an sich drücken, ihre Haut an der ihren, Schweiß mit Schweiß vermischen, so wie Leilas Speichel sich mit ihrer Feuchtigkeit vermischte, ihre Finger in ihr, die sie pressten und trieben, sich aufbäumen in einer Woge von Lust, die durch ihren Körper flutete, ihre Hüfte im Rhythmus ihrer Erregung, Leilas Finger tiefer und tiefer, ihr Mund dort, wo sie am meisten empfand, pulsierend, rot und brennend, bis sie schließlich kam, mit einem Laut der Erlösung, zuckend, und ihr Becken gegen Leilas Gesicht presste.
O Gott!, dachte sie. Im Nieselregen, der die Kabine bedeckte, verschwammen die Lichter von London zu einem grauen Schleier, selbst die Beleuchtung der Houses of Parliament war kaum noch zu sehen. Hier drinnen war es trocken, aber es kam ihr so vor, als wäre ihr Körper nass, als hätte sich ihre Haut mit schimmernden kleinen Tropfen bedeckt und von dort aus die Kleidung befeuchtet. Der Bus war zur Victoria Station gefahren, einem riesigen Ungetüm mitten in der Stadt. Von dort mit der U-Bahn zu ihrer Unterkunft, sanft erleuchtet von Bahnsteiglampen, die ganze Zeit hatte sie geglaubt, jeden Moment von den schmalen Bahnsteigen hinab auf die Schienen zu stürzen. Dieses Gefühl, an einen anderen Ort transportiert worden zu sein, gleich einer Teleportation, von ihrem früheren Selbst abgerissen, von Zeit und Ort getrennt. Es erschien ihr nur natürlich, ihre Reise nach London als einen Weg ins Nirgendwo zu betrachten, einen Ort jenseits ihrer Vorstellung, der erleuchtet war von all den Farben, die in ihrem Leben fehlten. Ein Ort, an dem sie nicht ständig reden musste, wo man sich von allein verstand. Einfach so, mit Blicken und Berührungen.

Sie standen auf. Sie zog ihren Rock herunter, Leila band sich die Haare neu. Heute Abend würden sie zum Glastone Memorial fahren, gleich bei der National Gallery, und im Leuchten am Trafalgar Square untertauchen. Sie würden Seite an Seite dastehen, an die Tage ihrer Kindheit denken, als sie allein durch ihre Gedanken an die Lichter Londons verbunden gewesen waren, und sich in die Zeit zurückwünschen, als die Welt noch neu und voller Entdeckungen gewesen war. Als die Lichter noch in ihnen gebrannt hatten. Dann würden sie Fotos voneinander machen – Fotos, auf denen sie einen Heiligenschein trugen, von all dem Licht, das sie nun ausfüllte – und in ihre Unterkunft zurückkehren, um die kühlen Laken mit der Hitze ihrer Körper zu füllen.

Michaela Regus
Stromstöße im E-Werk

Ich wollte nur weg. Meine Güte, ich wollte so dringend weg. Es war dreckig, es war laut, die Frauen waren irgendwie auch schon mal hübscher. Neben mir stand eine Clique aus Schwulen, die ununterbrochen laut lachten, und immer wieder ging einer, um noch mehr Alk zu holen. Ich war so schrecklich genervt. Aber was tat man nicht alles, um der besten Freundin zu helfen? Emma war seit Neuestem verliebt in Chrissi, Chrissi war aber noch mit Steffi zusammen, wobei ich von Ellen wusste, dass Steffi was mit einer Hanna hatte, die wiederum ganz woanders wohnte. Aber heute war Chrissi im alten E-Werk, rosa Freitag. Und Emma wollte nicht allein hin, falls doch Steffi mit dabei war. Ich war seit Monaten nicht weg gewesen, ich hatte nur gearbeitet und ab und zu mal eine im Bett gehabt. Versonnen blickte ich von der Balustrade im ersten Stock auf die Tanzenden. Ich wusste gar nicht mehr genau, wann ich zuletzt Sex gehabt hatte. Guten Sex. Emma winkte mir von unten zu. Sie tanzte in gebührendem Abstand mit Chrissi, Steffi war nirgends zu sehen, aber fast alle aus unserer Gruppe waren um die beiden herum und hatten Spaß. Ich lehnte mich an das Geländer vor mir und nippte an meiner Cola. Es waren erstaunlich viele junge Mädels da. Sonst waren im E-Werk eher ältere Lesben. Es war schön, mal ein bisschen Frischfleisch zu sehen. Ich ließ meinen Blick weiter schweifen und blieb an einer Babybutch hängen. Und verschüttete meine Cola. Die Kleine war Ivi, meine Nachbarin! Ich bin in die Straße, in der sie wohnte, gezogen, als ich Mitte zwanzig war. Da war sie sechzehn und mitten in ihrem Outing. Als sie siebzehn war, fand ich mich irgendwie in ihrem Bett und unter ihr wieder. Meine Gedanken kehrten in die Gegenwart zurück. Mein Blick glitt an ihr hinunter. Yvonne war wie immer irre gut gekleidet, sie hatte eine Stoffhose, Hemd und Weste an, ihre Haare waren in diverse moderne Cuts geschnitten. Gäbe es einen Kalender mit dem Titel „Butches 2020", käme ihr Bild gleich im Januar.

Sie fasste hinter mich und zog mir langsam das Haarband aus meinem Pferdeschwanz. Meine langen blonden Haare fielen lose über meine Schultern bis zum Bauchnabel. Ivi drehte sich eine Strähne um den Zeigefinger und lächelte. „Du bist noch immer die einzige mit langen Haaren, die ich toll finde." Ich verstand sie kaum und beugte mich näher zu ihr. Sie drückte mich an die Wand, die Haarsträhne fiel zu den anderen, als sie die Hand neben meinem Kopf an der Wand abstützte. Endlich sah sie mir in die Augen. „Ich will dich." Nichts war mehr von ihrer üblichen Unsicherheit zu sehen oder zu spüren. Ihr Ton war bestimmt, die Hand neben mir machte deutlich, dass ich hier so schnell nicht wegkam. Und ich wollte auch nicht mehr weg. Ich wollte noch einmal diese Lippen fühlen, ich wollte ihre Brust in meiner Hand haben, ihre Brustwarzen zeichneten sich deutlich unter Hemd und Weste ab. Ich vergaß die alten Gedanken, die mich sonst lähmten. Ich war älter als sie, mein Körper war nun mal keine zwanzig mehr, und reden wollten wir ja schließlich auch nicht. Sie stand hier, und sie wollte mich. Sie beugte sich zu mir herunter, ein paar Zentimeter nur. Dann explodierte alles. Die Musik war weg, das laute Lachen der Schwulen neben uns, alles ging in einer riesigen Explosion aus Farben unter. Ivi küsste mich. Ich hörte nur noch ihr Atmen, ihre Zunge spielte an meinen Lippen, ihr Körper drückte mich an die Wand, und alles war warm. Ich erkannte ihren Geschmack, ihr Geruch jagte mir Gänsehaut über den Körper. Ich drückte mich an sie, ich schlang meine Arme um ihren Hals und zog sie zu mir heran. Ihre freie Hand legte sich ruhig auf meine Pobacke und schickte Stromstöße in meine Beine. Nach endlosen Küssen verließ die Hand ihren Platz und wanderte nach vorne. Sie knöpfte mir die Hose ein Stück auf und schob sich in meinen Slip. Als ich Ivis Finger in meine Nässe eintauchen fühlte, ließ ihr Mund einen Moment von meinem ab. Yvonne sah mir in die Augen, ein Grinsen umspielte ihre Lippen. Dann küsste sie meine Mundwinkel, während ihr Zeigefinger in meiner Hose begann, meine Klit zu streicheln. Ganz sacht, sanft, ohne Druck. Ich lief aus. Ivis Zunge spielte an meinen Zähnen, streichelte meine Zunge, leckte über meine Lippen, und ihr Zeigefinger strich geduldig über meinen empfindlichsten Punkt. Ich stöhnte laut, keiner hörte es, der Bass wummerte weiter, und auch die Schwulen neben uns hatten immer

Sie zog mich an sich und hielt mich fest, bis ich wieder ruhig atmen konnte. Dann hörte ich sie leise sagen: „Jetzt kann ich endlich wieder klar denken. Lass uns heimfahren, ich glaub, wir sind noch nicht fertig. Ich muss dir zeigen, was ich sonst noch seit damals gelernt habe.“ Wortlos griff ich nach ihrer Hand und zog sie zum Auto. Emma würde es auch ohne mich hinkriegen.

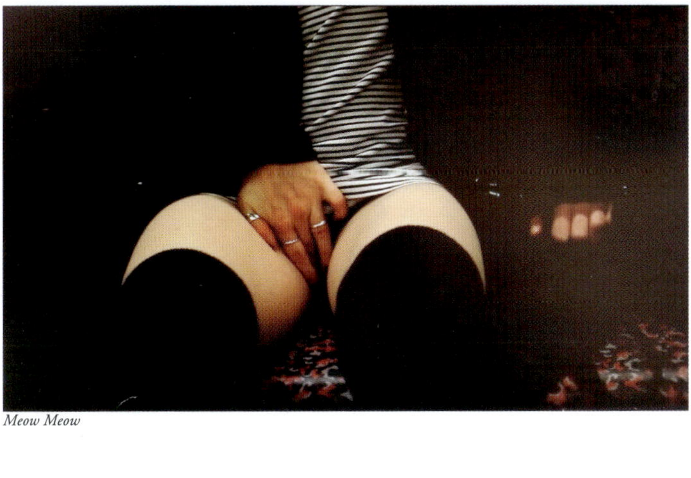

Meow Meow

Kurzbiografien

A. K., *1975, Studium der Germanistik, journalistisch tätig.

Andersson, Eva, wuchs in der ostdeutschen Provinz auf und lebte mehrere Jahre in Berlin. Sie arbeitete als Buchhändlerin, im Zeitungswesen und als Sozialarbeiterin. Sie schreibt Gedichte und Erzählungen, von denen einige bereits in Anthologien veröffentlicht wurden. Heute lebt sie mit ihrer langjährigen Lebensgefährtin auf dem Land. Nach dem Erzählband „Sehnsucht nach Wärme" erschien 2017 ihr erster Roman „Der Traum vom Lesbencafé", es folgten 2018 „Sommermusik" (zwei Erzählungen), 2019 die Erzählung „Schwimmbad im Herbst" sowie zusammen mit Jana Walther die beiden Erzählbände „Weihnachtsküsse 1 und 2" (alles Selfpublishing).

Barth, Monika, *1945 im ehemaligen Osten Deutschlands, aufgewachsen in Bremen. Theaterschauspielerin, Erfahrungen als Ärztin und auf Reisen in alle Kontinente. Seit 2008 erste Kamera und wachsendes Interesse am Medium Fotografie. Die Bilder sind aus der Serie „Beyond Boundaries … not afraid of the dark", Schwarzweißfotografien über Schönheit und Vergänglichkeit.

Baumgart, Oxana, *1977 geboren, seit 7 Jahren in Berlin. Von Beruf ist sie Frisörin und Make-up Artistin, sie beschäftigt sich mit Kunst seit 15 Jahren. Momentan studiert sie Malerei an der Akademie für Malerei Berlin (bei Ute Wöllmann). Ausstellungen in Deutschland und Russland.

Beinstein, Krista, die Fotografin (Hamburg und Wien) beschäftigt sich mit Grenzüberschreitungen in der weiblichen Sexualität, in Bildern authentischer Sexualität ebenso wie mit provokanten Inszenierungen symbolischer Anteile des Sexuellen. Sie war nicht die einzige Sexrebellin Anfang der 1980er, aber eine der ersten Künstlerinnen, die so radikal in Deutschland und Österreich mit ihrer Kunst in die Öffentlichkeit ging, dass sie angreifbar wurde. Sämtliche Ausstellungen wurden damals zerstört. 10 Fotobücher, zuletzt in kleiner Auflage ihr Jubiläumsbildband „Sinfonie des Lebens".

Bührmann, Traude, Schriftstellerin, Fotografin, Stadtführerin, Dichterin: „Ich schreibe in Bildern, in Fotografien erzähle ich Geschichten, rücke dabei den poetischen Blickwinkel in den Mittelpunkt." Zuletzt erschienen der Kurzroman „durchatmen" über eine Frau, die sich von vielen Dingen trennt, und die Novelle „Cocktailstunde" um ein selbstbestimmtes Lebensende, beide im konkursbuch Verlag Claudia Gehrke. November 2019 erscheinen dort der Reisefotoband „In de Welt hinaus – in die Welt hinein" und die autofiktionalen Kurzgeschichten „Reisefertig".

Casper, Sigrun, *1939 in Kleinmachnow bei Berlin, Ausbildung zur Industrienäherin, ein Jahr Schauspielstudium, Verkäuferin in der Deutschen Bücherstube Ost-Berlin, Flucht. Später Studium Stoffmusterentwurf, Pädagogik- und Sonderpädagogikstudium, danach Lehrerin an einer „Sonderschule" mit vielen Migrantenkindern in Berlin-Wedding. Sie ist Autorin zahlreicher Romane, Gedichte und Kurzgeschichten, zuletzt „Der Wortjongleur", fiktiver biografischer Roman über Coming-out und Kindheit des Dichters Mario Wirz, „Unterbrochene Schienen. Ost-West-Geschichten".

Cassaris, Lovis, *1983 in Süditalien, aufgewachsen in der Schweiz, lebt heute mit ihrem Hund Nietzsche in Fribourg. Sie studierte Germanistik, Philosophie und Englische Literaturwissenschaft in Zürich, Berlin und Potsdam. Aktuell promoviert sie im Forschungsfeld der Gender- und Queerlinguistik in Zürich, arbeitet als Redakteurin und Social Media Expertin. Im Querverlag erschien 2016 ihr erster Roman „Ein letztes Mal wir".

Dankers, Julia, 41, lebt mit ihrer Lebensgefährtin und zwei Kindern im beschaulichen Buxtehude. Hauptberuflich arbeitet sie als Hauswirtschaftsleiterin einer großen Kindertagesstätte, nebenberuflich als Autorin. Veröffentlichungen: „Herzkasper", 2013, „Herztanz", 2015, „Herztour", 2015 (alle Ulrike Helmer Verlag), „Verschneites Herz" (Main Verlag), 2018, „Passwort Rote Alge" (Hybrid Verlag), 2019. „Alles Liebe, Deine Angst …" Herbst 2019 (Main Verlag).

David, Dorit, *1968 an der Oder, unweit eines Armeegefängnisses und mit dem Blick über die Polderwiesen. Zwischen diesen beiden Polen (und dicht am eigentlichen Polen) beginnt sie zu zeichnen und zu schreiben. Entlang der „Erdölleitung Freundschaft" taten das viele Kinder. Sie hat bis heute nicht damit aufgehört. Anfang der Neunziger verlässt sie „die Oder" und zieht nach Hannover, um sich dort einer Ausbildung zur staatlich anerkannten Clownin zu unterziehen. Daraufhin beginnt sie spontan auf der Bühne Geschichten zu erfinden. Später auch am Schreibtisch. Seit über zwanzig Jahren lebt sie als freischaffende Künstlerin in Hannover und veröffentlichte bis 2018 neun Bücher und etliche Kurzgeschichten (Synergiaverlag, Querverlag und digitalpublishers).

Dreier, Martina Minette, bildende Künstlerin in Berlin, beschäftigt sich in Malerei, Zeichnung, Collage, Installation mit Identität und Sehnsucht.

Drische, Kali (Pseudonym) lebt in Berlin. Buch mit pointierten Kurzgeschichten quer durch ein lesbisches (Liebes-)Leben: „Neulich im Schrank".

Ginneken, van, Inga, *1981, lebte lange auf dem Land im Süden Deutschlands, jetzt in Berlin, neben ihrem Brotberuf in einem mittelständischen Unternehmen schreibt sie und fotografiert. Ihre erste Veröffentlichung zum Thema „unerwiderte Liebe" hatte sie 2000 in „Mein heimliches Auge 15".

Gradl, Roberta, *1963, aufgewachsen im Chiemgau in Bayern. Übersetzerin und Betreuerin von Menschen mit Demenz. Lebt in der Nähe von München. Ihre beiden Bücher mit lesbischen Sexgeschichten „Venusgeflüster" und „Venusgeflüster 2" sind bei Krug & Schadenberg, Berlin veröffentlicht.

Green, Goodyn, *1979 in Aalborg, Dänemark, Neue Schule für Fotografie, Berlin. Queer-Porn-Film, Fotos.

Halls, Roxana, *1974 in Plaistow (UK), preisgekrönte figurative Malerin, viele Ausstellungen. Jahrelang hatte sie ihr Atelier in der stillgelegten Bar eines Londoner 30er-Jahre-Theaters. Ihre Arbeiten befinden sich in privaten und öffentlichen Sammlungen weltweit.

Hecht, Tori, *1966, lebt in Berlin. Feedback:

tori.hecht@gmx.de

Herrndorf, Sophie, *1984, verbrachte ihre Kindheit und Jugend in Köln. Mit dreizehn Jahren sagte sie: Entweder werde ich Nonne oder lesbisch und entschied sich drei Jahre später für Zweiteres. Nach dem Abitur folgte sie ihrer ersten Liebe nach Berlin und absolvierte dort ein Freiwilliges Ökologisches Jahr. Später wurde sie Grundschullehrerin. Heute lebt sie mit ihrer Liebsten und ihrer Tochter wieder in Köln. Roman 2018: „Frag nicht nach gestern", Querverlag.

Hetzer, Anna, *1986, lebt seither in Berlin. Zuletzt erschien „Kippbilder" im Verlagshaus Berlin 2019. Sie war Stipendiatin der Villa Decius in Krakau 2017 sowie Finalistin beim Lyrikpreis Meran 2018. Mit dem Lyrikkollektiv G13 erkundet sie Formen des kollektiven Schreibens; mit Künstler*innen der Neuen Musik oder der Gebärdensprachkunst arbeitet sie regelmäßig an intermedialen Projekten.

Honey, Jannica, Schweden, Studium Anthropologie und Kriminologie in Stockholm, Fotografie in Edinbourg. Lange Zeit Hausfotografin des „The List"-Magazins. Danach suchte sie herausforderndere Aufgaben. Fotoessays u.a. zum Ureinwohner-Reservat der Mohawk, zu Lap-Dance und Musiker*innen. Aktuelles Projekt: Bilder, die in der Dämmerung, bei Vollmond oder Neumond entstehen. „When The Blackbird Sings" porträtiert Frauen und Natur (Schweden / Schottland).

Hope, Tina, ist das Pseudonym einer in Mecklenburg lebenden Autorin. Sie hat zwei Kurzgeschichten in unterschiedlichen Anthologien veröffentlicht. Im September 2019 wird ihr erstes Buch erscheinen.

Karat, Toni, Fotograf* und Filmemacher* aus Berlin, ©melting point images

Kaufmann, Elke, *1972 in Neuss, aufgewachsen im südlichen Bayern. Studium der Sozialen Arbeit, 2005 Promotion an der LMU München in der Soziologie zum Thema japanisch-deutsche Kommunikation. Lebte seither in München, Hannover, Heidelberg. Arbeit in der Sozialforschung. Ansonsten mit Leidenschaft Globetrotterin, sobald sie für ein Weilchen entwischen kann.

Mafia, Maria, *1965 in Sachsen, Studium der Bibliothekswissenschaften in Berlin, nach der Wende Quereinstieg in den Journalismus.

Maibaum, Lara, *1999 in Thüringen, verbringt ihre Zeit mit Studieren (Medien, Theater und Literatur) und Kunst machen. Abgedruckt wurde sie schon im Erfurter „hEFt" und in der Anthologie der Berliner Bundeswettbewerbes für junge AutorInnen 2018. Sie hofft, in Zukunft noch ein paar mehr Dinge zu erleben oder zu veröffentlichen, die sich in solchen biografischen Angaben erwähnen lassen.

Moon, Sarah Jane, geboren in Neuseeland, lebte in Japan, Malaysia, Australien, jetzt lebt sie in UK. U.a. Heatherley School of Fine Arts in Chelsea. Figurative Malerei und Porträts. Sie beschäftigt sich mit Identität, Sexualität, Gender, sie spielte in dem Dokumentarfilm „She Is Juiced" mit (Regie Lois Norman, Premiere 2017 in Tate Britain) und ist in der Pride Power List. Viele Ausstellungen, u.a. in der National Portrait Gallery.

Morten, Anais

Müller, Anja, *1971 in Ostberlin. Erste Veröffentlichungen u.a. in „Mein heimliches Auge XIII" (1998), Fotobücher u.a. „Mittendrin. Erotische Fotografien von Frauen zwischen 45 und 55" und „Paare 2".

Nick, Donna P., *1968, pendelt zwischen den Alpen und der Ostsee, zwischen queerer Theorie und Praxis. Kurzgeschichten in „Mein lesbisches Auge".

Ossege, Ba, Soziologin, lebt in Berlin, liebt Indien.

Oswald, Alina, *1972 in Starnberg, Fotografin und Konzeptkünstlerin. Aktuelles Projekt Feminei Sexus – Die Weiblichkeit. Eine Energie, welche jedes Wesen auf dieser Welt in sich trägt. Sie beschreibt nicht das Geschlecht des biologischen Körpers, sondern einen nicht genau definierbaren Anteil des Seins, welcher in jedem körperlichen System zu finden ist.

Pérez Vernetti, Laura, Illustratorin und Zeichnerin aus Barcelona, Graphic Novels, Comics, ein Band mit Aquarellen und Zeichnungen (sie publiziert unter „Laura"): „sin permiso / Ohne Erlaubnis" im Konkursbuch Verlag.

Pollux, Jo, Studium an der Akademie der Künste in Wien. Lebt in Berlin, Fotografin und Filmemacherin, beschäftigt sich mit Begehren, kink, BDSM und Fantasie. Fotobuch: „As You Wish, My Lady", Konkursbuch 2019.

Regus, Michaela, *1980, M.A. in Buchwissenschaft, Neuere und Neueste Deutsche Literatur und Geschichte; Buchhändlerin, besitzt eine Yogaschule. Lebt mit Ehefrau, vier Hunden, einer Schildkröte und mehreren tausend Büchern zusammen. Veröffentlichungen im lesbischen Auge.

Richrath, Monika

Rijkeboer, Sascha, *1992 in Zwolle (Niederlande) und in der Deutschschweiz aufgewachsen. Studiert z.Zt. im Hauptfach Psychologie in Zürich und im Nebenfach Geschlechterforschung (Genderstudies) in Basel. Veröffentlichungen z.B. für die Homosexuelle Arbeitsgruppe Bern (HAB) und die Lesbenorganisation Schweiz (LOS). Link zur ersten Lesung im Theater Winkelwiese: https://winkelwiese.ch/2017-18/programm/sascha. Zur sexuellen Orientierung/Geschlechtsidentität/Gender-Perception: Sascha identifiziert sich weder als Frau noch als Mann, aber gleichzeitig sehr stark mit der „Lesbenszene" bzw. „Lesbenkultur" und steht (grundsätzlich) auf Frauen. Wird im Alltag als Frau gelesen und behandelt. sascha.rijkeboer@uzh.ch

Ruttkay, Henriette, *1961 in Bratislava, im Alter von elf Jahren nach Deutschland gezogen. Studium der Biologie in Erlangen, München, Tübingen und Paris (Doktorat). Lebt in der Nähe von Paris und ist als technische Übersetzerin tätig. Website: http://heny-ruttkay.e-monsite.com. Veröffentlichungen: „Die Traurigkeit des letzten Sonntags", historischer Roman, Weimarer Reihe, Hans Boldt Verlag (1994); „Gestohlene Tage", historischer Roman, Querverlag (2013); „Fatale Treue", Kriminalroman, Querverlag (2014); „Somerset Maughams letzter Traum", Größenwahn Verlag (2017).

Schelzig, Anne, * in Leipzig, Studium in Heidelberg. Lebt und arbeitet heute in Frankfurt/Oder und macht zurzeit eine berufsbegleitende AutorInnen-Ausbildung im Schreibhain Berlin.

Steigenberger, Gundel, *1979, lebt – nach Stationen in Dresden, Köln und Helsinki – zurzeit mit ihrer Familie in der schwedischen Provinz, inmitten von endlosen Kiefernwäldern, Mooren und steinzeitlichen Grabanlagen. Nach ihrem Studium promovierte sie an der Kunsthochschule Dresden in analytischer Chemie und absolvierte ein Fernstudium im belletristischen Schreiben. Sie schreibt vor allem Fantasy und Science Fiction, außerdem arbeitet sie als Lektorin und bloggt auf nuancep.jimdofree.com. Sie hat zuletzt zwei Kurzgeschichten veröffentlicht, „Rooker" im Schreiblust-Verlag und „Solvet saeculum in favila" bei pmachinery.

Stroheker, Tina, *1948 in Ulm, lebt in Eislingen/Fils. Studium, zehn Jahre Gymnasiallehrerin, danach freie Autorin. Auszeichnungen u.a. Stipendiatin der Villa Massimo, Literaturpreis der Stadt Stuttgart. Beiträge aus: „Inventarium. Späte Huldigungen", Verlag Klöpfer & Meyer, Tübingen 2018. www.tina-stroheker.de

Troeller, Linda, *1949, New York, begann mit Mitte 20 mit der Fotografie, viele Ausstellungen. Sie wurde mit Projekten wie „Chelsea Hotel" bekannt (sie lebte dort lange), sowie Bildern zu „The Erotic Lives of Women". Zuletzt erschien (zus. mit Marion Schneider): „Orgasmus. Fotografien und Interviews", in dem Frauen aus aller Welt über ihre Erfahrungen berichten.

Vers, de, Marie, *1992, schreibt Geschichten und Romane, seitdem sie schreiben kann, und gibt ihrer Fantasie einen Ort zu leben. Sie ist sowohl Umwelt- als auch Tieraktivistin und setzt sich für Menschrechte ein. Im Moment schreibt sie an einem Endzeitroman und einem Kurzgeschichtenband. Marie de Vers lebt mit ihren beiden Katzen im Bergischen Land.

Voigt, Agnes, *1944 in Zell im Wiesental. Sie studierte Grafik an der Werkkunstschule und freie Malerei an der Hochschule für Bildende Künste, Hamburg. Ausstellungen in Galerien, Kunstvereinen und auf Kunstmessen. Ihr Projekt „Vulkanstein" umfasst Bilder, Zeichnungen, Plastiken und eine Klanginstallation.

Volcano, Del LaGrace, *1957 in Kalifornien, Fotograf*, bei Konkursbuch „Sexworks", ein Überblick über seine Arbeiten zu lesbisch-queerer-trans Sexualität, und das großformatige Fotobuch mit Texten „Sublime Mutation" über Körper in Verwandlung, in dem viele bekannte Serien erschienen, u.a. Trans-Genitals, Hermaphrodyke, Drag Kings und die Bilder der Dichterin Kathy Acker vor und nach ihrer Brustkrebsoperation.

Voss, Ulrike, schreibt Romane rund um Lesben, Liebe und Sex. Zuletzt „Das dritte Mal" (3. Auflage) und „Wie Gewitter" (2018). Der erste Teil „Bordeauxrot" in „Mein heimliches Auge 19".

Bildverzeichnis